Maria Uleer

heute und nicht gestern

Roman

Bibliografische Information der Deutschen Nationalbibliothek:
Die Deutsche Nationalbibliothek verzeichnet diese Publikation in der Deutschen Nationalbibliografie; detaillierte bibliografische Daten sind im Internet über http://dnb.d-nb.de abrufbar.

1. Auflage: Juni 2021
Lektorat: Katrin Scholler
Umschlaggestaltung: Maria Uleer nach einem Foto von G. Lenzen

Kid Verlag | Samansstr. 4 | 53227 Bonn
www.Kid-Verlag.de

Druck: WIRmachenDRUCK GmbH | 71522 Backnang
Printed in Germany

ISBN 978-3-947759-75-0

Es wäre alles anders gekommen, wenn sie nicht kurz entschlossen das Antiquariat an der Ecke der Straße aufgesucht hätte, um nach einem Geschenk für Gregor zu suchen. Der Besitzer des kleinen Ladens kannte sic kaum, ihren Mann dafür umso besser, da Gregor gern nach der Arbeit bei ihm vorbeischaute, immer auf der Suche nach einer besonderen, möglichst frühen Ausgabe seiner Lieblingsschriftsteller. Die beiden tranken einen Kaffee zusammen, unterhielten sich über das Weltgeschehen und natürlich über Neueingänge, und Gregor kam immer mal wieder mit einem »echten Fund« nach Hause, obwohl die Bücher schon in Zweierreihen im Regal standen. Platz für Bilder, die sie gern aufgehängt hätte, musste sie sich erkämpfen, da sich die Bücherwände inzwischen durch alle Räume zogen. Ganz zu schweigen von den Kisten, die im Keller verstaubten. »Sei froh, dass er die Fenster nicht zustellen kann«, hatte Gregors Freund Matthias sie eines Tages zu trösten versucht. »Und wenn du mal unter Klaustrophobie leidest, zieh einfach zu mir.«

»Mein Mann wird sechzig«, sagte Vera, nachdem sie sich bei Herrn Braun vorsichtshalber noch einmal vorgestellt hatte. Schließlich war es Monate her, dass sie ihn auf dem Bonner Markt kennengelernt hatte, wo er hinter Gregor und ihr am Gemüsestand wartete. Sein etwas unsicherer Gesichtsausdruck verriet ihr, dass er sich nicht an sie erinnerte. »Haben Sie vielleicht etwas ganz Besonderes für ihn? Etwas, über das er sich freuen würde?«

Herr Braun strich sich nachdenklich über das Kinn. Dann schaute er sie über den Brillenrand fragend an, als ob er überlegte, in wie weit sie mit ihrem Mann die Begeisterung für alte Bücher teilte. Sie war schon im Begriff zu sagen: »Mir ist ein schöner Einband wichtig«, wusste aber, dass sie mit diesem Satz sofort in die Kategorie der Nichtkenner eingeordnet werden würde. Also sagte sie, um auf der sicheren Seite zu sein: »Sie kennen doch die Vorlieben meines Mannes.«

»Nun ja, Frau Baumeister«, der Antiquar schob seine Hände in die Taschen seiner verbeulten Cordhose und nahm sie langsam wieder heraus. Traute er sich nicht, einen Vorschlag zu machen? »Ich hätte da eine frühe Gesamtausgabe von Balzac, dreißig Bände, ledergebunden.« Er machte eine Pause, wollte sich wohl vergewissern, ob es sich lohnte weiterzureden. »Ihr Mann hat schon oft einen sehnsuchtsvollen Blick auf diesen Schatz geworfen.«

Dreißig Bände! Sie wollte Gregor gern eine Freude machen, aber dreißig Bände bedeuteten ein neues Regal und noch weniger Platz in der Wohnung. Die Bücherreihen würden sie eines Tages erdrücken. Die Romane von der Bestsellerliste, die sie selbst mit Vorliebe las, lehnte Gregor rundweg ab. »Das Papier nicht wert«, war er überzeugt. Es wäre ihr nie in den Sinn gekommen, diese Romane neben seinen Molière oder Cervantes zu stellen, aber sie nach dem Lesen einfach zu »entsorgen«, wie Gregor es ihr empfahl, das konnte sie nicht. Schließlich hatten diese Bücher sie ein paar Nächte lang gut unterhalten, hatten ihr manchmal sogar neue Welten erschlossen.

»Ich würde mich gern einmal selbst umsehen«, sagte sie, um

nicht auf die dreißig Bände eingehen zu müssen.

»Bitte sehr. Die ganze hintere Wand dürfte Sie interessieren.« Braun warf ihr einen fragenden Blick zu, als müsse er etwas überlegen, dann verschwand er hinter seinem bücherbeladenen Schreibtisch, nahm seine Brille ab und putzte sie bedächtig mit einem Taschentuch. Seine Besucherin schien er vergessen zu haben.

Es kam Vera so staubig in dem Raum vor, dass sie schon bedauerte, den Laden überhaupt betreten zu haben. Obwohl draußen die Sonne schien, brannten zwei Deckenlampen, da auch die Fenster bis zur halben Höhe mit Kisten zugestellt waren. Wie konnte man es den ganzen Tag hier aushalten? Sie würde sich beeilen, um diesem Geruch von Vergänglichkeit, den sie bei all den Werken der größtenteils verstorbenen Dichter und Denker zu spüren vermeinte, zu entkommen.

Einige besonders kunstvoll gestaltete Einbände zogen ihre Aufmerksamkeit auf sich. Shakespeare in glänzend grünem Leder, französische Romantiker in graublau gemustertem Leinen, Nikolaus Lenau mit wunderschönen Jugendstilornamenten. Für Gregor waren Inhalt, Einband und Nummer der Ausgabe drei Kriterien, die sich in seiner Sammelleidenschaft nicht voneinander trennen ließen, während für Vera, wenn sie ehrlich war, das äußere Erscheinungsbild seiner Bücher an erster Stelle kam. Schließlich sah sie sich seine Kostbarkeiten meistens nur von außen an, und da sollten sich wenigstens ihre Augen an dem ganzen hochgeistigen Gedankengut erfreuen können.

Sie hielt gerade einen Gedichtband von Annette von Droste-Hülshoff in der Hand, Goldschnitt, Einband mit Goldprägung, als ihr Blick auf einige in ihrer Schlichtheit beeindruckende Buchrücken fiel. *Theodor Fontane, Gesamtausgabe der erzählenden Schriften in neun Bänden* las sie. Das war es! Fontane war einer von Gregors Lieblingsschriftstellern. Neun Bände, das bedeutete ein halbes Regalfach. Das musste sie ihm zum sechzigsten Geburtstag wohl zugestehen.

Sie öffnete aufs Geratewohl den ersten Band. Frakturschrift, wie nicht anders zu erwarten. Wenn Besuch von der Universität da war, brachte sie manchmal nebenbei einen Fachausdruck im Gespräch unter, als könnte sie mitreden, wenn sie wollte. Die Fachwörter hatten sich ihr durch Gregors ständiges Wiederholen eingeprägt, nicht durch gemeinsames Interesse. Sie hatte längst gelernt, nur mit halbem Ohr zuzuhören, wenn Gregor sich begeistert über einen neuen Band ausließ. Dann nickte sie hin und wieder an passender Stelle und erinnerte ihn daran, dass der Platz in der Wohnung knapp wurde.

Sie blätterte zurück auf die erste Seite, um zu sehen, ob dort vielleicht der Name des ehemaligen Besitzers stand – meistens in Schönschrift oben in der rechten Ecke. Oder ob es vielleicht eine Widmung gab: *für die liebe Elli von Hans* oder *meinem Wilhelm zum Geburtstag, Deine Mutter.* Gregor hatte ihr einmal eine Widmung gezeigt, die ihr bestens gefiel, ihn aber fast davon abgehalten hätte, das Buch zu kaufen: *Lieber Wilfried, zur Erinnerung an unsere Wiese. Deine Luise.* »Unsäglich«, hatte Gregor gesagt, während Vera sich vor Lachen fast verschluckte.

Sie stutzte. Auf dem Deckblatt standen gleich zwei Eintragungen, und das in unterschiedlichen Schriftzügen. Am oberen Rand der Seite las sie mit Tinte geschrieben in gestochener Fraktur *Paul Anholt, Münster 1929*. Außer der selbstbewussten Schrift nichts Besonderes. Auf der unteren Hälfte allerdings etwas Ungewöhnliches, ein Gedicht, mit Filzstift geschrieben – sie sah Gregor schon zusammenzucken –, noch dazu mit unregelmäßigen Wortabständen und in unterschiedlicher Größe, so als käme es nicht auf die äußere Form an. Voller Neugier begann sie zu lesen.

Die Frage bleibt
Halte dich still, halte dich stumm,
Nur nicht forschen, warum? Warum?
Nur nicht bittre Fragen tauschen,
Antwort ist doch nur wie Meeresrauschen.
Wie's dich auch aufzuhorchen treibt,
Das Dunkel, das Rätsel, die Frage bleibt. (*Theodor Fontane)*

Deine Sanne

Bonn, den 26. Januar 1988

Wie kam jemand dazu, so ein dunkles Gedicht auf die erste Seite eines Buches zu schreiben?

Ein leichtes Unbehagen ließ Vera den Deckel zuklappen, aber wie durch einen Zwang blieb sie vor den neun Bänden stehen. Gregor würde sich über den Filzstift und die »Verschandelung« des Deckblatts aufregen, sich aber gleichzeitig über die schöne

Ausgabe freuen. Wie sollte sie sich entscheiden? Die Bände liegen lassen? Ein besseres Geschenk würde sie nicht finden, da war sie sich sicher.

Das Dunkel, das Rätsel, die Frage bleibt. Was meinte diese Sanne damit? Und an wen war die Frage gerichtet? An einen Mann, das war leicht zu erraten. Obwohl, es konnte auch eine Frau sein, der die Zeilen galten. Der Beschenkte hatte den Text jedenfalls verstanden, weil ihn etwas mit Sanne verband. Sanne, ein ausgefallener Name. Oder war es einfach die Abkürzung von Susanne, was sich gleich viel weniger extravagant anhörte. Vielleicht kannte Herr Braun diese Frau und konnte etwas über sie erzählen. Immerhin hatte sie die Zeilen in Bonn geschrieben.

Sie rief sich zur Ordnung. Es ging nicht um Sanne oder Susanne, sondern darum, ob sie die Fontanebände trotz des gekritzelten Gedichts kaufen sollte.

»Hätten Sie einen Moment Zeit, Herr Braun?«

Der Antiquar machte keinen begeisterten Eindruck, dass ihn jemand störte, war aber Geschäftsmann genug, um das Buch, das er in der Hand hielt, zur Seite zu legen. »Haben Sie sich für den Fontane entschieden?«

»Ja, aber…«

»Eine gute Wahl. Ihr Mann wird sich freuen.«

»Ja, aber es gibt da ein kleines Problem. Das Gedicht auf dem Deckblatt.« Sie zeigte auf den Text. »Filzstift. Und dann die krakelige Schrift.«

»Ich weiß, ein Frevel, aber die Bände sind trotzdem ihr Geld wert. Ich könnte Ihnen einen kleinen Nachlass geben.«

»Darum geht es mir nicht. Ich würde gern Näheres über die Person erfahren, die dieses Gedicht, für wen auch immer, auf das Deckblatt geschrieben hat.« Der letzte Satz kam für sie selbst unvorbereitet. Er hatte sich sozusagen ohne ihr Zutun verselbständigt und war ihr rausgerutscht.

Herr Braun sah sie überrascht an. Seine Mundwinkel verzogen sich zu einem feinen Lächeln. »Vermuten Sie eine romantische Geschichte hinter dem Eintrag?«

Wahrscheinlich verglich er sie mit ihrem Mann und seinen abgehobenen Interessen, wobei sie natürlich den Kürzeren zog. Sollte er denken, was er wollte. Warum nicht nachhaken, wenn sie schon in seinen Augen das falsche Thema angeschnitten hatte.

»Sie erinnern sich doch sicher, wer Ihnen diese Bücher verkauft hat.«

Herr Braun trat einen Schritt zurück. Ein lästiger Schatten fiel über sein Gesicht. Er strich seine grauen Haare aus dem Gesicht.

»Auch wenn ich mich erinnerte, ich dürfte es Ihnen nicht sagen. Tut mir leid, Frau Baumeister.«

Das klang endgültig. Aber irgendeine Kleinigkeit störte sie an dem abweisenden Nein. Hatte er nicht mit seiner Antwort einen Moment zu lange gezögert? Einen klitzekleinen Moment, in dem er sich überlegte, wie er diese Frau abwimmeln konnte? Vera streckte sich. Da hat er sich verrechnet, wenn er meint, sie so schnell loswerden zu können. Für die dreihundert Euro, die er sich erhofft, wird er doch einige Fragen beantworten können.

»Wann haben Sie die Bände denn gekauft?«

Herr Braun hatte eindeutig wenig Lust, darüber nachzudenken, geschweige denn nachzusehen.

»Das ist schon etliche Jahre her.«

»Und der Verkäufer hat Ihnen etwas darüber erzählt, warum er die Bücher loswerden wollte? Oder war es eine Frau?«

Brauns Augen spiegelten Unwillen.

»Frau Baumeister, geht es Ihnen um die Bücher oder eher um das Gedicht vorn im ersten Band?«

Bildete sie es sich ein, dass der Mann sie eine Spur herablassend anschaute? Sie merkte, wie ihr die Röte ins Gesicht stieg, holte ihr Portemonnaie aus der Tasche und legte dreihundert Euro auf den Tisch, da der Antiquar nur Bargeld akzeptierte. Den Nachlass, den er ihr für das mit Filzstift geschriebene Gedicht angeboten hatte, erwähnte sie nicht.

Braun reichte ihr eine Quittung und fragte: »Steht Ihr Auto vor der Tür? Sonst bringe ich Ihnen die Bücher morgen in der Mittagspause vorbei. Ich nehme an, dass Ihr Mann um die Zeit nicht zuhause ist.« Vera nickte nur und verabschiedete sich mit einem knappen »Dann bis morgen«.

»Tut mir wirklich leid, Frau Baumeister«, rief der Antiquar hinter ihr her. Aber Vera zog die Tür hinter sich zu, ohne sich noch einmal umzudrehen. Sturkopf, dieser Mann. Ein paar Auskünfte hätte er ihr aus Höflichkeit wenigstens geben können. Welchen Grund sollte er haben, sie ihr zu verweigern?

Die Frühlingsluft fiel warm auf ihr Gesicht. Die Maisonne hatte die Kastanien in den letzten Tagen zur Blüte gebracht, ein überwältigender Anblick, der sie mit einem Anflug von Wehmut in die ausladenden Äste schauen ließ. Noch sah man den Himmel, doch bald würde die Straße wieder voll im Schatten der alten Bäume liegen. Die Blütezeit war nur ein kurzer Lichtblick, der mit einem weichen, weißen oder roten Teppich auf der Straße endete. Danach bildeten die Blätter ein undurchdringliches Dach, gegen das die Sonne keine Chance hatte, so dass das Wohnzimmer im Winter heller als im Sommer war.

In der Parklücke vor ihrem Haus stand immer noch ein fremdes Auto. Sie war gestern dreimal durch das Wohnviertel gefahren, bis sie einen Platz in der übernächsten Straße fand. Gregor hatte den Kampf um einen Parkplatz längst entnervt aufgegeben. »Die Zeit, die ich mit Suchen vergeude, kann ich sinnvoller einsetzen«, sagte er und bewegte das Auto nur noch für längere Strecken.

Als Vera die drei Stufen zur Haustür hochstieg, stellte sie wieder fest, dass die Gitter vor den Kellerfenstern dringend gereinigt werden mussten und einen neuen Anstrich brauchten. Einer der vier Briefkästen hing außerdem seit einiger Zeit schief. Natürlich gehörte er dem Studentenpärchen unterm Dach, wem auch sonst. Die beiden achteten nicht auf solche Dinge. Nicht einmal ein ordentliches Namensschild hatten sie angebracht.

Länger als nötig reinigte sie die Sohlen ihrer Schuhe auf der Matte, kratzte und kratzte über die harten Borsten, als könne sie damit ihre schlechte Laune verjagen. »Nur wegen Braun und dieser Sanne«, schalt sie sich. »Was geht die Frau mich an?« Aber das Gedicht ging ihr nicht aus dem Kopf, hatte sich eingenistet und verlangte, dass sie sich mit ihm auseinandersetzte. Als habe es all die Jahre darauf gewartet, von ihr gelesen zu werden. Der

Antiquar hatte durch sein abweisendes Verhalten ihre Neugier noch verstärkt. Wer war die Person, der Sanne die Fontanebände geschenkt hatte? Und wer war Sanne?

Die alte Holztür im ersten Stock quietschte, als Vera sie öffnete. Sie würde das Fläschchen mit dem Öl suchen und das Quietschen abstellen, aber erst, wenn Gregor zurück war, damit er sah, dass nicht er allein im Haus für Ordnung sorgte.

Eine Stimme schreckte sie aus ihren Gedanken. »Mum? Wo warst du denn so lange?« Melli. Ihre Tochter saß im Unterhemd am Küchentisch, mit nassen Haaren, ein Handtuch um den Hals geschlungen. Wahrscheinlich funktionierte die Dusche in ihrer Wohnung nicht, oder ein anderes Gerät versagte seinen Dienst, für Melanie ein Grund, sich mal wieder des Elternhauses zu entsinnen. Hier konnte sie ungestört duschen, ihre Wäsche waschen und gleichzeitig ihre Tochter Zoe bei Vera abladen, zumindest an den Tagen, an denen Vera keinen Kurs in der Volkshochschule gab.

Zoe hatte die Mülleimer unter der Spüle entdeckt und leerte begeistert den Inhalt auf den Boden. Eine Milchtüte, Teebeutel, ein alter Wischlappen, Eierschalen, Joghurtbecher, alles lag rund um das Kind verteilt, während Melanie konzentriert den *General Anzeiger* las, einen Stift in der Hand.

»Zoe, um Himmels willen«, rief Vera entsetzt und schaute auf die schmutzigen Finger ihrer Enkelin, die gerade eine leere Spülmittelflasche aus dem Eimer geholt hatte und an den Mund setzte. Sie stürzte auf das Kind zu und entriss ihm die Flasche, woraufhin Zoe laut zu schreien anfing.

»Mensch, Mum«, rief Melanie unwillig und legte die Zeitung auf den Tisch, »kaum bist du da, ist es mit der Ruhe vorbei. Was ist denn los?«

»Was los ist? Siehst du denn nicht, was dein Kind macht?« Als schlagenden Beweis für ihre Unachtsamkeit hielt Vera ihrer Tochter die Plastikflasche vor die Nase.

»Na und? Sie hat doch ganz zufrieden damit gespielt.« Melanie nahm die Zeitung wieder auf und las weiter, als sei ihre Mutter nicht anwesend. Eine Nachricht schien ihr Interesse geweckt zu haben, denn sie nahm den Stift und unterstrich etwas.

»Was gibt es denn so Wichtiges, dass du nicht merkst, dass Zoe dabei ist, sich zu vergiften?« Melanie sah nicht auf, sondern zuckte nur mit der Schulter. Erbost riss Vera ihr die Zeitung aus der Hand; ihr Blick fiel auf die unterstrichene Stelle: »Zwei Zimmer, Küche, Bad«. Sie spürte, wie ihr Magen sich zusammenzog. Nein, nicht schon wieder. Das kam gar nicht in Frage. Sie sah ihre Tochter ängstlich an.

»Melli, du willst doch nicht …?«

»Von Wollen kann keine Rede sein. Ich muss. Der Geier hat mir gekündigt.«

»Warum denn dieses Mal?«

»Zoe schreit zu laut; ich trenne angeblich den Müll nicht und …« – der Rest des Satzes kam trotzig hinterher –, »ich habe seit vier Monaten keine Miete mehr gezahlt.«

Vera war klar, was das bedeutete. Wenn Melli nicht sofort eine neue Wohnung fand, und wenn Gregor ihr nicht finanziell unter die Arme griff, würde sie wieder bei ihren Eltern einziehen wie im letzten Jahr und wie schon einmal vor drei Jahren. Jedes Mal hatte es nach kurzer Zeit erst Meinungsverschiedenheiten, dann lautstarken Krach gegeben, und Gregor war ausgerastet: »Melli muss endlich selbständig werden, und das ohne bequemes Rückzugsgebiet, ohne Hotel Mama.« Dass er damit auch sein Enkelkind aus seiner Nähe verbannte, musste in Kauf genommen werden.

»Mami, am besten ziehe ich erst mal wieder bei euch ein.«

Vera zuckte zusammen.

»Hast du dich denn schon im Internet nach einer Wohnung umgesehen?« Eine dumme Frage. Das war das Erste, was die jungen Leute taten. »Was hast du bloß mit dem Geld gemacht, das wir dir jeden Monat überweisen?«

Vera hatte kaum ausgeredet, platzte Melanie heraus: »Ich finde einfach nichts Gescheites. Das bisschen Geld, das ihr mir gnädig überweist, reicht gerade für die Kita und die halbe Miete.«

Sie stand auf, zog das Handtuch von der Schulter und fuhr mit den Fingern durch die Haare.

»Fast trocken. Ich geh ins Bad. Kannst du so lange auf Zoe aufpassen?«

Vera war zweigeteilt zwischen Zorn auf die Tochter und Hingabe an das Enkelkind, das sich gerade an ihr Bein klammerte. Sie durfte Melli nicht erlauben, einzuziehen. Aber als sie die kleinen Finger an ihrem Hosenbein spürte, geriet dieser Vorsatz schnell ins Wanken.

»Ich hab' schon mal einen Koffer in mein Zimmer gebracht. Papa kann ja meine paar Möbel am Ende des Monats rüber holen, wenn ich nichts finde.«

»Melliii«, rief Vera.

Die Küchentür schlug zu.

»Melliii«, wiederholte Vera. Als keine Antwort kam, nahm sie das Kind auf den Arm und bückte sich vorsichtig, um den verstreuten Abfall zurück in den Eimer zu werfen. Wer immer sie so balancieren sah, den Rücken in der Hocke gegen die Wand gedrückt, um nicht das Gleichgewicht zu verlieren, würde sie für verrückt erklären oder zumindest einen Wirbelsäulenschaden voraussagen. Aber Zoes munteres Geplapper ließ sie weitermachen, bis auch das letzte Teil aufgehoben war und nur eine Mischung aus Joghurt und Spülmittel den Boden verklebte.

Das Telefon läutete. Vera angelte nach dem Hörer, der auf dem Küchentisch lag, und zog überrascht die Augenbrauen hoch, als sich Herr Braun meldete. Er habe gerade Zeit, und ob er kurz kommen könne, um die Bücher vorbeizubringen. Vorausgesetzt natürlich, Gregor sei nicht zu erwarten. Und außerdem entschuldige er sich für seinen etwas unfreundlichen Ton im Geschäft.

Vera wunderte sich, dass Braun so kurz nach ihrem Besuch seine Meinung geändert hatte und die Bücher schon heute abliefern wollte. Vor allem der letzte Satz kam unerwartet. Dass Braun sich entschuldigte, damit hatte sie nicht gerechnet. Vielleicht hatte er Angst, sie würde sich bei Gregor, einem seiner besten Kunden, über Brauns Verhalten beschweren.

»Kein Problem, Herr Braun. Ich bin zuhause.«

Mit Schwung stieß sie den Abfalleimer zurück in den Schrank, hob Zoe ans Waschbecken und schrubbte ihre Händchen, bis sie rosig durchblutet waren. Ihre Laune hob sich mit jedem gereinigten Kinderfinger. Brauns Entschuldigung kam ihr wie ein verdienter Sieg vor, der den klebrigen Küchenboden weniger schmutzig aussehen ließ und Mellis laute Musik aus dem Badezimmer erträglich machte.

War es denn so schlimm, wenn Melli wieder einzog? Schließlich stand ihr Zimmer leer, und Platz genug für Zoe gab es auch. Gregor würde allerdings tagelang schlechte Laune haben, wenn er hörte, dass seine Tochter mal wieder keine Wohnung hatte und bei ihren Eltern unterzuschlüpfen gedachte.

»35, keine vernünftige Arbeit, keine Wohnung. Alle paar Jahre dasselbe Spiel. Warum soll sie das ändern, wenn sie weiß, dass wir sie jedes Mal auffangen. Wenn sie sich wenigstens etwas anpassen würde. Aber da warten wir bis zu unserem Lebensende.«

Nach der letzten Auseinandersetzung hatte auch Vera sich geschworen, Melanie nicht mehr alles durchgehen zu lassen. Aber heute – und das hatte mit Brauns Entschuldigung zu tun –, war sie geneigt, großzügig zu sein. Schließlich hatte Mellis Einzug nicht nur negative Seiten. Melli könnte ihr bei Gregors Geburtstagsfeier zur Hand gehen, denn sie war äußerst geschickt darin, die Wohnung zu dekorieren oder ein Buffet wirkungsvoll aufzubauen. Mit ein paar Tüchern, einigen Federn, Gräsern, Blättern und Blüten zauberte sie eine Phantasiewelt, die die Gäste in Bewunderung ausbrechen ließ. Vera ging ihr gern zur Hand, musste dabei allerdings ihre extravaganten Ideen akzeptieren.

Melli wusste genau, wie sie sich zu benehmen hatte und was sie sagen musste, um Komplimente einzuheimsen. »Herr Baumeister, Ihre Tochter ist eine erfreuliche Erscheinung, sehr charmant. Und so kreativ.« Wenn Gregor solches Lob hörte, stand er Melanies Wünschen nur noch halb so ablehnend gegenüber. Und Melanie wusste seine Laune auszunützen.

Trotzdem würde es ein hartes Stück Arbeit sein, Gregor die Vorteile von Mellis Einzug klar zu machen. Erst recht, da Vera sich selbst erst einmal überzeugen musste. Aber ihre Tochter hielt ein As in der Hand, das sie immer wieder mit Erfolg einsetzte. Und das war Zoe, die gerade eine Schublade aufzog und einen glänzenden Kochtopf herausholte. Vera drückte ihr einen hölzernen Probierlöffel in die Hand, und Zoe schlug so laut sie konnte auf den Boden des Topfes ein und übertönte damit sogar *AC/DC*, Mellis Lieblingsband. Erschöpft lehnte Vera sich zurück. Sie würde doch besser eine Wohnung für Melli suchen. Diese Lautstärke war sie nicht mehr gewöhnt.

»Wohin darf ich das Paket stellen?« Herr Braun sah sich fragend um.

»Ganz hinten in den Garderobenschrank. Da sieht mein Mann es nicht.«

Vera öffnete den ungeliebten Eichenschrank und schob Mäntel und Handtaschen zur Seite, um Platz für das Paket zu machen. Niemand würde die Bücher hinter den Wintermänteln vermuten, die jetzt, Mitte Mai, nicht mehr gebraucht wurden. Zufrieden schloss Vera die Schranktür, als Braun sein Paket in die hinterste Ecke geschoben hatte. Sie freute sich darauf, jedes Buch einzeln zu verpacken, mit Geschenkpapier von Körting, der die größte Auswahl in der Stadt hatte. Mit Hingabe würde sie die Bögen aussuchen, bis sie farblich harmonierten, eine Schwäche, die sie mit Melli teilte. Aber vorher würde sie noch einmal das Gedicht durchlesen, das sie so beeindruckt hatte. Sie sah das Schriftbild vor sich und fing an zu zittern. Wer so verworren schrieb, war mit der Welt und sich nicht im Reinen. Die Frau musste etwas erlebt haben, mit dem sie nicht fertig wurde.

»Das war's, Frau Baumeister. Ihr Mann wird Spaß an dem Geschenk haben.« Braun wandte sich zum Gehen. Vera versteckte die zitternden Hände in den Hosentaschen.

So schnell durfte sie den Mann nicht entlassen.

»Möchten Sie nicht eine Tasse Tee oder Kaffee? Ich hätte noch ein paar Fragen.«

Braun winkte ab. »Danke für das Angebot, aber ich muss zurück.« Veras letzten Satz überhörte er.

Dann also keine Höflichkeitsfloskeln, sondern der direkte Weg.

»Herr Braun, ich würde meinem Mann gern etwas zu dem Gedicht vorn im ersten Band erzählen. Er ärgert sich dann bestimmt weniger über den Banausen, der einfach seinen Gefühlen nachgibt und seine Gedanken in ein Buch schmiert.«

»Sie meinen die Banausin. Woher sollte ich sie kennen. Ich erinnere mich nur an die Person, die mir die Bücher angeboten hat, eine gutaussehende junge Frau.« Braun hielt inne, als habe er schon zu viel gesagt. Sofort hakte Vera nach.

»Und sie hat Ihnen nicht erzählt, warum sie die Bücher verkauft? Wollen Sie nicht doch einen Kaffee?«

»Nehmen Sie es mir nicht übel, aber ich muss zurück ins Geschäft.«

Zurück ins Geschäft. Als gäbe es jemals einen Besucherandrang bei ihm. Man musste das Antiquariat schon kennen, um in die abgelegene Straße zu kommen. Und außerdem hatte er bereits das Geschäft des Tages mit den Fontanebänden gemacht. Mehr würde er heute wahrscheinlich nicht mehr einnehmen. Es sei denn, Gregor ginge bei ihm vorbei. Vera lächelte bei der Vorstellung, dass Gregor sich über das leere Regalbrett wunderte, da Braun es bis dahin sicher nicht aufgefüllt hatte.

Als habe sie ihm mit ihrem Lächeln die Zustimmung gegeben, sich verabschieden zu dürfen, sagte Braun erleichtert: »Ich bin sicher, Ihr Mann wird zufrieden sein. Trotz des kleinen Makels.« Und mit einem Blick auf die Regale, die rund um den Eichenschrank gebaut waren und sich an manchen Stellen unter ihrer Last bogen, fügte er hinzu: »Ihr Mann hat mir einmal von seinem Ordnungssystem erzählt. Kompliment.«

»Mein Vater macht uns mit seinem Ordnungssystem verrückt.«

Melanie stand im Durchgang zum Wohnzimmer. Das Sonnenlicht umspielte ihre Figur und warf goldene Reflexe auf ihre Haare. Die gelbe Bluse … Vera zog die Stirn in Falten: Das ist doch meine Bluse; sie hat sie sich einfach genommen. Es geht schon wieder los.

Der Antiquar schien beim Anblick der jungen Frau vergessen zu haben, dass er gehen wollte. Melanie schüttelte den Kopf, als sei

Brauns Kompliment an den Vater unangebracht. »Wehe, wenn wir ein Buch nicht an seinen Platz zurückstellen.«

»Was passiert dann?«

Vera schaute ungläubig auf ihre Tochter. Was hatte sie an sich, dass Braun, der eben noch dringend in seinem Geschäft gebraucht wurde, plötzlich Zeit fand, sich mit ihr zu unterhalten? War es nur die Jugend, die ihn anzog? Oder strahlte Melli etwas Besonderes aus?

»Was dann passiert? Dann bekommen wir Geld abgezogen.«

»Melli. Das war in eurer Schulzeit«, konnte Vera sich nicht zurückhalten, ihre Tochter zu korrigieren.

Braun ignorierte Veras Tadel: »Das heißt, Sie bekamen weniger Taschengeld?«

Was fiel dem Mann ein, solche Fragen zu stellen!

Schon antwortete Melli: »Wir wurden ganz schön knapp gehalten mit Taschengeld, da konnte man nicht auch noch was abziehen. Aber es gab eine Sache, für die war kein Limit gesetzt, und das waren Bücher. Dafür durften wir so viel Geld ausgeben, wie wir brauchten.«

»Und das haben Sie redlich ausgenutzt.«

»Mein Bruder, ja. Wenn Klassenkameraden Bücher kauften, hat Kai manchmal meinem Vater die Rechnung vorgelegt, um sein Taschengeld aufzubessern. Ich hatte kein Interesse am Lesen. Also musste ich mir was Anderes einfallen lassen, um überleben zu können.«

»Was Ihnen nicht schwergefallen sein dürfte.«

Vera spürte Ärger in sich aufsteigen. Dieser Antiquar hatte

plötzlich alle Zeit der Welt. Auch wenn er nicht sehr gesprächig war, hätte er Melli wahrscheinlich willig Auskunft gegeben über das Gedicht im ersten Fontaneband. Und zwar über alles, was er wusste. Und Melli? Sie hatte kein Gespür dafür, dass der Mann ein Fremder war, dem man nicht Dinge erzählte, die nur die Familie etwas angingen.

Veras Finger kribbelten, ein Zeichen, dass der Ärger einen Ausweg suchte.

»Herr Braun, wir wollen Sie nicht länger aufhalten. Sie müssen ins Geschäft, und meine Enkeltochter hat Hunger. Wo ist Zoe überhaupt?«

»Immer noch in der Küche. Ich habe ihr Eis aus dem Gefrierfach geholt.«

»Melli.«

»Mum, sie wird schon nicht erfrieren. Und kannst du mal aufhören, die ganze Zeit in diesem Tonfall ›Melli‹ zu rufen, als würde ich wer weiß was anstellen?«

Vera war froh, dass Braun gerade die Tür hinter sich schloss.

***

Wo blieb Gregor? Er kam mittwochs normalerweise gegen vier nach Hause, aber heute verspätete er sich. Vera erinnerte sich schwach, dass er etwas von einer Versammlung wegen des verschwundenen Beamers gesagt hatte. »Pohl hat ihn ausgeliehen, aber vergessen zurückzubringen, und nun ist er unauffindbar.« Es war nicht das erste Gerät, das im Romanischen

Seminar spurlos verschwunden war, so dass der Hausmeister sich inzwischen weigerte, sich um die Ausgabe und Rücknahme der teuren Apparate zu kümmern. Gregor hatte angedeutet, dass ein bestimmter Verdacht bestünde, hatte sich aber geweigert, einen Namen zu nennen.

»Ich hoffe nur, dass die Sache bald aufgeklärt wird, denn ich brauche das Gerät für mein Seminar. Wenn ich nur an die neuen Fachhochschulen denke, deren Hörsäle mit allen technischen Neuerungen ausgestattet sind! Bei unseren Räumen im Hauptgebäude dagegen, du hast es ja gesehen, da fehlt es an allem.« Aber Gregor war nicht unzufrieden. Eine schönere Uni gab es für ihn nicht. Noch dazu hatten seine Hörsäle im ersten Stock den besten Blick. Fenster zur Hofgartenwiese.

Vera blieb manchmal vor dem Südeingang stehen und schaute zur Madonna hinauf, die über dem Portal den Eintretenden zulächelte. Ohne einen offiziellen Anlass und ohne Gregor würde sie nicht das Gebäude betreten, auch wenn viele Bürger die Uni als Durchgang zur Innenstadt benutzten. Das unterschwellige Gefühl, dass sie in Gregors Bereich eindrang, ließ sie vor den Außenmauern anhalten, einen kurzen Blick auf die Fenster im ersten Stock werfen und dann einen Umweg um das Unigebäude machen.

Nur einmal hatte Gregor ihr und den Kindern mit unverhohlenem Stolz die Hörsäle gezeigt, in denen er unterrichtete. Am Tag der offenen Tür. Die Kinder waren wenig beeindruckt, hatten lieber am Gold des Erzengels Michael auf dem Flur gekratzt und sich dann auf die Würstchen im Innenhof gestürzt. Gregor war pikiert gewesen, dass nicht einmal Kai — von Melli ganz zu schweigen — Interesse an seiner Arbeit zeigte und hatte bald zum Aufbruch gedrängt. Obwohl Vera Kai verteidigt hatte, er sei doch noch zu jung, hatte Gregor seitdem keine weitere Einladung in seine Arbeitswelt ausgesprochen.

Vera schaute auf die blühende Kastanie vor dem Wohnzimmerfenster. Zwei weißrosa Kerzen klopften sanft an die Scheiben, als wollten sie eine Nachricht überbringen. Die Stadt würde den Baum stutzen, wenn sie sah, dass einige Äste sich gegen die Wand des Hauses lehnten. Dabei störte das Klopfen der Blüten niemanden. Im Gegenteil. Es erinnerte daran, dass Frühling war. Warum sollte der Baum dann beschnitten werden, wenn er, so wie er war, Freude bereitete? Warum standen die Richtlinien in solchen Fällen immer an erster Stelle?

Wie hieß es in dem Fontanegedicht?

Nur nicht forschen, warum? Warum?
Nur nicht bittre Fragen tauschen,
Antwort ist doch nur wie Meeresrauschen.

Das Gedicht ging ihr nicht aus dem Kopf. *Warum? Warum?* Die Person im Gedicht fragte gleich zweimal. Da musste etwas passiert sein, das über ein lapidares Erlebnis hinausging. Die betroffene Person fand keine Erklärung, so sehr sie sich darum bemühte. Die Antwort auf ihre Fragen war unverständlich wie das Rauschen des Meeres.

Vera gebot ihren Gedanken Einhalt, da sie sich in eine gefährliche Richtung bewegten. Ihr Herz schlug schneller. Sie versuchte sich zu beruhigen. Das Gedicht hatte nichts mit ihr zu tun. Es war ein Zufall, dass es ihr in die Hände gefallen war, und hatte keine Bedeutung für sie selbst. Es hat nichts mit dir zu tun, sei nicht albern, sagte sie sich noch einmal und betonte jedes einzelne Wort. Aber der Gedanke ließ sich nicht abschütteln.

Es war ruhig im Haus. Das ältere Ehepaar im Erdgeschoss lief wahrscheinlich den ganzen Tag mit Filzpantoffeln durch die Wohnung, so leise waren die beiden, während die Mieter aus dem zweiten Stock noch nicht zurück waren von der Arbeit, sonst hätten sie längst das Radio angestellt. Dann hörte man sie mit Töpfen klappern, und es dauerte nicht lange, bis eine laute Diskussion begann. Ebenso schnell vertrugen die beiden sich wieder, und manchmal drang Frau Glasners Stöhnen und Schreien durch die Decke. Es schien ihnen nichts auszumachen, dass ihre Nachbarn Leid und Lust mitverfolgen konnten. Vera hingegen war es unangenehm, am Privatleben der Nachbarn teilhaben zu müssen. Wenn Gregor noch nicht zuhause war, holte sie eine CD mit alten italienischen Schlagern oder Tangomusik hervor, um die Geräusche von oben zu übertönen.

Melli hatte Zoe eingefangen und war mit ihr nach draußen gegangen, damit das Kind sich in der frischen Luft bewegte und am Abend müde war. Auf die Frage, wie es in Zukunft weitergehen sollte, hatte sie abgeblockt: »Ach, Mum.«

Vera lehnte sich müde in ihrem Lieblingssessel zurück, legte die Füße auf den Hocker und beobachtete das Blütenspiel vor dem Fenster. Das sanfte Auf und Ab der Zweige wirkte einschläfernd, doch sie durfte nicht einnicken. Bevor Gregor nach Hause kam, musste sie für sich entschieden haben, ob sie Melli einziehen lassen wollte oder nicht. Gregors Meinung kannte sie. Er würde nicht lange diskutieren, wenn sie nicht mit überzeugenden Argumenten kam. Vielleicht würde der Vorschlag, Melli bei den Vorbereitungen zu seinem Geburtstag einzusetzen, seine Meinung ändern.

Dreißig Gäste hatten bis jetzt zugesagt. »Mach bloß nicht so ein Trara um mich«, betonte Gregor immer wieder. Aber Vera wusste, dass er insgeheim anders dachte, auch wenn er am Telefon zu seinem Bruder gesagt hatte: »Meine Frau will unbedingt eine große Feier für mich veranstalten.« Er überließ ihr sämtliche Vorbereitungen, tat, als sei er nicht interessiert, füllte aber vorsichtshalber den Weinvorrat auf, aus Angst, sie könnte die falsche Sorte besorgen. Gleichzeitig gab er ihr Prospekte von Geschäften und Restaurants, die Essen ins Haus lieferten. »Nur zur Information.«

Vera sah auf die Uhr. Die Besprechung dauerte nun schon fast zwei Stunden. Zu viel Zeit für so ein Thema. Niemand würde laut einen Kollegen verdächtigen. Was also wollten sie groß beratschlagen? Es sei denn, Rossmann holte wieder weit aus und fand kein Ende mit seinen Ausführungen.

Als die Wohnungstür quietschte, nahm sie seufzend die Füße vom Hocker und strich die Haare zurück. »Gregor?«, rief sie, obwohl es ihr absurd vorkam, denn wer sonst sollte es sein. Aber so lange sie denken konnte, hatte sie »Melli«, »Kai« oder »Gregor« gerufen, wenn einer von ihnen zur Tür hereinkam.

Gregor stellte seine Tasche ab, hängte die Jacke auf und verschwand ins Bad, um sich die Hände zu waschen. Wie immer. Gleich würde er ins Wohnzimmer kommen und ihr einen Kuss geben. Wie immer, wenn er von der Uni kam und sie zuhause vorfand. Ein Ritual, verlässlich und wärmend. »Gut, dass wir uns nicht so zanken wie die da oben«, sagte Gregor, wenn es wieder laut wurde und Schimpfworte durch die Decke drangen. Als wolle er den Unterschied zu seiner eigenen Ehe unterstreichen, legte er den Arm um Vera und hielt sie einen Moment fest.

»Warum hat die Sitzung so lange gedauert?«

»Sie war schnell zu Ende. Ohne Ergebnis, wie zu erwarten. Dann bin ich noch bei Braun vorbeigegangen. Einfach zur Entspannung.«

Vera konnte nicht nachempfinden, dass jemand zur Entspannung in ein Antiquariat ging. Aber wenn es Gregor guttat …

»Braun hat ein Geschäft gemacht, über das ich mich im ersten Moment etwas geärgert habe, aber im Endeffekt war ich froh, dass die Bände weg waren.«

Alarmiert löste sich Vera aus seinem Arm. Braun würde doch nichts gesagt haben. So unaufgeregt wie möglich fragte sie: »Und was waren das für Bände?«

»Fontane.«

»Fontane.« Veras Puls stieg an. »Eine Ausgabe, die dir gefallen hätte?«

»Ja, neun Bände. Die Lücke an der Wand ist mir gleich aufgefallen.«

Vera wagte kaum, weiter zu fragen. Ihr plötzliches Interesse musste Gregor ungewöhnlich vorkommen, so dass er womöglich auf die Idee kam, dass seine eigene Frau die Bände gekauft hatte. Und dann wäre es vorbei mit der Geburtstagsüberraschung. Aber zumindest wusste sie jetzt sicher, dass ihm die Fontaneausgabe gefiel.

Schon redete Gregor weiter.

»Ich weiß nicht, was mit Braun heute los war. Er war kurzangebunden, fast unhöflich, als ich ihn auf die Lücke ansprach. Soll sich doch freuen, dass er die Bände verkauft hat. Ich habe nie mit ihm darüber geredet, aber als ich einmal einen Blick in den ersten Band geworfen habe, sprang mir ein mit Filzstift geschmiertes Gedicht in die Augen. Unglaublich! Grund genug, den Band zurückzustellen und die schöne Ausgabe nur noch von außen anzusehen.«

Vera glaubte ihren Pulsschlag zu hören. »Ein mit Filzstift geschmiertes Gedicht. Ich war froh, dass die Bände weg waren.« Sie presste die Lippen aufeinander, drehte sich um und ging in die Küche, um Gregor nicht ansehen zu müssen.

Was sollte sie jetzt mit dem Paket machen? Verschenken, ins Geschäft zurückbringen, in den Keller zu den anderen Bücherkisten stellen? Auf keinen Fall würde sie es Gregor überreichen. Und ebenso wenig würde sie ihm etwas Anderes kaufen.

Zoes Plastikteller lag im Waschbecken und wartete darauf, gespült zu werden. Vera erschrak. Sie hatte Gregor noch nicht von Mellis Absicht erzählt, wieder mal bei den Eltern einzuziehen. Das Quietschen der Wohnungstür kündigte Mellis und Zoes Rückkehr an.

»Puh, gegen Abend wurde es verdammt kalt. Zoe hatte keine Lust zu spielen und hat lieber die anderen Kinder mit Sand beworfen. Was gibt's denn zu essen?«

Melanie trug Zoe, die sich todmüde an die Mutter schmiegte, auf dem Arm.

»Mum, kannst du sie mal nehmen; sie ist inzwischen verd…« Vera legte den Finger auf den Mund und bedeutete ihrer Tochter, dass Ausdrücke wie *verdammt* nicht erwünscht waren. Melanie verstand sofort und korrigierte sich: »Sie ist inzwischen ganz schön schwer.« Veras Gesicht leuchtete auf, als Zoe auf ihren Arm glitt.

»Ich gebe ihr etwas zu essen, du kannst dich inzwischen mit deinem Vater unterhalten.«

»Ok. Und bring sie am besten gleich danach in mein Bett. Der Schlafsack liegt ja noch da.«

Melanie verschwand im Wohnzimmer. Vera war froh, Zoes Essen in der Küche zubereiten zu können und damit der Diskussion, die unweigerlich folgen würde, zu entgehen. Sie schob die Küchentür zu, sang leise ein Kinderlied und redete auf Zoe ein, doch brav zu essen. Gleichzeitig lauschte sie angestrengt, was Vater und Tochter sich zu sagen hatten.

Kaum hatte Vera Zoe ins Bett gelegt, stürzte Melanie ins Schlafzimmer.

»Wenn ihr mich nicht hier haben wollt, dann sagt es mir offen ins Gesicht. Papa gibt mir mal wieder gute Ratschläge, wie ich mein Leben in den Griff kriege und so weiter. Und er lässt ganz klar durchblicken, dass er uns loswerden möchte. Der Mist ist nur, dass ich nicht weiß, wohin. Sonst wäre ich längst weg.«

Melanie warf sich neben Zoe aufs Bett und zog das Kissen über ihren Kopf. Meine Tochter, dachte Vera. Was hatte sie als Mutter falsch gemacht? Gregor hatte recht. Fünfunddreißig Jahre und kein bisschen erwachsen. Sie wunderte sich nicht über die Frage, die unter dem Kopfkissen herkam: »Mum, kannst du mir das Essen hierherbringen?«

Vera hörte sich unwillig ja sagen. Die Unterhaltung mit Gregor würde sie genügend Nerven kosten, so dass es besser war, zusätzliche Störfaktoren wie Mellis Anwesenheit beim Essen so weit wie möglich aus dem Weg zu räumen.

»Wie war dein Tag?« Jeden Abend dieselbe Frage, die Vera so kurz wie möglich beantwortete. Was hatte sie schon Großartiges zu erzählen. Der Unterricht, den sie in der Volkshochschule gab, interessierte Gregor wenig, auch wenn er höflich zuhörte. Kein intellektueller Anspruch. Dabei war sie stolz, dass sie mit ihrem Angebot so großen Erfolg hatte. Im Sommersemester gab sie drei Kurse: *Origami* am Montag, *Individuelle Schmuckkarten und Umschläge herstellen* am Dienstag, am Donnerstag schließlich *Schmuck aus Papier*, wofür sie allerdings nach Siegburg fahren musste.

Schmuck aus Papier hatte so einen großen Zulauf, dass ein zweiter Kurs eingerichtet werden musste. Als sie Gregor von dem Andrang zu ihrer Veranstaltung berichtete, meinte er nur: »Aus Papier? Das heißt, dass die Schmuckstücke bald im Papierkorb landen.« Fügte aber schnell hinzu, als er Veras Gesicht sah: »Nun nimm's nicht so ernst. Das war ein Wortspiel, mehr nicht.« Trotzdem. Es war ein kleiner Stich gewesen, beabsichtigt oder nicht, der zeigte, wie er ihre Arbeit einschätzte. Gleichzeitig klang der unterschwellige Vorwurf mit: »Und dafür hast du studiert?«

Heute fiel die Frage »Wie war dein Tag?« aus. Gregor kaute betont langsam den kalten Bratenaufschnitt. Wer würde als Erster das Thema Melli anschneiden?

Schließlich hielt Vera die Stille nicht mehr aus.

»Schmeckt's dir nicht?«

»Ich habe keinen Hunger.«

Erneut Stille. Gleich holt er sich die Zeitung, dachte Vera. Doch plötzlich legte Gregor Messer und Gabel auf den Teller.

»Warum hast du mir nicht gesagt, dass Melli wieder bei uns einziehen will?«

»Wann sollte ich? Du bist doch eben erst nach Hause gekommen.«

»Du weißt, was passiert, wenn sie da ist. Du hast eben selbst gesehen, dass sie beleidigt wegläuft, anstatt sich einer Diskussion zu stellen.«

»Gregor, es ist nun mal so. Ich verteidige sie nicht. Aber wo soll sie denn hin mit dem Kind?«

»Wenn sie mal für längere Zeit bei einer Arbeitsstelle bleiben würde, anstatt davonzulaufen. Überall findet sie einen Haken.«

»Du hast recht. Aber vielleicht könnten wir sie übergangsweise hierbehalten, bis sie etwas gefunden hat.«

Gregor holte tief Luft. »Ich sage nein. Es ist zu ihrem Besten.«

Das »nein« kam entschieden. Vera schwieg. Nur keine Diskussion, die das Problem erst recht aufbauschen würde. Auch der Vorschlag, dass Melli den Geburtstag mitgestalten könne, musste auf einen günstigeren Zeitpunkt verlegt werden. So blieb die Oberfläche glatt, und sie konnten zu einem unverfänglichen Thema übergehen.

»Bevor ich es vergesse«, sagte Gregor, »ich habe Braun zu meinem Geburtstag eingeladen.«

Veras Augen weiteten sich. »Warum das denn?«, konnte sie sich kaum zurückhalten zu fragen, aber sie biss sich auf die Zunge. »Schön, das sind dann einunddreißig Gäste.«

Das hatte ihr noch gefehlt. Sie sah Braun vor sich, wie er Gregor gratulierte. Er würde als Erstes fragen, wie ihm denn die Überraschung seiner Frau gefallen habe, und Gregor musste dann gestehen, dass er von einem Geschenk seiner Frau nichts wusste. Das musste sie auf jeden Fall verhindern. In den nächsten Tagen würde sie noch einmal Brauns Geschäft aufsuchen.

Als spürte Gregor, dass Veras Begeisterung sich in Grenzen hielt, nahm er ihre Hand und fragte: »Es ist dir doch recht? Braun gehört zu den Menschen, mit denen ich mich gern unterhalte, und es kommen einige Leute, mit denen mich weit weniger verbindet, zum Beispiel unsere Nachbarn von oben. Warum soll ich da nicht Braun einladen?«

»Natürlich. Es ist deine Feier. Wir werden dir ein schönes Fest ausrichten.«

»Wir? Wer ist wir?«

»Ich dachte, Melli könnte mir helfen, die Tische festlich zu dekorieren und das Buffet aufzubauen. Du kennst ihre Phantasie, mit der sie in kürzester Zeit Zauberwelten schafft. Außerdem würde sie die Gäste bedienen.«

In dem Moment ertönte eine Schimpfkanonade aus dem oberen Stockwerk, die beide verstummen ließ. Die Frauenstimme kreischte, ohne Atempause, als müsse sie sich Luft verschaffen. Die Männerstimme unterbrach den Wortschwall nur kurz, dafür umso heftiger.

Gregor drückte Veras Arm.

»Gut, dass es bei uns anders läuft.«

Als sie nicht reagierte, schob er seine Hand unter ihre Bluse und strich über die nackte Haut. Vera war es unangenehm. Trotz regelmäßiger Gymnastik verlor die Haut an Festigkeit und es bildeten sich Röllchen, gegen die sie vergeblich ankämpfte. Das Alter hinterließ seine ersten Spuren. Da tröstete es sie auch nicht, dass sie die Haut ihrer Mutter geerbt hatte und bisher ohne teure Cremes über die Runden gekommen war. Seit einiger Zeit glaubte sie allerdings einen kritischen Blick an Gregor zu bemerken, wenn sie nackt aus dem Bad kam. Früher hatte er gerufen: »Komm zu mir, meine Liebe«, bevor sie das Nachthemd anzog. Es war fast ein Ritual gewesen, das nur unterbrochen wurde, wenn sie sich wegen Kai oder Melanie stritten. Erst als Gregor Kai geschlagen hatte, hatte sie auf sein »Komm zu mir« tagelang nicht reagiert. Bis er schließlich aufgab. Und dabei war es geblieben.

Es regnete in Strömen. Das Wasser sammelte sich im Rinnstein und trug rote und weiße Blüten mit sich, die der Regen von den Bäumen wehte. Wenn das schlechte Wetter anhielt, war die Blütenpracht in ein paar Tagen vorbei. Die letzten Blätterknospen vor dem Fenster wuchsen zusehends und hinterließen bei jeder Bewegung eine klebrige Spur an den Scheiben. Vera beobachtete, wie sie Tag für Tag intensiver grün wurden und sich langsam auseinanderfalteten, als würde eine geheime Kraft ihnen mitteilen: Beeilt euch. Es ist so weit.

Gregor hatte das Auto entgegen seiner Gewohnheit mit zur Uni genommen. Der Regen war ihm zu stark gewesen. Also würde sie zu Fuß zu Braun gehen, danach am Bahnhof die Straßenbahn nach Siegburg nehmen und damit die Baustellen umgehen, die auf der Bonner Straße kein Ende nahmen. Hatte sie genügend Material dabei: Garne, Bänder, Papier? Vera nahm ihre Unterrichtstasche, die sie vor ein paar Jahren in Italien auf dem Wochenmarkt gekauft hatte. Melli hatte ihr dringend zugeraten: »So ein Blau mit Türkis findest du bei uns nicht wieder, Mum.« , während Gregor diese Tasche mit den übergroßen Knöpfen zu auffällig fand. »In Italien oder Spanien ja, aber in Deutschland? Zu grell und viel zu groß.« Vera war ihrer Tochter heute noch dankbar, denn die Tasche begleitete sie im Frühjahr und Sommer zu allen Unterrichtsstunden.

Allmählich wurde der Regen schwächer, das Rauschen in den Regenrinnen wurde leiser. Vera klappte ihren Schirm zu, denn sie liebte es, wenn die letzten Tropfen eines Schauers auf ihr Gesicht fielen. Auch wenn Gregor jedes Mal verständnislos zusah, weil danach von einer Frisur nicht mehr die Rede sein konnte.

Als sie in die Straße einbog, die zu Brauns Geschäft führte, strich sie die nassen Strähnen aus dem Gesicht und fuhr mit den Fingern durch die Haare. Es gab keinen Grund, den Antiquar persönlich aufzusuchen anstatt zu telefonieren, wie jeder normale Mensch es tun würde. Braun kam womöglich auf die Idee, ihr andere Bücher vorzuschlagen, wonach ihr nach dem Reinfall mit den Fontanebänden nicht der Sinn stand. Außerdem hatte er sie deutlich spüren lassen, dass sie Gregor nicht das Wasser reichen konnte. Eine Romantikerin, die größeres Interesse an dem hingeschmierten Gedicht als am Inhalt der Bücher zeigte. Und trotzdem ging sie zu ihm ins Geschäft. Von Angesicht zu Angesicht erhoffte sie sich trotz seines ablehnenden Benehmens Auskunft über die Verfasserin der »Schmierereien« und über den Mann, an den sie gerichtet waren. Irgendetwas drängte sie, mehr über diese beiden Personen zu erfahren. Braun musste mit sich reden lassen, sei es aus Mitleid oder schlechtem Gewissen, wenn er erfuhr, dass das bei ihm gekaufte Geschenk nicht bei Gregor landen würde. Und wenn er fragte, was mit dem Paket geschehen sollte? Die Antwort hatte Zeit bis nach der Feier.

Das Antiquariat brauchte dringend einen neuen Anstrich. Schlicht grau verputzt und ohne jegliche Aufschrift machte es nicht unbedingt den Eindruck eines vornehmen Geschäfts für betuchte Kunden. Vor allem der rostige Fahrradständer, der einem Auto den Platz vor der Tür wegnahm, lud auch weniger zahlungskräftige Interessenten ein. Vera schüttelte ihren Schirm aus und stieg die zwei Stufen zum Eingang hinauf. Die schmucklose Fassade stand im Gegensatz zu einer gut erhaltenen Holztür mit prächtigen Blumengirlanden, die ihr beim ersten Besuch nicht aufgefallen waren. Vielleicht hatte die Tür wegen des guten Wetters offen gestanden. Vera drückte auf die Klinke. Geschlossen. Sie entdeckte einen Zettel im Fenster neben der Tür: Bin gleich zurück.

Das hatte ihr gefehlt! Ärgerlich sah sie auf ihre Uhr. Lange konnte sie nicht warten, wenn sie pünktlich in Siegburg ankommen wollte. Sie versuchte, durch das Fenster ins Innere zu schauen, ob sich dort vielleicht etwas bewegte, aber die hochgestapelten Kisten versperrten jeden Einblick. Einzig ein Ständer mit einem Karton voller Postkarten und Fotos, der beim letzten Mal draußen gestanden hatte, ließ sich erkennen. Es blieb ihr nichts Anderes übrig, als am Nachmittag noch einmal ihr Glück zu versuchen. Andernfalls musste sie telefonieren.

Vera fuhr gern mit der Straßenbahn. Auch wenn sie in der Unterführung des Bahnhofs jedes Mal an den Betrunkenen vorbeilaufen musste, die auf dem Boden sitzend die Passanten um einen Euro anbettelten. Sobald sie in der Bahn saß, hatte sie das angenehme Gefühl, unbelästigt und ohne auf den Verkehr achten zu müssen, ihren Gedanken nachhängen zu können.

Das Abteil war fast leer. Wer fuhr auch schon um diese Zeit nach Siegburg? Zwei ältere Frauen nahmen mit ihren Taschen jeweils eine Bank für sich ein. Sie schauten ohne große Neugier aus dem Fenster und blickten erst auf, als am Konrad-Adenauer-Platz ein junger Mann mit dichtem, fast schwarzem Haar hereinsprang.

Wie es schien, war er Straßenbahnfahren nicht gewöhnt, denn als er endlich einen Fahrscheinautomaten gefunden hatte, musste er feststellen, dass man nur mit Münzgeld bezahlen konnte. Er schimpfte laut und schlug mit der Hand auf den Automaten.

»Kann mir jemand einen Schein wechseln?« Die beiden Frauen reagierten nicht, da die Frage ungehalten klang und der Fahrgast einen nicht gerade freundlichen Eindruck machte. Vera schaute ihn an, holte ihr Portemonnaie aus der Tasche und schüttete das Kleingeld in ihre Hand. Dann winkte sie den jungen Mann zu sich her. Diese dichten Haare, die jeder Frisur widerstanden. Die gleiche schmale Figur. Kai müsste jetzt in etwa so alt sein wie er. Ein Ring legte sich um ihre Brust. Sie richtete sich auf, atmete tief ein und reichte dem Fremden ihre Münzen: »Behalten Sie Ihren Schein.«

»Vielen Dank. Mein Roller ist leider kaputt, deshalb muss ich mit der Bahn fahren. Aber eins versichere ich Ihnen: Ein Ausländer hat keine Chance, das Zahlsystem hier am Automaten zu verstehen«, sagte er, als würde er sein eigenes Unvermögen damit entschuldigen.

»Sind Sie Ausländer?« Vera überlegte schnell, ob das Wort inzwischen einen negativen Klang hatte. Gregor verbesserte sie manchmal, wenn sie seiner Meinung nach nicht den richtigen Ausdruck gewählt hatte. Der junge Mann reagierte jedoch gelassen auf ihre Frage.

»Nein. Mein Großvater war Italiener, aber meine Eltern sind schon in Deutschland geboren. Danke für das Kleingeld. Sie haben übrigens schöne Augen.«

Er drehte sich um und versuchte sein Glück erneut, aber es dauerte eine Weile, bis sie das Klicken des Automaten hörte, der den Fahrausweis ausspuckte. Als Abschluss folgte ein unflätiges Schimpfwort. Dann war Ruhe. Vera lächelte. Komischer Vogel, aber irgendwie sympathisch. Wer traute sich schon, einer fremden Frau so ein Kompliment zu machen. »Sie haben schöne Augen.« Das hatte ihr schon lange niemand mehr gesagt. Stimmte das noch? Verstohlen holte sie einen Spiegel aus der Tasche und hielt ihn nah vor das Gesicht. Ein paar große dunkle Augen blickten ihr entgegen, undefinierbar in der Farbe. Dunkelbraun mit helleren Einsprengseln, die mit dem Licht einen Grünton annahmen. Unergründlich. Die Wimpern, die Kai von ihr geerbt hatte, rahmten immer noch wie ein dichter Kranz die Augen ein. Gregor hatte einmal gesagt: »Dein Gesicht, das sind deine Augen.« Auch wenn die Lider an Festigkeit verloren, der Satz stimmte immer noch.

Vera lehnte sich zurück, legte den Kopf auf die Rückenlehne und ließ die Gedanken wandern. Von Gregor zu Melli. Wo mochte Melli gerade sein? Als sie Zoe in die Kita brachte, hatte sie sich von Gregor mit den Worten verabschiedet: »Ich geh' dann noch mal nach einer Wohnung suchen. Vielleicht kann ich in der Zwischenzeit bei Jenny oder Luise unterkommen. Ihr ertragt uns ja nicht.« Dabei hatte sie Zoe fest an sich gedrückt, wohl um Gregor klar zu machen, wie herzlos sein Verhalten war. Jenny oder Luise. Die beiden würden sich bedanken. Melli konnte nicht wirklich glauben, dass sie auch nur bei einer der Frauen willkommen war. Als Gregor sich verteidigte: »Ich würde nichts sagen, wenn du dich hier anpassen könntest«, hatte Melli ihn nicht aussprechen lassen und wie so oft die Tür hinter sich zugeworfen.

Vera verspürte einen Druck in den Schläfen. Sie stand zwischen Melli und Gregor, gab beiden Seiten Recht und wehrte sich gleichzeitig gegen ihr Verhalten. Konnten die beiden nicht friedlich miteinander umgehen? Melli weniger aufbrausend, Gregor weniger konsequent. Und sie selbst? Sie wusste keine Antwort. Gregor erwartete selbstverständlich, dass sie auf seiner Seite stand. Sie beneidete ihn um seine Sicherheit, mit der er unerschütterlich seine Meinung für die richtige hielt.

»Die Erfahrung hat es uns gelehrt«, war sein Credo, gegen das sich nicht viel einwenden ließ. Ihre Argumente waren nicht überzeugend genug formuliert, um mit ihm zu diskutieren, wie er es mit Braun gewohnt war.

Ob Braun auf ihrem Rückweg im Geschäft sein würde? Melli könnte ihn um den Finger wickeln, wenn sie es darauf anlegte. Sie würde ihn zum Reden bringen, ihm Antworten entlocken. Aber dafür musste sie die Fragen kennen, um die es ging. Sollte sie Melli einweihen? Etwas sträubte sich dagegen, so dass sie den Gedanken fortwischte. Wie sollte sie ihrer Tochter erklären, was sie an dem Gedicht so faszinierte, wenn sie es selbst nicht wusste. Eins war jedenfalls klar, sie würde die Bücher behalten, auch wenn sie nach einem besseren Versteck suchen musste.

Veras Gedanken sprangen weiter, hielten sich nirgends lange auf, sondern liefen ziellos und unkoordiniert mal vorwärts, mal zurück, einzig gestört durch die Stimme im Lautsprecher, die die Haltestellen ankündigte.

»Nächster Halt: Siegburg. Endstation.«

Vera griff ihre Tasche und verließ hinter dem jungen Mann die Bahn. Bis zur Volkshochschule war es ein ganzes Stück zu laufen, aber sie sah es als notwendigen Sport an, mit dem sie sich fit hielt. Hoffentlich traf sie auf dem Weg durch die Stadt keine Bekannten, mit denen sie aus Höflichkeit ein paar Sätze austauschen musste. »Wie geht's?« »Danke, gut.« »Was machen die Kinder?« »Alles ok. Und selbst?« Es war oberflächlich, aber es war erträglich. Schlimmer war es, wenn die Leute weiterfragten. Um gar nicht erst auf Kai zu sprechen zu kommen, begann sie jedes Mal schnell ein unverfängliches Thema und verabschiedete sich bald mit einer Ausrede.

Sie fuhr die Rolltreppe hoch und ging flotten Schrittes Richtung Marktplatz, mit geringem Abstand vor ihr der junge Mann, der seinen Rucksack lässig über die Schulter geworfen hatte. Wohin mochte er gehen? Arbeitslos? Auf der Suche nach einem Job? Unsinn. Sie dachte zu viel an Melli und verlagerte Mellis Probleme auf andere. Zumindest arbeitete der Mann nicht auf einer Bank, sonst würde er einen Anzug tragen und nicht diesen dünnen Anorak.

Jetzt blieb er mitten auf dem Marktplatz stehen, sah sich suchend um und kam auf sie zu, keineswegs verlegen.

»Ich bin's schon wieder, ich suche die Humperdinckstraße.« Der rechte Schneidezahn stand schief, darum hätte seine Mutter sich kümmern müssen.

»Die Humperdinckstraße?«

Vera hatte sehr wohl verstanden. Fragte nur, um Zeit zu gewinnen. Sollte sie ihm sagen, dass sie auch dorthin wollte? Dann ging er womöglich neben ihr her.

Werd' nicht schrullig! schalt sie sich.

»Ich gehe denselben Weg. Wenn Sie wollen, …«

»Oh«, sagte er überrascht, als müsse er es sich überlegen, bevor er fortfuhr: »Gern. Ich bin zwar nicht das erste Mal in Siegburg, aber besonders gut kenne ich mich nicht aus, und mein Smartphone ist leer.«

Er passte sich ihrem Schritt an. Vera warf einen verstohlenen Blick auf ihren Begleiter. Mutter und Sohn, würden die Passanten denken. Es könnte Kai sein. Das Gesicht des Fremden verschwamm für einen Moment vor ihren Augen. Es war nicht Kai. Als ob sie es nicht wüsste. Und trotzdem suchte sie sein Gesicht in den Zügen des Fremden. Schweigend ging sie neben dem jungen Mann her, bis sie glaubte, etwas sagen zu müssen, um nicht unhöflich zu wirken.

»So viele leere Schaufenster. Ein trostloser Anblick. Warum schließen all die Geschäfte?«

Anstelle einer Antwort, die sie sich auch selbst geben konnte, fragte er: »Kennen Sie zufällig die Volkshochschule hier?«

»Sagen Sie nicht, dass Sie auch dorthin wollen«, rutschte es ihr raus.

»Hört sich an, als gäbe es da etwas, vor dem ich mich in Acht nehmen sollte.«

»Nein. Oder vielleicht doch. Ich unterrichte dort.«

Jetzt lachten sie beide.

»Und was unterrichten Sie?«

»Raten Sie mal.«

»Na ja«, er warf einen Blick auf die türkisfarbene Tasche und grinste, »es wird nicht gerade Computerwissen sein. Auch nicht Geschichte oder Philosophie.«

»Sondern?«

Konnte man aus der Tasche etwas ableiten? Sie war gespannt, wo er sie einsortieren würde.

»Ich würde mal sagen Sprachkurse, Italienisch, Französisch, oder Hobbymalerei, Schmetterlinge falten, oder vielleicht einen Schneiderkurs.«

»Schmetterlinge. Schneiderkurs. Sagen Sie doch gleich Basteln, Häkeln und Stricken.«

Geschichte oder Philosophie traute er ihr nicht zu. Sie traute es sich selbst nicht zu. Vielleicht hielt er Basteln und Schneidern angemessen für ihr Alter. Er blieb einen Moment vor ihr stehen, als müsse er ihr etwas erklären.

»Es war nicht negativ gemeint. Im Gegenteil. Ich bewundere jeden, der kreativ ist und mit der Hand etwas herstellt und nicht stundenlang vor dem Computer sitzt.«

»Computer? O je. Müssen Sie in der VHS die Rechner reparieren?«

»Gott sei Dank nicht. Ich habe ein Angebot, im nächsten Semester ein paar Stunden Computerunterricht zu geben. Ich stelle mich gleich vor.«

»Viel Glück!«

Damit war für Vera die Unterhaltung mit dem Fremden beendet. Weitere Fragen wären reine Neugier gewesen, und zu Smalltalk über Wetter und Tagesgeschehen hatte sie keine Lust. Sie war froh, als die gelben Mauern der Volkshochschule auftauchten und der Kastanienbaum in der Ecke des Parkplatzes sie wie eine alte Bekannte begrüßte.

»Ich wünsche Ihnen viel Erfolg. Wir werden uns sicher mal wieder in der Bahn begegnen.«

»Und ich werde Ihnen das Kleingeld zurückgeben. Ich heiße übrigens Dante.« Lachend fügte er hinzu: »Ohne Alighieri.«

»Baumeister«, sagte Vera und reichte dem jungen Mann die Hand: »Alles Gute, Herr Dante.«

»Einfach Dante, ohne Herr. Schaffen Sie das?«

Komischer Name. Komischer Knabe. Vera nickte. Ein paar Pfund mehr auf den Rippen würden ihm nicht schaden. Und einmal mit dem Kamm durch die Haare.

Sie gingen nebeneinander die Treppe hinauf, dann wandte sie sich nach links; er blieb am Informationsschalter neben dem Eingang stehen. Warum fiel ihr gerade in diesem Moment das Fontanegedicht ein?

Die Tür des Antiquariats stand offen; die Lichter brannten wie beim letzten Mal auch am helllichten Tag. Vera überlegte, ob sie eintreten sollte. Sie hatte sich genau überlegt, was sie sagen wollte, damit Braun Gregor nicht verriet, wo die Bücher geblieben waren. Überrascht schaute er über den Brillenrand, als sie eintrat.

»Frau Baumeister?«

Sein Blick zeigte, dass er keinerlei Ahnung hatte, warum sie erneut zu ihm kam. Als Vera ihm kurz erklärte, dass sie Gregor die Fontanebände nicht schenken würde, schüttelte er den Kopf.

»Das hätte ich nicht erwartet, dass Ihr Mann so auf das Gedicht reagiert.«

Er überlegte einen Moment, rieb sich das Kinn und schaute an den Bücherreihen entlang. Jetzt bloß kein Vorschlag für einen anderen Autor. Zu spät.

»Geben Sie mir die Bände zurück. Wir werden neu überlegen.«

Das hatte sie befürchtet. Sie würde die Bände nicht zurückgeben, und auch nicht in seinem Beisein neu anfangen zu suchen.

»Danke für das Angebot. Aber ich werde die Bücher behalten. Hauptsache, Sie erwähnen auf der Geburtstagsfeier meinem Mann gegenüber nichts von dem Kauf.«

»Frau Baumeister, gibt es einen Grund, dass Sie den Fontane nicht umtauschen wollen? Es ist doch nicht etwa wegen des Gedichts?«

Vera antwortete nicht. War es denn wirklich das Gedicht, das sie dazu verleitete, neun Bände zurückzuhalten? Das wäre in der Tat unvernünftig. Und entsprach ganz und gar nicht ihrer Art. Aber über Vernunft und Unvernunft wollte sie mit dem Antiquar nicht diskutieren.

Braun kniff die Augen zusammen, wobei sich unzählige Fältchen am Rande der Brillengläser bildeten. Ein verstecktes ironisches Lächeln um seinen Mund sagte: Geben Sie ruhig zu, dass ich recht habe und es wegen des Gedichts ist. Vera fühlte sich ertappt und verabschiedete sich schnell.

Vor der Tür stieß sie fast den Ständer voll alter Postkarten und Fotos um, der am Morgen noch hinter der Schaufensterscheibe gestanden hatte. Was die Menschen alles sammelten: Postkarten, die Freunde geschrieben hatten, Fotos mit unbekannten Schönen, Autogrammkarten von Schauspielern. Vera zog wahllos eine Karte aus dem Stapel, eine Ansicht vom Drachenfels, im Vordergrund zwei Esel. Sie erinnerte sich, dass die Esel jahrelang für die Touristen den Berg hinaufgetrottet waren. Ihre Eltern hatten ihr bei einem Ausflug ins Rheinland auch einmal angeboten, auf dem Eselsrücken nach oben zu reiten, aber das Tier war ihr ungeheuer gewesen und sie hatte abgelehnt. Sie drehte die Karte um. *Lieber Christian! Viele Grüße von einem Ausflug nach Königswinter. Wie war es in Glyndebourne? Gute Sänger? Ich wäre gern dabei gewesen.* Weiter nichts; keine Unterschrift, keine Anschrift. Was bedeutete *Gute Sänger?* Und wo lag Glyndebourne?

Als habe sie unerlaubt Einblick in persönliche Dinge genommen, steckte sie die Karte zurück zu den anderen und blickte sich vorsichtig um, ob Braun sie etwa beobachtet hatte. Er stand am Fenster und schaute ihr zu, drehte sich aber sofort weg, als er ihren Blick bemerkte.

* * *

Noch eine halbe Stunde bis zur Ankunft der Gäste. Vera lief durch die Wohnung, um zum wiederholten Mal alles zu kontrollieren, auch wo es nichts zu kontrollieren gab. Sie war begeistert von Melanies Dekorationskünsten. Ein indisches Tuch mit Pailletten, das Vera sich nie getraut hätte aufzulegen, glitzerte mit den

Gläsern um die Wette. Kugeln in allen Größen, Objekte aus Veras Kursen, Dosen aus den verschiedensten Materialien ergaben trotz ihrer zufällig wirkenden Zusammenstellung ein harmonisches Bild. »Perfekt imperfekt muss es aussehen«, hatte Melli gesagt und büschelweise Glockenblumen bei Dunkelheit in einem Vorgarten geräubert und in der Wohnung verteilt. Veras Einspruch gegen die gestohlenen Blumen wurde vom Tisch gewischt: »Entweder ich bin allein verantwortlich und du mischt dich nicht ein, oder du machst es selbst.«

»Aber sag deinem Vater bloß nicht, woher die Blumen sind.« Er selbst würde nicht auf die Idee kommen, dass auf seiner Feier etwas nicht mit richtigen Dingen zuging, aber bei Melanie wusste man nie, was ihr plötzlich einfiel. Als sie einen Tag nach dem Streit mit Gregor wieder vor der Tür stand, hatte Vera innerlich aufgeatmet, Tochter und Enkelkind in den Arm genommen und in die Küche geschoben.

»Habt ihr Hunger?«

»Und wie!«

»Pasta mit Lachs aus dem Tiefkühlschrank?«

Melanie nickte zufrieden. Ihr Gesicht leuchtete kurz auf, um sich sofort wieder zu verfinstern.

»Papa flippt aus, wenn er uns hier sieht. Glaub mir, es ist einfach keine gescheite Wohnung zu finden. Und bei Jenny halte ich es nicht aus.«

Vera hatte ihr daraufhin den Auftrag gegeben, die Wohnung für die Feier etwas »herzurichten«, damit die Bücher nicht alles dominierten, sondern auch anderen schönen Dingen Platz ließen.

Gregor liebte es, bei seinen Gästen Eindruck zu machen, auch wenn er es nicht zugab. »Kompliment, Baumeister. Sie haben einen besonderen Geschmack.« »Alte Bücher und Modernes mutig gemischt. Passt.« Wenn dann noch Wein und Essen gelobt wurden, war es eine gelungene Einladung. Die Sätze blieben Gregor im Gedächtnis und wurden beim Frühstück oder Abendessen wie nebenbei wiederholt.

»Fang gleich an, Melli, bevor dein Vater nach Hause kommt. Wenn er dich bei der Arbeit für seine Feier sieht, hast du gute Karten.«

Vera schämte sich, dass sie Melli ermunterte, Gregors Schwäche auszunützen. Dabei hatten sie sich bei Mellis Geburt versprochen, vor dem Kind stets als Einheit da zu stehen, als Elternpaar, das zusammenhielt. Komme, was wolle. Da hatten sie noch geglaubt, das sei ein leichtes Spiel, wenn man es nur vernünftig anging. Unwissende, Nichtsahnende, die sie waren. Niemand hatte sie vorgewarnt.

»Ich muss dir noch etwas sagen, Melli. Es geht um die Bücher, die Braun gebracht hat. Du weißt, ich wollte sie deinem Vater schenken, aber jetzt habe ich mich anders entschieden.«

Melanie sah ihre Mutter verständnislos an. Vera erklärte ihr das Nötigste, zeigte ihr das Gedicht im ersten Band und bat sie, ihr zu helfen, die neun Bände in der Schublade unten im Garderobenschrank unter Mützen und Handschuhen zu verstecken. Die Zeit eilte. Vera beschwor ihre Tochter: »Dein Vater weiß von nichts, und das soll auch so bleiben.«

»Ich werde euch nie verstehen«, sagte Melanie, räumte die

Schublade aus, packte die Bücher hinein und deckte alles mit Mützen und Handschuhen wieder ab. Niemand würde auf die Idee kommen, dort etwas zu suchen.

Vera behielt recht, dass sie ihrer Tochter den Tipp gab, so schnell wie möglich mit dem Umräumen für Gregors Geburtstag zu beginnen, um nicht wieder weggeschickt zu werden. Gregor hatte den Flur betreten und gleich die Änderungen bemerkt. Der kleine Teppich war entfernt, so dass der Flur größer wirkte. Im Garderobenschrank hingen neue Kleiderbügel, die Vera auf Anraten von Melli im Geschäft um die Ecke gekauft hatte, auf der Gästetoilette lagen grün-weiße Handtücher, grüne Seife, Parfumproben in einem grünen Körbchen, fröhliche Farbflecken auf den weißen Fliesen. Gregor hatte alles wohlwollend zur Kenntnis genommen und sich jeden Kommentars zu Melanies Anwesenheit enthalten. Zoe durfte sogar kurz auf seinen Knien reiten, ohne dass er Angst um die Bügelfalten seiner Hose hatte.

Jetzt lief er im Arbeitszimmer auf und ab, in der Hand einen Stapel kleiner Zettel, auf denen die wichtigsten Punkte seiner Rede vermerkt waren. Wenn die Gäste wüssten, wie lange er daran gefeilt hatte. Vera zog sofort die Tür wieder zu, als sie seinen Blick bemerkte. »Stör mich nicht!« stand wie eine Warnung auf seiner Stirn. Sie griff nach Zoes Hand und lotste das Kind ins Wohnzimmer, um auch den kleinsten Anlass für eine Unstimmigkeit zu vermeiden.

Herr und Frau Venn, das ältere Ehepaar aus dem Erdgeschoss, klingelten als Erste. »Sind wir zu früh?«, fragte Herr Venn entschuldigend, als keinerlei Geräusche aus der Wohnung drangen.

»Nein, nein«, sagte Gregor und nahm dankend den Korb mit selbstgemachten Marmeladen und eingelegtem Obst entgegen. Insgeheim wünschte er sich, die Glasners von oben wären als Erste da gewesen, um sicher zu gehen, dass die Gäste nicht plötzlich Zeugen einer Auseinandersetzung im Stockwerk über ihnen werden mussten.

Aber die Befürchtung löste sich in Luft auf, denn schon erklang Frau Glasners Stimme im Treppenhaus: »Lasst gleich die Tür für uns auf.« Ein weinrotes Kleid mit gewagtem Ausschnitt, Lippenstift in der passenden Farbe, die Haare glatt geföhnt, den Pony bis an die Augenbrauen über die Stirn gezogen. Cleopatra lässt grüßen, dachte Vera. Eine auffallende Person, deren grob geschnittenes Gesicht durch mutiges Make-up und selbstbewusstes Auftreten außergewöhnlich wirkte.

Vera warf im Flur schnell einen Blick auf ihr eigenes Frühlingskleid, nach dem sie für den heutigen Anlass lange gesucht hatte. »Ganz hübsch, aber kein *eyecatcher«*, war Mellis Kommentar gewesen. Melli selbst war zu Veras Überraschung mit einem kunstvoll um den Körper gewickelten Seidenstoff erschienen. »Ein alter Sari«, hatte sie erklärt, »so was verkauft Jenny nicht gerade billig als Tischdekoration.« Damit würde sie allen die Schau stehlen. Vera war skeptisch, sagte aber nichts. Gregor hatte sich nicht zu dem Gewand geäußert, da er viel zu sehr mit sich selbst und seiner Rede beschäftigt war.

Die Kollegen von der Universität kamen gemeinsam mit einem Blumenstrauß und einem flachen Paket, das Vera inbrünstig hoffen ließ, es möge kein Bild sein. »Ein Kupferstich vom Bonner Münster. Ein Plätzchen sollte sich dafür in deiner Wohnung noch finden lassen, alter Knabe. Auch wenn's eng wird, wie man sieht.« Pohl klopfte Georg auf die Schulter und überreichte ihm das Paket. »*Ad multos annos*.« Dass die Leute von der Universität immer mit lateinischen Sätzen daherkommen mussten! Dann wandte Pohl sich an Vera mit dem Blumenstrauß, den ihm seine Frau in die Hand drückte: »Wir wissen alle, wie Sie Ihrem Mann den Rücken frei halten. Wenn er Sie nicht hätte, würde er sich nicht so einsetzen können mit immer neuen Ideen und unbezahlten Überstunden."

Vera war sich nicht sicher, ob die Kollegen über Gregors Eifer besonders glücklich waren. Vielleicht fühlten sie sich dadurch aufgefordert, selbst mehr Einsatz zu zeigen und hätten lieber einen Kollegen, der sich mit dem vorgeschriebenen Pensum begnügte. Schon allein das honigsüße Lächeln von Pohls Ehefrau ließ diesen Gedanken nicht ganz abwegig erscheinen.

Melli bot Sekt, Orangensaft und Mineralwasser an, gab nebenbei willig Auskunft über Tochter und nicht vorhandenen Ehemann, wobei sie ihre momentane Situation so gut zu umschreiben wusste, dass jeder annahm, sie sei mehr als zufrieden mit ihrem Leben. Als jedoch Gregors Studienfreund Matthias, mit Seidenschal, grünem Samtjackett und neuerdings mit Dreitagebart, eintraf, fragte er gleich, wie lange sie es denn dieses Mal bei ihren Eltern aushalte. Melli stellte ihr Lächeln ein und strafte ihn mit einer herablassenden Kritik an seiner Aufmachung. Vera erschrak. Sie kannte Mellis Abneigung gegen Matthias: »Alle, bloß nicht der!« Sie selbst mochte ihn auch nicht besonders, aber Gregor hing an ihm, und das nicht nur, weil der Schulfreund ihm zuverlässig bei der Steuererklärung half. Sollte er allerdings wieder einmal anzügliche Bemerkungen über das weibliche Geschlecht machen, war Mellis Reaktion nicht vorhersehbar. Im Augenblick wurde er Gott sei Dank von Gregors Mutter abgelenkt, die sich freute, einen alten Bekannten aus der Jugendzeit ihres Sohnes wiederzusehen.

Herr Braun kam als Letzter mit einer halben Stunde Verspätung. Er schlug Gregor auf die Schulter, begrüßte ihn herzlich wie einen alten Freund; Vera hingegen reichte er nur kurz die Hand. Bloß nicht länger als die Höflichkeit es verlangt, dachte Vera. Etwas stand zwischen ihr und Braun. Es konnten doch nicht die Bücher sein. Es schien, als wüsste er etwas, das er ihr nicht verraten konnte, wollte, sollte. Aber es gab keine Zeit, um darüber nachzudenken.

»Es sind alle da«, sagte Gregor erleichtert, drückte Veras Hand und zog seine Zettel mit den Stichworten aus der Jackentasche. »Wenn ich noch länger warte, ist das Papier zerknittert und der Text unleserlich.« Er stellte sich hinter das Stehpult, das er für seine Rede aus dem Arbeitszimmer geholt hatte, nahm Veras Glas, brachte es mit seinem eigenen zum Klingen und schaute wartend in die Runde. Langsam kehrte Stille ein.

»Liebe Mutter, liebe Vera, liebe Tochter, meine lieben Gäste.«

Seine Mutter kommt natürlich an erster Stelle, fuhr es Vera durch den Kopf. Immer noch die alte Rangordnung. Als ob die Mutter nicht auch zu den »lieben Gästen« gehörte. Aber das war Erbsenzählerei. Sie legte schnell die Hand auf die Schulter der Schwiegermutter und konzentrierte sich wieder auf Gregor.

Vor ihr stand ein schlanker Mann im neuen grauen Anzug, der seinen Blick über die Gästeschar gleiten ließ. Mein Ehemann, sagte sie sich, als würde ihr erst jetzt bewusst, wer da gerade eine Rede hielt. Hinter dem Stehpult kam er ihr anders vor, nicht wie der Mann, dem sie jeden Tag begegnete und dem sie nur einen flüchtigen Blick widmete. In dieser ungewöhnlichen Situation war er der intensiven Begutachtung aller ausgesetzt, der er sich nicht entziehen konnte.

Gregors Haare wurden zusehends lichter. Er kämmte sie neuerdings zur Seite, um wenigstens eine der Geheimratsecken zu überdecken. Matthias hatte ihm empfohlen, die Haare raspelkurz schneiden zu lassen. Aber Gregor konnte sich mit dem Gedanken noch nicht anfreunden. »Das ist doch eine Modeerscheinung."

Seine dunklen Augen suchten Blickkontakt zu den Gästen. Er hob und senkte seine Stimme, je nachdem wie es der Inhalt eines Satzes erforderte, brachte die Zuhörer gezielt zum Lachen, um kurz darauf wieder ernst zu werden. In wenigen Strichen zeichnete er die Etappen seines Lebens nach. Jeder musste glauben, einen begnadeten Redner vor sich zu haben. Wie viel Zeit er für die Ansprache investiert hatte, wie er Satz für Satz laut gesprochen hatte, bis er in seinen Ohren richtig klang, das ahnte niemand. Die Zettel mit den Stichworten kamen kaum zum Einsatz, da er den

Text längst auswendig kannte. Unauffällig schob er Blatt für Blatt zur Seite.

»Sechzig Jahre. Es versteht sich von selbst, dass ich nicht ohne Beulen davongekommen bin, einmal glaubte ich sogar, jetzt ist der Einschlag so groß, da lässt sich nichts mehr reparieren. Das war, als die Sache mit Kai passierte.« Gregor senkte seine Stimme und hielt für einen Moment inne. »Aber ich habe in meinem Leben gelernt, dass es trotz allem weitergeht. Man muss aufstehen und Haltung bewahren.« Herr Glasner klatschte, klatschte so lange, bis sich alle Gäste anschlossen, nur Melli bewegte sich nicht. Vera war erstarrt, als sie Kais Namen hörte. Sie applaudierte mit, ohne zu wissen, worum es ging. Gregor hob abwehrend seine Hände. Schöne Hände, die Vera vom Tage ihres Kennenlernens an bewundert hatte. Was hatte er über Kai gesagt? Da die Gäste so lange klatschten, konnte es nichts Schlechtes gewesen sein. Beruhigt strich sie über Mellis Arm. Kais Leben ging die Gäste nichts an.

Gregor warf Vera einen Blick zu und lächelte zufrieden. Alles lief wie am Schnürchen. Sogar den sich selbst gesetzten Zeitrahmen hatte er nicht überschritten.

»Zum Schluss möchte ich mich bei den drei wichtigsten Personen in meinem Leben bedanken, bei meiner Mutter, die mich unter Entbehrungen großgezogen hat, bei meiner Tochter, die mich mit endlosen Diskussionen jung hält, und bei meiner Frau, ohne die ich nicht hier stünde, die mich erträgt, wie ich bin, und die ich über alles liebe.«

Vera stutzte. Das sagte er vor den Gästen zu ihr, aber nicht, wenn sie allein waren. Hatte er den Satz auch auf seine Publikumswirksamkeit hin überprüft? Andererseits hörten seine Worte sich ehrlich an. Ihr blieb keine Zeit, darüber nachzudenken, denn Gregor kam hinter dem Stehpult her zu ihr, umarmte sie und küsste sie auf die Wange. Die Gäste riefen »Bravo« und klatschten Beifall. Dann wurde der Redner mit Komplimenten überhäuft. »Ein Meisterstück.« »Hinter deinen Worten kam deutlich deine Gedankenwelt zum Vorschein«.

Die Feier war jetzt schon ein Erfolg.

Bevor die Gäste sich zu Grüppchen zusammenstellten, um die Rede zu diskutieren, lief Grossmann schnell hinter das Stehpult und bat um Ruhe. Sein dunkelblauer Anzug war ihm zu weit, aber das schien ihn nicht zu stören. Vera hoffte nur, dass er nicht zu lange redete.

Rossmann nahm seine Brille ab, hauchte sie an, faltete ein großes weißes Taschentuch auseinander und putzte damit die Gläser. »Lieber Herr Baumeister, als Ältester aus dem Kollegenkreis habe ich die Ehre, Ihnen ein paar Worte für das nächste Lebensjahrzehnt mitzugeben.« Gregor nickte. Pohl stieß ihn in die Rippen. »Du hast Glück; er hat kein Papier dabei.« Doch auch ohne Papier holte Rossmann weit aus, lobte Gregors wissenschaftliches Interesse, das sich in vielen Aufsätzen manifestierte, seinen stetigen Einsatz, die Studenten für ihr Fach zu begeistern, seinen Kenntnisreichtum nicht nur auf dem Gebiet der Romanistik – man werfe nur einen Blick auf seine Bibliothek –, und schließlich sein Streben, aus dem unspektakulären Alltag etwas Besonderes zu machen. »Jetzt reicht's«, sagte Pohl. Gregor lächelte verlegen, als sei ihm so viel Lob peinlich, aber Vera wusste, dass ihm diese anerkennenden Worte vor den Gästen viel bedeuteten.

Rossmann setzte gerade zu einem neuen Endlossatz an, als ein hilfloses Schreien aus dem Flur ins Wohnzimmer drang. Zoe. Sie war aus dem Bett geklettert und suchte ihre Mutter. Kaum sah sie die vielen fremden Leute, wuchs ihre Panik, und sie steigerte sich in wildes Heulen. »Melli«, sagte Gregor ungehalten, »unternimm etwas!«

Melanie, die sich bereits durch die eng stehenden Gäste drängte, warf ihrem Vater einen durchdringenden Blick zu, nahm das Kind auf den Arm und redete ihm sanft zu. Die Aufmerksamkeit aller war auf die jammernde Zoe gerichtet, die nun strampelnd Melanies kunstvoll drapierten Sari verschob. Gregors Augen wurden dunkel. Vera legte beschwichtigend die Hand auf seinen Arm, aber er schüttelte sie ab und starrte auf seine Tochter und die schweigende Gästeschar. Gleich würde der Sari sich vollends lösen. Die Seide fiel langsam die Schulter herunter und gab den Blick frei auf den trägerlosen Büstenhalter. Matthias klatschte, hörte aber schnell auf, als niemand reagierte. Vera stürzte auf Melli zu, um sie aus der peinlichen Situation zu befreien. Aber Melli hatte bereits den verrutschten Stoff ergriffen, drückte Zoe fest an sich, um weiteres Strampeln zu verhindern, und verließ den Raum, als sei nichts geschehen. Ein Gemurmel und Geraune ging durch die Gesellschaft. Rossmann sah ein, dass er sein Publikum verloren hatte, und beendete seine Rede, nicht ohne Gregor noch einen letzten Satz mit auf den Weg zu geben: »Lieber Herr Baumeister, möge das neue Lebensjahrzehnt noch viele spannende Momente, nicht nur auf wissenschaftlichem Gebiet, für Sie bereithalten.«

Die Gäste lachten, Gregor bedankte sich, atmete tief durch und erklärte das Büffet für eröffnet. Er bat die Gäste um einen regen Wechsel zwischen Stehtischen und Sitzplätzen und wiederholte seine Bitte um Selbstbedienung, da niemand der Erste am Büffet sein wollte. Frau Glasner bot sich zu Veras Überraschung an zu helfen – »es traut sich doch niemand anzufangen« –, schnitt den spanischen Schinken an und legte ein paar Scheiben auf die ersten Teller.

»Wo bleibt Melli?«, fragte Gregor. »Sie ist einfach unzuverlässig.«

»Es klappt doch auch ohne sie, wie du siehst«, erwiderte Vera.

Gregor ersetzte sofort seine missmutige Miene durch ein freundliches Lächeln, als der Antiquar auf ihn zukam und ihm zu dem künstlerischen Einfallsreichtum seiner Tochter gratulierte. »Allein die Blumendekoration. Hat sie die Phantasie ihrer Mutter geerbt?« Vera erschrak. Spielte er etwa auf das Gedicht im Fontaneband an? Das würde er sich nicht trauen. Herr Venn aus dem Erdgeschoss gesellte sich zu ihnen. »Wo ich gerade den Herrn Braun sehe. Wundern Sie sich nicht, Herr Baumeister, wenn Sie eine alte Postkarte in Ihrem Geschenkekorb finden. Ich habe sie bei Herrn Braun vor der Tür in einem Kasten mit Fotografien und Ansichtskarten gefunden, und ich dachte, der Text würde gut zu Ihnen und Ihrer Frau passen. Wollen Sie ihn nicht mal kurz lesen?« Vera spürte, wie Gregor ablehnen wollte, aber dem alten Mann durfte man die Bitte nicht abschlagen. Sie ging in den Flur, suchte den Umschlag zwischen den Marmeladengläsern und brachte ihn Gregor. Herr Venn wartete ungeduldig, bis die Karte zum Vorschein kam. Als Gregor seine Brille nicht schnell genug fand, nahm Venn ihm das schwarz-weiß Foto aus der Hand und begann zu lesen:

»Bonn, den 15. März 1987

Doch alles, was uns anrührt, dich und mich,
nimmt uns zusammen wie ein Bogenstrich,
der aus zwei Saiten e i n e Stimme zieht.

Lieber Christian, Rilke kennt uns.

Deine Sanne«

»Sehr schön, Herr Venn«, sagte Gregor, steckte die Karte zurück in den Umschlag und reichte ihn weiter an Vera. »Ich werde mir das morgen nochmal genauer ansehen.« Damit wandte er sich an seinen Bruder, der auf der Suche nach einer Flasche Mineralwasser war. »Wirklich schön«, wiederholte Vera. Herr Venn ging zufrieden zurück zu seiner Frau. Braun sah Vera an. »Ich glaube, ich errate Ihre Gedanken.«

»Wie kommt die Karte in Ihren Kasten mit den alten Fotografien?«

»Wahrscheinlich lag sie in einem Ihrer Fontanebände. Wenn mir so eine Postkarte aus einem Buch entgegenfällt, stecke ich sie meistens in die Sammelkiste. Sie glauben gar nicht, wie oft Postkarten als Lesezeichen in den Büchern stecken.«

»Vielleicht gibt es da eine Adresse, die mir weiterhilft, den ehemaligen Besitzer meiner Bücher ausfindig zu machen. Ich konnte so schnell keinen Blick auf die Anschrift werfen.«

Braun schüttelte den Kopf. »Sie geben wohl nie auf. Was versprechen Sie sich davon?«

Vera überhörte die Frage.

»Morgen werde ich weitersehen. Notfalls stehe ich wieder bei Ihnen vor der Tür.«

»Herzlich willkommen«, lud Braun sie ein »auch wenn ich nicht weiß, was ich für Sie tun könnte. Vielleicht sollte ich …« Er unterbrach sich, als wäre der Satz, den er sagen wollte, nicht angebracht. Warum redete er nicht weiter? Vera wartete, aber Braun drehte sich um und mischte sich wieder unter die Gäste.

Vera saß noch der Schreck im Nacken. Niemals wäre sie auf die Idee gekommen, dass ihr die Fontanebücher und das Gedicht auf diese Art und Weise ins Gedächtnis gerufen würden. Gott sei Dank hatte sie Gregors Schwägerin auf die Frage, was sie denn ihrem Mann zum Geburtstag geschenkt habe, abwimmeln können: »Die Feier ist Geschenk genug. Das haben wir so vereinbart.« Jetzt stand die Schwägerin gerade vor dem Topf mit Ratatouille und studierte den Namen, den Melli schwungvoll auf ein Kärtchen geschrieben hatte. Sie sah sich suchend um, bis sie Vera entdeckte und sie ans Buffet winkte: »Was ist das, Ratatouille?«

»Das hat Gregor sich gewünscht, weil es zu seinen Fächern passt.«

»Also irgendwas Französisches oder Spanisches.«

»Französisch.«
»Ach, ich glaube, ich geh' direkt zum Nachtisch über.«

Melanie stand im Türrahmen mit einer Hose und einer Bluse aus Veras Schrank. »Was sollte ich denn sonst anziehen? Meine Jeans? Da möchte ich Papa erleben. Deine Hose macht übrigens einen total flachen Hintern.«

Gregor kam sofort auf Melanie zu. »Endlich. Hilf mal bitte Frau Glasner. Sie ist hier schließlich Gast.«

Welche Wichtigkeit er dieser Feier beimaß. Warum versuchte er, sich hier größer, außergewöhnlicher zu machen als er wirklich war? Mit seinen Studenten kam er laut Pohl bestens zurecht; sie gaben ihm bei Umfragen am Ende des Semesters stets gute Noten für seinen Unterricht. Mit den Kollegen hatte er auch kein Problem; man diskutierte seine Vorschläge und oft genug wurden sie akzeptiert. Nach einer Eingewöhnungszeit hatte Gregor sich auch damit abgefunden, die Kollegen zu duzen. Nur Rossmann widersetzte sich eigensinnig der Duzerei.

Vielleicht spielte Gregor auch in der Universität die Rolle des Besonderen, kokettierte mit seinen vielen Büchern, stellte seine Frau als äußerst kreative Künstlerin hin, die ihre Begabung leider nur an der Volkshochschule auslebte, unterstrich die Schwierigkeiten einer alleinerziehenden Mutter, die im Fall seiner Tochter ihr Schicksal aber mit Haltung meisterte.

In der Küche stapelte sich inzwischen das Geschirr. Melanie

machte sich zuerst einmal über eine Platte mit Tapas her, die Frau Glasner gerade zur Seite schob.

»Oh, die zwei schönsten Frauen des Abends in der Küche. Auch wenn mir deine erste Aufmachung besser gefallen hat, Melli.«

Frau Glasner und Melanie sahen sich an. Matthias, wer sonst? Er suchte nach einer Flasche Rotwein.

»Der Rotwein ist leider alle«, sagte Melanie ernst. »Der Blumenschmuck war so unverschämt teuer, dass wir am Wein gespart haben.«

Was erzählte Melli denn da für Unsinn? »Das stimmt doch nicht, Melli.« Vera stellte die schmutzigen Teller ab, bückte sich und holte eine Flasche aus der Kiste, die aus Platzmangel unter dem Tisch stand.

»Ok. Mum, der Wein ist nicht alle, und die Blumen waren, wie du weißt, auch nicht unverschämt teuer, weil ich sie geklaut habe.«

»Das traue ich dir zu«, sagte Matthias so laut, dass Vera zusammenzuckte.

Frau Glasner zischte: »Schon mal etwas von Ironie gehört?«, was Matthias zu der noch lauteren Bemerkung veranlasste: »Schöne Frauen und Ironie, das passt nicht zusammen.«

Durch Matthias' Stimme aufmerksam geworden steckte Gregor seinen Kopf zur Tür herein. »Eine Verschwörung in der Küche? Was gibt es denn hier so Wichtiges?«

»Deine Tochter klaut Blumen in Nachbars Garten, während du deinen Cervantes liest«, grinste Matthias.

Melanie zog die Augenbrauen hoch. »Matthias hat zu viel

getrunken.«

»Lass die Frauen besser allein«, sagte Gregor, öffnete den Rotwein und entführte Matthias ins Wohnzimmer. Wie geschickt Gregor eine gefährliche Diskussion umschiffte, auch wenn die Frage nach dem Blumenklau damit längst nicht abgetan war. Nach der Feier würde Melli Rede und Antwort stehen müssen.

Bruder Paul und Schwägerin Christa trugen im Wechsel ein Gedicht vor, das mit viel Beifall bedacht wurde. Matthias gab leicht anrüchige Zitate aus der französischen und spanischen Literatur zum Besten, zu denen Gregor den entsprechenden Autor nennen sollte, eine Aufgabe, die er mit Bravour meisterte. Melanie verteilte schließlich den Text eines französischen Volksliedes und hielt die Hülle einer Schallplatte hoch. »Jeder weiß, dass mein Vater außer seinen Büchern auch seine alten Plattenschätzchen hortet. Dies ist eins seiner Lieblingslieder, *Le temps des cerises,* Kirschenzeit.«

Vera hätte ihre Tochter am liebsten umarmt dafür, dass sie ihrem Vater diese Freude bereitete. Stattdessen legte Braun gerade die Hand auf Mellis Schulter. Es sah nach Lob aus, denn Melli strahlte und unterhielt sich anschließend bestens gelaunt mit dem Antiquar. Es schien sie nicht zu stören, dass seine Hand einige Zeit auf ihrer Schulter liegen blieb.

Vera war früh aufgestanden. Niemand glaubte ihr, dass sie, wenn Besuch da gewesen war, gern Gläser, Silberbesteck und was sonst noch anfiel auf Hochglanz brachte. Allerdings erst am nächsten Morgen, auch wenn Gregor direkt nach der Feier anfing aufzuräumen. Sie stellte leise alles zurück an seinen Platz, um die Schlafenden nicht zu wecken, leerte den überquellenden Mülleimer und legte eine frische Tischdecke auf den Esstisch. Sie liebte es, Schritt für Schritt die alte Ordnung wiederherzustellen. Gleichzeitig konnte sie ungestört ihren Gedanken nachhängen und den Abend Revue passieren lassen. Es war die schönste Zeit des Tages. Die Spatzen lärmten vor dem Fenster. Die Sonne war noch blass, aber ihr Schein machte die Küche wohnlicher und die Welt wirklicher als sie am Abend gewesen war. Vera lief auf Socken durch die Wohnung, um sich von den Absatzschuhen zu erholen, summte *Le temps des cerises* und lächelte sich im Spiegel zu. »Sie haben schöne Augen«, hatte der junge Mann in der Straßenbahn gesagt.

Als Gregor zum Frühstück erschien, war im Esszimmer kaum noch etwas vom vorherigen Abend zu sehen. Er holte sich einen Espresso aus der Küche und strich etwas Honig auf ein Brötchen.

»Ich habe fast ein schlechtes Gewissen, wenn ich sehe, was du alles geschafft hast. Und nicht nur heute Morgen, sondern auch gestern Abend. Wenn ich dich nicht hätte.«

»Bist du zufrieden mit deiner Feier?«

Gregor lehnte sich zurück. »Wenn ich Plus und Minus gegeneinander aufrechne, überwiegt auf jeden Fall das Plus.«

Das war eine typische Gregor-Antwort. Konnte er nicht schlicht und einfach sagen: »Ja, es war ein toller Abend«? Oder sie fest in den Arm nehmen? Zumindest ein bisschen spontaner sein. Aber warum regte sie sich auf? Sie kannte ihn doch. Präzise, zuverlässig, abwägend. Alles gute Eigenschaften, die auch eine Rolle gespielt hatten, als sie sich für ihn entschied. Und doch. Es fehlte etwas.

Melanie wünschte verschlafen »Guten Morgen«, setzte sich im halb zugeknöpften Schlafanzug an den Tisch und trank ein Glas Mineralwasser. Ihre Augen dunkel umrandet, die Haare verschwitzt.

»Wo ist Zoe?«, fragte Vera.

»Ich habe ihr eine halbe Stunde etwas erzählt. Jetzt ist sie wieder eingeschlafen.«

»Melli, hast du gestern Abend noch Alkohol getrunken, als wir schon im Bett waren?« Gregor betrachtete seine Tochter misstrauisch.

»Nee, wieso?«

»Weil du so aussiehst.«

»Ich habe den ganzen Abend nichts getrunken, sondern mich hier abgerackert. Und jetzt wirfst du mir mein Aussehen vor. Wenn es dir nicht passt, gehe ich in die Küche.« Melanie stand auf und nahm ihr Glas in die Hand.

»Melli, so war es nicht gemeint. Ich weiß doch, was du gestern für mich getan hast. Ich bin dir sehr dankbar, auch wenn der Auftritt mit deinem verrutschten Sari nicht zu den Höhepunkten des Abends gehörte.«

»Siehst du«, rief Melanie aufgebracht, »du kannst über nichts hinwegsehen. Was kommt als Nächstes? Du hast den Blumenklau noch nicht erwähnt.«

»Sollte ich?«

»Die Glockenblumen stammen in der Tat aus einem Vorgarten. Gib zu, dass das Diebesgut dir gut gefallen hat. Deine Gäste waren übrigens begeistert, und das ist dir doch wichtig.«

»Melli, es reicht. Verlass sofort den Tisch. Wir reden später.«

»Wie immer. Wenn dir etwas nicht passt, wird es erst mal außer Sichtweite gejagt. So machst du's mit mir, und so hast du's mit Kai gemacht. Das hast du deinen Gästen gestern Abend natürlich nicht gesagt.«

Gregors Gesicht verlor die Farbe. Seine dunklen Augen flackerten, die Mundwinkel zuckten. War es Wut, war es Schmerz? Reflexartig hob er den Arm. »Nein!«, schrie Vera. »Nicht noch einmal!« Wie versteinert hielt Gregor für einen Moment den Arm in der Luft, bevor er ihn sinken ließ. Dann sackte er in sich zusammen.

Melanie rannte wortlos aus dem Zimmer.

Vera sprang auf, lief hinter ihrer Tochter her, aber Melanie schlug ihr die Tür vor der Nase zu. »Nicht noch einmal!« Vera hielt sich an der Klinke fest, da ihr schwindlig wurde. Benommen setzte sie sich zurück an den Tisch und starrte auf eine Fliege, die sich mit einem Krümel Zucker abquälte. Sie war versucht, mit dem Löffel nach ihr zu schlagen, besann sich und legte den Löffel zurück.

Gregor hatte das Gesicht in die Hände gelegt und nahm die Außenwelt nicht wahr.

* * *

Die Blätter des Kastanienbaums hatten sich weiter aufgefaltet, als ginge sie das Geschehen im Haus nichts an. Die Spatzen zankten sich immer noch, sträubten ihr Gefieder, flogen davon, nur um im nächsten Moment wieder da zu sein und von vorn zu beginnen. Auf der Straße suchte ein Autofahrer einen Parkplatz und schimpfte, als ein anderer ihm zuvorkam. Das normale Leben.

Vera legte die Geschenke nebeneinander auf den Wohnzimmertisch; wenn sie Gregor auffällig ins Auge sprangen, packte er sie vielleicht doch irgendwann aus. Sie fasste zwei Blumensträuße zu einem großen zusammen, der dadurch viel besser zur Wirkung kam, und stellte einen gelben Tulpenstrauß für Frau Glasner in den Flur, um sich für ihre Hilfe zu bedanken. Als sie den Korb mit der Marmelade ausleerte, die Herr und Frau Venn mitgebracht hatten, fiel ihr der Umschlag mit der Postkarte entgegen. Sie hatte ihn in der Aufregung der letzten Stunden völlig vergessen. Ob Gregor merken würde, dass etwas fehlte, wenn sie die Postkarte an sich nahm? Sie konnte leicht im Trubel verloren gegangen sein. Und für Gregor war sie ohnehin nicht wichtig.

Nachdem sie sich vergewissert hatte, dass er nicht in der Nähe war, zog sie die Karte aus dem Umschlag und las die Anschrift: Christian Anholt, der Straßenname schwer zu entziffern, Nr. 29, Royal Tunbridge Wells, England. Tunbridge Wells. Sie hatte keinerlei Vorstellung, wo das lag, ob es ein Dorf war oder eine Stadt. Und vor allem: Was wollte dieser Christian da? Vielleicht war er Deutschlehrer, vielleicht war er vor Sanne nach England geflohen. Vielleicht war er dort verheiratet, und Sanne hatte ein uneheliches Kind von ihm. Die Phantasie ging mit ihr durch, aber sie lenkte von der bedrückten Atmosphäre ab, die im Hause herrschte.

Vera las die drei Zeilen des Rilke-Gedichts noch einmal.

Sie stutzte. Da stand noch ein Satz, den Venn wohl vergessen hatte vorzulesen:

P.S. Wie war es in Glyndebourne?

Wo hatte sie diese Frage schon einmal gelesen? Nach einigem Nachdenken fiel es ihr ein. Aber ja, auf der Postkarte, die sie ebenso wie Venn aus dem Kasten bei Braun gezogen hatte. Sie war auch an einen Christian gerichtet gewesen. Zweimal die gleiche Frage. So viel Übereinstimmung war doch kein Zufall. Glyndebourne. Sie hatte den Namen noch nie gehört.

Melanie war grußlos mit Zoe aus dem Haus gegangen.

Gregor hatte sich in sein Arbeitszimmer verkrochen. Seitdem war kein Wort gefallen.

Warum schaute sie nicht einfach im Internet nach, wo Glyndebourne lag. Gregor hatte ihr vor Monaten ein i-Pad geschenkt, das sie lange nicht bedienen konnte, das inzwischen aber unersetzlich geworden war. Sie holte es aus der Kommode im Wohnzimmer, da Gregor das Arbeitszimmer ganz für sich belegte. Wenn sie im Internet etwas nachsehen oder den Kursteilnehmern eine Nachricht schicken wollte, setzte sie sich an den Esstisch, wo sie sich stets beobachtet vorkam. »Was machst du denn?«, war Gregors übliche Frage. Dann beugte er sich über sie und las laut einen Satz, der ihm gerade ins Auge fiel. Als sie ihm eines Tages beichtete, dass sie das Gefühl habe, er kontrolliere sie, meinte er entrüstet: »Ich bin doch nur interessiert an dem, was du tust. Stell dir vor, es wäre nicht so.« Was sollte sie darauf sagen? Sie wollte ihm nicht gleichgültig sein. Trotzdem wurde sie das unangenehme Gefühl nicht los, überprüft zu werden, sobald sein Blick über ihre Schultern fiel.

Glyndebourne, zwei Autostunden von London. Wikipedia berichtete von einem Gutsbesitzer, der auf seinem Landsitz ein Opernhaus für eigene Festivals erbaute. Seine Frau, eine Sopranistin, unterstützte ihn in diesem Plan und engagierte ausgezeichnete Sänger, so dass der Ort bald zu einem Anziehungspunkt für Opernfreunde wurde. Fotos zeigten Damen und Herren in Abendkleidung, die die langen Aufführungspausen dazu nutzten, ein Picknick im Garten des Besitzers zu veranstalten.

Verwirrt schloss Vera das i-Pad. Auf so eine Attraktion war sie nicht gefasst gewesen. Fehlte nur, dass Christian Anholt ein Sänger war.

Sie drehte die Postkarte um. Das Beethovenhaus in Bonn, daraus ließ sich nichts ablesen. Die Schrift auf der Rückseite fest und gleichmäßig, nicht zu vergleichen mit dem fahrig geschriebenen Gedicht im Fontaneband. Vera hielt die Karte näher an die Augen. Die Briefmarke war nicht abgestempelt, die Schreiberin musste es sich also anders überlegt und die Karte nicht abgeschickt haben. Vielleicht war ihr der Rilke-Text für eine Postkarte zu intim gewesen. Und die Karte, die Vera aus Brauns Kiste gezogen hatte? Sie hatte noch nicht einmal eine Anschrift gehabt.

Sie fuhr mit dem Finger über die Zeilen und murmelte den Text:

Doch alles, was uns anrührt, dich und mich,
nimmt uns zusammen wie ein Bogenstrich,
der aus zwei Saiten e i n e Stimme zieht.

Was hatte der alte Herr Venn zu Gregor gesagt? »Der Text passt gut zu Ihnen und Ihrer Frau.« Der Zwischenfall beim Frühstück lief in allen Einzelheiten vor Veras innerem Auge ab. Nein, der Text passte nicht zu ihnen. Es gab nur Gregors Stimme, ihre eigene blieb stumm.

Sie knickte die Postkarte in der Mitte zusammen und steckte sie in die Handtasche. Das Fontanegedicht hatte nun schon zum zweiten Mal auf sich aufmerksam gemacht. Warum ließ es sie nicht los?

Die Schuhe der Gäste hatten einige schwarze Streifen auf dem Parkett hinterlassen, die Carmen morgen beseitigen würde. Carmen, die Putzhilfe aus Ecuador, die normalerweise zweimal im Monat bei den Baumeisters arbeitete, kam diese Woche an zwei Tagen und war froh, sich etwas Geld dazuverdienen zu können. Bei ihrem ersten illegalen Aufenthalt in Deutschland war sie von der Polizei erwischt und nach Hause zurückgeschickt worden. Dann fand sie einen deutschen Mann, der bereit war, sie zu heiraten, so dass sie wieder nach Deutschland kommen konnte. Da sie noch einen Teil der ehemaligen Abschiebekosten zurückzahlen musste, half Vera ihr, rief für sie beim Ausländeramt an und bat um Zahlungsaufschub oder verhandelte über Nachlass der Schulden.

Melanie hieß den Einsatz ihrer Mutter gut, aber Gregor erzählten sie vorsichtshalber nichts von dem ersten illegalen Aufenthalt, ebenso wenig von Veras Unterstützung. Er würde Vera vorwerfen, ihre Haushaltshilfe nicht sorgfältig genug auszusuchen, und sie vor allem bitten, sich nicht in ihr Leben einzumischen.

Veras Spanischkenntnisse waren nicht halb so gut wie Gregors, aber sie reichten, um die haarsträubenden Geschichten, die die kleine dunkelhäutige Frau erlebt hatte, zu verstehen. Wenn Carmen erzählte, wurde Vera sich bewusst, in welch sicheren Verhältnissen sie selbst lebte, und dass sie sich nicht beklagen durfte. Auch der Streit zwischen Gregor und Melli würde sich beilegen lassen. Ein Wunschtraum?

Als hätte Vera ihre Tochter durch den bloßen Gedanken an sie herbeigerufen, knarrte die Wohnungstür und Zoe kam hereingelaufen. Hoffentlich hat Melli sich beruhigt, schoss es Vera durch den Kopf. Wie wird sie reagieren, wenn sie Gregor sieht? Wird sie ihn nicht beachten, als Zeichen, dass ihr mit der angedrohten Ohrfeige großes Unrecht zugefügt worden ist?

Melanie ließ sich Zeit, bis sie ihren Kopf durch den Türrahmen steckte. »Mum, ist Papa da? Nein? Ok. Ich muss dir was sagen.« Ihre Stimme klang aufgeregt.

Vera zog Zoe auf ihren Schoß.

»Und was musst du mir sagen?« Sie konnte sich nicht denken, was ihre Tochter so dringend loswerden wollte. Etwas musste passiert sein.

»Du glaubst es nicht, ich hab' eine Wohnung!« Melanie setzte sich neben Veras Sessel auf den Boden. Ihre Augen glänzten.

»Heute? Am Sonntag?« Vera war skeptisch, ob sie der Aussage Glauben schenken sollte.

»Warum denn nicht am Sonntag? Und jetzt rate mal, bei wem.«

»Bei wem?«

»Rate.«

»Nun sag schon.«

»Bei Herrn Braun.« Melli strahlte über das ganze Gesicht. »Ich habe ihm gestern erzählt, wie schwer es ist, eine Wohnung zu finden, und er meinte im Spaß: ›Für den Notfall hätte ich zwei Zimmer unterm Dach.‹ Ich konnte ja nicht ahnen, dass es heute schon zum Notfall kommen würde. Also habe ich bei ihm geklingelt.«

Wenn Vera nicht an Melanies Eskapaden gewöhnt gewesen wäre, hätte sie spätestens jetzt gerufen: »Erzähl keine Märchen.« Aber dieser Satz galt nicht für ihre Tochter.

»Er hat uns zuerst etwas überrascht angesehen, als ich sagte: ›Der Notfall ist eingetreten‹. Dann hat er mir eine Tasse Tee angeboten, und wir haben uns eine Stunde unterhalten.«

»Und Zoe?«

»Mit ihr konnte er nicht viel anfangen. Er hat ihr einen Schokoladenhasen gegeben, der wahrscheinlich von Ostern übriggeblieben war. Als sie dann mit ihren klebrigen Fingern eine Zeitschrift anfasste, ist er fast ausgeflippt und hat mich gebeten, sie nicht mit ins Geschäft zu bringen.«

»Was sollte sie denn auch in seinem Geschäft?«, unterbrach

Vera Melanies Redefluss.

»Du weißt ja erst die Hälfte. Ich ziehe nicht nur bei Braun unters Dach, sondern arbeite auch bei ihm.« Melanie genoss es sichtlich, wie ihrer Mutter der Atem stockte.

»Zwölf bis vierzehn Stunden die Woche, wenn Zoe in der Kita ist; dafür zahle ich keine Miete.«

»Sollst du ihm den Haushalt führen, oder was?«

»Was denkst du von mir? Braun hat gesehen, wie ich hier dekoriert habe; er hält mich für kreativ. Und vor allem hat ihm Papas Ordnung in seinen Regalen imponiert, und er glaubt, das müsse doch auf mich abgefärbt haben. Deshalb soll ich mich in seinem Laden mal umsehen, das heißt Ordnung schaffen und dem Laden einen freundlicheren Anstrich geben.«

»Sag doch nicht immer Laden. Das Wort hört sich sehr herablassend an.«

Melanie stand empört auf. »Mehr fällt dir zu meinen Neuigkeiten nicht ein?«

»Entschuldige, Melli, ich bin so überrascht, dass mir die Worte fehlen.«

»Freust du dich denn nicht für mich?«

Vera war so verwirrt, dass ihr nur ein wenig überzeugendes »Doch, natürlich. Und ob ich mich freue« über die Lippen kam. Diese Nachricht musste sie erst einmal verdauen. Was würde Gregor dazu sagen, wenn er, statt sich wie üblich mit Braun allein zu unterhalten, jetzt auch seine Tochter dort vorfand?

»Wann kannst du denn umziehen?«, fragte sie schnell, bevor Melanie das Zimmer verließ.

»Sobald ich will; aber sag Papa noch nichts davon. Er erfährt es früh genug.« Sie lächelte verschmitzt. »Wenn er wüsste … So, jetzt hab' ich Hunger. Ich mach' Zoes Essen fertig und hol' mir aus der Küche ein paar Tapas. Wo ist Papa überhaupt?«

Vera zeigte auf das Arbeitszimmer. Sollte sie bei Gregor klopfen und fragen, ob er auch etwas essen möchte? Der Kühlschrank war bis oben voll mit Resten vom Büffet. Wenn Melli so gut gelaunt war, könnten sie sich doch gemeinsam an den Tisch setzen. Vera hob die todmüde Zoe von ihrem Schoß und gab sie Melli auf den Arm.

Gregor willigte sofort ein, legte ein Lesezeichen in sein Buch und folgte Vera in die Küche. Als er Melanie am Herd sah, blieb er stehen, knetete seine Hände und presste die Lippen zusammen. Melanie schaute angestrengt auf den Herd.

»Es tut mir leid, Melli; ich weiß …«, war alles, was er herausbrachte.

»Ist schon gut, Papa. Reden wir nicht mehr drüber«, unterbrach ihn Melanie, ohne ihn anzusehen und kümmerte sich weiter um Zoes Essen.

Gregor konnte nach so viel Großmut von Seiten seiner Tochter keine Diskussion mehr beginnen. Melanie schien den morgendlichen Zwischenfall – zumindest nach außen hin – nicht tragisch zu nehmen. Es war erstaunlich, wie freundlich sie reagierte. Ein abwegiger Gedanke nistete sich bei Vera ein. Wenn Melli die Wohnung und den Job nur angenommen hatte, um ihrem Vater eins auszuwischen. Unsinn. Sie gab Gregor das Messer und bat ihn, ihr noch etwas Schinken abzuschneiden.

Melanie war von ausgesuchter Höflichkeit, lobte den Caterer, der das Essen geliefert hatte, lobte Rossmanns Rede, sowie das Gedicht, das Gregors Bruder und seine Frau vorgetragen hatten. Und alles mit einem geheimnisvollen Lächeln im Gesicht. Vielleicht fühlte sie sich Gregor überlegen, weil sie mehr wusste als er. Ihre ungewohnte Zuvorkommenheit ließ Gregor zurückhaltend, aber bemüht an der Unterhaltung teilnehmen, während Vera dankbar war, dass die beiden überhaupt miteinander sprachen. Ein Außenstehender sähe eine harmonische Familie am Esstisch sitzen, die sich die Reste des Vortages schmecken ließ. Was pflegte ihre Mutter zu sagen? »Wie's drinnen aussieht, geht niemand etwas an.«

* * *

Die Rosen blühten in diesem Jahr verschwenderisch. Wann immer Vera an den Vorgärten vorbeiging, hielt sie ihre Nase in die duftenden rosa und dunkelroten Blüten. Unterhalb der Rosen leuchtete das Blau des Lavendels. Im nächsten Beet hielten die Feuerlilien den Kopf in die Höhe; Akelei reckte sich neben Eisenhut, ein Hartriegel überragte Malven und Glockenblumen. Es war die schönste Jahreszeit. Vera ging voller Elan zu ihren letzten Volkshochschulstunden vor den Sommerferien, erst recht seit sie wusste, dass alle ihre Kurse im neuen Semester weiterliefen.

Frau Glasner hatte eine Hortensie neben den Eingang gestellt, die gnädig den fehlenden Anstrich an den Kellerfenstern verdeckte. In Frau Venns verblassten Blumenkästen wucherten Küchenkräuter. Sie gab großzügig Flüssigdünger in das Gießwasser und freute sich über das Ergebnis.

Seitdem Melanie ausgezogen war, hatte sie sich nicht mehr zuhause sehen lassen. Froh, Gregor nicht um Hilfe für den Umzug bitten zu müssen, hatte sie Brauns Angebot angenommen, ihr seinen Minivan auszuleihen, den er zum Abholen von größeren Büchermengen brauchte. Gregor hatte geschluckt, als er erfuhr, wer Melanies Vermieter sein würde. Ausgerechnet Braun. Mit den ungezwungenen Gesprächen in seinem Geschäft war es damit vorbei.

»Fühlst du dich übergangen?«, hatte Vera gefragt. »Braun ist dir keinerlei Rechenschaft schuldig.«

»Trotzdem hätte er mich informieren können.«

»Sei doch froh, dass Melli eine Wohnung und einen Job hat.«

»Job nennst du das? Das ist nichts Halbes und nichts Ganzes.«

»Vielleicht stellt Braun sie fest ein, wenn sie ihre Arbeit gut macht.«

»Liebes, das glaubst du nicht wirklich. Braun braucht keine Ganztagskraft. Schon gar nicht Melli. Melli beharrt unnachgiebig auf ihrem Standpunkt und stößt damit die Leute vor den Kopf.«

»Aber wenn eine Arbeit ihr Spaß macht, ist sie bereit, sich voll einzusetzen.«

Vera bedauerte, dass Gregor nicht mehr bei Braun stöberte, denn dadurch verringerte sich auch die kostbare Zeit, die ihr allein gehörte. Im Laufe der letzten Jahre waren ihr diese Stunden immer wichtiger geworden, auch wenn sie dann nichts Großartiges erledigte, sondern sich mit den kleinen Dingen des Lebens beschäftigte und sei es nur das Ausräumen einer Schublade oder das Ausprobieren neuer Papierohrringe für die Volkshochschule.

Was sagte Braun dazu, dass einer seiner besten Kunden nicht mehr kam? Er hatte keinerlei Grund, sich bei Gregor zu entschuldigen, dass er Melanie seine Dachgeschosswohnung vermietete und ihr einen Job anbot.

»Melli könnte wenigstens mal anrufen«, sagte Gregor vorwurfsvoll.

»Wenn sie nichts von sich hören lässt, ist es ein Zeichen, dass es ihr gut geht«, beschwichtige Vera ihn und nahm sich vor, selbst einmal nachzuhören, wie ihre Tochter mit der neuen Situation zurechtkam. Inzwischen meldete sich auch die Sehnsucht nach Zoe, nach ihrem vertrauensvollen Anschmiegen, nach ihrem fröhlichen Geplapper. Sie hätte das Kind gern mitgenommen in das Häuschen, das sie jedes Jahr in der zweiten Augusthälfte in Frankreich mieteten, aber das war Wunschdenken, denn Gregor korrigierte dort die Klausuren vom Semesterende, und dafür brauchte er absolute Ruhe. Ein Hotel kam nicht in Frage, auch wenn Vera zur Abwechslung gern mal in einem anderen Ort und in einer anderen Unterkunft ihren Sommerurlaub verbracht hätte.

Im Frühjahr versuchte Gregor regelmäßig, eine Einladung von einem Kollegen aus dem spanischsprachigen Ausland zu bekommen. Er scheute sich nicht, nur für ein paar Tage zu einer südamerikanischen Universität zu fliegen, einen Vortrag zu halten, Kontakte zu knüpfen und einen der dortigen Dozenten zum Gegenbesuch nach Deutschland einzuladen. »Lange mach' ich das nicht mehr. Es strengt mich zu sehr an«, sagte er schon seit Jahren, aber nichts deutete darauf hin, dass er jemals diese Unterbrechung des Alltagslebens aufgeben würde. Er freute sich, wenn er dem Kollegen aus dem Ausland nicht nur die Universität, sondern voller Stolz auch die Schätze in seiner eigenen Bibliothek zeigen konnte. Matthias bat ihn schon lange, es mit den Dienstreisen nicht zu übertreiben. »Ich weiß nicht, wo ich die Kosten unterbringen soll.«

»Soll ich ganz allein dafür aufkommen, wenn ich für die Uni unterwegs bin? Wir Beamten sind ohnehin schlecht genug bezahlt.«

Weder Vera noch Matthias reagierten auf das Thema Beamtenbesoldung. Beide wussten, dass Gregor sich aufregte, wenn einer von ihnen behauptete, so schlecht verdiene er doch nicht. Matthias hatte eines Tages den Bogen überspannt, als er meinte: »Deine Auslandsreisen machst du nicht für die Uni, sondern zu deinem eigenen Vergnügen. Gib's doch zu. Nicht umsonst hast du den schmeichelhaften Namen Reiseonkel.«

Gregor war ausgeflippt. »So ist es immer. Man reißt sich den Hintern auf, und wenn man auf ein bisschen Anerkennung wartet, kommen solche Dummköpfe wie du daher und behaupten, man vergnüge sich nur. Von Arbeit ist keine Rede.« Es kam selten vor, dass er seine kultivierte Sprache vergaß, in der Ausdrücke wie *Hintern aufreißen* nicht vorkamen, aber Vera hatte jedes Mal das Gefühl, für einen kurzen Moment einen Blick in eine verborgene Seite ihres Mannes getan zu haben.

Die Amseln hüpften auf dem Rasen herum. Vera lehnte sich aus dem Fenster, um sie besser beobachten zu können, als plötzlich die Hinterlassenschaft einer Taube auf ihren Arm klatschte. Wie hatte Kai geschimpft, als es ihm auch einmal passiert war. Danach hatte er versucht, die gurrenden Vögel mit einer Steinschleuder zu treffen, bis Gregor es ihm untersagt hatte. Seitdem hasste Vera Tauben, wie Kai sie gehasst hatte. Angeekelt schloss sie das Fenster und wusch ihren Arm.

Was wollte sie heute erledigen? Um nichts zu vergessen, hatte sie vor dem Frühstück bereits einen Merkzettel für den Tag geschrieben, aber wo war der Zettel geblieben? Nachdem sie sich vergeblich in der Küche und im Wohnzimmer umgesehen hatte, holte sie ihre Handtasche, in der sich nach Gregors Meinung ihr halber Haushalt befand, und schüttete den Inhalt auf den Tisch. Zwischen Brillenetui und Ausweispapieren entdeckte sie plötzlich die zusammengefaltete Postkarte, die Herr Venn zum Geburtstag mitgebracht hatte. Sannes Zeilen. Vera hatte während Melanies Umzugsphase andere Dinge im Kopf gehabt. Als sie jedoch die Karte in der Hand hielt, war es wieder da, das Gefühl, dass das Gedicht in dem Fontaneband und die Zeilen auf der Postkarte ihr etwas sagen wollten. Sie musste Sanne und Christian ausfindig machen, wenn sie erfahren wollte, was sich hinter diesem Gefühl versteckte. Sie war sicher, einer von beiden würde ihr eine Erklärung geben.

Ob Melli es schaffen würde, Braun zu ein paar Aussagen zu bewegen? Vielleicht war sie allein im Antiquariat. Vera wählte kurzentschlossen ihre Nummer.

»Hi, Mum.« Melli schien gut gelaunt. »Was gibt's?« Melli wie immer direkt, ohne die zu erwartende Frage: »Wie geht es dir?«

»Ich wollte nur mal hören, ob du dich schon eingelebt hast.«

»Claro, kein Problem. Und Papas Geld ist auch schon da, falls du mich das fragen willst. Es ist zwar weniger als ich dachte, aber trotzdem danke.«

»Und wie kommst du mit Herrn Braun zurecht?«

»Er lässt mir ziemlich viel Freiheit. Ich entscheide, was ich tun will. Ob ich seinen Bestand digitalisiere oder eine Wand türkis streiche.«

»Eine Wand türkis? Damit ist er einverstanden?«

»Du kannst dich beruhigen, es ist schon passiert. Hat mich ein paar Tage gekostet und sieht toll aus.«

Bevor Melanie ungeduldig wurde, musste Vera ihr Anliegen loswerden. Wie es aussah, war Braun nicht im Geschäft.

»Habt ihr schon mal über die Fontanebände geredet?«

»Nee, Mummy, das ist nicht mein Thema.«

»Du erinnerst dich aber an das Gedicht auf der ersten Seite?«

»Du meinst das langweilige Gesäusel, weswegen Papa die Bände nicht gekriegt hat?«

Es hatte wenig Sinn, mit Mellis Hilfe Näheres über Sanne erfahren zu wollen. Vera machte einen letzten Versuch.

»Glaubst du, du könntest herausbekommen, wer die Bände eingeliefert hat?«

»Ich weiß zwar nicht, warum du das wissen willst, aber das bekomme ich leicht für dich heraus. Und wenn ich dich richtig verstehe, soll Braun nichts von deiner Neugier erfahren.«

»Stimmt.«

»Komm doch übermorgen vorbei, da ist Braun unterwegs und durchsucht eine Bibliothek nach brauchbaren Büchern. Jemand hat geerbt und will den Kram loswerden. Könntest du, wenn du schon mal hier bist, vielleicht anschließend Zoe aus der Kita abholen?«

Typisch Melli. Vera war im Begriff zu sagen: »Du nennst mir den Einlieferer und ich hole dein Kind ab«, aber sie wollte nicht aufrechnen, also überlegte sie kurz, ob es mit ihrem Unterricht zeitlich vereinbar war und sagte zu.

Das Gedicht hatte sich wieder in Veras Gedankenwelt breitgemacht, ließ ihr keine Ruhe. War es ein Vertrauensbruch, wenn Melli ihr den Einlieferer der Bände nannte? Vera besänftigte ihr schlechtes Gewissen mit dem Argument, dass niemandem damit Schaden zugefügt wurde. Und wenn Braun es erfuhr und Melli deswegen kündigte? Es wäre sein gutes Recht. Vera redete sich alle Einwände klein, bis sie mit klopfendem Herzen das Antiquariat betrat.

Wenn sie einen aufgeräumten Raum erwartet hatte, in dem ein Käufer sich wohlfühlte, so sah sie sich getäuscht. Als erstes sprang ihr eine leere, türkis gestrichene Wand entgegen, wo beim letzten Mal noch der Fontane gestanden hatte. Türkis! Da war Melli eindeutig zu weit gegangen. Entgeistert sah Vera sich um.

»Wo sind denn die Bücher geblieben?«, fragte sie, um nicht auf die Farbe eingehen zu müssen.

»Die Wand muss noch etwas trocknen, Mum, ich habe sie gerade erst zum zweiten Mal gestrichen. Dann kommen die Regale an ihren Platz, und dann stelle ich die Bücher wieder ein, allerdings nach meinem Computersystem.«

Vera stellte sich Gregor vor, wie er zum ersten Mal wieder das Antiquariat besuchte. »Unseriös«, würde er sagen. »Das sieht aus wie ein Kleiderladen für Jugendliche.« Sie stimmte ihm nur halb zu, denn wenn Regale und Bücher wieder an ihrem Platz standen, würde man nicht mehr viel von der Farbe sehen.

»Dein Computersystem. Hat es dir etwas ausgespuckt?«, fragte sie so gleichgültig wie möglich.

»Wie sollte es, wenn du mir keinerlei Informationen über deine Bücher gibst.«

Veras Schultern sackten nach unten. »Was musst du denn wissen?«

»Alle Namen, alle Daten, die du auf der ersten Seite des Buches findest. Wie lange soll ich sonst suchen?«

Enttäuscht setzte Vera sich auf den Stuhl vor Brauns Schreibtisch. Was hatte sie erwartet? Dass Melli ihr die Adresse in die Hand drückte und sie der gesuchten Person sofort einen Besuch abstattete?

Melanie grinste plötzlich. »Mum, du glaubst einfach alles, wenn es um Computer geht. Meine Antwort war nur die Retourkutsche dafür, dass du vergessen hast zu fragen, wie es mir geht und dafür, dass du keinen Kommentar zu der Farbe an der Wand abgegeben hast.«

»Also hast du einen Namen gefunden?«

»Claro, Braun ist zwar ziemlich chaotisch, aber eine gewisse

Ordnung hält er doch in seinen Unterlagen.« Melanie setzte sich hinter den Computer, murmelte »Fontane, Fontane, da ist er.« Sie rutschte näher an den Bildschirm. »2015 gekauft.« Vera saß steif aufrecht, während Melanie ein DIN A4 großes, dickes Heft mit kariertem Umschlag aus einer der Schubladen des Schreibtisches holte, es aufschlug und mit dem Finger über die Seiten fuhr. Handgeschriebene Zeilen. Es passte zu Braun. Einerseits ging es ohne moderne Technik nicht; andererseits vertraute er immer noch dem Althergebrachten. Nicht umsonst verlangte er von seinen Kunden Barzahlung, da er mit dem Gerät für Kartenzahlung auf Kriegsfuß stand.

»Ich hab's«, sagte Melanie. «Die Herkunft der Bücher hat er nämlich hier in sein Heft geschrieben. Eine Judith Herwig hat 2015 den Fontane verkauft.« Melanie schien keine Scheu zu haben, den Namen weiterzugeben.

»Und wo wohnt sie?«, fragte Vera ungeduldig.

»Momento.« Melanie beugte sich erneut vor, als sich die Eingangstür öffnete und Braun seinen Kopf hereinstreckte.

»Melanie, können Sie mir helfen, die Bücher aus dem Auto zu holen?« Melanie sprang auf. »Schon zurück?« Sie befestigte die Tür mit einem Gummi an einem altmodischen Haken an der Wand und lief nach draußen.

Vera sah, wie Braun Kartons aus dem Auto zog und sie Melli anreichte. »Das ist meine letzte Chance«, durchfuhr es sie. »Wenn Braun erst wieder hier ist, ist es zu spät.« Sie drehte das Heft zu sich her, warf einen Blick auf die aufgeschlagene Seite und musste feststellen, dass sie so schnell keine Judith Herwig fand. Konnte dieser Braun denn nicht fünf Minuten später zurückkommen?

Melanie trug die Kartons ins Haus und deponierte sie unter dem Fenster zu den Kisten, die im Computer noch nicht erfasst waren. Hoffentlich sind die Bücher nicht zu schwer, dachte Vera. Meine Tochter ist zwar etwas verrückt, aber nicht arbeitsscheu. So wie es aussieht, macht ihr die Arbeit sogar Spaß.

Als Braun die Wagentür zuschlug und auf das Geschäft zukam, schob sie schnell das Heft von sich weg, strich die Haare aus dem Gesicht und stand auf. Aber Braun grüßte nur kurz, als gebe es Wichtigeres als ihren Besuch, und wandte sich wieder an ihre Tochter: »Danke für Ihre Hilfe, Melanie.« Es entging Vera nicht, dass sein Blick länger als nötig bei Melanie, die sich gerade über eine Kiste beugte, verweilte. Warum hatte er sie eingestellt?

»Es ist so weit«, dachte Vera. Sie erinnerte sich, wie Frau Glasner ihr auf der Treppe erzählt hatte: »Passen Sie auf, Frau Baumeister. Eines Tages haben Sie das Gefühl, Sie sind unsichtbar für die Welt, erst recht, wenn eine Jüngere neben Ihnen steht. Dagegen müssen Sie etwas unternehmen.« Frau Glasner war nicht unsichtbar. Sie kleidete sich auffällig und benahm sich nach Lust und Laune. »Was stört mich die Meinung der anderen?«

Dass es gerade ihre Tochter sein musste, die ihr Frau Glasners Satz in Erinnerung brachte. Brauns Blick war über sie hinweggegangen und an Melli hängengeblieben. Kein Wunder. Jugend und Schönheit kamen bei ihr zusammen. Vera fühlte sich plötzlich alt, überflüssig, unwichtig. Eine der vielen Alten, die nicht beachtet wurden. Sie würde nicht wie Frau Glasner dafür kämpfen, unverwechselbar zu sein. Als Dozentin in der Volkshochschule und als Gastgeberin zuhause war sie immer noch »sichtbar«, wie Frau Glasner sich ausdrückte, aber draußen, in der Straßenbahn, im Café, beim Einkaufen, da war sie eine eintauschbare Person, hinter der niemand mehr herschaute.

Ob ihr diese Gedanken auch mit Kai gekommen wären? Bei ihm hatte sie nicht an ihr Alter gedacht. Für Kai war sie alterslos gewesen. Es wäre ihm nicht in den Sinn gekommen, an ihrem Aussehen etwas auszusetzen, wie Melli es gern tat, wenn ihr etwas nicht gefiel. Kai. Halt! Bloß nicht zurückdenken.

»Ich bin sehr zufrieden mit Ihrer Tochter«, sagte Braun. »Sie krempelt alles um, ein wenig ungewöhnlich vielleicht«, er zeigte auf die türkisfarbene Wand, »aber mit ihrem Tatendrang und ihrer Phantasie steckt sie mich an.«

Wenn das nur gut geht, dachte Vera, denn beide Tugenden besaß Melli im Übermaß. Sie bildeten deshalb immer auch eine Gefahrenquelle.

Braun griff in die oberste Kiste, holte ein Buch heraus und schlug es auf. Vera trat von einem Fuß auf den anderen. Sie sollte sich verabschieden, denn Braun hatte sie nicht einmal nach dem Grund ihres Kommens gefragt. Der Neuzugang war wichtiger.

Schließlich setzte er sich an den Tisch, an dem eben noch Melanie gesessen hatte, putzte die Brillengläser und warf einen Blick auf den Bildschirm des Computers. Seine Augenbrauen hoben sich. Dann entdeckte er das aufgeschlagene Heft, zog es zu sich heran, neigte den Kopf etwas tiefer, um sicher zu gehen und rief im gleichen Moment aufgebracht: »Melanie.«

Melli fuhr hoch: »Was ist?«

Brauns Stimme wurde schärfer. »Kommen Sie bitte mal.«

Vera zuckte zusammen. Melanie legte das Buch, das sie in der Hand hielt, auf einen Stapel und kam neugierig zum Tisch. Als sie das Heft vor Braun liegen sah, durchfuhr ein kurzer Schrecken ihr Gesicht, dann kniff sie die Augen zusammen und presste die Lippen aufeinander. Sie wusste, was auf sie zukam. Vera stand steif vor dem Schreibtisch.

»Melanie, Sie brauchen mir nicht zu erklären, warum dieses Heft hier liegt. Ich habe Ihnen ausdrücklich verboten, den Kunden über unsere Einlieferer Auskunft zu geben. Das gilt auch für Ihre Mutter.« Zorn und Enttäuschung spiegelten sich in Brauns Gesicht. Vera knetete ihre Finger. Reiß dich zusammen, Melli, und sag jetzt nichts Falsches. Wenn ihre Tochter sich angegriffen fühlte, gab es kein Zurück. Da stand sie vor Braun, reckte sich in die Höhe und stieß in herausforderndem Ton hervor: »Hatten Sie mir nicht aufgetragen, neuen Schwung in das Geschäft zu bringen? Mach ich gern. Aber erneuerungsbedürftig ist nicht nur die staubige Atmosphäre hier. Ihre altmodische Buchführung muss auch völlig umgestellt werden.«

Hör auf, Kind, flehte Vera. Aber Melanie war nicht zu stoppen. »Dazu gehört Ihre verschrobene Angewohnheit, sich in Geheimnisse zu hüllen, wo es nichts zu verbergen gibt. Warum sollte ich meiner Mutter nicht eine unwichtige Auskunft geben? Wem schade ich damit?«

Braun hörte bewegungslos zu. Als Melanie geendet hatte, herrschte einen Moment lang Stille. Braun schien über etwas nachzudenken, sah Melanie fragend an, ging mit keinem Wort auf ihre Vorwürfe ein, sondern sagte tonlos: »Sie haben mein Vertrauen missbraucht. Es ist wohl besser, wenn wir unsere Zusammenarbeit beenden. Sie können für eine entsprechende Miete in der Dachwohnung bleiben, wenn Sie möchten. Es tut mir leid, aber wenn Sie mit der Wand hier fertig sind, verzichte ich auf weitere Hilfe im Geschäft.«

Vera hielt sich an der Tischkante fest.

»Ich habe doch nur einen Namen von meiner Tochter bekommen, sonst nichts«, versuchte sie Melanie zu verteidigen.

»Und genau das durfte sie nicht«, beendete Braun jeglichen Versuch einer Diskussion. »Und sagen Sie mir nicht, dass es etwas mit Ihrem Gedicht zu tun hat. Das führt zu nichts.«

* * *

Der Himmel über dem Rhein hatte sich zartrosa gefärbt. Bald würde er in sanftes Lila übergehen und den Tag mit einem der herrlichsten Sonnenuntergänge beenden. Vera liebte dieses Farbenspiel über alles. Die Luft war samtweich und warm, ein kaum spürbarer Wind streichelte die nackten Arme. Keiner dieser schwülen Tage, die die Bonner stöhnen ließen und Gregor in seinem abgedunkelten Arbeitszimmer gefangen hielten, alle Fenster geschlossen.

Sie wohnte gern in Bonn. Überschaubar, nicht zu laut, die Menschen realitätsnah und, wenn sie echte Bonner waren, direkt. Man musste nur den Gesprächen an den Obst- und Gemüseständen auf dem Marktplatz lauschen.

Der Rhein war für Vera der größte Anziehungspunkt. Manchmal fuhr sie auf die Beueler Seite und setzte sich wie heute auf eine der Bänke, nur um die silbernen Streifen auf dem Wasser zu beobachten, die im Gegenlicht leuchteten, die Farbe mit dcn Wolken wechselten und von den Schiffen in ständiger Bewegung gehalten wurden. Sie wartete die Tage ab, an denen Gregor länger in der Universität zu tun hatte. Da musste sie kein schlechtes Gewissen haben, dass sie ihn allein ließ, auch wenn er nichts gegen ihre kleinen Ausflüge einwendete. Schließlich hatten sie sich versprochen, dem anderen seine Freiheit zu lassen und ihn nicht einzuengen. Aber die Art wie er sagte: »Geh nur, meine Liebe; ich komme schon allein zurecht« ließ sie oft genug von ihrem Vorhaben Abstand nehmen.

Die Volkshochschule machte Sommerpause. Vera hatte die beiden Blumensträuße ihrer Kurse stolz nach Hause getragen, nicht ohne vorher betont langsam über den VHS-Flur zu gehen, damit möglichst viele Mitarbeiter die Prachtsträuße sahen. Dass sie aus demselben Grund beim Leiter geklopft und etwas Belangloses gefragt hatte, war ihr im Nachhinein unangenehm, aber nicht zu ändern.

Wie immer hatten sich die Dozenten der Abteilung *Künstlerisches Gestalten* im Café am Marktplatz getroffen, um ihre Erfahrungen auszutauschen. Veras Kollegin Claudia erzählte von einer Performancekünstlerin in der Bundeskunsthalle, die man sich unbedingt ansehen müsse. »Was ist denn an der Ausstellung so sehenswert?«, hatte Vera neugierig gefragt. Sie erinnerte sich genau an Claudias Antwort.

»Du bist nicht mehr nur Zuschauer. Du musst selbst mitmachen. Da stehen zum Beispiel zwei Personen, ein Mann und eine Frau, nackt in einem engen Durchgang, und du musst dich zwischen den beiden durchquetschen, wenn du in den nächsten Raum willst.«

»Und? Wo ist das Besondere?« Vera wusste nicht recht, warum gerade Claudia das so aufregend fand. In ihren Zeichenkursen gab es stapelweise Bücher mit Nackten als Vorlage.

»Ich möchte mal sehen, wie du dich entscheiden würdest.« Claudia grinste wissend. »Und wenn du dich entschieden hast, musst du überlegen, ob du mit dem Gesicht zur Frau gewandt durchgehst oder mit dem Gesicht zum Mann.«

Vera verstand immer noch nicht, was daran so außergewöhnlich sein sollte.

»Aus welchem Material sind die Figuren denn, aus Gips, Ton oder etwa Pappmaché?«

Da platzte Claudia heraus: »Liebe Vera, das sind lebendige Menschen, die jede Stunde ausgewechselt werden, weil sie sich nicht rühren und keine Miene verziehen dürfen, auch wenn ein Dicker sich durchschiebt.«

»Oh«, damit hatte sie nicht gerechnet. Sie war peinlich berührt, weil sie als so ahnungslos dastand. »Und du, bist du etwa …?«

»Ich hab' mir erst mal angesehen, wer da alles so mitmacht, und dann hab' ich einer Aufseherin meine Handtasche in den Arm gedrückt und bin durch. Gesicht zur Frau, ihr nackter Busen gegen meinen.«

Vera schaute Claudia zweifelnd an. Doch Claudia erzählte munter weiter über Filme und Mitmachangebote in den übrigen Ausstellungsräumen, als hätten die beiden Nackten sie nicht sonderlich beeindruckt. »Du kannst auch meditieren, indem du eine Handvoll Reis mit Linsen vermischt vor dir ausschüttest und versuchst, Linsen und Reiskörner zu trennen und zu zählen.«

Linsen und Reiskörner trennen? Nein. Aber zwischen zwei Nackten durchgehen, das war etwas Anderes. Sie fragte sich, ob sie mutig genug wäre, sich zwischen den beiden durchzuschlängeln und dabei Körperkontakt so weit wie möglich zu vermeiden? Oder würde sie die gewohnte Zuschauerrolle einnehmen, beobachtend am Rande stehen bleiben und anschließend durch einen Seiteneingang in den nächsten Raum huschen?

Gregor hatte ihr abends ohne lange zu überlegen die Antwort gegeben: »Meine Liebe, das hat nichts mit Mut zu tun. Du musst nur überlegen, ob du es überhaupt willst und ob du einen Sinn darin siehst. Ich bin sicher, du entscheidest dich dagegen. Schließlich kenne ich dich lange genug.«

Seine Antwort hatte sie geärgert. Woher nahm er die Sicherheit, dass sie so und nicht anders reagieren würde?

Vera blickte das Rheinufer entlang. Die Türme der Bundeskunsthalle waren nicht zu sehen. Vielleicht sollte sie doch in die Ausstellung gehen und sich durch die beiden Nackten schieben, schon allein, um Gregor zu zeigen, dass er nicht alles wusste. »Schließlich kenne ich dich lange genug.« Mit dieser Äußerung erwartete er keine Überraschungen mehr, sondern konnte vorhersagen, wie seine Frau in einer bestimmten Situation handeln würde. Kannte er sie wirklich? Manchmal hätte sie sich gewünscht, dass er Fragen stellte, um zu wissen, was in ihr vorging; gleichzeitig liebte sie es, mit ihren Gedanken allein zu sein und sich Rückzugsorte zu bauen, in die niemand eindrang.

Warum verschwieg sie ihm, wie sehr sie das Gedicht im Fontaneband bewegte? Warum hatte sie ihm nichts über Mellis Ärger mit Braun erzählt? Warum sagte sie ihm nicht, wie oft sie an Kai dachte? Dass sie ihn manchmal auf der Straße sah, wenn ein junger Mann ihm ähnelte. Dass sie nicht mit anderen über ihn sprechen konnte. Nicht einmal mit Gregor. Warum? Warum? Bevor eine Antwort auf ihre Fragen Gregor zur Diskussion herausforderte oder ihn ironisch werden ließ, behielt sie ihre Gedanken lieber für sich und bewahrte sie tief in ihrem Innern auf. Gregor schien nichts zu vermissen.

Der Wind wurde kühler. Die Radfahrer, die ihre abendlichen Runden am Ufer drehten, verloren sich in den Seitenstraßen, während die Spaziergänger ihren Gang beschleunigten. Vera konnte sich noch nicht entschließen, den Nachhauseweg anzutreten. Claudias Ratschlag, die Ausstellung in der Bundeskunsthalle anzusehen, hatte eine Reihe von Fragen heraufbeschworen.

Sie blickte auf die Uhr. Wenn sie vor Gregor zu Hause sein wollte, musste sie aufbrechen. Ein letzter Blick auf die gegenüberliegende Rheinseite, wo die Gebäude sich wie Scherenschnitte vom Abendhimmel abhoben. Der Rhein trennte nicht nur die beiden Stadtteile; von dieser Seite aus ließ sich auch die eigene Welt mit einem gewissen Abstand betrachten.

Vera lief zum Konrad-Adenauer-Platz und stieg in die Straßenbahn zum Hauptbahnhof. Anstatt den direkten Weg zu ihrer Straße zu nehmen, machte sie einen kleinen Umweg, um das Nachhausekommen noch ein wenig hinauszuzögern. Der Umweg führte sie an Brauns Antiquariat vorbei, wo die Lichter noch brannten. Sie widerstand der Versuchung, bei Melanie zu klingeln, da ihre Tochter sich unangemeldete elterliche Besuche seit langem verbeten hatte. Genau genommen seit sie mit diesem »ungebildeten Jungen«, wie Gregor sich ausdrückte, zusammengezogen war. Als sie dann schwanger wurde, hatte Gregor seine Bemerkungen zwar eingestellt, aber das Vertrauen, das zwischen Vater und Tochter trotz Streitigkeiten geherrscht hatte, war brüchig geworden. Nachdem Zoes Vater eines Tages verschwunden war, wurde er in Melanies Beisein nicht mehr erwähnt, als habe er nie existiert.

Obwohl es angenehm kühl im Schlafzimmer war, fand Vera keinen Schlaf. Die Fenster waren weit geöffnet, und sie hörte, wie die Blätter der Bäume sich im Wind bewegten. Gregor hustete hin und wieder und streckte suchend die Hand aus. Wenn Vera sie ergriff, schlief er ruhig weiter. Die Routine eines alten Paares, dachte sie. Früher hatte sie Gregors Hand genommen, sie auf ihre nackte Haut gelegt und beruhigend auf ihn eingeredet. Heute schwieg sie, das Nachthemd wurde nicht hochgeschoben, seine Hand lag ruhig in ihrer, bis er leise schnarchte.

Etwas lief falsch. Die Familie war auseinandergedriftet; jeder ging seine eigenen Wege. Gab es eine Perspektive, dass sich das ändern könnte? Die Zeit verrann unaufhaltsam und ließ sich nicht zurückholen.

Als Gregor auf der Geburtstagsfeier zu einem Gast gesagt hatte: »Ich gehe jetzt auf die 70 zu,« war ihr das besonders deutlich geworden. 36 Jahre war sie jetzt mit ihm verheiratet. Was das tägliche Leben betraf, waren sie in dieser langen Zeit zusammengewachsen, waren aufeinander eingespielt, kannten die Lieblingsspeisen und die Vorlieben des anderen. Gleichzeitig wuchs seit einigen Jahren die innere Distanz, auch wenn Gregor behauptete, seine Frau zu kennen.

Wieder kam ihr die VHS-Kollegin in den Sinn, die sich damit hervortat, selbstbewusst zwischen den beiden Nackten in der Bundeskunsthalle hindurchgegangen zu sein. Gregor traute ihr diesen Schritt nicht zu. Gleich morgen würde sie testen, wie weit er sie kannte.

Gregor stand auf und ging im Halbschlaf ins Bad. Als sie das Rauschen der Toilettenspülung hörte, drehte sie sich zum Fenster und stellte sich schlafend. Eine Hand legte sich auf ihren Rücken, strich sanft ein paar Mal auf und ab und wurde nach kurzer Zeit zurückgezogen. Gregor rollte sich zusammen und schnarchte leise weiter.

Die Tageszeitung lag wie üblich zusammengefaltet auf dem Frühstückstisch. Es war ein Ritual, dass Gregor sie nach der ersten Tasse Kaffee aufschlug, das Feuilleton herausnahm und es wortlos seiner Frau herüberreichte, bevor er sich selbst in den Politikteil vertiefte.

»Ich gehe heute in die Bundeskunsthalle«, sagte Vera, während sie eine Scheibe Vollkornbrot dicker als sonst mit Marmelade bestrich.

»Was für eine Ausstellung gibt es denn?«

Wieso fragte er? Sie hatte es ihm doch ausführlich erklärt.

»Na, die Performancekünstlerin Abramovic. Ich habe dir doch von den beiden Nackten erzählt.«

Gregor ließ seine Zeitung sinken.

»Entschuldige, ich habe nicht geglaubt, dass du wirklich in so eine verrückte Ausstellung gehen willst. Das Ganze ist doch Effekthascherei. Die Dame — wie hieß sie noch? — weiß, wie sie sich in Szene setzt. Und meine Frau fällt darauf rein.« Er schüttelte ungläubig den Kopf.

Sie wollte ihm nicht erklären, dass sein Satz »Ich kenne dich« der Auslöser war.

»Das kannst du sehen, wie du willst. Ich gehe jedenfalls in die Ausstellung.«

Ihre Stimme klang schärfer als beabsichtigt.

Gregor faltete das Deckblatt der Zeitung zusammen, wie immer, wenn er das Wichtigste überflogen hatte, schob das Papier beiseite und zog die Müslischale heran. Er legte Wert darauf, jeden Morgen die schwarz-weiß glasierte Tonschale eines japanischen Künstlers auf dem Frühstückstisch vorzufinden, was nicht immer leicht war, denn es gab davon nur zwei Exemplare im Hause Baumeister. Wenn Melli im Elternhaus frühstückte, nahm sie eine Schale und stellte sie nach Gebrauch wie selbstverständlich in die Spülmaschine, während Vera das ausgefallene Stück mit der

Hand spülte.

»Na, dann wünsche ich dir viel Spaß. Heute, mitten in der Woche, wird es nicht so voll sein.« Gregor lächelte vieldeutig. Schon tat es ihr leid, dass sie so unfreundlich reagiert hatte. Die schlaflose Nacht machte sich nicht nur im Gesicht mit dunklen Augenrändern bemerkbar. Sie war gereizt und ärgerte sich gleichzeitig über ihren Unmut.

»Wenn du willst, begleite ich dich bis zur Uni und steige da in die U-Bahn.«

Überrascht sah Gregor sie an. Es war lange her, dass sie einen Kinderwagen neben ihm her zur Uni geschoben hatte. Sie hatten über seine Berufsaussichten, Mellis ersten Zahn, über eine größere Wohnung, über Gott und die Welt geredet. Die Themen waren ihnen nicht ausgegangen. Auch mit beiden Kindern hatte sie ihn noch ein paar Mal begleitet, die Themen änderten sich, bis Gregor nur noch allein zur Arbeit aufbrach.

»Wenn du lieber ohne mich gehen willst, …«

»Nein, nein«, beeilte Gregor sich zu sagen, aber Vera vermisste ein erfreutes »Wie schön« und bereute bereits, den Vorschlag gemacht zu haben.

Eine Stunde später gingen sie nebeneinander her, machten sich hin und wieder auf Veränderungen im Straßenbild aufmerksam, auf erforderliche Baumaßnahmen oder auffällige Reklame, nur um bald wieder in ihre eigene Gedankenwelt einzutauchen. An der U-Bahn-Haltestelle fuhr Vera leicht mit der Hand über Gregors Haar, hielt inne und wartete auf den im Hause üblichen Abschiedskuss.

»Mach's gut und amüsier' dich«, sagte Gregor, während er sich die Haare glattstrich. Dann küsste er sie schnell auf die Wange und murmelte kopfschüttelnd: »Meine Frau«, als mache sie sich allein auf eine Polarexpedition.

Vera hatte sich im Internet über die Ausstellung informiert, so dass viele Bilder und Installationen einen Aha-Effekt auslösten, der den Inhalt allerdings nicht weniger verstörend machte. Sie arbeitete sich von Raum zu Raum vor, las gewissenhaft die Erklärungen an den Wänden, fühlte sich angezogen und ebenso oft abgestoßen. Blut, Gewaltdarstellungen oder bis ins Unerträgliche getriebene Herausforderungen an den eigenen Körper ließen sie schnell weitergehen. Warum ohrfeigte sich die Künstlerin mit ihrem Partner? Warum riss sie sich immer und immer wieder an den Haaren? Warum schrie sie, bis der Zuschauer glaubte: Jetzt bricht ihre Stimme?

Dann endlich der Raum mit den zwei Nackten, die sich in einem Durchgang unbeweglich gegenüberstanden. Während die anderen Säle ziemlich leer waren, sammelten sich hier die Besucher. Ein Mann und eine Frau schauten sich emotionslos an, als wäre es ihnen gleichgültig, dass Menschen sich zwischen ihnen durchdrängten, mal mit Körperkontakt, mal ohne. Ein Zettel an der Wand forderte jeden auf, sich vorher zu entscheiden, wem man sein Gesicht beim Vorbeigehen zuwenden wollte, dem Mann oder der Frau.

Vera verspürte ein Bedürfnis nach Abstand bei der Vorstellung, mit dem Penis des Mannes oder der Brust der Frau in Berührung zu kommen. So wie es aussah, würde sich eins von beiden nicht vermeiden lassen. Was mochten die beiden jungen Leute, die sich für die Performance zur Verfügung stellten, denken? Reichte es ihnen, dass sie Teil eines Kunstprojekts waren?

Vera ging einen Schritt vor. Sie würde nicht nach Hause kommen und Gregor erzählen, dass sie sich nicht getraut hatte. Diesen Sieg gönnte sie ihm nicht. Sie beobachtete die Mutigen, die sich ohne Hemmung zur Seite drehten und zwischen den beiden Nackten durchgingen, als sei es das Normalste der Welt. Einige schienen das Ganze eher als Spektakel zu sehen und winkten ihrem wartenden Partner zu, kurz bevor sie ihren Gang durch die »hohle Gasse« antraten. Andere nahmen lieber gleich den Umweg durch einen anderen Raum in Kauf.

Vera stellte sich zu den Zuschauern, die sich erst einmal ansahen, was sie erwartete, bevor sie sich entschieden. Sollte sie oder sollte sie nicht? Zwei Schritte und es war vorbei. Und sie hätte Gregor bewiesen, dass er nicht richtig lag mit seiner Einschätzung.

Andererseits, warum tat sie nicht das, was sie selbst wollte? Egal, wie Gregors Reaktion sein würde. Und sie wollte eindeutig keinen Körperkontakt, weder mit der jungen Frau noch mit dem jungen Mann, und sei es nur für zwei Sekunden.

Sie warf die Handtasche über die Schulter, um die beiden Nackten zu umgehen, als eine Hand sich auf ihren Arm legte: »Hallo, Frau Baumeister, Sie wollen sich doch nicht drücken?« Der junge Mann von der VHS. Ach Gott, wie hieß er noch? Er lachte, als er ihr erschrecktes Gesicht sah.

»Hab ich recht? Sie wollten einen Umweg machen.«

Vera fühlte sich ertappt und zog den Arm unter seiner Hand weg.

»Warum trauen Sie sich nicht? Es passiert Ihnen nichts. Die beiden dürfen sich nicht bewegen, wie eng auch immer Sie sich an ihnen vorbeidrücken.«

Vorbeidrücken. Genau das wollte sie nicht. Aber das würde sie diesem vorlauten Knaben, dem sie ein einziges Mal begegnet war, nicht erklären. Es war ihr peinlich, dass er es nicht für nötig hielt zu flüstern, so dass die Umstehenden sicher mithörten. Die Aufsichtsperson warf ihnen bereits einen strengen Blick zu.

Vera zeigte auf die beiden Protagonisten der Performance: »Warum gehen Sie nicht einfach Ihren Weg, wenn Sie sich zwischen den beiden durchquetschen wollen? Und ich gehe meinen. Hinterher können Sie mir ja sagen, wie Sie sich als Kunstobjekt gefühlt haben.«

»Als Kunstobjekt.« Dante schaute sie an, als ob er solch einen Ausdruck nicht von ihr erwartet hätte. Wahrscheinlich ordnete er sie wieder unter *Basteln, Stricken, Häkeln* ein.

»Sie können nicht wissen, wie etwas ist, ohne es vorher ausprobiert zu haben«, fuhr er fort. »Ich mache Ihnen einen Vorschlag. Sie gehen direkt hinter mir her, ohne nach rechts oder links zu schauen. Da fällt es Ihnen leichter, sich durchzuschlängeln.« Er musterte sie von oben bis unten mit einem schnellen Blick. »Bei Ihrer Figur sowieso kein Problem.«

Vera zog den Bauch ein. Dieser Dante ging ihr auf die Nerven mit seinem forschen Auftreten, wenn auch sein Vorschlag vielleicht gar nicht so schlecht war. Je kürzer der Abstand zwischen den Durchdrängenden war, desto weniger wurde man als Einzelperson wahrgenommen.

»Also gut«, hörte sie sich sagen und wäre doch am liebsten umgekehrt. Aber dazu war es zu spät. Das Gesicht zur Frau wenden, den nackten Mann ignorieren, die Handtasche seitlich auf Abstand halten. Vera heftete ihren Blick auf Dantes Rücken, um möglichst wenig von ihrer Umgebung zu sehen.

Das Gesicht der Frau tauchte über seiner Schulter auf, ernst, emotionslos, die Augen starr auf ihr Gegenüber gerichtet, als gäbe es sonst nichts zu sehen. Dante drehte sich zur Seite, Vera hielt reflexartig die störende Handtasche weit vom Körper weg, als die Augen der Frau sich plötzlich verengten. Ihr linker Arm schnellte vor und boxte Vera in die Rippen. Die gedämpfte Unterhaltung der Museumsbesucher und die wachsame Aufsichtsperson im Hintergrund hinderten Vera daran, laut zu protestieren. Es ging alles so schnell, dass sie gar nicht merkte, wie sie sich an der Frau vorbeidrückte. Erst als Dante sich umdrehte, schimpfte sie leise, eher ratlos als ernsthaft böse: »Was war das denn? Warum hat sie mich geboxt? Gehört das auch zum Programm und soll vielleicht ein Ablenkungsmanöver sein?«

Dante grinste übermütig. »Das ist ganz einfach. Kommen Sie mit mir ins Museumscafé, da erkläre ich es Ihnen. Ich schulde Ihnen ja eh noch einen Kaffee für das Fahrgeld, das Sie mir spendiert haben.«

Statt einer kurzen Antwort auf ihre Frage eine Einladung ins

Café. Unschlüssig zog Vera ihre Schultern hoch. Der Junge war mindestens 20 Jahre jünger als sie. Der hatte doch Anderes zu tun als mit ihr Kaffee zu trinken.

Sein Grinsen reizte sie. Die Erklärung für das seltsame Verhalten der Frau musste spannend sein, wenn er glaubte, Vera damit ins Café locken zu können. Vielleicht hatte er die Einladung aber auch nur so daher gesagt und wunderte sich, wenn sie annahm. Ungeduldig schüttelte Dante den Kopf: »Nicht grübeln! *It's now or never.*«

So ein alberner Satz. Als wenn sie etwas verpasste, wenn sie nein sagte. *Now or never. Never* war ein unsympathisches Wort. Sie sah Gregors verständnisloses Gesicht vor sich.

»Also gut. *It's now.*«

Vera bestellte einen Milchkaffee und lehnte sich zurück: »Jetzt bin ich neugierig, was für eine Geschichte Sie mir auftischen. Sie hatten gesagt, die beiden Nackten dürften sich nicht bewegen.«

Dante grinste wieder. »Sie werden es mir wahrscheinlich nicht abnehmen; ich wollte nur etwas Abwechslung in die Performance bringen und habe die Frau in den Po gekniffen.«

Vera schaute ihn ungläubig an. »Das haben Sie jetzt erfunden.«

»Ich sagte doch, Sie würden es mir nicht glauben. Es war aber trotzdem so.«

»Das heißt, der Rippenstoß galt Ihnen und nicht mir.«

»Wenn Sie nicht so dicht hinter mir gewesen wären, hätte ich Greta nicht gekniffen und damit herausgefordert. Sie muss sich unbedingt an die Regeln halten und unbeweglich stehen bleiben, weil sie sich keinen Rausschmiss erlauben kann. Sie braucht nämlich das Geld. Aber ich wusste, dass Sie der Aufsichtsperson die Sicht versperrten, und da konnte ich es mir nicht verkneifen, Greta in …«

»Greta?«

»Studiert Kunst. Kenne ich seit Jahren.«

»Sind Sie heute nicht das erste Mal hier?«

»Ich bin gleich zu Beginn der Ausstellung hierhergekommen, habe gewartet, bis Greta an der Reihe war und habe ihr im Vorbeigehen nur zugezwinkert.«

»War es ihr nicht unangenehm, nackt einen voll bekleideten Bekannten vor sich zu sehen?«

»Nein, warum sollte es? Ich weiß doch, wie sie nackt aussieht. Kann sich sehen lassen, oder?«

Die Kellnerin, eine unsicher wirkende junge Frau, ließ den Milchkaffee überschwappen, als sie ihn auf dem Tisch abstellte. Die kurze Gesprächspause, die sich beim Abwischen der Tischplatte ergab, war eine gute Gelegenheit, das Thema zu wechseln. Es war Vera unangenehm, dass Dante sein Privatleben so ungeniert und detailliert schilderte. Schnell fragte sie ihn, ob er den Job bei der VHS bekommen habe.

»Für das nächste Semester hat man mir sechs Stunden die Woche zugeteilt.«

»Geben Sie schon lange Computerunterricht?«

»Nein, ich habe bisher nur Privatunterricht gegeben, aber die VHS-Frau wollte gar nicht viel über meine Erfahrung im Unterrichten hören. Sie hat mich hauptsächlich nach meinen Computerkenntnissen gefragt.«

»Und die sind hervorragend?«

»Überragend sind sie nicht, aber das habe ich der Frau natürlich nicht gesagt.«

»Mit der Wahrheit scheinen Sie es nicht so genau zu nehmen.«

»Für die paar Stunden in der Woche werden meine Kenntnisse reichen. *Nothing ventured, nothing gained.*«

Schon wieder so ein alberner englischer Satz. Vera konnte sich nur in etwa vorstellen, was er bedeutete. Sollte sie nachfragen? Dann würde er sie wieder in die ihr zugeschriebene VHS-Schublade *Handwerkliches Gestalten* stecken, was auch immer er sich darunter vorstellte.

»Wer nicht wagt, der nicht gewinnt. Das habe ich im Laufe meines Lebens gelernt.«

»Und? Haben Sie immer gewonnen?«

Dante zog einen Mundwinkel nach oben. Er schien zu überlegen.

»Sagen wir *fifty, fifty.*«

»Nach großem Gewinn hört sich das nicht an.«

»Wenn Sie Geld meinen, dann war der Spruch eher ein Reinfall. Schlimmer: *a disaster,* eine Katastrophe.«

Vera hätte gern nachgehakt, doch das kam ihr zu neugierig vor. Stattdessen fragte sie, ob er vielleicht auch Englisch unterrichte.

»Sie meinen, weil ich manchmal mit ein paar englischen Brocken um mich werfe? Nein, ich versuche nur, meine Sprachkenntnisse aufzufrischen. Jeden Abend eine Viertelstunde Aufbauwortschatz, weil ich nächste Woche nach England fahre.«

Dante kratzte sich ungeniert unter den Achseln und weiter über den Arm bis zum Rücken. Unangenehm berührt schaute Vera zur Seite. Unvorstellbar, dass Kai sich so benommen hätte. Er war höchst sensibel in solchen Dingen gewesen, ohne dass sie es ihm beibringen musste. Im Gegensatz zu Melli hatte er jeden Morgen sein Zimmer penibel aufgeräumt hinterlassen mit dem Hinweis an alle Familienmitglieder, unbedingt das Schild an der Tür zu beachten: *Bitte nur nach Aufforderung eintreten.* Als er Carmen einmal an einem anderen Wochentag als dem gewohnten an seinem Schreibtisch überraschte, war es zu einem heftigen Streit zwischen ihm und der Ecuadorianerin gekommen. Nur Vera hatte sich hin und wieder erlaubt, in Kais Abwesenheit sein Zimmer zu betreten. Ohne es ihm mitzuteilen.

Dante redete unbeirrt weiter.

»Meine Tante Lissy ist mal wieder zu ihrer Freundin nach England gefahren. Jetzt will sie nach Hause, kann aber nicht allein mit dem Zug fahren. Zu viel Gepäck. Da fällt ihr der liebe Neffe ein, der sie doch sicher gern mit ihrem Auto abholt.«

Vera gab sich einen Ruck, um wieder in die Gegenwart zurückzukehren. An manchen Tagen gelang es ihr besser, an manchen schlechter. Heute war einer der besseren Tage.

»Wenn sie nicht allein mit dem Zug fährt, wie ist sie dann dahin gekommen?«

»Die Freundin hat sie mitgenommen. Lissy wollte unbedingt wieder nach Glyndebourne zu den Opernfestspielen; Tunbridge Wells, wo die Freundin wohnt, ist nicht allzu weit entfernt.«

Glyndebourne? Tunbridge Wells? Wie elektrisiert richtete Vera sich auf. So hießen doch die Orte auf der Postkarte, die die Nachbarn zu Gregors Geburtstagsfeier mitgebracht hatten. Vera sah die Karte vor sich, der Name deutlich geschrieben: Christian Anholt. Die Straße schwer leserlich. Christian und Sanne. Wie es aussah, verfolgte das Gedicht in dem Fontanebuch sie.

Du siehst Gespenster, mahnte sie sich selbst. Was hatten das Gedicht und die Postkarten mit dem Besuch von Dantes Tante in Royal Tunbridge Wells und Glyndebourne zu tun? Nichts. Und dennoch. Es konnte kein Zufall sein, dass diese Orte, von denen sie nie etwas gehört hatte, innerhalb kurzer Zeit gleich zweimal vor ihr auftauchten. Wenn das kein Wink war.

Es gab keinen logischen Grund dafür, dass sie unbedingt wissen wollte, was hinter dem Gedicht steckte. Es war nur dieses unbestimmte Bauchgefühl, das ihr immer wieder sagte, dass es zwischen ihr und dem Gedicht einen Zusammenhang gab, den sie nur nicht erkannte. Sie musste den Zusammenhang ergründen, musste einen Vorhang aufziehen, hinter dem etwas Wichtiges für sie verborgen war. Nicht umsonst hatte sie die Bücher in der Schublade unten im Garderobenschrank versteckt anstatt sie Braun zurückzugeben. Nicht umsonst hatte sie Gregor nach seinem Geburtstag nichts davon gesagt. Und das Schlimmste war, dass Melli wegen der Neugier ihrer Mutter den Job verloren hatte.

»Hören Sie mir zu?«, fragte Dante. »Ich glaube, ich langweile Sie.«

»Im Gegenteil«, beeilte Vera sich zu sagen. »Ich wollte immer schon mal nach Glyndebourne. Eine Opernaufführung dort wäre ein Traum.«

Eben noch hatte sie Dante vorgeworfen, es mit der Wahrheit nicht so genau zu nehmen, jetzt schwindelte sie selbst. Opern hatten sie noch nie interessiert.

Dante schüttelte sich: »Mit Opernmusik können Sie mich jagen. Möchten Sie noch einen Kaffee?« Sie lehnte ab.

Er brauchte nicht zu wissen, dass sie nach einer zweiten Tasse Kaffee nicht mehr schlafen konnte.

Die Kellnerin blickte beide fragend an, als er für sich einen Gin Tonic bestellte und mit einem leicht spöttischen Ton hinzufügte: »Für die Dame lieber etwas Alkoholfreies.« Das Mädchen hält mich für seine Mutter, war Vera überzeugt. Dante legte plötzlich wie selbstverständlich seine Hand auf ihre: »Oder vielleicht doch ein Gläschen Sekt, meine Liebe?« Vera verschlug es den Atem. Sie war zu verwirrt, um ihre Hand wegzuziehen. Was sollte das? Machte er sich über sie lustig? Und das in Gegenwart dieses Mädchens? Den Spaß würde sie ihm verderben.

»Wenn schon, dann ein Glas Champagner.«

»Den haben wir nicht gläserweise. Es gibt nur ganze Flaschen«, sagte das Mädchen sichtlich irritiert.

»Dann ein Wasser ohne Kohlensäure.«

Dante grinste und zog seine Hand weg, sobald die Kellnerin sich umgedreht hatte.

»Entschuldigen Sie, ich konnte nicht anders, weil ich sicher war, dass die Kellnerin Sie für meine Mutter gehalten hat. Und da musste ich sie einfach auf andere Gedanken bringen. Mit Ihrem Champagnerwunsch hätten Sie mich allerdings ruiniert.«

Vera fasste sich langsam. Dass eine so läppische Situation sie dermaßen durcheinanderbringen konnte.

Das Café füllte sich allmählich. Die Gäste waren müde vom Ausstellungsbesuch und unterhielten sich leise. Nur Dante erzählte laut vom Auto seiner Tante und dass sein Vater es generalüberholt habe. Vera hörte nur halb zu, da die Namen Glyndebourne und Tunbridge Wells sich in ihrem Kopf festgehakt hatten. Wie konnte sie zu dem Thema zurückkommen?

»Wie weit ist es bis Tunbridge Wells?«

»Das hängt davon ab, welche Umwege ich mache.«

Was sollte sie mit der Antwort anfangen? Sie wiederholte ihre Frage.

Dante grinste.

»Warum wollen Sie das wissen? Möchten Sie vielleicht mitfahren?«

Vera fühlte sich getroffen, obwohl sie nicht im Geringsten daran gedacht hatte, dass sich da eine Mitfahrgelegenheit bot. Sie sah nur die Verbindung zu Tunbridge Wells, Glyndebourne und dem Mann, dem Sanne eine Karte, nein, zwei Karten geschrieben hatte. Der Mann in Tunbridge Wells konnte vielleicht Licht in das Dunkel bringen, das das Fontanegedicht umgab.

So ein Unsinn. Jetzt drehst du durch, Vera Baumeister. Sie setzte die Kaffeetasse hart auf die Untertasse und legte die Hand ebenso entschlossen daneben.

»Und? Sind Sie zu einem Ergebnis gekommen? Ich nehme Sie gern mit.«

Was für Ideen der Knabe hatte. Als würde sie jemals mit ihm

nach England fahren.

»Wie ist Ihre Telefonnummer?«

»Wozu wollen Sie …?«

»Also, wie ist Ihre Telefonnummer?«

Verdattert nannte Vera sieben Zahlen, verwechselte die beiden letzten, verbesserte sich, vertat sich noch einmal in der Reihenfolge, bis ihr schließlich die richtige Nummer gelang.

»Ich rufe Sie heute Abend an. Dann können Sie mir sagen, ob Sie mitfahren und wenn ja, besprechen wir alles Weitere. Ich muss leider gehen, meine Mutter wartet auf mich.«

»Aber ich …«, stotterte Vera.

»Nichts aber. Ich sehe Ihnen an, dass Sie gern mitfahren würden. Also bis heute Abend.« Dante stand auf, ging zu der Kellnerin, legte kurz seinen Arm auf ihre nackte Schulter, um auf sich aufmerksam zu machen, und zahlte.

Verlegen griff Vera sich an den lose um den Hals drapierten Schal, der von den erschlafften Konturen ablenken sollte. Die Kellnerin brauchte nichts zu verdecken, da ihre Jugend ihr straffe Haut zum Nulltarif schenkte. Vera hätte am liebsten das Rouge, das sie morgens aufgelegt hatte, abgewischt. Zeigte es doch, dass die Zeit des ungeschminkt aus dem Haus Gehens vorbei war.

Dante winkte ihr kurz zu und verschwand so plötzlich, wie er aufgetaucht war. Er würde nicht anrufen. Warum sollte er auch? Trotzdem spukte ihr Tunbridge Wells im Kopf herum. Was würde Gregor sagen, wenn sie ihm ganz nebenbei erzählte: »Ich fahre übrigens mit Dante nach England«? Er würde sie einfach nicht ernst nehmen. Welche Erklärung sollte sie ihm auch geben? Es gab keine logische Erklärung, warum sie nach Tunbridge Wells und weiter nach Glyndebourne fahren wollte.

Ein Spatz pickte gegen die Fensterscheiben. Er war zufrieden, wo er war. Und sie? Sie war zufrieden mit Bonn und brauchte keine abenteuerliche Fahrt nach Tunbridge Wells. Sie winkte der Kellnerin. »Ist bereits erledigt«, sagte die junge Frau und wandte sich dem nächsten Gast zu.

Vera steckte ihr Portemonnaie zurück, suchte nach einem Lippenstift und entdeckte einen Streifen Bonuspunkte aus dem Supermarkt. Verschämt knüllte sie sie zusammen, als erwarte sie eine ironische Bemerkung darüber, dass sie sie sorgfältig in ein Sammelheftchen klebte, um sie am Ende gegen ein Vorlegebesteck, ein paar Handtücher oder eine beschichtete Pfanne einzutauschen. Es reichte, dass Melli sich über den Tick ihrer Mutter lustig machte. »Warum bewahrst du immer alles auf, Mum? Kannst du nicht mal einfach etwas wegwerfen?« Aber Wegwerfen war nicht ihre Stärke.

Fünf Frauen kamen laut schwatzend und lachend ins Café und suchten nach einem geeigneten Tisch. Sie schienen sich gut zu kennen, schubsten sich und prusteten los, als eine der Frauen eine für die Umsitzenden leider unverständliche Bemerkung über die Ausstellung machte. Da ihnen ein Stuhl fehlte, stand Vera auf. »Ich wollte sowieso gerade gehen.« Dabei hätte sie gern gelauscht, was die Frauen sich erzählten.

Eine Freundin, mit der man sich austauschte, der man auch Dinge anvertraute, die man mit dem Ehemann nicht unbedingt besprach, so eine Freundin fehlte ihr. Schon allein am heutigen Tag gab es so Vieles, über das sie gern geredet hätte, und sei es nur, um etwas Klarheit in ihre wirren Gedanken zu bringen. Weder Gregor noch Melli eigneten sich dafür als unvoreingenommene Zuhörer. Eine Freundin, die Nähe bot und gleichzeitig Distanz wahrte, war etwas Anderes. Mit ihr konnte man vorbehaltlos über alles reden, aber danach kehrte jeder in seine eigene Welt zurück. Man konnte sicher sein, dass das Gesagte gut aufgehoben war, egal, ob es sich um Wichtiges oder um Nichtigkeiten handelte. Nicht dass Gregor jemals etwas ausgeplaudert hätte, im Gegenteil, aber es gab Dinge, die jeder für sich behielt, weil eine unsichtbare Hürde sie daran hinderte, sich dem anderen mitzuteilen.

Vielleicht würde sie mit einer Freundin auch über Kai reden können. Als Kai plötzlich nicht mehr da war, hatte sie ihre Freunde und Bekannten vernachlässigt, ja, regelrecht missachtet; als sie dann schließlich ganz wegblieben, hatte sie dies hingenommen, ohne dass es ihr etwas ausgemacht hätte. Jetzt war es zu spät, an alte Freundschaften anzuknüpfen; zu viel Zeit war inzwischen vergangen. Niemand würde die alte Vera wiederfinden, weil es sie nicht mehr gab. Sie hatte sich mit Kai zusammen verabschiedet.

Sie hörte die schwatzenden Frauen, die sich herausgeputzt hatten, nicht um Männern zu imponieren, sondern aus Freude am gemeinsamen Unternehmen. Ihre gute Laune wirkte so ansteckend, dass Vera sich vornahm, statt der Jeans wieder einmal ein luftiges Sommerkleid anzuziehen.

* * *

Gregor blieb verblüfft stehen, als ihm seine Frau in einem blauweiß gestreiften Kleid, blauen Schuhen und geflochtenem blauen Ledergürtel im Flur entgegenkam. Das Haar hatte sie zurückgekämmt, so dass Mellis lange Ohrringe voll zur Geltung kamen.

»Gehst du aus?« fragte er sichtlich überrascht.

»Nein, wieso?«

»Warum hast du dich dann so feingemacht?«

»Weil mir danach war. Einfach so. Gefällt's dir nicht?«

»Doch, doch. Aber du ziehst dich doch normalerweise nicht einfach so um.« Die Betonung lag auf dem »einfach so«, als wäre es etwas Außergewöhnliches, das nicht zu ihr passte.

»Vielleicht wollte ich dir gefallen.«

Gregor lächelte erfreut. »Das wäre allerdings ein Grund.«

Er legte seine Tasche auf den Stuhl, küsste sie kurz auf die Wange: »Wie war dein Tag?« und ging auf die Gästetoilette, um sich die Hände zu waschen.

Was hatte sie denn erwartet? Eine Lobeshymne auf ihr Aussehen? Enttäuscht schaute sie Gregor nach und überlegte, wie sie ihm eine Kurzfassung des Museumsbesuchs geben könnte, ohne Dante zu sehr in den Vordergrund zu rücken.

»Nun, hast du gewagt, zwischen den Nackten durchzugehen?«, fragte er, als er ins Wohnzimmer kam, seine Tasche bereits wieder unterm Arm. Das bedeutete, er würde gleich weitergehen ins

Arbeitszimmer, wahrscheinlich um seinen Vortrag für die bevorstehende Fachtagung vorzubereiten. Es bedeutete ebenfalls, dass er mit einer kurzen Antwort von Vera rechnete, und die würde, da war er sich sicher, »Nein, habe ich nicht« lauten.

»Ja, ich hab's getan«, sagte Vera mit einem auftrumpfenden Ton.

Gregors Gesicht spiegelte Unglauben; er stand steif da, drückte nur seine Tasche fester an sich. »Du nimmst mich auf den Arm, oder?«

Veras Finger kribbelten, ein untrügliches Zeichen, dass irgendetwas nicht stimmte.

»Du hast richtig gehört, auch wenn du es nicht glaubst. Und es war noch nicht einmal unangenehm. Im Gegenteil.«

»Was soll das heißen: Es war nicht einmal unangenehm? Willst du mich provozieren? Dann such dir ein anderes Opfer; ich habe zu tun. Ruf mich zum Abendessen.«

Was hatte sie geritten, ihm »Im Gegenteil« hinterher zu rufen? Ein wachsender Ärger darüber, dass Gregor ihr nicht glauben wollte, nagte an ihr. Das heißt, er will es nicht wahrhaben, sinnierte sie. Wie so oft. Was nicht sein kann, das nicht sein darf. Oder war die Redewendung umgekehrt richtig? Um sich abzureagieren, begann sie das Abendessen vorzubereiten, obwohl es noch zu früh dafür war.

Zwischendurch schaute sie aus dem Fenster und entdeckte kleine Inseln mit Margeriten auf dem Rasen, die Herr Venn vorsichtig mit dem Rasenmäher umfahren hatte. Der Nachbar ließ es sich trotz seines Alters nicht nehmen, jede Woche hinter dem

Haus den Rasen zu mähen, auch wenn alle Hausbewohner der Meinung waren, diese Arbeit überfordere ihn. Vera dachte an die Postkarte, die Venn nichtsahnend mitgebracht hatte und die schon zu so viel Aufregung Anlass gegeben hatte. Nie hätte sie sonst etwas über Glyndebourne erfahren. Und jetzt fuhr auch noch dieser junge Mann dorthin.

Dante. Vera erschrak. Wenn er gleich anrief. Angesichts Gregors Laune hoffte sie, dass Dante seine Ankündigung vergaß. Falls er jedoch seine Frage, ob sie mitfahren wolle, ernst meinte, was sollte sie ihm sagen? Bis zu Gregors Heimkehr war die Antwort klar gewesen, aber allmählich bröckelte das sichere Nein und änderte sich zu einem Warum eigentlich nicht?

Beim Abendessen erzählte Gregor von der Fachtagung, als gäbe es nichts Wichtigeres. Vera hörte nur mit halbem Ohr zu, da ihre Gedanken um das Telefonat kreisten, das ihr eventuell bevorstand. Sie musste mit Gregor reden. Aber Gregor gab ihr keine Gelegenheit, über den erlebnisreichen Tag zu sprechen.

Als das Telefon klingelte, sprangen beide auf, jeder überzeugt, der Anruf sei für ihn. Gregor hielt als Erster den Hörer in der Hand. Seine Stirn krauste sich, als er eine unbekannte Männerstimme hörte, die dann auch noch nach seiner Frau verlangte. Er stellte den Lautsprecher zum Mithören an.

»Worum geht es denn?«, fragte er vorsichtig.

»Ihre Frau weiß Bescheid«, sagte Dante. »Ist sie da?«

Gregor legte die Hand auf den Hörer und schaute Vera fragend an. »Ein Herr Dante. Ist das ein Scherzanruf?«

Vera streckte die Hand aus und ergriff zögernd den Hörer. Am liebsten wäre sie in ein anderes Zimmer gegangen, aber das hätte Gregor erst recht neugierig gemacht. Dante ließ ihr keine Zeit zu überlegen, sondern fragte direkt: »Haben Sie es sich überlegt?«

»Ich hatte noch keine …«, stotterte Vera. Als sie jedoch Gregors misstrauisches Gesicht sah, hörte sie sich plötzlich sagen: »Wenn es Ihnen recht ist, würde ich gern mitfahren. Nächste Woche, sagten Sie?«

»*Oh, that's great*. Am Montag. Ich bestelle dann schon mal die Tickets für die Fähre. Alles Notwendige können wir danach bei einem Kaffee besprechen. Dieses Mal ohne nackte Personen. Und niemand boxt Sie.«

Vera lachte. Als sie aber sah, wie Gregors Gesichtszüge entglitten, hätte sie fast den Hörer fallen lassen. Sie verabschiedete sich schnell mit dem Hinweis, sie müsse das Gespräch leider unterbrechen, würde ihn aber am nächsten Tag zurückrufen. Seine Telefonnummer habe sie ja nun. Bevor Dante etwas erwidern konnte, legte sie auf.

»Hast du mir etwas zu sagen?« Gregors Frage klang wie eine Warnung. Vera zuckte zusammen.

»Ich hatte ja noch keine Gelegenheit.«

Gregors Mund wurde schmal.

»Wer ist der Mann?«

»Ein Kollege der Volkshochschule.«

»Und redet so einen Schwachsinn? Du lügst mich an.«

Unbeweglich, eine tiefe Falte über der Nase, stand er vor ihr. In den Augen ein Wetterleuchten. War es Unglaube oder Drohung, die ihr entgegenblickten? Diesen Gesichtsausdruck kannte sie.

Genauso hatte er ausgesehen, bevor er Kai ins Gesicht geschlagen hatte. Veras Lippen zuckten. Sie legte den Hörer auf den Tisch und lief wortlos in Mellis Zimmer, da das eigene Schlafzimmer in diesem Augenblick kein Zufluchtsort war. Das Blut klopfte gegen ihre Schläfen, die Zähne schlugen aufeinander, sie zitterte. Gregor würde ihr niemals etwas tun, da war sie sich sicher. Trotzdem verkrampfte sich ihr Bauch, als drücke etwas nach oben, das nicht an die Oberfläche kommen durfte. Gregors Gesichtsausdruck brachte ihr einen der schlimmsten Augenblicke ihres Lebens in Erinnerung. Ein Augenblick, der sie glauben ließ: Die Welt bricht zusammen. Nichts ist mehr, wie es einmal war.

Gregor stellte hohe Erwartungen an seinen Sohn, schraubte sie immer höher, während Vera auch seine Schwächen akzeptierte, ihn gegen den Vater verteidigte. Alles, was nach dem Schlag in Kais Gesicht kam, war tief in ihrem Innersten begraben. Ein paar Tage hatte sie nur geweint. Danach wurde das Thema zwischen Gregor und Vera totgeschwiegen, als gebe es zwischen ihnen verschiedene Wahrheiten.

Vera ließ sich in Mellis buntbezogenen Sessel sinken und befahl ihren Gedanken, ins Heute zurückzukehren. Obwohl sie das Gefühl hatte, ihr Magen würde bis an die Kehle nach oben gedrückt, zog sie die Beine hoch, legte das Kleid über die Füße und presste das Kinn auf die Knie. Erst als sie Zoes liegengebliebenen Schlafanzug unter der Bettdecke herlugen sah, entkrampften sich ihre Finger.

Sie hatte überreagiert. Morgen würde sie Gregor erklären, wie es dazu kommen konnte. Morgen. Es war alles ein Missverständnis. Er musste doch einsehen, wie harmlos der Tag mit Dante war, dass es nichts gab, worüber er sich aufregen konnte.

Erschöpft schlief sie im Sessel ein. Als sie aufwachte, schien der Mond auf ihre Füße, die auf dem dunklen Teppichboden weiß leuchteten. Sie fröstelte. Ob Gregor in der Zwischenzeit nach ihr gesehen hatte? Wohl nicht, denn dann hätte er sie geweckt oder ihr eine Decke übergelegt. Da weder das eine noch das andere passiert war, musste sie davon ausgehen, dass ihr Mann nicht einmal versucht hatte, ein klärendes Wort mit ihr zu wechseln. Vielleicht saß er noch am Schreibtisch und arbeitete an seinem Vortrag über Carlos Fuentes.

Im Wohnzimmer waren alle Lichter gelöscht. Die Tür des Arbeitszimmers war nur angelehnt; auch dort war alles dunkel. Also war Gregor ins Bett gegangen, ohne sich Gedanken zu machen, warum sie nicht zurückkam. Solange sie verheiratet waren, hatten sie bis auf wenige Ausnahmen die Nächte gemeinsam verbracht, ohne dass es je ein Thema zwischen ihnen gewesen war. Es war einfach selbstverständlich. So selbstverständlich wie Vieles, das den Tagesablauf ihrer Ehe bestimmte.

Vera öffnete leise die Schlafzimmertür. Ein leichtes Schnarchen zeigte ihr, dass Gregor fest und ruhig schlief. Es sollte mich beruhigen, dachte Vera, aber das Gegenteil war der Fall. Lieber hätte sie gesehen, dass er sich unruhig wälzte, im Schlaf redete oder wenigstens ein Buch las, weil er nicht einschlafen konnte.

Vera ging zurück in Mellis Zimmer und schob den Sessel vor das Fenster. Hell und klar leuchteten die Sternbilder; die Milchstraße verstreute eine Unzahl von glitzernden Pünktchen am Himmel. Irgendwo unter diesem Sternenhimmel gab es auch einen Ort namens Tunbridge Wells. Lag es an der besonderen Stimmung der Nacht, lag es am Streit mit Gregor: Je länger sie überlegte, desto mehr war sie überzeugt, dass es richtig war, Dantes Angebot anzunehmen. Unabhängig von Gregors Meinung würde sie mitfahren nach Tunbridge Wells.

Als das erste Morgenlicht die Nacht abmeldete, legte sie sich in Mellis Bett und zog Zoes Schlafanzug an ihr Gesicht. Sie lauschte auf ihren Atem; er ging gleichmäßig, entspannt, als hätte ein Stau sich aufgelöst. Eine Tür hatte sich einen Spalt breit geöffnet, und ein Abenteuer wartete auf sie. Was immer es bringen mochte, sie war sicher, dass sie die richtige Entscheidung getroffen hatte.

Als Vera verschlafen in die Küche kam, um sich einen Kaffee zu machen, hatte Gregor schon gefrühstückt, hatte Teller und Tasse an die Seite geschoben und las die Zeitung. Sehr konzentriert schien er nicht bei der Sache zu sein, denn kaum sah er seine Frau, faltete er das Blatt zusammen und legte es beiseite.

Vera hatte hin und her überlegt, wie sie Gregor am besten begegnete. Auf keinen Fall nachtragend, eher freundlich, aber bestimmt. Oder sollte sie warten, bis er etwas sagte? Die Entscheidung wurde ihr abgenommen. Gregor drehte seinen Stuhl zu ihr.

»Wie hast du geschlafen?«

Das konnte keine ernst gemeinte Frage sein, da ihm klar sein musste, dass sie nicht ohne Grund die Nacht in Mellis Zimmer verbracht hatte.

»Du weißt doch, dass Mellis Bett nicht gerade das bequemste ist.«

»Willst du etwa damit sagen, dass ich dich aus unserem Schlafzimmer verjagt habe?«

Da war sie wieder, diese Art der Fragestellung, die ihn recht haben ließ, egal, was sie antwortete. Sie bemühte sich, ruhig zu bleiben.

»Natürlich nicht. Aber ich wollte ungestört nachdenken.«

»Was gibt es denn für Probleme, die dich in Mellis Bett treiben? Dir schwirrt also etwas im Kopf herum, das du mit mir nicht diskutieren kannst. Ist es vielleicht dieser Mann mit dem lächerlichen Namen?«

Vera zog die Unterlippe zwischen die Zähne. Ganz ruhig bleiben, nicht provozieren lassen.

»Wenn du Dante meinst, ja, er ist es. Und ich habe mich entschlossen, mit ihm nach England zu fahren.«

Mit einem Ruck drehte Gregor seinen Stuhl noch ein Stück weiter herum.

»Du weißt, ich bin am frühen Morgen noch nicht zu Witzen aufgelegt.«

»Es ist auch kein Witz. Nächste Woche fahre ich mit ihm nach Tunbridge Wells.«

Verständnislos sah Gregor sie an.

»Vera, ich wüsste gern, was in deinem Kopf vorgeht. Was ist los mit dir?«

»Warum regst du dich so auf? Was ist komisch daran, dass ich eine Mitfahrgelegenheit ausnutze? Ich sagte doch: Dante ist ein Kollege von der VHS.«

Georg sprang auf: »Deine Entscheidung ist also ohne mich gefallen. Einfach so, über meinen Kopf hinweg. Es ist dir egal, ob ich dich brauche, jetzt, wo ich gerade wegen der Fachtagung im Stress bin. Ich weiß nicht, was du in Tunbridge Wells willst. Kultur kann nicht der Grund sein. Und dann dieser Kollege, von dem ich noch nie gehört habe. Weißt du überhaupt, auf was du dich da einlässt?«

»Solange man lebt, weiß man nicht, was noch geschehen kann.« Der Satz stammte aus der Sammlung von Kalendersprüchen, die ihre Mutter in ein Heft geschrieben und ihr irgendwann übergeben hatte. Kai und Melli hatten sich, als sie älter wurden, über »Omas Erbe« oft genug lustig gemacht.

Vera wusste nicht, warum sie gerade jetzt einen dieser Sprüche hervorholte. Gregors Reaktion war voraussehbar.

»Komm mir nicht mit deinen Kalenderweisheiten. Wer ist dieser junge Mann? Ich habe nie von ihm gehört, und plötzlich dreht meine Frau durch und verreist mit ihm. Du vergisst, dass du keine zwanzig mehr bist.«

Vera hatte mit einem gewissen Maß an Verstimmung bei Gregor gerechnet, aber dass er dermaßen überreagierte, das kam unerwartet. Sie starrte ihm ins Gesicht. Grau und alt sah er aus, als habe ihn die Auseinandersetzung über ihre Fahrt zu sehr angestrengt. Tränensäcke unter den Augen, die senkrechten Falten über der Nasenwurzel tief eingegraben. Vielleicht hatte er auch schlecht geschlafen und die Nacht über gegrübelt.

»Gregor, es ist nur eine Mitfahrgelegenheit. Was denkst du denn bloß?«

»Ich denke, dass du besser bleibst, wo du hingehörst.«

Es hatte keinen Sinn, Gregor zum Einlenken bewegen zu wollen. Er erwartete, dass sie sich ihm anpasste. Anpassung war für Gregor eine Tugend. Zumindest, wenn es um seine eigene Familie ging. Wie sehr hatte er es Kai spüren lassen. Kai, der sich getraut hatte, ihm zu widersprechen.

Mit fester Stimme sagte Vera: »Die Sache ist entschieden.«

Die Adern an Gregors Stirn schwollen an; seine Stimme klang rau: »Ich hoffe nur, dass du zur Vernunft kommst.«

Veras Arme hoben sich zum Protest.

»Ich habe einmal im Leben keine Lust auf Vernunft, und es ist mir ausnahmsweise egal, was du sagst.«

Vera konnte sich nicht erinnern, jemals in diesem Ton mit Gregor gesprochen zu haben. Ein harter Blick trat in seine Augen, den sie nicht ertrug. Ihre Hände zitterten so stark, dass sie den Kaffee verschüttete, als sie die Tasse hob. Wortlos lief sie ins Badezimmer, um den Fleck aus dem Morgenmantel auszuwaschen, drehte das Wasser auf und ließ es unkonzentriert weiterlaufen, als es längst die richtige Temperatur erreicht hatte.

Das intensive Veilchenblau des Stoffes, das Gregor so sehr liebte, war im Laufe der Jahre zu einem nichtssagenden Hellblau ausgeblichen, die Knöpfe teilweise erneuert. Ich sollte den Bademantel ersetzen, dachte sie, bevor sie den Fleck endlich ausspülte.

Als sie aus dem Bad zurückkam, hatte Gregor das Haus verlassen. Vera schaute sich verloren im Zimmer um. Die Gelassenheit der letzten Nacht war einem inneren Aufruhr gewichen, der ihre Entscheidung, mit Dante zu fahren ins Wanken brachte. Sie kannte noch nicht einmal seinen Nachnamen, geschweige denn seinen wirklichen Vornamen. Alle Unwägbarkeiten der Reise fielen ihr ein. Trotzdem war ihr klar, wenn sie ihn anrief, musste es ja oder nein sein. Ein »vielleicht später« gab es nicht.

Ihr Herz schlug bis zum Hals, als sie den Hörer abhob.

Eine Frauenstimme meldete sich.

»Capece.«

Auf alles war sie gefasst, aber nicht auf eine Frau, die noch dazu völlig außer Atem klang und erst einmal tief aufseufzte.

»Entschuldigen Sie, ich glaube, ich habe mich verwählt«, stotterte Vera, fügte dann aber doch hinzu: »Ich hätte gern Herrn Dante gesprochen.«

»Ach, Alessandro, meinen Sohn. Der Faulpelz steht gerade auf. Warten Sie, ich hole ihn. Mit wem spreche ich?«

Vera nannte ihren Namen.

»Alessandro, Vera am Telefon.«

Alessandro hieß er also. Wenigstens das wusste sie jetzt.

Es dauerte eine Weile, bis sie ein verschlafenes, aber freundliches »Good morning, Vera« hörte. »Meine Mutter hat nur Ihren Vornamen verstanden. Vielleicht können wir dabei bleiben.«

Vera lag es auf der Zunge zu fragen, ob er denn bei seiner Mutter wohne, aber das ging sie nichts an. Stattdessen sagte sie nur: »Vera ist ok. Und ich nenne Sie weiterhin Dante?«

»Klar. Meine Mutter weigert sich, mich Dante zu rufen, weil ich auf Alessandro getauft wurde. In der Schule musste ich einmal ein Referat über Dante Alighieri halten, das ziemlich danebenging. Seitdem werde ich diesen Namen nicht mehr los, aber ich habe mich längst daran gewöhnt. Hat meine Mutter Sie erschreckt? Sie liebt es, hochzukommen und bei mir nach dem Rechten zu sehen, egal ob ich noch schlafe oder nicht. Ich wohne nämlich nur eine Etage über meinen Eltern. Meine Mutter kann es nicht lassen, ein wenig aufzuräumen. Ich kann es ihr nicht austreiben und will es auch gar nicht.«

Fehlte nur noch, dass seine Mutter ihm auch die Wäsche bügelte, das Bad schrubbte, die Fenster putzte und was es noch so an unangenehmen Hausarbeiten gab. Bei Dante war nichts unmöglich. Und mit so einem Muttersöhnchen wollte sie verreisen?

Halt! Ich war doch nicht anders, dachte sie plötzlich. Wenn sie ehrlich war, musste sie zugeben, dass sie Kai nicht weniger verwöhnt hatte. Für ihn war sie morgens früh aufgestanden, um ihm ein Brötchen nach seinen Wünschen zu belegen und Kakao und später seinen Spezialkaffee zu machen, hatte seine vom Sport verschwitzte Wäsche sofort gewaschen, damit er sein Lieblingshirt wieder anziehen konnte, hatte sein Wunschgericht gekocht, wenn es ihn danach gelüstete. Melli hatte sich je nach Laune darüber beschwert oder sich über den kleinen Bruder lustig gemacht, es aber nicht allzu tragisch genommen.

»*The ferry leaves at three p.m.* Wir sollten um 14 Uhr an der

Fähre sein. Das heißt, wir müssen gegen 9 Uhr hier losfahren.«

Vera erschrak. Was hatte Dante gesagt, während sie in Gedanken wieder einmal woanders war? Sie konnte unmöglich nachfragen.

»Holen Sie mich ab?«

»Selbstverständlich. Ich stehe pünktlich um neun vor Ihrer Tür.«

Aha, neun Uhr Abfahrt. Vera überlegte schnell, ob sie verhindern konnte, dass Gregor dann zuhause war. Sein Stundenplan fiel ihr vor Nervosität nicht ein.

»Ich werde draußen auf Sie warten.«

»So weit kommt es noch. Ich muss Sie nur bitten, nicht zu viel Gepäck mitzunehmen, denn meine Tante ist ein *shopping-addict* und hat inzwischen wahrscheinlich halb Tunbridge Wells leer gekauft. Ich muss den Krempel mit nach Hause schleppen.«

Vera fiel siedend heiß ein, dass sie bisher weder über ein Hotel noch über die Rückfahrt nachgedacht hatte. Als sei das ein nebensächliches Problem.

»Können Sie mir ein Hotel in Tunbridge Wells empfehlen?«

Dumme Frage. Woher sollte Dante sich da auskennen?

»Sie können bei der Freundin meiner Tante schlafen. Sie hat Platz genug. Ihr Sohn ist ausgezogen.«

»Das geht nicht. Ich kann sie unmöglich einfach so überfallen. Ich kenne sie doch gar nicht.«

»*No problem, my dear.* Ich habe schon angerufen. Die beiden haben sofort ja gesagt, weil sie denken, Sie seien meine Freundin.«

»Das ist nicht Ihr Ernst«, empörte Vera sich. Wie peinlich! »Sie haben das hoffentlich sofort richtiggestellt.«

»Nö, ich freue mich auf das Gesicht der beiden ahnungslosen Oldies, wenn wir vor ihnen stehen.« Dante lachte.

Vera ärgerte sich über seinen Ton.

»Und wann fahren Sie zurück?«

»Darauf will ich mich noch nicht festlegen.«

»Dann nehme ich den Zug«, sagte Vera fest.

»*Wait and see*. Wer weiß, was Sie erleben.«

»Und wenn ich Sie um etwas bitten darf: Könnten Sie wohl aufhören, mit Ihren englischen Vokabeln um sich zu werfen?«

Das klang schärfer als beabsichtigt, aber Dante überhörte den Vorwurf.

»Die Freundin meiner Tante spricht wenig Deutsch – glaube ich jedenfalls –, und meine Tante nur mittelmäßig Englisch. Trotzdem verstehen die beiden sich blendend. *Oldies but Goldies*.«

»Und wie alt sind die Oldies?«

»Meine Tante ist letztes Jahr 62 geworden. Mit einer mega Party.«

Vera schluckte. 62 Jahre, also nur drei Jahre älter als sie selbst, und da wurde man schon als Alte bezeichnet. *Oldies but Goldies*, was für ein bescheuerter Ausdruck. Sie wollte weder ein Oldie noch ein Goldie sein. Das hörte sich an, als sei man schon tatterig und geistig etwas beschränkt.

»Ich glaube, wir haben alles Wesentliche geklärt«, beendete Vera kurz entschlossen das Gespräch. Es ging doch nur um eine

Mitfahrgelegenheit, den Rest würde sie allein organisieren. Und den im Gedicht angesprochenen Christian würde sie schon finden. Sie musste ihn finden, schon allein um festzustellen, ob sie einer verrückten Idee nachlief.

Als sie den Hörer aufgelegt hatte, verspürte sie das dringende Bedürfnis nach frischer Luft. Einmal bis zum Schloss laufen, um ihre Entscheidung zu durchdenken. Bis jetzt hatte sie noch keinerlei Pläne gemacht, was genau sie in Tunbridge Wells zu tun gedachte.

Sie konnte nicht einfach an der Haustür Nr. 29 läuten, vorausgesetzt, sie entzifferte den Straßennamen auf der Postkarte. Und wenn dieser Christian wirklich dort wohnte, wie sollte sie ihm erklären, warum sie gekommen war? Sie wusste es ja selbst nicht.

Auf einem Gartenmäuerchen saß ein junger Mann mit Rucksack und aß genüsslich eine halbe Pizza. Neidvoll sah Vera ihn an. Der junge Mann war unabhängig; er konnte tun und lassen, wonach ihn gelüstete, gehen, wohin er wollte, brauchte niemandem Rechenschaft abzulegen. Eine leichte Melancholie mischte sich in ihre Gedanken. Er hatte etwas, das sie nicht hatte.

Aber wollte sie so ein Leben? Allein auf sich gestellt? Die Vorstellung, sie würde ihr jetziges Leben aufgeben, um wieder unabhängig zu sein, machte ihr Angst. Wenn schon eine kleine Abweichung von dem Gewohnten wie diese Fahrt nach England sie derart durcheinanderbrachte. Sie mochte sich ein Leben ohne

Gregor nicht vorstellen, aber so wie es jetzt war, lief es falsch.

Sie blickte in die Vorgärten, ohne die Blumen wahrzunehmen, stolperte über eine Steinplatte, die auf dem Bürgersteig lag, und drehte sich erschreckt um, als sie eine Stimme hinter sich vernahm: »Hallo, Frau Baumeister.« Frau Glasner, in einem auffälligen Hosenanzug aus den siebziger Jahren, ein buntes Tuch um den Kopf geschlungen, einen Einkaufskorb unterm Arm. Als sie Veras überraschten Blick bemerkte, deutete sie auf den Korb und sagte: »Ich habe mir heute frei genommen und mache einen Wellnesstag nach meiner Vorstellung. Das gönne ich mir einfach. Dazu gehört auch ein kalorienreiches Essen, auf das ich sonst verzichte. Ich weiß, nicht gesund, aber Balsam für die Seele.«

Gregor würde sich über das Wort *Wellnesstag* aufregen, während Vera an dem Satz »Das gönne ich mir« hängen blieb. Frau Glasner setzte durch, wonach ihr der Sinn stand. Ob sie ihr sagen sollte, dass sie für ein paar Tage verreiste, und zwar mit einem jungen Mann? Wenn einer Verständnis dafür hatte, dann Frau Glasner.

Die Nachbarin fragte besorgt: »Ist Ihnen nicht gut? Sie gehen so langsam.«

»Oh, doch. Ich versuche nur, beim Gehen einen klaren Gedanken zu fassen. Ich schlage mich mit einem kleinen Problem herum.«

»Und das wollen Sie hier draußen lösen?« Frau Glasner runzelte die Stirn, wobei ihre aufgemalten Augenbrauen sich zu einer schrägen Linie verzogen. »Trinken Sie doch lieber einen Kaffee bei mir.«

Frau Glasners direkte Art ermutigte Vera, ihr mehr zu erzählen, wobei sie den eigentlichen Grund der Reise verschwieg. Der Kommentar der Nachbarin ließ nicht lange auf sich warten.

»Sie wollen eine Mitfahrgelegenheit nutzen, um in Glyndebourne die Oper zu besuchen. Wo ist denn da das Problem?«

»Der junge Mann, der mich mitnimmt.«

Frau Glasner lachte amüsiert; auf ihren Lippenrändern lagen Reste eines Lippenstiftes. »Das Problem hätte ich gern. Ein junger Mann bringt doch etwas Schwung ins Gefühlsleben. Und wenn's vorbei ist, ist's vorbei.«

Vera trat befremdet einen Schritt zurück.

»Ich glaube, Sie verstehen mich falsch.«

»Was gibt's denn da falsch zu verstehen? In unserem Alter gerät man nicht mehr so oft in Versuchung. Ihr Mann in allen Ehren, aber der Aufregendste ist er doch sicher nicht mehr. Deshalb kann ich Ihnen nur sagen: Verteidigen Sie die Beziehung zu dem jungen Mann und fahren Sie! Fahren Sie!«

Auch wenn der letzte Satz das war, was Vera hören wollte, nützte ihr der Ratschlag nichts, denn die Begründung war falsch. Was dachte die Nachbarin bloß von ihr? Sie verabschiedete sich im Treppenhaus unter dem Vorwand, Melanie besuchen zu müssen.

»Ich lade Ihren Mann mal abends zum Essen ein, wenn er allein ist«, versprach Frau Glasner.

»Das würde ihn sicher freuen«, sagte Vera, obwohl Gregor eine Ausrede erfinden würde, um der Einladung zu entgehen. Zu laut waren die Diskussionen, die von oben durch die Decke drangen. Zum jährlichen Nachbarstreffen bei den Glasners ging er nur, wenn Vera lange genug auf ihn einredete. Und dann unterhielt er sich mit dem Studentenpärchen, weil er mit den beiden am ehesten ein gemeinsames Gesprächsthema fand.

Vera legte den Schlüsselbund in die Schale auf der Kommode. Ihr Blick fiel auf den Garderobenschrank, den Gregor von seiner Mutter übernommen hatte, als diese ins Seniorenheim zog. Das Eichenholz musste mal wieder mit Antikwachs eingerieben werden, eine Aufgabe, die Gregor zufiel, weil er penibel auf die richtige Behandlung des Holzes achtete. Der ungeliebte Schrank passte erst in den Flur, nachdem die Wohnung dank Veras Erbe umgebaut worden war.

Als Veras Mutter starb, gab es niemanden in der Familie, der den elterlichen Hof weitergeführt hätte. Vera war Alleinerbin und verkaufte auf Gregors und Matthias' Anraten hin das Wohngebäude und das Land, so dass aus dem Erbe nicht nur die Bonner Mietwohnung gekauft werden konnte, sondern auch noch genügend Geld für den Umbau übrigblieb. Ein großzügiger Flur war sowohl Gregor wie auch Vera wichtig gewesen, ebenso wie eine separate Toilette für die Gäste.

Es war selbstverständlich, dass die Wohnung auf beider Namen übertragen wurde. Ebenso war es selbstverständlich, dass Gregor niemals betonte, wer die Familie mit seinem Einkommen ernährte. Veras Verdienst in der Volkshochschule wurde nicht ernst genommen, was Vera nicht störte, denn so kaufte sie Kleidung für sich oder Geschenke für die Familie, ohne Rechenschaft ablegen zu müssen. Sie war froh, dass Geld seit dem Wegfall der Miete kein Anlass für Streit war, zumindest bis zu dem Moment, als Melanie nach dem Studium nicht mit der Arbeitswelt zurechtkam und weiterhin elterliche Unterstützung brauchte.

Vera fuhr mit der Hand über das Eichenholz. Die Fontanebände lagen immer noch in der Schublade unten im Schrank, verdeckt mit Handschuhen und Mützen, die niemand im Sommer brauchte. Hätte sie geahnt, welche Aufregung diese Bücher mit sich bringen würden! Sie sah auf das Regal, das um den Schrank herum gebaut war. Wie selbstbewusst manche Titel den anderen ihren Platz streitig machten, sich allein durch ihr Aussehen in den Vordergrund drängten. Sie dachte an die Kiste im Keller mit dem Fotoalbum ihrer Eltern, dem abgegriffenen Gebetbuch der Großmutter, dem Bilderbuch, aus dem die Mutter ihr als Kind vorgelesen hatte, wenn sie krank war. »Du nimmst alles mit, was du als Erinnerungsstücke behalten willst«, hatte Gregor nach dem Tod ihrer Mutter gesagt und die Kiste »vorläufig« in den Keller getragen, als er den Inhalt sah. Jetzt stand sie neben einem fest verschnürten Karton mit Sachen, die Kai gehört hatten und von denen sic sich nicht trennen konnte.

Wie schon so oft spürte sie einen Zorn auf all die Bücher vor ihr in sich aufsteigen. Sie waren ein Teil von Gregor, so wichtig, dass niemand in der Familie sich getraut hätte, mit feuchtem Finger die Seiten umzuschlagen, geschweige denn ein Wort – aus welchem Grund auch immer – darin zu unterstreichen. Gregor wusste genau, wo welcher Band stand, und weder Melanie noch Kai wäre es in den Sinn gekommen, ein entnommenes Buch an einen anderen als seinen angestammten Platz zurückzustellen. Bis Kai eines Tages ausrastete und im Streit mit seinem Vater eine Quichote-Ausgabe auf den Boden schleuderte. Er trat mit dem Fuß darauf, bis der Buchrücken brach. Einige Seiten waren zerrissen, der Einband vom Schuhabdruck verdreckt. Gregor hatte kreidebleich und mit zitternden Fingern das Buch aufgehoben.

Vera sah Melli vor sich, wie sie entgeistert auf ihren Bruder schaute. Nein. Die Erinnerung an die Szene durfte nicht hochkommen, auch wenn der Anblick der Buchrücken nicht gerade hilfreich war. Nur gut, dass Gregor Braun nicht mehr besucht hatte, seitdem Melli bei ihm arbeitete. Dass Letzteres nicht mehr stimmte, das hatte ihm weder Vera noch seine Tochter erzählt.

Melli und Zoe. Wie mochte es ihnen gehen? Vera vermisste ihre Enkeltochter, die kleinen Hände, den Geruch ihrer Haut, das vertrauensvolle Gesicht. Wenn sie Melli einfach mal anrief … Was konnte ihr Schlimmeres passieren, als dass Melli nicht reagierte. Vera würde sie fragen, ob sie mit Gregors gekürzter Unterstützung zurechtkam und ihr vielleicht, wenn es sich ergab, erzählen, dass sie nach Tunbridge Wells fuhr, ohne Gregor, dafür mit einem jungen Mann.

Mellis Stimme klang überrascht, aber freundlich.

»Mum, schön, dass du anrufst. Du wirst es nicht glauben, ich bügele gerade.«

»Ich wollte nur hören, wie es dir geht.«

»Natürlich. Und fragen, ob ich schon eine Arbeit gefunden habe. Auch wenn es abwegig klingt: Ich arbeite wieder für Braun.«

»Ich verstehe nicht. Er hat dich doch rausgeworfen.«

»Und ein paar Tage später wiedereingestellt, mit Vertrag und allem.«

»Melli.« Vera dehnte das i, ein Zeichen, dass eine Erklärung notwendig war.

»Wir haben uns beide entschuldigt. Er zuerst, dann ich. Er sagte, er hätte überreagiert, weil er die Frau, die die Bücher eingeliefert hat, kennt, und ich sagte: ›Wenn's uns beiden leidtut, können Sie mich ja wiedereinstellen‹.«

»Stimmt. Er kennt ja die Frau, die ihm die Bücher gebracht hat.«

»War mir klar, dass dich das mehr interessiert als das Wohlergehen deiner Tochter.«

Vera schwieg betreten.

»Schon gut, Mum«, fuhr Melli gnädig fort. »Die Frau hat nicht nur die Fontanebände an Braun verkauft, sondern auch Shakespearedramen, englische Gedichte, Vita Sackville West, zwei Bildbände über Sissinghurst Castle, eine Anleitung für die Anlage eines englischen Gartens und noch ein paar andere Bücher. Ich habe die Gartenbücher letzte Woche beim Umräumen in der Hand gehabt. Schöne Ausgaben. Gut, dass Papa sich nicht für englische Gärten interessiert.«

»Aber ich«, hätte Vera am liebsten gerufen. Gartenbücher von der Frau, die auch die Fontanebücher zu Braun gebracht hatte. Wie sollte sie da nicht interessiert sein. Aber sie würde ihre Tochter nicht noch einmal in Verlegenheit bringen und durch Nachfragen Mellis Arbeitsstelle aufs Spiel setzen.

»Melli, wenn du heute nicht arbeitest, hast du vielleicht Lust, mit mir irgendwo einen Kaffee zu trinken?«, fragte sie stattdessen. »Danach könnten wir gemeinsam Zoe aus der Kita abholen.«

»Einen Kaffee gern, Mum, aber wenn, dann jetzt direkt, denn um drei muss ich runter ins Geschäft. Braun fährt nach Mehlem, wo irgendwer wegen Umzugs keinen Platz mehr für seine Bücher hat. Ich weiß nicht, wie spät es wird. Zoe wird jedenfalls von einer anderen Mutter mitgenommen und bleibt da, bis ich sie abhole.«

Armes Kind, dachte Vera.

* * *

Das Café war ziemlich voll. Viele Leute nutzten das preiswerte Mittagsangebot, das vor der Tür auf einer Tafel angepriesen wurde. Vera schaute sich um. Ein Tisch am Fenster wurde gerade frei. Ein Paar erhob sich, nachdem der Mann die Rechnung zusammengefaltet und verstaut hatte. Er zog umständlich seine Jacke an und steckte die Brille in die Brusttasche, während die Frau, die ihm gegenüber gesessen hatte, ihn wachsam beobachtete. Etwas schien ihr zu missfallen. Der Kragen saß nicht richtig; er war nach innen eingeschlagen. Als sie versuchte, ihn umzuwenden, schüttelte der Mann peinlich berührt ihre Hand ab.

Ein Lächeln huschte über Veras Gesicht. Genau so würde Gregor reagieren. Auch ihm war es unangenehm, wenn sie in der Öffentlichkeit Haare von seinem Pullover zupfte, die Krawatte gerade zog oder ihm ihre Brille reichte, damit er Kleingeschriebenes lesen konnte.

Melanie ließ auf sich warten. Schließlich kam sie mit zerzausten Haaren durch die Tür gestürmt und ließ sich neben Vera auf den Stuhl fallen.

»Entschuldigung. Mein Fahrrad streikt. Vielleicht kann Braun es reparieren.«

»Braun?«

Melanie blies sich die Haare aus dem Gesicht.

»Ja, mit solchen Uralträdern wie meinem kennt er sich aus.«

Melli schien Braun um den Finger zu wickeln. Nutzte sie ihre Jugend aus? Hoffentlich kannte sie ihre Grenzen. Vera schob ihr die Speisekarte hin.

»Hast du heute schon etwas Warmes gegessen?«

»Mach dir nicht immer Sorgen; ich verhungere nicht. Trotzdem wäre eine Thaisuppe nicht schlecht.«

Während Melanie ihre Suppe löffelte, erzählte sie von Braun und dass sie ihn gefragt habe, wie denn die Beziehung zu der Frau sei, die ihm die Fontanebücher und die englischen Ausgaben über Gartenkunst gebracht hatte.

»Das kannst du doch nicht fragen«, entfuhr es Vera.

Melli lachte. »Du vielleicht nicht, aber ich kann. Er hat sich gewunden, wusste nicht, ob er mir antworten sollte oder nicht, und meinte schließlich: ›Ich glaube, das geht Sie nichts an.‹ Damit habe ich mich aber nicht abspeisen lassen. Es war mir nämlich aufgefallen, dass einige der Bücher, die er deiner unbekannten Frau Herwig abgekauft hat, wertlos sind. Es muss also einen Grund geben, warum er sie ihr trotzdem abgenommen hat.«

Was hatte Braun damals auf Veras Frage nach der Person, die ihm die Fontanebände gebracht hatte, geantwortet? »Eine gut aussehende junge Frau.« Mehr war ihm nicht zu entlocken gewesen. Aber schon damals hatte Vera das Gefühl, dass Braun irgendeine Information zurückhielt. Es gab etwas, über das er nicht reden wollte.

»Und? Bist du jetzt schlauer?«

»Als Begründung hat er nur gesagt: ›Sie war mir sehr sympathisch, aus bestimmten Gründen vielleicht zu sympathisch.‹ Was immer er damit meinte. Aber warte nur, Mum, ich kriege das schon raus. Ich glaube, er wollte es mir sagen, aber im letzten Moment hat er einen Rückzieher gemacht.«

Melanie brach ein Stück Brot ab und wischte damit über den leeren Teller. Dann warf sie einen Blick in die Dessertkarte, stoppte den Kellner, der gerade an ihrem Tisch vorbeiging, und bestellte einen Milchkaffee und ein Stück Tiramisu mit zwei Gabeln. Der Kellner nahm den leeren Suppenteller vom Tisch, nicht ohne sich zu vergewissern:

»Zwei Gabeln?«

Melanie lächelte ihn an: »Eine für meine Mutter und eine für mich.«

Der Kellner lächelte zurück und nickte, als sei er bereit, ihr jeden weiteren Wunsch zu erfüllen.

»Ich schaffe keine ganze Portion«, sagte Melanie, während sie sich im Café umschaute. Ihre Haare glänzten wie immer, während ihr Gesicht blass und schmal von wenig Schlaf zeugte. Ein nicht perfektes, dennoch schönes Gesicht, nicht zu vergleichen mit den beiden grell geschminkten jungen Frauen, die vor dem Fenster gerade ihre Arme ausstreckten, um ein Selfie zu machen.

Vera redete sich Mut zu. Jetzt war die Gelegenheit, es ihrer Tochter zu sagen.

»Melli, ich fahre am Montag nach Tunbridge Wells.«

»Kenn ich nicht. Was willst du denn da?«

»Ich habe eine Mitfahrgelegenheit.«

»Ist das ein Grund, nach Tunbridge Wells zu fahren? Wo liegt das überhaupt?««

»Hast du schon mal etwas von Glyndebourne gehört?«

»Nee, aber du wirst mich gleich aufklären.«

Melli machte es ihr nicht leicht, von ihrem Vorhaben zu erzählen, erst recht, da es für einen Außenstehenden jeglicher Vernunft entbehrte. Und nicht nur für einen Außenstehenden, auch für sie selbst, gestand sie sich ein.

»Erinnerst du dich an das Gedicht im ersten Fontaneband? Es gibt dazu noch eine Postkarte, auf der die Adresse des Mannes steht, für den das Gedicht in das Buch geschrieben wurde.«

»Und der wohnt in Tunbridge Wells? Und den willst du besuchen. Das glaube ich nicht.«

»Nein, ja, doch«, stotterte Vera.

»Meine Mutter und der große Unbekannte«, feixte Melanie. »Andere lernen sich durchs Internet kennen; meine Mutter erfährt durch ein Gedicht von seiner Existenz. Sie besucht ihn und verliebt sich in ihn. Gibt es ein Happy End?«

Vera bedauerte, das Thema angeschnitten zu haben. Wie sollte sie Melli die Motivation für die Reise nach Glyndebourne erklären, wenn sie selbst nicht genau wusste, was sie dort suchte? Es hatte keinen Sinn weiterzureden.

»Mum, das war ein Scherz. Warum fährst du wirklich nach England? Und warum nimmst du nicht den Zug oder das Auto?«

Der Kellner brachte das Tiramisu, eine übergroße Portion, und stellte es mit einem freundlichen »Bitte sehr« vor sie hin. Dann reichte er Vera einen zweiten Teller und eine Gabel, ohne dabei auch nur aufzuschauen. Sie existierte nicht für ihn, genau wie Gregor einmal festgestellt hatte: »Für junge Leute ist es egal, ob du 50 oder 80 bist. Für sie bist du so oder so alt.«

Vera überlegte, ob sie Melli antworten sollte. Aber Melli würde ohnehin so lange fragen, bis ihr Interesse erlosch. »Ein Kollege aus der VHS hat mir die Mitfahrgelegenheit angeboten, und ich habe zugesagt. Dein Vater ist allerdings strikt dagegen.«

»Weil du diesen unbekannten Mann treffen willst?«

»Davon weiß er gar nichts. Und ich werde es ihm auch nicht sagen. Nein, er hat etwas gegen den Mann, der mich mitnimmt.«

Melli schloss die Augen.

»Ich glaub' es nicht. Ich dachte, in eurem Alter seid ihr jenseits von Gut und Böse. Du und Papa, ihr kennt euch seit ewigen Zeiten. Was kann Papa dagegen haben, dass du mit einem Kollegen fährst?«

»Der Kollege ist zwanzig Jahre jünger als ich.«

»Oh.« Mellis Gabel blieb im Tiramisu stecken. Selten hatte Vera ihre Tochter sprachlos erlebt. Doch Melli erholte sich schnell.

»Meine Mutter verreist mit einem jungen Mann, und mein Vater probt den Aufstand. Hast du noch ein paar Neuigkeiten auf Lager?«

Vera hatte keine Lust mehr auf Melanies spöttelnde Ironie, winkte dem Kellner und bat um die Rechnung. Wenn das Treffen mit ihrer Tochter etwas Gutes mit sich gebracht hatte, dann das trotzige Gefühl, dass sie ihre abenteuerliche Reise nach England machen würde, komme, was wolle.

Beim Abschied legte Melanie plötzlich den Arm um Veras Schultern. Sie überlegte einen Moment, als ob sie ihre Gedanken überprüfen müsse, bevor sie sie aussprach.

»Mum, ich hätte dir nie zugetraut, dass du einfach alles liegen und stehen lässt, um deinem Gefühl nachzugeben. Und das, obwohl du keine Ahnung hast, was da auf dich zukommt. Vielleicht habe ich doch etwas von dir geerbt. Gute Reise, auch wenn ich nicht verstehe, was du bei dem unbekannten Mann willst. Aber du verstehst ja auch nicht immer, was ich tue.«

Vera schwieg gerührt. Das war ihre Tochter, ironisch und spöttisch und dann überraschend ernst und verständnisvoll. Am liebsten hätte sie ihr Kind in die Arme genommen und eine Zeitlang fest an sich gedrückt, aber Zärtlichkeiten dieser Art waren nicht für die Öffentlichkeit bestimmt. Vera verspürte Sehnsucht nach Zoe, weil sie die Enkelin nach Herzenslust drücken und küssen durfte, gleichgültig wo sie sich befanden.

»Komm mit Zoe vorbei, wenn ich wieder zurück bin.«

»Falls der Unbekannte dich nicht dabehält. Wie hieß der Ort noch? Tunbridge was? Hört sich nach Provinzkaff an, aber notfalls kommen wir dich da besuchen.«

Herr Venn hatte den Sprenger aus dem Keller geholt, um die Margeriteninseln im Rasen zu bewässern. Hoffentlich stellte er ihn wieder ab, bevor Gregor nach Hause kam, denn von Wassersparen hielt Herr Venn nichts, wenn es um das Grün an seinem Haus ging. Vera öffnete das Fenster und sog den Duft des Sommers ein, ein Duft, der Wünsche weckte. Ein frisch gemähter Rasen hatte seinen eigenen Geruch, so wie die Rosen in den Vorgärten ihren unverwechselbaren Duft verströmten. Als Venn seine Nachbarin sah, hob er seinen Strohhut und winkte ihr zu. Ein angenehmer Mensch, dieser Herr Venn. Sie konnte sich über ihre Nachbarn im Haus nicht beklagen, höflich, freundlich, auf die notwendige Distanz achtend. Dass das Studentenpärchen sich eher zurückhielt, fiel nicht weiter ins Gewicht.

In der Wohnung war es angenehm kühl. Die Schatten spendenden Kastanien hatten ihren Vorteil, auch wenn sie viel Licht schluckten. Vera holte sich einen Becher Joghurt aus dem Kühlschrank und überlegte, was sie Gregor kochen könnte, um ihn einsichtig zu stimmen. Das Telefon läutete. Doch nicht etwa Dante? Ein Blick auf das Display zeigte Gregors Nummer. Vielleicht wollte er ihr mitteilen, dass er sich verspätete. Sie konnte sich des Gedankens nicht erwehren, dass es ihr nur recht war, wenn er später kam, denn damit blieb ihr Zeit, sich auf die zu erwartende Diskussion einzustellen.

»Ich gehe zu meiner Mutter und esse dort im Seniorenheim. Du brauchst nicht auf mich zu warten.«

Das war alles, was Gregor sagte. Kein überflüssiges Wort, kein Gruß, kein Ausdruck des Bedauerns, dass er wegblieb, nicht einmal sein übliches »*Hasta luego*«, wenn er ein Telefongespräch mit ihr beendete. Es war klar, was das bedeutete. Er hatte sich nicht beruhigt, sondern bestrafte sie durch Wegbleiben, mehr noch, er holte sich Unterstützung bei seiner Mutter.

Es gab schlimmere Schwiegermütter als Cäcilie, Vera beschwerte sich nicht, aber dennoch gab es etwas, das einer engeren Beziehung im Wege stand. Cäcilie mischte sich nicht direkt ein, wenn es Unstimmigkeiten zwischen Vera und Gregor gab. »Das müsst ihr untereinander ausmachen«, betonte sie, aber auch ohne es offen auszudrücken, wurde stets klar, dass sie auf Gregors Seite stand. Vera hatte sich damit arrangiert und hätte ihr sicher nichts nachgetragen, wenn sie sich nicht in Kais Erziehung eingemischt hätte. Anfangs war sie überzeugt, er sei schwul und hielt Vera vor, ihn viel zu sehr zu verwöhnen. »Das fördert nur seine Veranlagung.« Schwul sein passte nicht in ihr Lebensbild. Cäcilie fiel ein Stein vom Herzen, als Kai mit einer Freundin nach Hause kam.

Veras Laune war regelmäßig auf den Tiefpunkt gesunken, wenn sie Cäcilies Satz hörte: »Es geht mich ja nichts an, aber ihr solltet Kai …«, bis Gregor seiner Mutter eines Tages beibrachte, mit ihrer Kritik zu ihm zu kommen, Vera jedoch in Ruhe zu lassen. Das war einerseits eine Heldenleistung Gregors, andererseits akzeptierte er damit Cäcilies Einmischen. Seit Kai nicht mehr da war, kam sie nur zu Besuch, wenn sie offiziell eingeladen wurde, da Vera nur noch das Notwendigste mit ihr sprach. Stattdessen besuchte Gregor sie regelmäßig.

»Das versteht sich von selbst, dass ich nach ihr schaue. Schließlich war sie auch immer für mich da«, betonte er.

»Ja, für dich, und zwar nur für dich, aber nicht für uns«, hätte Vera am liebsten gesagt.

Sie setzte sich in ihren Sessel, schlang die Arme um ihre Schultern und zog die Beine hoch. Es war die Ohnmacht gegenüber Gregors Verhalten, die sie nicht ertrug. Er hatte ihr nicht einmal die Chance gegeben, etwas zu sagen, sondern hatte einfach aufgelegt. Bis er nach Hause kam, würde es noch Stunden dauern. Vielleicht lenkte es sie ab, wenn sie eine Gepäckliste für die Reise machte.

Sie setzte sich an den Esstisch und überlegte hin und her, was sie mitnehmen sollte. Vielleicht gab es doch eine Chance, ein Opernticket zu ergattern, nicht so sehr wegen der Oper, sondern wegen des Drumherums. Es musste ein außergewöhnliches Erlebnis sein, in der Pause auf dem Rasen zu picknicken. Die Herren im Smoking oder im dunklen Anzug, die Damen im langen Kleid. Nur wer sollte sie begleiten? Dante hatte kein

Interesse an Opern, außerdem hatte er sicher keinen Smoking im Schrank hängen. Dass sie selbst nur ein zu eng gewordenes Abendkleid besaß, war ein Problem, das sich mit Mellis Hilfe lösen ließe. Sie sah sich schon im Sari ihrer Tochter über den englischen Rasen schreiten. Der Stoff glitzerte in der Sonne, die zurückgeföhnten Haare machten Platz für die langen, in Italien gekauften Ohrringe, die bei jedem Schritt schaukelten. Die Besucher schauten ihr neugierig nach, wie sie an den üppigen Staudenbeeten vorbeiwandelte. Duftender Phlox, Königskerzen, Kugeldisteln und prachtvolle Lilien. Ein Paradies. So stellte sie es sich zumindest vor.

Je tiefer sie sich in ihrer Traumwelt verlor, desto mehr entspannte sie sich. Wenn sie den Sari einfach einmal anprobieren würde … Nur zum Spaß.

Fünf Meter hellgrüner Stoff mit goldenen Streifen. Vera hielt die indische Seide, die sie aus Mellis Kleiderschrank geholt hatte, hilflos in der Hand. Was nützte ihr der schönste Stoff, wenn sie so ein Debakel erlebte wie Melli auf Gregors Geburtstag? Sie warf den Stoff über die linke Schulter, legte ihn in Falten über die rechte Schulter, befestigte ihn mit einer Sicherheitsnadel am Bund ihrer Leinenhose; es half alles nichts. Nach kürzester Zeit fiel das mühsam drapierte Gewand wieder in sich zusammen. Wie hatte Melli es nur geschafft, daraus etwas Tragbares zu machen?

Das Internet war die Lösung. Dort gab es jede Menge Anweisungen, wie man einen Sari wickelte. Vera zog ihre Bluse aus, steckte ein Stück Stoff zur Befestigung in den Hosenbund, fältelte das andere Ende und legte es über die Schulter. Dann den

Mittelteil in Falten legen und ebenfalls im Hosenbund befestigen, das gefältelte Ende dekorativ über die Schulter ziehen und hoffen, dass das Kunstwerk sich nicht auflöste. Vorsichtshalber hielt noch eine Sicherheitsnadel den Sari am Träger des Büstenhalters fest.

Es war geschafft. Kritisch drehte Vera sich vor dem Spiegel, aus dem ihr eine Frau wie aus einem Märchen entgegenschaute. Sie zog die gefältelte Seite über die Schulter bis zum Ellbogen, lächelte sich an und verbeugte sich mit einem Knicks. Hoch zufrieden mit dem ungewohnten Bild, das sich ihr bot, schleuderte sie die Schuhe in die Ecke, hob die Arme und versuchte ein paar Tanzschritte.

Es fehlte Musik.

Es war sinnlos, im Wohnzimmer etwas Passendes zu suchen. Bei Melli fand sich eine CD mit unbekannten Schriftzeichen und dem Foto einer Bauchtänzerin. Vera lachte. Was spielte es für eine Rolle, zu welcher Musik sie tanzte, ob aus Tunesien, Ägypten oder Indien. Sie schloss die Fenster, drehte den Lautsprecher so hoch wie es eben vertretbar war und wiegte sich in den Hüften. Langsam drehte sie sich, dankbar, dass der Sari sich nicht verselbständigte. Die Musik wurde schneller, Veras nackte Füße versuchten mit dem Tempo Schritt zu halten, kamen aus dem Takt und bemühten sich aufs Neue. Der große Spiegel im Flur zeigte eine Frau, die schließlich selbstvergessen nach ihrem eigenen Rhythmus tanzte, die Augen geschlossen, mit der linken Hand den Sari in der Taille festhaltend, den nackten rechten Arm im Takt auf und ab bewegend.

Abrupt stoppte die Musik. Vera öffnete erschreckt die Augen

und erstarrte. Gregor stand zur Statue verwandelt im Durchgang zum Wohnzimmer, als spielte sich gerade Sodom und Gomorra vor seinen Augen ab.

»Vielleicht kannst du mir erklären, was hier los ist?«

Seine Stimme klang gefährlich ruhig. Vera umklammerte Sari und Hosenbund mit beiden Händen, da das um die Taille gewickelte Unterteil sich aufzulösen begann. Wenn sie doch unsichtbar werden oder wenigstens davonlaufen könnte. Sie musste lächerlich aussehen, barfuß, umhüllt von einem langen Seidenschal, dessen Hälfte schon auf dem Boden lag. Dazu eine unbedeckte Schulter und ein nackter Arm, der hilflos herunterhing.

»Ich warte auf eine Antwort.«

Gregors Stimme wurde lauter, was Vera umso leiser sprechen ließ.

»Ich hatte plötzlich Lust, mich zu verkleiden.«

»Verkleiden? Haben wir Karneval?«

Gregor brach in ein bitteres Lachen aus: »Ich komme mir vor wie in einem Irrenhaus, nur dass ich bis heute nicht wusste, dass meine eigene Frau droht verrückt zu werden.«

Mit einem Schlag war Vera hellwach. Alles in ihr zog sich zusammen, wurde hart und spitz, als gelte es, einen Angriff abzuwehren. Zugegeben, *verkleiden* war das falsche Wort gewesen, aber das gab Gregor noch lange nicht das Recht, sie deshalb als verrückt zu bezeichnen.

»Du träumst dich in ein anderes Leben, immer noch. Du merkst es nur nicht«, fuhr er fort und kam bedrohlich näher. Vera schlug die Augen nieder, da sie seinem Blick nicht länger standhalten konnte. Sie raffte den Seidenstoff zusammen und suchte nach ihren Schuhen, um aus dem Raum zu fliehen, aber Gregor hielt sie fest.

»Du tust mir weh«, rief Vera, riss sich los und stieß ihn zur Seite. Ihre Blicke trafen sich. Dieses Mal wichen Veras Augen nicht aus.

»Komm zu dir, Vera! Sag etwas! Ich verstehe dich nicht mehr. Rede mit mir.« Gregors Stimme bebte. Vera schaute ihren Mann an, als stünde ihr ein Unbekannter gegenüber, der sie um etwas anflehte. Dann sprudelte es aus ihr heraus, als hätte ein Kloß in der Kehle sich gelöst.

»Was soll ich denn sagen? Es gibt so Vieles, über das ich mit dir reden möchte, aber nicht reden kann. Manchmal kommt es mir vor, als sprächen du und ich verschiedene Sprachen. Du verstehst mich nur, wenn ich deine Sprache spreche, wenn meine Gedanken und Wünsche sich mit deinen decken. Sonst würdest du nicht so einen Aufstand machen, nur weil ich eine Mitfahrgelegenheit nach Tunbridge Wells habe.«

Gregor presste seine Hände gegeneinander. Seine Augen glühten. Vera sah, dass er sich nur mühsam beherrschte, dass er sich zwang, ruhig zu antworten.

»Es war mir immer wichtig, dass du deine eigene Meinung hast, aber England mit dem unbekannten jungen Mann, ohne Absprache mit mir, das soll ich verstehen? Was ist bloß in dich gefahren? Erst drängst du dich zwischen zwei nackten Personen durch. Dann willst du plötzlich nach England. Und jetzt diese alberne Verkleidung. Ich weiß nicht, was ich denken soll.«

»Dann denk doch einfach mal nicht«, schleuderte sie Gregor entgegen. Am liebsten hätte sie ihn angebrüllt. Stattdessen fragte sie betont kühl:

»Befiehlst du mir, die Reise abzusagen?«

»Ich befehle nicht, ich halte es nur für richtig, wenn du es tust.«

»Also doch. Wenn ich nach deinen Regeln lebe, ist alles in Ordnung. Sicher hat deine Mutter dich in deiner Meinung unterstützt. Hat sie schließlich immer für ihr Muttersöhnchen getan.«

Gregors Gesicht verzerrte sich. Ein wunder Punkt, Vera wusste es. Als wäre genau das ein Anreiz, weiter auszuspucken, was im Innersten brodelte, hörte sie sich sagen: »Dir geht es doch nur um den äußeren Schein. Die heilige Familie, das glückliche Paar. Und die Wahrheit? Niemand kennt sie. Ständig bemühe ich mich um Harmonie, um eine glatte Oberfläche. Über vieles würde ich gern mit dir reden, aber der Aufwand lohnt sich nicht, denn du bleibst ohnehin bei deiner Meinung. Aber dieses Mal richte ich mich nicht nach dir. Ich fahre!«

Und als wäre das noch nicht genug, zischte sie boshaft hinterher: »Und wenn du während meiner Abwesenheit angenehme Unterhaltung brauchst, geh zu deiner Mutter.«

Sie raffte den Sari zusammen, der inzwischen nur noch von der Sicherheitsnadel gehalten wurde, lief in Melanies Zimmer und ließ sich auf das Bett fallen. Das Blut pochte in ihren Schläfen. Tränen liefen ihr über das Gesicht auf den Hals. Wie konnte sie so gemein sein? Sie war ein gehässiges, altes Weib, das nichts

Besseres zu tun hatte als an allem und jedem herumzumäkeln. Zur Beruhigung legte sie ihre Hand auf die Brust. Als sie ihre nackte Haut fühlte, griff sie sofort nach ihrer Bluse. Wie hatte Gregor sich an seinem Geburtstag aufgeregt, als der Sari von Mellis Schulter geglitten war. Ein harmloser Zwischenfall, dem er so viel Gewicht beigemessen hatte.

Sie schloss die Augen, während die vergangenen Szenen noch einmal vor ihr abliefen. Ab und zu kam ein Schluchzer aus der Tiefe ihrer Brust, vor allem wenn die harten Worte, die zwischen ihr und Gregor gefallen waren, in ihren Ohren widerhallten. Aber zu ihrem eigenen Erstaunen würde sie, was sie gesagt hatte, nicht zurücknehmen wollen. Als hätte alles, was sie ihm vorgeworfen hatte, nur darauf gewartet ausgesprochen zu werden.

* * *

Als Vera am Morgen aufwachte, stellte sie fest, dass sie mit der weißen Leinenhose eingeschlafen war. Der Sari lag zerknittert neben ihr. Wann waren ihr die Augen zugefallen? Was war vorher alles passiert? Einzelne Szenen tauchten vor ihr auf, Wörter wie Pfeile stiegen aus der Tiefe in ihr hoch. Es war wohl besser, erst einmal eine Tasse Kaffee zu trinken, um Ordnung in ihre Gedanken zu bringen. In der Küche fand sie einen Zettel, auffällig genug, dass sie ihn nicht übersehen konnte: Bin bei Matthias. Komme nicht vor Montag zurück. Gute Reise, Gregor.

Als hätte sie es geahnt. Irgendetwas musste geschehen, nachdem sie ihn mit dem unumstößlichen »Ich fahre«

konfrontiert hatte. Er wollte nicht zusehen, wie sie den Koffer packte und abgeholt wurde. Das kam einer Niederlage gleich, der er sich nicht vor ihren Augen auszusetzen gedachte.

Wieder und wieder las sie die kurze Mitteilung, vergaß den Kaffee und blieb regungslos auf dem Küchenstuhl sitzen, bis das Telefon klingelte und das Karussell in ihrem Kopf stoppte. Das Display zeigte Matthias' Namen. Sie hob den Hörer an ihr Ohr, nannte aber ihren Namen nicht. Matthias' Stimme klang besorgt: »Vera?... Vera? Warum antwortest du nicht? Ich will dir nur sagen … «

Vera ließ den Hörer sinken, hörte von Weitem Matthias weiterreden, ohne ihn zu verstehen, bis sie schließlich auflegte. Ob Gregor Matthias vorgeschickt hatte? Warum rief er nicht selbst an? Entschlossen stand sie auf. Sie würde nicht warten. Eine Lebensregel ihrer Mutter lautete: Was du angefangen hast, musst du zu Ende bringen. Auch wenn der Spruch nicht ganz auf ihre Situation passte, so forderte er doch zum Handeln auf, und das war etwas, was jetzt nötig war.

Als würde sie für längere Zeit auf Reisen gehen, verrichtete sie alle notwendigen Arbeiten in der Wohnung mit größter Sorgfalt. Sie entsorgte den Blumenstrauß vom Esstisch, schrieb eine Liste für Carmen, die am Mittwoch zum Putzen kam, bezog Melanies Bett neu, kaufte ein paar Mitbringsel für die Freundin der Tante und zwei Flaschen Wein für den Mann der Freundin. Als sie den Staubsauger in Gregors Arbeitszimmer brachte – Carmen hatte striktes Verbot, das Zimmer zu betreten –, stellte sie fest, dass der Schreibtisch leer war. Gregor hatte also alle Unterlagen für die bevorstehende Fachtagung mitgenommen. Ob er allerdings bei Matthias zum Arbeiten kommen würde, das musste sich herausstellen.

Dantes Anruf war eine willkommene Ablenkung. Was immer er vorschlug, sie war einverstanden. Seine Mutter würde ihnen einen Picknickkorb mitgeben, damit sie nicht verhungerten. Ob Vera eine Decke einpacken könne, Teller und Besteck und zwei Becher. Auf was für Ideen dieser Dante kam. Ein Picknick im Grünen wäre ihr nicht in den Sinn gekommen. Aber je länger sie darüber nachdachte, desto mehr gefiel ihr die Vorstellung, zwischen Schäfchen auf einer Decke sitzend Frau Capeces Leckereien zu genießen.

Der Tag verging mit notwendigen und weniger notwendigen Erledigungen. Obwohl Vera müde ins Bett fiel, ließen die Gedanken sie nicht zur Ruhe kommen. Es musste Gregor tief getroffen haben, dass sie sich allein mit Dante auf die Reise machte. Nur nicht grübeln, sagte sie sich wieder und wieder, aber die Nacht schien kein Ende zu nehmen.

Endlich Sonntag. Vera lehnte sich aus dem Fenster und ließ die warme Luft über ihr Gesicht streichen. Die Kastanienbäume rauschten leise im Wind. Ihre Äste bildeten ein schützendes Dach, das sich hin und wieder öffnete, um einen kurzen Durchblick in den Himmel zu gewähren. Sparsam zugeteilte Lichtflecken schimmerten durch die Blätter und strahlten eine Heiterkeit aus, die die Stille der sonntäglichen Straße doppelt angenehm machte.

Ein Bilderbuchtag, der nicht darüber hinwegtäuschte, dass Veras Ehe ins Stolpern geraten war. War es richtig, was sie tat?

Sie ging zum letzten Mal ihre Gepäckliste durch. Hatte sie an alles gedacht? Gleich musste sie noch kurz Melli anrufen und ihr mitteilen, dass es noch nicht feststand, wann sie zurückkommen würde. Für Gregor würde sie keine Nachricht hinterlassen.

Der Kalender in der Küche zeigte noch Freitag an, ein deutliches Zeichen, dass Gregor, der jeden Morgen ein Blatt abriss, nicht zuhause war. Er merkte sich, welcher berühmte Mensch an diesem Tag Geburtstag hatte, las auf der Rückseite des Blattes den Lebenslauf und ließ bei den Kollegen oder im Hörsaal ganz nebenbei sein neu erworbenes Wissen mit einfließen.

Vera riss drei Blätter ab, suchte einen Filzstift und schrieb auf das Montagsblatt:

Halte dich still, halte dich stumm,
Nur nicht forschen, warum? Warum?
Nur nicht bittre Fragen tauschen,
Antwort ist doch nur wie Meeresrauschen.

Mehr Platz gab es auf dem Blatt nicht. Wenn Gregor nach Hause kam, würde er die Zeilen lesen und sich ärgern über die fahrige Schrift, noch dazu mit Filzstift. Ob ihm dabei einfiel, wo er den Text schon einmal gesehen hatte? Wahrscheinlich nicht. Ihn hatte nur gestört, dass jemand das Buch »beschmiert« hatte. Der Inhalt der Zeilen, der sie so beeindruckte, war für ihn nebensächlich. Sie fragte sich, ob er sich überhaupt Gedanken darüber machen würde, warum die Zeilen seine Frau so fesselten, dass sie sie auf das Kalenderblatt schrieb.

Der Sonntagnachmittag neigte sich dem Ende zu. Die Straße belebte sich, da die Bewohner von ihren Ausflügen ins Grüne, von kurzen Kaffeebesuchen bei Verwandten oder anderen Wochenendunternehmungen in ihre Häuser zurückkehrten. Noch eine Nacht, dann begann das große Abenteuer. Vera überlegte, ob sie einen warmen Pullover mitnehmen sollte. Nein. Es war doch Sommer.

Das Telefon läutete. Melli.

»Das trifft sich gut, Melli. Du kommst mir zuvor. Ich wollte dir nur sagen, dass es unsicher ist, wann ich zurückkomme.«

»Und was sagt Papa dazu?«

»Er weiß es nicht. Er ist übers Wochenende ausgezogen.«

»Ausgezogen? Wohin denn? Und warum?«

»Zu Matthias. Den Rest will ich dir nicht unbedingt erzählen.«

»Etwa wegen des Mannes, mit dem du fährst?«

»Melli, ich kann nicht darüber reden.«

»Dann erzähle ich dir jetzt etwas. Braun hat mein Fahrrad repariert. Zum Dank habe ich ihm einen Kuchen gebacken und ihn heute zum Kaffee eingeladen. Als er sich über Zoe geärgert hat, weil sie unruhig hin und hergelaufen ist, habe ich ihm gesagt, dass du wegen des Gedichts vorn im Fontanebuch nach Tunbridge Wells fährst. Dass du dort vielleicht den großen Unbekannten, an den das Gedicht gerichtet ist, ausfindig machst. Und dass du es einfacher gehabt hättest, wenn er dir die Adresse von Judith Herwig gegeben hätte.«

»Melli, bist du verrückt? Du verärgerst ihn nur.«

»Lass mich doch zu Ende reden. ›Deine Mutter gibt wohl nie auf‹, sagte er. Dann schien er wieder zu überlegen, genau wie letztes Mal, als ich ihn nach seiner Beziehung zu Judith Herwig gefragt habe. Er putzte seine Brille, nahm einen Schluck Kaffee, faltete die Finger und drückte sie. Ich dachte, das wird nix mehr, bis er plötzlich aufstand: ›Judith Herwig ist Christian Anholts Tochter, wie Ihre Mutter sich vielleicht schon gedacht hat. Ich gebe Ihnen Anholts Adresse in Tunbridge Wells, aber dann fragen Sie nicht mehr weiter.‹ Es sah aus, als hätte ihn die Auskunft die größte Überwindung gekostet.«

»Und hast du die Adresse?«, fragte Vera ungläubig.

»Sonst hätte ich dich nicht angerufen.«

Vera notierte Straße und Hausnummer. Erleichtert stellte sie fest, dass die Nummer 29 mit Herrn Venns Postkarte übereinstimmte. Sie sah es als ein gutes Vorzeichen. Was immer auf sie zukam, sie würde das Beste aus der Reise machen. Ihre Mutter hatte recht. *Was man angefangen hat, muss man zu Ende führen*. Auch wenn nicht mit einem Ticket für eine Oper in Glyndebourne zu rechnen war, wollte sie dem Zufall nicht die Tür versperren, öffnete den kleinen Koffer noch einmal und legte den Sari und die Ohrringe obenauf.

Auf der Fensterbank zankten sich zwei Spatzen. Ihr Tschilpen drang durch die Scheiben, bis sie gemeinsam davonflogen, als sei nichts gewesen. Vera blickte ihnen nach, bewunderte die Leichtigkeit, mit der sie durch die Luft schossen und sich schließlich beide auf einem Ast der Kastanie niederließen. Ihre Sorglosigkeit war beneidenswert.

Vera dachte an Tunbridge Wells. Wenn sie sorglos wie die Spatzen wäre, würde sie sich von dem Ort, von dem sie nie etwas gehört hatte, überraschen lassen. Aber Sorglosigkeit gehörte nicht zu ihren hervorstechenden Eigenschaften. Letztlich gewann die Vernunft, die davor warnte, ohne Vorbereitung loszufahren. Gut, dass es das Internet gab, um sich wenigstens etwas über den Ort zu informieren. Ob Dante außer Ortsnamen und Adresse überhaupt wusste, was ihn erwartete? Er verließ sich wahrscheinlich auf sein Navi; ihm reichte es, dass die kleine Stadt in der Nähe von London und Brighton lag. Im Gegensatz zu ihr wusste er aber genau, warum er dorthin fuhr. Und im Gegensatz zu ihr würde er die Nacht vor der Reise gut schlafen und ausgeruht bei ihr erscheinen.

»Das war der Wetterbericht für heute, Montag. Ich wünsche Ihnen einen schönen Wochenbeginn.« Vera schaltete das Radio aus und lief nervös in der Wohnung auf und ab. Dante ließ bereits eine halbe Stunde auf sich warten, ohne dass er sich telefonisch entschuldigte. Wenn er noch lange wegblieb, tauchte womöglich Gregor auf, weil er glaubte, seine Frau sei schon unterwegs. Diese Genugtuung, dass sie wartete und nicht pünktlich abgeholt wurde, wollte sie ihm nicht geben. Als zehn Minuten später immer noch niemand an der Tür läutete, nahm sie ihren kleinen Koffer, hängte sich die Wanderschuhe, die sie plötzlich meinte mitnehmen zu müssen, über die Schulter und stellte sich nach draußen auf den Bürgersteig. Dann rief sie Dantes Festnetznummer an, aber niemand meldete sich. Seine Handynummer hatte sie nicht.

Das fing ja gut an. Bei so viel Verspätung war es fast unmöglich, die Fähre zu erreichen. Frau Venn öffnete das Fenster und fragte, ob Vera verreisen wolle; sie würde gern die Pflanzen gießen. Ungeduldig lehnte Vera ab: »Frau Venn, wir haben doch gar keine Pflanzen in der Wohnung. Aber trotzdem danke fürs Angebot.«

In dem Moment kam Dante um die Ecke gebraust und sprang aus dem Auto.

»*Sorry, Baby*, ich musste noch schnell zum Supermarkt, dunkles Brot, Pommersche Leberwurst und speziellen Kaffee für meine Tante holen. Sie mag das englische Essen nur bedingt. Zahnpasta für mich hätte ich auch gebraucht, habe ich aber in der Eile nicht gefunden. Macht nichts, hab' ich mir gesagt; kann ich ja bei Vera ausleihen. Oder haben Sie was dagegen?«

Dante grinste.

Vera schüttelte verwirrt den Kopf. Sollte er sich ausleihen, was er wollte, aber zu ihr *Sorry, Baby* sagen, noch dazu in Gegenwart von Frau Venn am offenen Fenster, das führte zu weit. Das würde sie ihm im Auto beibringen.

»Wozu brauchen Sie denn die Wanderschuhe?«

»Mein Mann und ich nehmen sie immer mit nach Frankreich, kommen aber selten zum Wandern, und da dachte ich, ich könnte doch mal in England auf den Wiesen zwischen den Schafen laufen und die Landschaft genießen.«

»Wandern? Ist ein Albtraum für mich. *A nightmare*. Die Engländer wandern übrigens auch nicht, hat meine Tante gesagt. Manchmal sitzen sie im Auto am Strand, schauen aufs Meer und fahren zufrieden wieder nach Hause.«

Er verstaute die Schuhe im Kofferraum.

»Und was ist mit der Tasche, die da neben Ihnen steht?«

»Wie bestellt: eine Decke, Becher, Besteck und zwei Flaschen Wein für den Hausherrn.«

Dass sie aus lauter Gewohnheit auch noch zwei hart gekochte Eier und zwei Tomaten eingepackt hatte, als führe sie mit Gregor nach Frankreich, verschwieg sie lieber. Dante hörte ohnehin nicht zu, sondern pfiff eine Melodie mit, die gerade im Radio gespielt wurde und legte die Tasche auf den Rücksitz.

»Einsteigen, die Türen schließen und anschnallen, meine Dame«, unterbrach er sein Pfeifen. »Wohin soll es denn gehen?«

Vera winkte Frau Venn zu, die mit einem großen Fragezeichen im Gesicht zaghaft zurückwinkte. Sie würde Gregor nicht darauf ansprechen, dass seine Frau ohne ihn verreiste. Aber wenn sie ihn zufällig traf, würde sie ihn fragen, ob er ein Gläschen Wein oder Likör mit ihnen trinken wolle, und Gregor würde sich eine Ausrede einfallen lassen. Seine Fachtagung kam ihm in diesem Fall sicher gelegen.

»Bitte nach Royal Tunbridge Wells«, sagte Vera, froh, dass sie endlich losfuhren. »Ich muss um 15 Uhr die Fähre erreichen. Meinen Sie, das schaffen Sie?«

»Gnädige Frau, sind Sie jemals mit mir zu spät angekommen?«

»Darüber möchte ich nicht mit Ihnen streiten, Herr Capece. Sagen Sie mir lieber, warum Sie Ihre Chauffeursmütze nicht tragen?«

Das harmlose Geplänkel fing an, Vera Spaß zu machen.

»Hatte ich Ihnen nicht gesagt, Sie möchten die Mütze im Dienst aufsetzen?«

Dante griff ohne zu zögern in die Seitentasche der Tür, zog eine Kappe in grellen Farben hervor und setzte sie auf.

»Oh, nein«, stöhnte Vera auf.

Die Getränkefirma müsste jedem, der mit dieser unsäglichen Kopfbedeckung Reklame lief, Geld dafür zahlen, dass er sich damit in die Öffentlichkeit traute.

»Sind Madame zufrieden?«

»Bei der zu erwartenden Hitze würde ich Ihnen ausnahmsweise erlauben, die Mütze abzulegen.«

»Auf keinen Fall. Jeder soll doch sehen, dass Sie sich einen Chauffeur leisten können. Schade, dass der Rolls Royce gerade in der Werkstatt steht.«

Dante klopfte auf das Armaturenbrett, das das Auto als älteres Modell auswies.

»Meine Tante Lissy könnte sich ohne weiteres ein besseres Auto leisten, aber sie ist eigen und gibt ihr Geld lieber für Klamotten aus. Also musste mein Vater mal wieder alles kontrollieren und Kleinigkeiten reparieren, damit wir es ohne Panne bis England schaffen.«

Vera hätte gern gewusst, welchen Beruf der Vater ausübte. Vielleicht war er Automechaniker, was sie sehr beruhigt hätte. Um nicht allzu ängstlich zu erscheinen, fragte sie vorsichtig, ob der

Vater sich mit Autos auskenne.

»Jedenfalls besser als ich«, war Dantes wenig hilfreiche Antwort.

Die Autobahn war erreicht. Obwohl der übliche Stoßverkehr am Montagmorgen längst vorbei sein sollte, war die Straße voll. Als hätten sie es besonders eilig, hielten sich viele Autofahrer nicht an die Geschwindigkeitsbegrenzung. Dante überholte sie dennoch und schimpfte, wenn ein Laster zu viel Platz beanspruchte, oder sich mit einem anderen Lastwagen ein Duell lieferte. Bloß nicht an seinem Fahrstil herummeckern, sagte sich Vera. Wer weiß, wie er reagiert.

Sie wagte hin und wieder einen Blick auf das Tachometer, nur um schnell die Augen abzuwenden und ängstlich Dantes Hände zu beobachten, die das Lenkrad mal mit der linken, mal mit der rechten locker festhielten. Wesseling mit seinen Raffinerien flog vorbei, das Industriegebiet an der A4; die Landschaft lud nicht durch besondere Attraktivität dazu ein, den Blick nach draußen zu werfen. Vera saß nervös in ihrem Sitz, die Arme an den Körper gepresst, die Füße fest in den Boden gedrückt. Wie konnte sie sich ablenken?

Dante erzählte lebhaft von seiner Tante mit ihren speziellen Vorlieben und Eigenheiten, als bereite es ihm keine Schwierigkeit, gleichzeitig auf den Verkehr zu achten. Dass seine Nachbarin nur hin und wieder ein sparsames »Tatsächlich?« oder »Wirklich?« einwarf, hinderte ihn nicht daran, genüsslich auszuholen und seinen Bericht mit einer ausholenden

Handbewegung zu unterstreichen.

»Sie können sich nicht vorstellen, wie viele Kleider sie hat, fast alle türkis oder blau. Hosen lehnt sie als unweiblich ab. Eine Kurzhaarfrisur auch, obwohl ihre langen Haare inzwischen dünn geworden sind. Und wenn sie ausgeht, schaukelt sie hoheitsvoll auf Schuhen mit hohem Absatz durch die Welt. Ihr Mann hat irgendwann vor so viel Weiblichkeit die Flucht ergriffen.«

Dantes Redefluss gab Vera zumindest die Gelegenheit, ungeniert sein Profil zu betrachten. Was für kleine Ohren er hatte. Ob deswegen die Nase umso größer wirkte? Der Haaransatz im Nacken reichte bis in den Kragen des Poloshirts hinein, während die vielen Wirbel jeden Friseur zur Verzweiflung bringen mussten. Auch wenn er mal nichts sagte, schien sein Gesicht in Bewegung zu bleiben, was aber eher an der Kappe lag, die je nach Licht und Schatten ein ständig wechselndes Muster auf seiner Haut zeichnete.

Vera dachte an Kai. Ein umsichtiger Autofahrer, bei dem man sich sicher fühlte. Sogar Gregor hatte nichts an seiner Fahrweise auszusetzen gehabt, während Melanie seiner Meinung nach den Führerschein nie hätte bekommen dürfen.

»Oh, verdammt! Ein Stau! Das hat jetzt noch gefehlt.«

Dante trat auf die Bremse, fuhr noch ein Stück in gemäßigtem Tempo, bis die Autoschlange sich nur noch im Schritttempo vorwärts quälte. Während Dante schimpfte, entspannte Vera sich. Sie konnte sich nicht erinnern, jemals bei einem Stau so geduldig neben Gregor gesessen zu haben.

»*Eile mit Weile*«, sagte sie mehr ironisch als ernst gemeint zu

Dante.

»*Heiter kommt weiter*«, konterte Dante spöttisch und sang ungeniert einen Schlager, den Vera nicht kannte. Dabei schlug er zum Takt auf das Lenkrad.

»Und jetzt Sie«, forderte er Vera auf, als er den Refrain dreimal wiederholt hatte.

Da sich hinter der Leitplanke ein kleiner, halb ausgetrockneter Bach entlang schlängelte, fing Vera an zu singen:

»*In einem Bächlein helle, da schoss in froher Eil,*
die launische Forelle vorüber wie ein Pfeil.«

»Ist das ein Lied aus einer Ihrer Opern?«

»Nein, das ist ein Kunstlied von Schubert.« Vera kam sich wie eine Besserwisserin vor, was Dante nicht so zu empfinden schien.

»Hört sich ganz wie Oper an. Aber im Gegensatz zu Ihnen kenne ich mich da nicht aus.«

»Ich kenne mich auch nur in groben Zügen aus. Opern sind nicht meine große Liebe.«

Dante schaute sie überrascht an. Sie wusste gleich, sie hatte einen Fehler gemacht und vergessen, dass man sich für Opern begeisterte, wenn man nach Glyndebourne fuhr, und dass man allein aus diesem Grund die Strapazen einer Hin- und Rückreise nicht scheute. Schon hakte Dante nach.

»In der Bundeskunsthalle haben Sie doch gesagt, Sie würden gern mal in Glyndebourne in die Oper gehen. Und jetzt liegt Ihnen nichts daran? Aus welchem Grund fahren Sie dann mit mir?«

Vera schwieg verlegen. Was sollte sie sagen? Die Wahrheit

würde er nicht verstehen.

»Wegen des Drumherums«, antwortete sie schließlich. »Es muss ein wunderbares Erlebnis sein, in der Pause auf dem Rasen zu picknicken.«

Dantes skeptischer Blick zeigte ihr, dass er ihr nur bedingt glaubte. Nach einer kleinen Pause fuhr er fort: »Ich wollte es Ihnen eigentlich nicht sagen: Meine Tante meint, dass man ohne Vorbestellung kaum ein Ticket bekommt; es sei denn, jemand gibt seins zurück. Aber wenn Ihnen die Oper gar nicht so wichtig ist …«

Er schob den Schirm der Kappe über die linke Gesichtshälfte, weil die Sonne noch nicht hoch genug stand, um ihn nicht zu stören.

»Ich hatte schon Angst, Sie würden geknickt sein, wenn Sie ohne Opernbesuch nach Hause fahren müssten.«

»Ich bin keine Mimose«, erklärte Vera mit betont fester Stimme. »So schnell wirft mich nichts um.«

»*You take the kicks as well as the ha'pennies*."

»Was soll denn das nun wieder heißen?«

»Genau das, was Sie gerade gesagt haben. So schnell wirft Sie nichts um. Aber vielleicht haben Sie ja Glück und ergattern eine Karte. *Das Glück ist mit den Dummen* sagt mein Vater immer.«

»Danke für das Kompliment. Haben Sie noch mehr solcher aufbauenden Sprüche auf Lager?«

»Jede Menge. *Es kommt wie es kommt*. Lieblingsspruch meiner Mutter. Oder eine andere Hilfe fürs Leben: *Im Falle eines Falles ist richtig fallen alles*.«

Dante wartete auf Veras Reaktion.

»Bitte, lächeln«, forderte er sie auf. Als sie der Bitte nachkam, lehnte er sich zufrieden zurück und schlug im Takt imaginärer Musik auf seine Jeans.

»Meine Mutter kramte auch immer ihre Kalenderweisheiten hervor, wenn sie mich erziehen wollte. Erwischte sie mich beim Stibitzen von Süßigkeiten, drohte sie mir: *Kleine Sünden bestraft der liebe Gott sofort*, und ich gutgläubiges Kind habe mich gewundert, dass die Strafe ausblieb.« Vera schüttelte den Kopf. »Ich weiß nicht mehr, was sie bei größeren Sünden sagte, wenn sie zum Beispiel eine Schachtel Zigaretten oder ein Kinoticket für einen verbotenen Film in meiner Jackentasche fand.«

»Sie hätten doch einfach antworten können: ›*Ist der Ruf erst ruiniert, lebt's sich gänzlich ungeniert*.‹ Aber Sie wollten Ihre Mutter sicher nicht ärgern und haben auf Ihren guten Ruf geachtet. Was sagt denn Ihr Mann dazu, dass Sie so gänzlich ungeniert mit mir fahren?«

Was antworten, damit er Ruhe gab? Sie hätte sich doch denken können, dass er fragen würde.

»So ganz beglückt war er nicht.«

»Und warum nicht?«

Da der Stau sich auflöste und Dante sich auf zwei Drängler konzentrierte, blieb sie ihm die Antwort schuldig.

»Meinen Sie, wir schaffen es noch rechtzeitig bis zur Fähre?«, wechselte sie das Thema.

»Beten Sie zum Teufel, dann haben wir vielleicht noch eine Chance.«

»Wieso sollte der Teufel uns helfen?«

»Weil der erlaubt, dass ich das Tempolimit überschreite.«

»Das hört sich nicht unbedingt nach Gottvertrauen an.«

»Hab' ich auch nicht.«

»Weshalb nicht?«

»Ist mir abhandengekommen.« Dantes Gesicht verfinsterte sich. Er schaute angestrengt geradeaus. Nach einer Weile fuhr er fort: »Ich war in einer ganz miesen Notsituation; ich wehrte mich gegen zwei Unbekannte, die mich überfallen hatten. Mein Freund Tim sah mich und kam sofort dazu, um mir zu helfen. Ich bin mit ein paar Schrammen davongekommen. Aber Tim haben sie übel zugerichtet, haben ihm das Bein zerschmettert.«

»Oh Gott, nein!« Vera hielt sich die Hand vor den Mund.

»Und wie sieht es bei Ihnen mit Gottvertrauen aus? Ist Ihnen schon mal etwas passiert, wonach Sie angefangen haben zu zweifeln?«

Vera suchte nach einem Taschentuch und putzte sich die Nase, um Zeit für eine Antwort zu gewinnen.

Dante insistierte: »Gottvertrauen, ja oder nein?«

»Eher nein.«

»*Eher nein* gibt's nicht. *Eure Rede sei*: *Ja, ja; nein, nein. Was darüber ist, ist vom Bösen*. Das sagt zumindest Ihre oberste Instanz.«

»Woher wollen Sie wissen, wer meine oberste Instanz ist?«

»Ich bin mir ziemlich sicher, aber sagen Sie's mir.«

Vera verschränkte ihre Finger, schob die Hände zwischen die Knie und beobachtete, wie die Fingerspitzen weiß wurden. Je fester sie drückte, desto mehr machte sich die beginnende Arthrose in den Gelenken bemerkbar, desto mehr wurden die Gedanken, die sich aufdrängten, durch den Schmerz abgelenkt.

Das Gottvertrauen war Dante abhandengekommen, als sein Freund unverdient so schwer bestraft wurde. Entsprechend müsste ihre Antwort lauten: »Meins ist mir abhandengekommen, als mein Sohn verunglückt ist.« Warum brachte sie es nicht fertig, diesen Satz zu sagen?

Wer auf Gott vertraut, der hat auf festen Grund gebaut. Dass ihr schon wieder ein Spruch ihrer Mutter einfallen musste, noch dazu ein Spruch, dem sie nicht zustimmte. Ihre Mutter hatte tiefes Gottvertrauen gehabt, unerschütterlich, auch noch als ihr Mann starb und sie allein auf dem Hof zurückblieb. »Zu etwas wird es gut sein«, hatte sie gesagt und sich nur noch tiefer in die Arbeit gestürzt, bis ihre Kräfte aufgebraucht waren.

Für Melli und Kai war der Hof ein Paradies gewesen, in das sie in den Schulferien mit Freuden eintauchten, ohne den Berg Arbeit zu sehen, den die Großmutter sich Tag für Tag aufbürdete. Als die Kinder in die Pubertät kamen, war es aus mit den Ferien auf dem Bauernhof. Trotzdem wurden die Aufenthalte in dem kleinen westfälischen Dorf, in dem nichts Aufregendes passierte, im Laufe der Jahre glorifiziert. Vor allem, seitdem der Hof verkauft war. Die Sprüche der Großmutter wurden zu einem sportlichen Wettbewerb zwischen Melli und Kai, die darin wetteiferten, möglichst schnell zu einem Thema ein passendes Sprichwort zu finden. »*Sich regen, bringt Segen.*« »*Der frühe Vogel fängt den Wurm.*« »*Heim und Herd sind Goldes wert.*« Gregor schüttelte nur den Kopf, wenn die beiden sich über einen abgewandelten Spruch wie »*Geteilter Pudding ist halber Pudding*« vor Lachen bogen.

Gregor war auf dem Hof nie heimisch geworden. Mit Veras Mutter fiel ihm die Unterhaltung schwer, mit den Dorfbewohnern wusste er nichts anzufangen. Dennoch war er froh, seine Kinder dorthin schicken zu können, damit sie einen Einblick in die »vielfältigen Seiten des Lebens« bekamen. Er selbst begnügte sich damit, Melli und Kai abzuliefern, auf Drängen von Veras Mutter ein Stück Frankfurter Kranz zu essen, um dann möglichst schnell wieder an den Schreibtisch zurückzukehren.

Obwohl auch Vera keine tiefgründigen Gespräche mit ihrer Mutter führte, verband sie ein gegenseitiges Vertrauen, das keiner Worte bedurfte. Die Mutter war eher pragmatisch als besonders liebevoll; sie hatte weder Vera noch Melli oder Kai jemals vorgelesen, geschweige denn sie länger als bei der Begrüßung und beim Abschied in den Arm genommen. Sie war einfach da, kümmerte sich, wo es notwendig war, schimpfte nie, sondern schlichtete ruhig Streit zwischen den Geschwistern. Sie hatte eine geheime Schwäche für Kai, ließ ihm manches durchgehen, das Melli sich nicht hätte erlauben dürfen. Sie versuchte, ihn mit kalorienreichem Essen aufzupäppeln, damit er im Dorf wegen seines schwächlichen Aussehens nicht gehänselt wurde.

»Sie brauchen ziemlich lange für eine Antwort, Vera. Ich glaube, es ist besser, ich erlasse sie Ihnen«, sagte Dante und stellte das Radio an.

»Verdammt, dümmer geht's nicht.« Dante schlug mit der Hand so hart auf das Steuer, dass Vera zusammenfuhr.

»Ich hab' den Picknickkorb zuhause stehen lassen. So ein verdammter Mist. Ich hab' allmählich Hunger, hab' nämlich nicht gefrühstückt.«

Vera lächelte und langte hinter ihren Sitz.

»Was verrenken Sie sich denn so? Soll ich anhalten?«

»Nicht nötig«, rief Vera, legte Dante eine Serviette über die Knie und hielt ihm eine Tomate hin.

»Bitte, klein schneiden und füttern.«

Vera hob abwehrend die Hände.

»Ich bin doch nicht Ihre Mutter.« So weit würde es noch kommen, dass sie ihn fütterte.

»Stimmt. Sie sind nicht meine Mutter, aber Sie könnten es sein.«

Der Kerl war wirklich nicht charmant. Warum spielte er auf ihren Altersunterschied an? Sie wusste selbst, dass er ihr Sohn sein könnte; darauf musste er nicht herumreiten. Sollte er doch sehen, wie er seinen Hunger stillte.

»Im Vergleich zu meiner Mutter sehen Sie allerdings viel jünger aus. Mindestens zehn Jahre.«

Der Knabe wusste, wie er sich aus der Affäre zog. Man konnte ihm nicht lange böse sein. Vera viertelte eine Tomate und ein Ei und schob ihm Stück für Stück in den Mund. Wie bei Gregor, wenn sie eine längere Strecke im Auto unterwegs waren.

»Wenn mein Mann das sähe.«

Bei dem Gedanken, dass Gregor zuschaute, fing sie an zu lachen, zuerst leise, dann immer lauter, weil sie sich Gregors entsetztes Gesicht vorstellte. Dante stimmte in das Gelächter mit ein, bis sie beide nur noch prusteten und nach Luft schnappten. Vera boxte Dante leicht in die Seite, was ihn laut »Hilfe! Überfall!« rufen ließ und einen neuen Lachanfall auslöste. Wie lange war sie nicht mehr einfach so vor Lachen explodiert? Albern. Ohne Sinn. Gerade darin lag der Spaß.

Erschöpft rutschte Vera tiefer in den Sitz, streckte die Beine aus und schloss die Augen, während Dante den Kopf an die Rückenlehne legte.

Die Stille wurde hin und wieder unterbrochen durch einen tiefen Seufzer, als hätten sie sich gerade bei einer anstrengenden Arbeit verausgabt. Eine vertrauensvolle Stille, ohne Warten auf die übliche Ironie oder den leichten Spott, auf den man sich bei Dante immer gefasst machen musste.

»Hast du Kinder?« Vera fuhr zusammen, mit einem Ruck saß sie wieder aufrecht. Die Frage traf sie ohne Vorwarnung, so dass sie nicht einmal merkte, dass ihr Reisegefährte sie plötzlich duzte. Als sie mit der Antwort zögerte, bezog er das auf sein Vorpreschen mit dem Du und lenkte ein:

»Das Siezen ist mir zu förmlich, aber wenn es dich, 'tschuldigung, wenn es Sie stört, …«

»Nein, nein, ist o.k.«

»Also, hast du Kinder? Ich weiß ja fast nichts von dir. Erzähl mal.«

Es war vorauszusehen, dass irgendwann die Fragen persönlich

wurden. Dante hatte ein gutes Recht, zu wissen, mit wem er verreiste, wen er ohne Vorbehalt mit zu seiner Tante nahm, wer ihn so albern mit Ei und Tomate fütterte. Seine Aufmerksamkeit galt im Augenblick nicht der Straße, sondern ihr. Was immer sie antwortete, er würde jedes Zögern wahrnehmen, für jedes Stottern eine Begründung suchen.

»Ich habe eine Tochter, Melanie. Sie ist 35 Jahre alt.«

»Da sind wir ja fast gleichaltrig. Verheiratet?«

»Nein.«

»Da wäre sie vielleicht etwas für mich?«

»Oh nein.«

»Danke, das war eindeutig. Hast du vielleicht noch eine Tochter? Denn mit nur einem Nachkommen behebst du schließlich nicht den Mangel an zukünftigen Rentenzahlern.«

Da war er wieder, der spöttische Unterton. Sollte sie Kai trotzdem erwähnen und es darauf ankommen lassen, dass weitere Fragen folgten?

»Ich hatte auch einen Sohn.«

»Du hattest? Wieso hattest? Ist er ausgewandert?«

Veras Hände und Beine fingen an zu zittern.

»Er ist gestorben.«

»Oh, Entschuldigung. Das tut mir leid.« Dantes Gesicht wurde ernst. »Und woran ist er gestorben?«

Das war die Frage, auf die sie keine ausführliche Antwort geben konnte. Die Zeit vor Kais Tod lag im Dunkeln. Der Zugang war versperrt, so dass das oft wiederholte Wort genügen musste: »Autounfall.«

Vera schaute angestrengt auf die Dante abgewandte Straßenseite, als gäbe es da etwas zu beachten.

»Wer war schuld?«

»Der Andere.« Die Antwort kam wie ein Geschoss, das den Fragenden mundtot machte.

Vera spürte, dass Dante sie von der Seite aufmerksam ansah. Würde er sie drängen weiterzuerzählen, obwohl sie ein eindeutiges Zeichen gegeben hatte, dass Nachfragen unerwünscht war? Sie hatte für alle Fälle ein vorgefertigtes Antwortschema, das sie abspulen konnte, sollte jemand sich mit der bisherigen Auskunft nicht zufriedengeben.

»Konntest du noch mit ihm sprechen, bevor er starb?«

Veras Augenbrauen zogen sich zusammen. Diese Frage hatte ihr noch niemand gestellt.

»Nein.« Eine schroffe Antwort.

Pause. Dante konzentrierte sich wieder auf den Verkehr. Nach einer Weile traute er sich noch einmal vor. Wollte er nur die Stille unterbrechen, die eben noch vertrauensvoll gewesen war, jetzt aber niederdrückte und auf Vera lastete wie ein feuchtes Kleidungsstück?

»Es ist wohl noch nicht lange her, dass er gestorben ist, so wie dich das Thema mitnimmt.«

»Fast vier Jahre.«

»Vier Jahre?«

»Ja.«

»Du sprichst nicht gern darüber.«

»Nein.«

»Und warum nicht?«

»Es geht nicht«, sagte Vera. Dante fragte nicht weiter.

***

Vera überlegte, wann sie das letzte Mal in England gewesen war. Die Landschaft hatte sich nicht verändert. Die Wiesen waren immer noch durch aufgeschichtete Steine unterteilt. Mächtige Eichen behaupteten ihren Platz seit Jahrzehnten.

»Schau dir mal die Schafe auf dem Hügel an. Fällt dir da nichts auf?« Dante zeigte auf eine Schafherde, die auf dem satten Grün weidete.

»Ich kenne nur: Schäfchen zur Rechten, gibt's was zu fechten. Schäfchen zur Linken …«

»Tut Freude dir winken. Uralter Spruch. Kannst du vergessen. Aber sieh dir doch mal an, wie sicher die Tiere da auf dem schiefen Gelände stehen.«

»Ja und?«

»Weißt du, dass das ganz besondere Schafe sind?«

Vera schüttelte den Kopf.

»Also die Engländer haben eine Züchtung geschafft, bei der die Vorderbeine kürzer als die Hinterbeine sind. Damit können die Schafe jetzt problemlos auf jedem Hügel weiden. Ohne wacklig auf den Beinen zu stehen. Da staunst du, was? Du kannst dir vorstellen, dass diese Tiere für eine hügelige Landschaft der Renner auf dem Markt sind.«

Vera nickte und bewunderte Dante im Stillen, dass er so munter

Geschichten erzählte, als strenge ihn das Linksfahren keineswegs an. Der kurze Schlaf auf der Fähre hatte seine Lebensgeister neu geweckt.

Wie ein Wunder hatte die Fähre Verspätung, und sie waren in letzter Minute auf das Schiff gerollt. Dante hatte sich sofort auf eine der Holzbänke an Deck gelegt und war schon eingeschlafen, bevor die Fähre den Hafen verlassen hatte. Vera musste ihn wecken, damit er nicht die Ankunft in Dover verschlief.

»Vera.« Dante kniff sie in den Arm.

»Was ist?«

»Bist du sehr müde?«

»Ja. Warum fragst du? Und warum kneifst du mich?«

»Hast du verstanden, was ich dir eben erzählt habe?«

»Klar. Dass die Engländer Schafe gezüchtet haben, die kürzere Vorderbeine als Hinterbeine haben.«

»Und das kommt dir ganz normal vor? Denk doch mal nach. Was passiert denn, wenn die armen Tiere den Hügel hinunterlaufen? Da fallen sie doch nach vorne.«

Übermütig kniff er Vera noch einmal und lachte schadenfroh.

Vera stöhnte auf und schlug die Hand vor den Kopf.

»Oh nein. Das gibt's nicht. Da lasse ich mich von so einem hinterhältigen Menschen reinlegen. Ich hab' deine Story mit den gekürzten Vorderbeinen wirklich geglaubt.«

Bei jedem Anderen wäre es ihr peinlich gewesen, sich so dumm anzustellen, aber hier drohte sie nur: »Warte, Rache ist süß.«

Dante erzählte weiter die unglaublichsten Geschichten, während

Vera ihre Erfahrungen aus einem Sprachkurs während ihrer Schülerzeit zum Besten gab. Gut gelaunt amüsierten sie sich über die Absonderlichkeiten der Engländer, lachten über das Schlange-Stehen, auch wenn nur zwei Personen warten, über schnurgerades Rasenmähen mit Hilfe einer gespannten Leine oder das höchst spannende Thema für Small Talk: das Wetter.

»Und dann die *sausages* zum Frühstück, die mit Sägemehl gefüllt sind.« Dante steigerte sich immer mehr, übertrieb gnadenlos und brachte Vera dazu, ihrerseits lustvoll zu übertreiben. Einer überbot den anderen. Sie waren gerade beim Königshaus und seinen Mitgliedern angekommen – ein sehr ergiebiges Thema –, als der Name Royal Tunbridge Wells auftauchte.

»*Darling, I'm sorry*, ich muss mich konzentrieren«, beendete Dante mit einem Schlag ihren erfinderischen Wettstreit.

»Schade«, entfuhr es Vera. »Meinetwegen hätte es noch lange weitergehen können.« Schnell fügte sie hinzu: »Ist klar, dass du dich konzentrieren musst. Aber deswegen brauchst du mich nicht *Darling* zu nennen.«

»In Ordnung, *Sweetheart*.«

Vera lachte. Gegen diesen übermütigen Knaben kam sie nicht an.

»Das müsste es sein«, sagte Dante, als ein rotes Backsteinhaus vor ihnen auftauchte, umgeben von einer Mauer, die über und über mit weißer und blauer Clematis bewachsen war. »Die

Engländer pflegen ihre Vorgärten so hingebungsvoll, als ob sie einen Wettbewerb gewinnen wollten«, meinte Dante beim Aussteigen, »aber mit dem Garten hinterm Haus, den niemand sieht, nehmen sie es nicht so genau.« Zumindest mit dem Vorgarten hatte er recht. Rechts und links des Kiesweges zogen sich Rabatten hin, deren üppige Blumenpracht Vera begeisterte. Blaue, rosa und weiße Blüten zwischen sattem Grün boten den Ankömmlingen einen Willkommensgruß, wie er nicht besser inszeniert werden konnte. Bienen steckten ihre Köpfe tief in die Blütenkelche; ihr Summen ersetzte eine ganze Musikkapelle.

Hinter den Rabatten eine Rasenfläche, die in der Tat die geradlinigen Schnittspuren des Rasenmähers aufwies, über die sie sich im Auto lustig gemacht hatten. Vera blieb staunend stehen, als sie eine verwitterte Bank mit einem Rosenbaldachin entdeckte, dessen Farben vom Abendlicht zum Glühen gebracht wurden. Ein Postkartenbild, unwirklich, aus einem Märchenbuch ausgeschnitten. Vera schloss die Augen.

Gleich würde sich die Haustür öffnen, und eine unbekannte Frau in geblümtem Kleid würde sie freundlich zum Tee bitten.

Vera griff ihren Koffer fester. Ihr Herz begann schneller zu schlagen. Nach einer Anstandspause würde die Frau sie fragen, warum sie gekommen sei, wo sie doch wissen musste, dass die Chance auf eine Eintrittskarte für die Oper gleich null war. Jede Erklärung, die Vera sich vorsorglich zurechtgelegt hatte, klang unglaubwürdig.

Warum hatte sie zugestimmt, hier zu übernachten anstatt in einem Hotel, wo sie niemandem Rechenschaft über den Grund ihres Kommens ablegen musste?

Wegen eines Gedichtes? Jeder würde sie für verrückt halten.

»Wenn du noch lange stehen bleibst, vertrocknest du und der Gärtner wirft dich auf den Kompost«, rief Dante ungeduldig. Er suchte nach dem Klingelknopf und betätigte schließlich einen Türklopfer, eine Hand aus Messing. Kaum war der Ton verhallt, öffnete sich die Tür und zwei Frauen in geblümten Sommerkleidern standen vor ihnen. Vera glaubte zu träumen, hatte sie doch eben noch diese Vorstellung als Szene aus einem Rosamunde-Pilcher-Film abgetan.

Aber die Realität kehrte schnell zurück, als die Frau im türkisblau geblümten Kleid Dante stürmisch umarmte und in schönstem Rheinisch begrüßte. «Näh, Jungche, wat ben ich fruh.« Dann besann sie sich, dass er jemanden mitgebracht hatte, und schaute Vera fragend an. Jetzt überlegt sie, ob Dante vielleicht statt seiner Freundin deren Mutter mitgebracht hat, dachte Vera. Aber schon streckte sich ihr eine Hand entgegen. »Herzlich willkommen. Ich bin Lissy. Schön, dass Sie Alessandro Gesellschaft geleistet haben.«

Dante grinste. »Vera weiß, dass ich einen wohlklingenden Taufnamen habe; kannst mich also ruhig wie zuhause Dante nennen. Und wenn ich jetzt nicht etwas zu essen bekomme, Tantchen, falle ich tot um.«

»In Ordnung, Dante. Und nenn du mich nicht Tantchen, sonst war's das mit dem Essen«, drohte Lissy.

Zu Veras Erstaunen hielt sich die zweite Frau im Hintergrund, obwohl sie die Hausherrin sein musste. Noch verwirrender war es, dass sie ein ähnliches Kleid wie Lissy trug, nur in einer anderen Farbe, hellrosa mit dunkelrosa Blumen. Den beiden Frauen schien es egal zu sein, dass sie sich im Doppelpack präsentierten. Sie schienen sogar ihren Spaß daran zu haben, so selbstverständlich wie sie sich darin bewegten.

Lissy stellte Dante und Vera vor, als seien es ihre Gäste. »Und das ist Alice, meine beste Freundin, die mich hier schon eine ganze Weile erträgt.«

Dante und Vera dankten Alice für ihre Gastfreundschaft, Vera in bestem Schulenglisch, Dantes Dank gespickt mit frisch gelernten Vokabeln, die er stolz einflocht. Lissy unterbrach ihn: »Ihr könnt ruhig deutsch reden, Alice versteht fast alles, habe ich ihr im Laufe der Jahre beigebracht. Na ja, sie hat auch mal ein Jahr in Deutschland gelebt. Nur deutsch sprechen will sie nicht. Sie meint, sie macht zu viele Grammatikfehler. Also sprecht ihr deutsch und Alice englisch.«

Alice hatte bis dahin außer »Guten Abend« und »Willkommen« nichts gesagt. Jeder Fremde musste Lissy für die Hausherrin halten, die alles managte.

»Alice hat euch gemeinsam in einem Zimmer untergebracht. Wir wussten ja nicht, dass …« Lissy stoppte. Vera warf Dante einen vernichtenden Blick zu. Ihr war klar, was Lissy sagen wollte.

»Ich kann im Hotel schlafen«, beeilte sie sich, einer Diskussion über die Bettenverteilung zuvorzukommen.

»Das kommt gar nicht in Frage. Es gibt hier Platz genug. Alice, was sagst du?«

Alice war klein und rundlich, keineswegs dick, sondern alle Ecken ihres Körpers schienen weich gepolstert, so dass man nicht glauben mochte, dass sich Knochen darunter verbargen. Ihre Augen leuchteten in einem intensiven Blau, das noch nichts von seinem Glanz verloren hatte, während ihre kurz geschnittenen blonden Haare weich ins Gesicht fielen.

Eine Frau, die man gern in den Arm nehmen würde, dachte Vera. Einfach so, ohne ein großes sexuelles Abenteuer zu erwarten.

Alice zupfte ihr Kleid zurecht. »Vielleicht kann sie Louis' Zimmer nehmen, solange Philipp in Brüssel ist.« Alice sprach langsam, als habe sie Angst, Vera und Dante könnten sie nicht verstehen. Vera verstand ihr Englisch problemlos, aber begriff bei den vielen Namen nicht, wo sie nun untergebracht werden sollte. Louis, Philipp. Namen, die ihr nichts sagten. Wieso konnte sie Louis' Zimmer nur nehmen, solange Philipp in Brüssel war? Auch Alices Erklärung »Philipp ist mein Mann, Louis mein Sohn« half ihr nicht weiter.

»Ich möchte den Haushalt nicht durcheinanderbringen«, sagte Vera, warf Dante einen zweiten vernichtenden Blick zu und wünschte sich weit weg, am liebsten nach Hause.

»*Nonsense*, Unsinn«, rief Lissy. »Philipp kommt erst am Mittwoch zurück und schläft dann im Zimmer seines Sohnes. Ich zeig Ihnen sein Zimmer. Dante, komm gleich mit.«

»Ich kümmere mich um das Essen«, sagte Alice.

Lissy ging die Treppe hinauf, weiß gestrichenes Geländer, auf den Stufen grüner Teppich, der schon bessere Tage gesehen hatte.

An der Wand eng gehängt Fotos mit verschiedenen Gebäuden, mit Personen davor und immer wieder demselben Mann, der wahrscheinlich Philipp war. Vera erkannte zumindest eine Frau: Margret Thatcher mit ihrer betonierten Frisur, mit Handschuhen und ihrer ewigen Handtasche, ohne die der Politikerin etwas gefehlt hätte.

Vera konnte sich nicht vorstellen, dass die Fotos Alice gefielen, aber vielleicht ließ sie sie ihrem Mann zuliebe dort hängen. Als Lissy Veras neugierigen Blick bemerkte, erklärte sie: »Das sind Fotos von Häusern und von Leuten, für die Philipp schon mal gearbeitet hat. Das da ist zum Beispiel Margret Thatchers Geburtshaus. Alice meint, hier im Flur stören die Fotos am wenigsten.«

»Aha« war alles, was Vera dazu sagte. So konnte man sich also auch einigen, wenn einer eine Sammelleidenschaft hatte, die der andere nicht teilte.

Oben angekommen zeigte Lissy auf eine Tür. «Dante, für dich. Das Bad ist links. Es gibt nur eins für alle, also mehr als zehn Minuten sind für dich nicht drin.«

Dann öffnete sie die nächste Tür. »Das Zimmer gehört Philipps Sohn Louis. Seitdem ich hier bin, zieht Philipp es vor, im Zimmer seines Sohnes zu schlafen, aber Gott sei Dank ist er in Brüssel und bleibt dort noch ein paar Tage. Deshalb hole ich gleich Ihr Bettzeug aus Dantes Zimmer hierher.«

Vera schwirrte der Kopf von den vielen Namen. Ganz verstanden hatte sie die Bettenverteilung immer noch nicht. Es war falsch, mit Dante hierher zu kommen. Sie brachte nur Unordnung in das tägliche Leben, auch wenn die beiden Frauen sich unkompliziert und von ihrer freundlichsten Seite zeigten. Hätte sie sich doch besser vorbereitet. Morgen früh würde sie ein Hotelzimmer suchen.

»Ich zeig Ihnen noch schnell Alices und mein Zimmer, damit Sie sich nachts nicht verirren, wenn Sie ins Bad müssen.« Lissy nahm Vera das Köfferchen aus der Hand und stellte es auf das Bett. »Kommen Sie.«

Es leuchtete Vera nicht ein, warum sie auch noch Lissys Zimmer sehen sollte, und schon gar nicht wollte sie einen neugierigen Blick hinter Alices Tür werfen, aber schon öffnete Lissy die Tür links vom Bad. Alices und Philipps Schlafzimmer. Vera schaute eher gelangweilt auf zwei pralle Kopfkissen, auf beiden Seiten flankiert von einem mit Zeitschriften und Krimskrams vollgepackten Nachttisch. Vor dem Fenster stand ein großes Sofa, ein Sofa, das bei Vera die Vorstellung auslöste: Wenn ich mich jetzt in die Polster fallen lasse, kommt ein Mädchen mit Schürze und bringt mir eine Tasse Tee. Das Mahagonitischchen schien geradezu auf eine Teekanne zu warten. Ob Alice sich manchmal hierher setzte, die Beine hochlegte und in den Garten schaute?

Vera wandte sich zum Gehen, hielt aber überrascht inne, als sie etwas Ungewöhnliches entdeckte. Zwei Nachthemden, die nebeneinander auf den Betten lagen. Zwei Nachthemden? Eindeutig war keins ein Männerhemd, das Philipp gehören könnte.

Als Lissy Veras verwirrten Blick bemerkte, lächelte sie verschmitzt. »Ich weiß, es macht einen komischen Eindruck, wenn zwei Freundinnen nebeneinander schlafen und der Ehemann ins Jugendzimmer des Sohnes ausquartiert ist; aber es war seine eigene Idee, weil er es nicht mehr aushalten konnte, dass wir bis spät in die Nacht in der Küche saßen und lachten und tratschten. Wenn wir Hunger bekamen, drang manchmal auch noch der Duft von etwas Gebratenem nach oben. Und wenn Alice kichernd ins Schlafzimmer kam, ja, spätestens dann war Philipp wieder hellwach.«

Vera stellte sich die beiden Frauen vor, wie sie die halbe Nacht redeten, sich alles erzählten, was sie bewegte. Ein schönes Gefühl, sich einfach fallen zu lassen. Doch dafür brauchte man eine Person, die es einem leicht machte, sich zu öffnen. Lissy und Alice hatten kein Problem miteinander. Und Gregor und sie selbst? Da behielt jeder einen Teil seiner Gedanken für sich. Und die frei gegebenen waren sorgfältig zensiert, bevor einer sie aussprach.

Jetzt war klar, wem die Kleidungsstücke, die neben dem Schrank auf einer Stange hingen, gehörten. Der blaugrüne Farbton hätte längst einen Hinweis geben müssen. Vera verstand, warum Lissy nicht mit dem Zug nach Hause fahren konnte. Ein Koffer reichte auf gar keinen Fall für all ihre Jacken, Kleider, Röcke. Schon allein das weiße Abendkleid, das am Ende der Stange hing, beanspruchte entsprechend viel Platz. Dazu kamen die Schuhe, die auf dem Boden standen.

Von unten rief eine weiche Stimme zum Essen.

»Wenn Alice ruft, muss man gehorchen; sonst stellt sie ganz sanft und ohne viel Gedöns dein Gedeck beiseite.« Lissy schob Vera aus dem Zimmer.

Dante hatte sich bereits den Teller vollgeladen, als Vera und Lissy endlich am Tisch Platz nahmen. Liebevoll gedeckt, stellte Vera fest, bevor Alice ihr das Gemüse reichte, das mit einer hellen Sauce überzogen war. »*Cauliflower*, Blumenkohl, falls du nicht weißt, was du da isst«, grinste Dante.

»Wie gut kennen Sie meinen Neffen, Vera? Ich darf Sie doch Vera nennen?« Lissy nahm sich eine Kartoffel. »Mehr kann ich mir nicht erlauben. Es ist ungerecht. In unserem Alter bleibt jedes Gramm auf den Hüften sitzen.«

»Vera und ich kennen uns erst seit einer Woche, aber es ist schnell eine enge Beziehung geworden«, antwortete Dante für Vera. »Stellen Sie sich vor, Alice, so richtig kennengelernt haben wir uns bei zwei Nackten.«

»Bei zwei Nackten?« Alice schaute zuerst Dante dann Vera verständnislos an.

»Nicht direkt«, wandte Vera ein, aber Dante ließ sie nicht aussprechen, sondern schilderte höchst anschaulich und wenig wahrheitsgemäß die Begegnung mit den beiden nackten Studenten im Bonner Museum. Gretas Brüste wuchsen in seinem Bericht zu so einem Hindernis, dass Vera sich nur mit Mühe zwischen Mann und Frau durchzwängen konnte.

Vera ärgerte sich über Dantes Spötterlaune, während Alice

kicherte und Lissy laut lachte. Je mehr Dante seine Geschichte ausschmückte, desto mehr stachelten sie ihn mit Fragen zu weiteren spannenden Begebenheiten an, die Vera, wenn überhaupt, ganz anders in Erinnerung hatte.

»Und als ich in der Cafeteria sagte, dass ich nach Tunbridge Wells und von da aus wahrscheinlich nach Glyndebourne fahre, hat Vera sofort gejubelt: ›Oh ja, nehmen Sie mich mit.‹«

Alice drehte sich neugierig zu Vera: »Obwohl Sie wussten, dass die Chance, eine Opernkarte zu ergattern, ziemlich gering ist?«

»Wer nicht wagt, der nicht gewinnt«, sagte Vera und schämte sich, dass ihr nichts Besseres als ein Kalenderspruch einfiel. Aber Alice schien nichts Komisches an diesem Satz zu finden.

»Das nenne ich mutig. Man muss Monate im Voraus buchen. Da *Rinaldo* zu meinen Lieblingsopern gehört, haben Lissy, Philipp und ich unsere Tickets für nächsten Mittwoch schon im Januar bestellt. Ich rufe gleich morgen früh an, ob es vielleicht noch eine Einzelkarte in einer Ecke mit Sichtbeschränkung gibt. Das wäre doch immer noch besser als nichts. Was meinen Sie?«

Ob Alice Veras ehrliche Meinung interessierte? Vera konnte ihr doch nicht sagen, dass zu den wenigen Opern, die sie gern miterlebt hätte, nicht unbedingt Händels *Rinaldo* gehörte, und dass ihr mehr daran gelegen war, einmal die legendäre, lange Pause mitzumachen, in der die Gäste in Abendgarderobe im Park ein Picknick veranstalteten.

Andererseits hatte Alice so hilfsbereit reagiert, dass Vera es für unhöflich erachtet hätte, ohne Umschweife zu sagen: »Ich möchte nicht, dass Sie sich um ein Ticket bemühen. Ich möchte nur ein Hotelzimmer. Und das möglichst jetzt gleich.«

Also beschränkte sie sich auf ein Dankeschön für Alices Angebot und erklärte kurz nach dem Essen, müde zu sein und ins Bett gehen zu wollen. Lissy holte das Bettzeug aus Dantes Zimmer und brachte es an das andere Ende des Flurs, wo Philipp ab Mittwochnacht wieder schlafen würde.

Zwei Nächte waren auszuhalten. Danach würde sie nach Hause fahren, ob sie den unbekannten Christian bis dahin gefunden hatte oder nicht. Um Melanie zu informieren, dass sie heil angekommen sei und möglichst schnell zurückfahren werde, schrieb sie eine kurze SMS und drehte sich zur Seite.

Täuschte sie sich oder hatte da jemand an die Tür geklopft? Da war es wieder, dieses Mal etwas stärker. Vera fuhr hoch.

»Wer ist da?«

»Vera? Hörst du mich?«

»Ja, was ist los?«

»Kann ich mal reinkommen? Hier ist Lissy.«

Schlaftrunken taumelte Vera zur Tür, erblickte zwei Arme, die ein Laken, ein Oberbett und ein Kopfkissen hielten, und hörte ein leises »Entschuldigung«. Lissy im Morgenmantel.

Was sollte das denn? Lissy hatte doch selbst vor dem Essen das Bett für Vera zurechtgemacht. Was wollte sie mitten in der Nacht?

»Tut mir leid, Vera, Philipp stand plötzlich vor der Tür. Völlig unerwartet. Würde es dir etwas ausmachen, bei Alice und mir im Zimmer zu schlafen? Ich dachte, vielleicht auf dem Sofa?«

Hatte sie richtig gehört? Veras Mund bewegte sich, ohne dass ein Laut herauskam. Sie rührte sich nicht, sondern schaute Lissy nur an, als käme sie von einem fremden Stern.

»Kommst du nun oder nicht?«, fragte Lissy ungeduldig.

Vera griff ihr Bettzeug und brachte es in Alices Zimmer. Dann holte sie ihr Gepäck, froh, dass sie nur wenig mitgenommen hatte, und verwünschte den Tag, an dem sie Dante zugesagt hatte mitzufahren.

Es erwartete wohl niemand, dass sie Alices Ehemann im Schlafanzug begrüßte. Andererseits war es vielleicht unhöflich, wenn sie sich nicht kurz vorstellte. Die Entscheidung wurde ihr abgenommen. »Das hat Zeit bis morgen«, sagte Lissy und hängte ihren Morgenrock an einen Haken. »Nur gut, dass wir uns noch mit Dante unterhalten haben. Sonst hätten wir Philipp nicht kommen hören, und er hätte plötzlich bei dir vor dem Bett gestanden.« Lissy lachte vergnügt auf, als hätte sie diese Situation nur zu gern miterlebt. Ihr ungeschminktes Gesicht legte sich in unzählige Fältchen. »Der Ehemann kommt nach Hause und findet eine fremde Frau in seinem Bett. Das Gesicht hätte ich sehen mögen.« Die Vorstellung schien ihr so gut zu gefallen, dass sie übermütig in die Hände klatschte.

Vera entspannte sich, denn Lissys guter Laune konnte man sich nicht entziehen. Sie setzte sich auf das Sofa und schob sich das Bettzeug in den Rücken.

»Gibt es hier eine Theatervorführung, oder warum klatscht ihr?« Alice war unbemerkt eingetreten, in der Hand ein Tablett mit drei Gläsern und einer Flasche Portwein.

»Das ist ein Willkommensgruß für dich, Vera. Rück mal zur Seite, dann setzen wir uns zu dir.« Lissy goss die Gläser mehr als halbvoll und stellte sie auf das Mahagonitischchen. Dann holte sie eine gepolsterte Bank, die als Ablage vor den Betten stand. »Beine hoch, damit wir es bequem haben.«

Vera genierte sich einen Moment, sich so lässig hinzusetzen, aber als sie die nackten Füße der beiden anderen Frauen vor sich sah, legte sie mutig ihre eigenen dazu.

»Zum Wohl«, sagte Lissy und stieß mit Vera an. »Auf du und du und einen schönen Aufenthalt.« Auch Alice prostete Vera zu. »Tut mir leid, dass wir dir so viele Umstände machen.«

Es musste ein komisches Bild sein, drei nicht mehr junge Frauen in Nachthemd und Schlafanzug gemeinsam auf einem Sofa, die nackten Füße hochgelegt, Krampfadern und Besenreiser für jeden sichtbar. Ungeschminkte, blasse Gesichter, deren Flecken und Unebenheiten morgen wieder unter Make-up verschwinden würden. Nachtcreme als Zeichen der Hoffnung, dass der Alterungsprozess sich aufhalten ließ. Gregor würde nicht verstehen, dass diese Frauen sich so ungeniert benahmen. »Der Alkohol benebelt ihre Sinne«, würde er sagen. Vera nahm einen großen Schluck. Der Portwein schmeckte hervorragend.

Ein milder Nachtwind wehte durch die geöffneten Fenster und brachte den süßlichen Duft des Geißblatts mit sich, der die Luft beschwerte. Sie legte sich wie ein luftiger Stoff über die nackten Arme und Beine, streichelte sie, hüllte sie ein. Wenn der Wolkenteppich aufriss, tauchte der Mond den Garten in ein silbernes Licht. Der Schatten des angrenzenden Hauses wurde härter, schwärzer; die Bäume im Hintergrund wirkten wie Scherenschnitte.

Draußen war kein Laut zu hören.

»Solche Nächte gibt es selten«, sagte Alice, holte ihr Kopfkissen aus dem Bett und kuschelte sich hinein. »Lasst uns das Licht ausschalten, das Mondlicht genügt.«

Die Stille draußen und die Dunkelheit im Raum, die nur von Lichtinseln auf dem Boden und auf den Beinen unterbrochen wurde, ließ die Frauen leiser sprechen.

»Der Mond stimmt mich melancholisch. Er erweckt Sehnsucht in mir, Sehnsucht nach etwas, das ich nicht benennen kann. Es ist einfach ein komisches Gefühl, das sich in mir ausbreitet.« Alice prostete Vera zu. »Es hat nichts mit Philipp zu tun, wenn ihr das meint.« Sie hielt Lissy ihr leeres Glas hin.

Sehnsucht nach etwas, das ich nicht benennen kann. Wie offen Alice über ihre Gefühle sprach. Es schien ihr keine Angst zu bereiten, dass jemand sich lustig machen könnte.

Vera ließ sich ihr Glas ebenfalls neu füllen. Der Ärger über die gestörte Nachtruhe war längst verflogen. Lag es an dem ungezwungenen Verhalten der beiden Frauen, dass sie sich so wohl fühlte? – Lissy leckte gerade den letzten Tropfen vom Rand ihres Glases, bevor sie nachschenkte. – Oder lag es an der seltsamen Atmosphäre, die die Dunkelheit im Zimmer und das enge Beieinandersitzen mit sich brachte?

»Hast du für morgen Pläne?«, fragte Lissy.

Vera stellte ihr Glas ab. Der Alkohol verfehlte seine Wirkung nicht. Ein Glas war sie gewöhnt, aber schon das zweite stieg ihr leicht in den Kopf. Und dieses war jetzt das dritte.

»Ich würde mir gern Sissinghurst Castle ansehen. Ich weiß nicht, was Dante vorhat, aber es gibt doch sicher auch eine Möglichkeit, mit dem Bus dorthin zu fahren.« Ohne zu überlegen fügte sie hinzu: »Außerdem habe ich noch eine Adresse hier in Tunbridge Wells, wo ich vorbeischauen möchte.«

Jetzt war es heraus. Zu ihrer eigenen Überraschung hatte es sie keinerlei Überwindung gekostet. Würden Alice und Lissy nachhaken?

»Du kennst jemanden in Tunbridge Wells? Habe ich es mir doch gedacht. Kein Mensch kommt nur wegen der Oper, wenn er damit rechnen muss, dass es keine Eintrittskarte gibt.« Lissy klang überrascht. Erwartete sie eine ausführlichere Information?

Alice schwieg.

Lissy nahm ihre Füße von der Bank, massierte sie kurz und legte sie zurück.

»Alice, was hältst du davon, wenn wir morgen mit Vera einen Ausflug machen? Morgens Sissinghurst, da sind wir vor den Touristen im Garten, und dann einen Bummel durch Tunbridge Wells, wo Vera zum Tee erwartet wird.«

»Von Tee habe ich nichts gesagt«, unterbrach Vera Lissys Planung. »Ich kenne den Mann, den ich besuchen will, gar nicht.«

»Du kennst ihn nicht? Was willst du denn …?«

»Lissy!« Alice legte sich ihr Kopfkissen auf den Bauch. »Wenn Vera etwas erzählen will, tut sie es auch, ohne dass du neugierig fragst.« Alices Stimme klang sanft, als gäbe sie Lissy nur einen freundlichen Hinweis.

Mit ihr würde sie so schnell keinen Streit bekommen, war sich Vera sicher.

Lissy lehnte sich zurück und stimmte leise *Der Mond ist aufgegangen* an, hörte aber nach zwei Zeilen wieder auf. »Meine Stimme ist eingerostet, das will ich euch nicht antun.«

»Dann singe ich euch mein Lieblingslied vor.” Alice räusperte sich und begann:

Down by the salley gardens my love and I did meet.
She passed the salley gardens with little snow-white feet.

Vera lauschte verzaubert Alices klarer Stimme. Auch wenn sie das Lied nicht kannte, so verstand sie doch, dass es sich um ein Liebeslied handelte. Magie lag im Raum. Alice sang ganz unaufgeregt die erste Strophe, bei der zweiten summte Vera bereits mit. Sie hätte Alice am liebsten um eine Wiederholung gebeten. »Schade, dass ich keinen Text habe«, bedauerte Alice. »Morgen besorge ich ihn.« Dann fragte sie Vera, ob sie auch ein Lieblingslied oder -gedicht habe. Vera war so gefangen von Alices Gesang, dessen letzte Töne noch im Raum schwebten, dass ihr nichts einfiel. Ein Gedicht? Seit der Schulzeit hatte sie keine Gedichte mehr gelesen.

Bis auf eins, schoss es ihr durch den Kopf. Das Fontanegedicht. Wie oft hatte sie sich die Zeilen ins Gedächtnis gerufen, wie oft darüber nachgedacht.

Halte dich still, halte dich stumm,
Nur nicht forschen, warum? Warum?

Nur nicht bittre Fragen tauschen,
Antwort ist doch nur wie Meeresrauschen.

Woher sie plötzlich den Mut nahm, dieses Gedicht zwei fremden Frauen vorzutragen, konnte sie später nicht mehr sagen. Der Alkohol hatte sicher dazu beigetragen. Sie sprach die beiden letzten Zeilen betont langsam.

Wie's dich auch aufzuhorchen treibt,
Das Dunkel, das Rätsel, die Frage bleibt.

Niemand sagte etwas, als Vera sich zurücklehnte. Jede von ihnen schien in Gedanken versunken. Als der Mond, von der Wolkendecke befreit, wieder voll auf drei Paar Füße schien, dachte Vera an die Nacht in Melanies Zimmer, an ihre nackten, kalten Füße, auf die auch der Mond geschienen hatte, und an Gregor, der sie allein dort hatte sitzen lassen. Welch ein Gegensatz zu heute.

»Morgen musst du mir das Gedicht erklären«, sagte Alice nach einer Weile. »Ich habe es nicht ganz verstanden. Aber jetzt bin ich zu müde. Schlaft gut.«

»Möchtest du noch etwas trinken?«, fragte Lissy. Als Vera verneinte, nahm Lissy noch schnell einen Schluck und stellte anschließend das Tablett mit den Gläsern neben die Tür. »Damit du heute Nacht nicht aus Versehen dagegentrittst.«

* * *

Für die Gäste war im Esszimmer gedeckt mit feinem Wedgewood Porzellan und Blumen und Gräsern aus dem Garten. In einem großen Spiegel mit vielen blinden Flecken wiederholte sich das liebevolle Arrangement und verlieh dem Zimmer den Hauch eines vergangenen Jahrhunderts. Dazu glänzte das frisch gebohnerte Parkett im Sonnenschein.

Alice war in der Küche damit beschäftigt, Speck zu braten und gleichzeitig Brot zu toasten. »So, das reicht erst mal«, sagte sie, schob die Pfanne beiseite und legte den leicht angebrannten Toast auf einen Teller.

»Komme ich zu früh?«, fragte Vera.

»Wir werden noch etwas warten müssen. Lissy braucht ihre Zeit im Bad, und Dante schläft sicher noch. Möchtest du schon mal eine Tasse Tee?«

Vera nickte und setzte sich zu Alice an den Küchentisch.

»Philipp ist schon unterwegs. Er musste früh aufbrechen zu einem Kunden, der sich einen großen Wintergarten zulegen will. Philipp überlässt dir übrigens sein Ticket für Glyndebourne.«

»Oh nein, das kann ich nicht annehmen«, stammelte Vera.

»Doch, kannst du«, widersprach Alice.

»Aber es ist mir unangenehm.«

»Mach dir keine Gedanken. Philipp ist ganz froh, dass er nicht mitgehen muss. Und jetzt lassen wir das Thema. Erzähl mir lieber etwas über dein Gedicht von gestern Abend. Es hörte sich so traurig an.«

Zuerst stockend, dann freimütig und ohne Vorbehalt erzählte

Vera, wo sie das Gedicht entdeckt hatte, warum sie Gregor die Bücher nicht geschenkt hatte und dass nun neun Bände im Haus versteckt lagen, nur weil sie von dem Gedicht nicht loskam.

Alice schüttelte den Kopf. »Verrückt. Was ist es bloß, was dich so fesselt?«

»Wenn ich das nur wüsste. Ich werde das Gefühl nicht los, dass es etwas mit mir zu tun hat.«

»Mit deinem Leben allgemein oder mit einem besonderen Ereignis?«

»Habe ich hier etwas verpasst? Am frühen Morgen schon philosophische Gespräche?« Erschreckt schauten Alice und Vera sich um. Lissy lehnte im Türrahmen, die dunklen Haare zu einem Knoten gedreht, der von einem blauen Seidentuch zusammengehalten wurde. Sofort spürte Vera, dass sich in ihr etwas sperrte; eine Schranke senkte sich herab und hinderte sie daran, weiter über das Gedicht zu reden.

»Ich mach' mir Kaffee«, sagte Lissy, »an den englischen Tee kann ich mich nicht gewöhnen. Ihr Engländer seid schon speziell.« Was deutliche Worte betraf, ließ sich Lissys Verwandtschaft mit Dante nicht leugnen.

»Wenn der Junge nicht bald kommt, fahren wir ohne ihn nach Sissinghurst.«

Kaum hatte Lissy die Drohung ausgesprochen, kam Dante die Treppe herunter. Seine Begeisterung hielt sich in Grenzen, als er hörte, dass die Frauen ihn als Chauffeur brauchten. Drei Frauen, und ein Mann! »Die Männer werden mich beneiden, wenn sie mich sehen. Benehmt euch bloß, sonst biete ich euch als

Leihgabe an.« Als Alice die Augenbrauen hochzog, lenkte er ein. »Keine Angst Alice; dich verleihe ich nicht. Aber Tantchen, du bist gefährdet.«

»Alessandro!«, rief Lissy empört.

Sie fuhren langsam durch die hügelige Landschaft Kents. Die Straßen waren wie Tunnel, an deren Seiten sich meterhohe Rhododendronbüsche auftürmten. Die Blütezeit war vorbei, aber die Büsche engten weiterhin mit ihrem dichten Grün die ohnehin schmalen Straßen ein. Auch wenn dem Wildwuchs durch regelmäßiges Schneiden Einhalt geboten wurde, war es nicht einfach, ein größeres Auto zu überholen. Dante schimpfte, aber die Frauen freuten sich über die erzwungene Langsamkeit. Vera bat Alice, doch noch einmal *Down by the Salley Gardens* zu singen; es passe so gut zu der Landschaft. Alice tat ihr gern den Gefallen. »Sie bat mich, das Leben leicht zu nehmen«, hieß es im Liedtext. Als wenn das so einfach wäre, dachte Vera.

»Jedes Mal, wenn ich Alice besuche, fahren wir einmal nach Sissinghurst. Ihr werdet begeistert sein, vor allem vom weißen Garten.« Lissy erging sich in der Beschreibung prachtvoller Blumenbeete, die sie erwarteten, sang ein Loblied auf Vita Sackville-West und ihren Mann Harold Nicolson, die den Garten angelegt hatten, und fragte Alice, ob denn der Mann, der sie das letzte Mal durch die Anlage geführt hatte, noch da sei.

»Meinst du Christian?«, fragte Alice.

»Ja. An den Nachnamen erinnere ich mich nicht.« Lissy wandte sich zu Vera. »Ein charmanter Mensch und der beste Guide, den du dir vorstellen kannst.«

»Na, dann kann ja nichts schiefgehen«, sagte Dante und grinste vielsagend. »Jede Menge Blumen, ein aufmerksamer Mann namens Christian, ich sehe schon, ihr werdet euch amüsieren. Aber mich setzt ihr bitte in einem Tourilokal ab. Ich warte, bis die Damen mit der Besichtigung fertig sind.«

Bis auf ein paar Autos und zwei Busse aus London, die gerade ihre Ausflügler ausspuckten, war der Parkplatz zu der frühen Stunde noch angenehm leer. Lissy und Alice setzten breitkrempige Leinenhüte auf, obwohl die Sonne ihre Strahlen noch zurückhielt. Auf Veras fragenden Blick hin erklärte Lissy: »Die Schlacht um die Schönheit wird allmählich zäh. Falten lassen sich auch mit Hut nicht mehr vermeiden, und die Muskeln schwinden trotz täglicher Gymnastik.« Sie zeigte auf ihre nackten Oberarme. »Aber du siehst uns mit stolz erhobenem Haupt, und unseren Spaß am Leben lassen wir uns nicht nehmen, nicht wahr, Alice?« Alice nickte zustimmend. Als Dante seine unsägliche Mütze aus der Seitentasche zog, warnte Lissy ihn: »Sag niemandem, dass du mein Neffe bist, sonst verdirbst du mir jegliche Chance bei den Gärtnern.«

»Keine Angst, liebe Tante, es denkt doch jeder, du bist meine Schwester.«

Eine Rasenfläche umgeben von Rabatten mit perfekt aufeinander abgestimmten Farbkombinationen begrüßte die Besucher. Im Hintergrund zwei massige Türme, an deren Mauern Kletterrosen emporrankten. »Da oben gibt's einen tollen Ausblick über die ganze Anlage, und außerdem Vitas Arbeitszimmer«, versprach Lissy. »Auf geht's, Mädels.« Die Frauen stiegen eine Holzwendeltreppe hoch, damit Vera sich einen Überblick verschaffen konnte.

»Schau dir nur die verschiedenen Gärten an, wie durchdacht alles gestaltet ist«, sagte Alice. Vera sah ihr den Stolz an, dass dieses Stückchen Erde zu England gehörte. »Ganz, ganz hinten siehst du Canterbury.«

Mitten im Satz stieß Lissy Alice an und zeigte nach unten auf eine Besuchergruppe, die den Ausführungen eines Mannes lauschte. »Ist das nicht Christian?«

»Wie willst du das von hier oben erkennen? Du siehst ihn, weil du ihn sehen willst, Lissy.«

Vera horchte auf, als sie den Namen Christian zum zweiten Mal von Lissy hörte. Sie dachte an die englischen Gartenbücher, die Judith Herwig zu Braun gebracht hatte und an den Namen Christian Anholt, dessen Adresse Melanie ausfindig gemacht hatte. Was für ein Zufall, dass sowohl Lissy wie auch sie selbst einen Mann suchten, der nicht nur Christian hieß, sondern auch noch Interesse an englischen Gärten hatte. Wobei Lissy im Vorteil war, denn sie hatte ihn wenigstens schon einmal gesehen.

Sie spazierten durch den Rosengarten, wo eine Sammlung von überschwänglich blühenden alten Rosen mit ausgesuchten Stauden in Szene gesetzt war. »Da stört es auch nicht, dass diese Rosen nur kurze Zeit im Jahr blühen«, erklärte Alice, die mit Begeisterung ihr Wissen an Vera weitergab. »Die Stauden sind so angeordnet, dass sie die abgeblühten Rosenbüsche vergessen lassen.«

Vera sog den schweren Duft ein, der über dem Garten lag. Die Versuchung war groß, eine Blüte abzubrechen, um sie unter die Nase zu halten.

Lissy zeigte sich nicht sonderlich interessiert an Alices Ausführungen. »Wenn wir uns etwas beeilen, können wir die Gruppe noch einholen«, drängte sie.

»Oh je, sie glaubt immer noch, Christian vom Turm aus gesehen zu haben«, flüsterte Alice und hakte sich bei Vera ein. Der Aufenthalt im Bauerngarten mit den kräftigen orange, rot und gelben Farbflecken fiel entsprechend kurz aus, da Lissy vorauslief.

»Lasst uns weitergehen zum weißen Garten. Da haben wir alle Zeit der Welt.«

»Verstanden«, sagte Alice und lächelte, als Lissy ihren Hut zurechtrückte und die Handtasche, die sie bis dahin sicherheitshalber vor dem Bauch getragen hatte, locker über die Schulter hängte.

Der weiße Garten verschlug Vera den Atem. Nie hätte sie geglaubt, dass es so viele Blumen, Büsche und Kletterpflanzen in allen Weißschattierungen gab, hin und wieder sogar mit grauem oder silbernem Blattwerk. Tränende Herzen, Rittersporn, Fingerhut, schaumiges Schleierkraut wechselten sich in den Rabatten ab; Clematis bildete den weißen Hintergrund an den Mauern. Ein Traumgarten.

Sie bewunderte gerade den Mittelpunkt des Gartens, einen Pavillon überwuchert von weißen Kletterrosen, als sie Lissys

Stimme vernahm. »Er ist es tatsächlich. Was mache ich denn jetzt?«

Vor einem Baum, an dessen Stamm sich ebenfalls eine Kletterrose hochrankte, stand eine Gruppe Besucher und lauschte einem Mann, der gestenreich etwas erklärte.

»Ich kann doch nicht einfach winken: Hallo, ich kenne Sie vom letzten Jahr. Ich habe an einer Führung mit Ihnen teilgenommen.«

»Warum nicht?«, fragten Alice und Vera wie aus einem Munde.

Sie folgten Lissy, bis sie verstanden, was der Mann sagte. »… hatten die Mandelbäume beseitigt, da sie zu viel Schatten spendeten. Unter ihnen wuchs kaum noch etwas. Heute sind die Bäume wieder da, wie Sie sehen.«

Vera stellte sich auf die Zehen. Eine angenehme Stimme, ein hellwaches Gesicht, aber insgesamt kein auffälliger Typ, wie man ihn sich für Lissy vorstellen würde. Wenn man von der großen, leicht gebogenen Nase absah. Dantes Kommentar wäre: »Verarmter englischer Adel.« Womit hatte der Mann Lissy beeindruckt? Mit seiner Art, die Gruppe zu leiten? Lissys Englisch war nicht so gut, dass sie seinen Ausführungen problemlos folgen konnte.

»Hast du alles verstanden?«, fragte Vera, als er eine kurze Pause machte. »Nein, aber das macht nichts, er spricht auch deutsch. Die Führung letztes Jahr war nämlich für Mitarbeiter einer deutschen Firma, und ich habe mich einfach mit Alice dazugestellt.«

»Ganz schön dreist.«

»Nein. Die ersten Zuhörer gingen nach zehn Minuten ihren eigenen Weg, so dass wir immer mehr vorrückten ohne uns vorzudrängen.«

Alice lachte. »Und zum Schluss hat sie ihm gesagt, wie gut ihr alles gefallen hat. ›Nicht nur, was Sie gesagt haben, sondern auch, wie Sie es gesagt haben. Sie haben eine angenehme Stimme.‹ Und ich habe mich geniert, weil wir weder angemeldet waren, noch für die Führung bezahlt hatten.«

»Da entschwindet er.« Lissy seufzte, als die Gruppe weiterging, nahm die Handtasche von der Schulter und hängte sie wieder über die Brust nach vorn. »Ihr macht nicht den Eindruck, als hättet ihr großes Mitleid mit mir. Nun gut, dann lasst uns ins Restaurant gehen.«

Da Alice darauf bestand, Vera vorher wenigstens noch einige Statuen zu zeigen, seufzte Lissy noch einmal dramatisch auf und hakte sich bei Vera auf der freien Seite ein. »Alice hat keinerlei Ambitionen, einen Mann kennenzulernen. Sie ist mit ihrem Philipp voll zufrieden. Meiner dagegen hielt sich für den Kaiser von China und wusste alles besser. Er erklärte mir genau, wie ich gegen die fehlende Lust ankämpfen sollte. Er wusste auch, welcher Sport für mich gut sei und wo die Möglichkeit bestand, ihn spaßfrei auszuüben. Eine sportliche Hose hätte ihm außerdem für den Alltag besser gefallen als meine »ewigen« Kleider. Und meine langen Haare sollte ich endlich abschneiden. Das konnte nicht gut gehen. Nach der Trennung wollte ich seinen Namen nicht mehr hören und habe meinen Mädchennamen wieder angenommen.« Lissy machte eine Pause. »Und, Vera, wie sieht es bei dir aus?«

Vera zog vorsichtig ihren Arm zurück, als sei der Weg nicht

breit genug, um eingehakt zu gehen. Was sollte sie sagen? Eine ernsthafte Antwort hier in der Öffentlichkeit war unangebracht, eine lockere Antwort fiel ihr nicht ein.

In den letzten Jahren hatte sich kaum jemand mehr dafür interessiert, woraus ihr Leben bestand. Vielleicht hatte sie zu oft Fragen abgeblockt. Und wenn doch jemand auf einer Antwort bestand, hatte sie das Gefühl gehabt, eine Schutzhülle würde aufgerissen. Seit Kais Tod hatte sie diese Hülle fest verschlossen, so dass niemand ahnte, wie es darunter aussah.

Alice nahm Veras Hand. »Das kann sie uns heute Abend erzählen. Jetzt geht's erst mal zu dem Lindengang mit den Statuen und danach über den Bauernhof zu Dante ins Restaurant.«

»Merkst du was, Vera? Alice redet wenig, aber bestimmt, was ich zu tun habe. Ich komme scheint's von solchen Typen nicht los.« Lissy lachte ihr lautes, ansteckendes Lachen, breitete die Arme aus und rief: »Ach, wie schön ist das Leben.«

»Vera, willst du deinen Unbekannten nicht anrufen? Dann können wir bei ihm vorbeifahren und dich da absetzen.«

»Ich habe keine Telefonnummer«, musste Vera gestehen.

»Dann gib Dante die Adresse, damit er weiß, wohin er fahren soll. Ich würde gern mit Alice in der Stadt bummeln gehen und ihr das Halstuch kaufen, das ich letztens in den Pantiles gesehen habe.«

»Nicht schon wieder für mich«, wehrte sich Alice.

»Doch, doch. Es macht mir eine Freude, dir etwas zu schenken«, sagte Lissy.

Dante grinste: »Und du selbst brauchst natürlich auch dringend ein Tuch, oder?«

Er gab Christian Anholts Adresse in das GPS-System ein. »Geliebte Tante, es beruhigt das Gewissen natürlich, wenn die Hälfte des Einkaufs für jemand anders ist. Deshalb saht ihr beide gestern auch wie das doppelte Lottchen aus. Ein Blumenkleid für dich, und eins für Alice. Vera, was habe ich dir gesagt. Meine Tante ist ein Shopaholic.«

»Schlaumeier. Erfinde keine Wörter und konzentriere dich auf den Verkehr. Vera, kennst du wenigstens den Namen des Mannes, den du besuchen willst?«

»Christian Anholt.«

»Anholt? Ist er Deutscher?«

»Ja.«

»Und weißt du, wie alt er ist?« Hoffentlich hörte Lissy bald auf mit der Fragerei.

»Ich schätze mal so um die 65. Vielleicht älter.«

»Am liebsten würde ich dich jetzt fragen, was du bei ihm willst, aber erstens ist Alice dabei und zweitens weiß ich selbst, das gehört sich nicht, also vergiss die Frage.«

Dante grinste. »Da siehst du, Vera, wir sind eine wohlerzogene Familie.«

Bis Royal Tunbridge Wells war es nur ein kurzer Weg. Dante lotste das Auto sicher durch die Stadt. Alice erklärte Vera, dass Edward VII. der Stadt das Prädikat »Royal« verliehen habe, während Lissy ihren Kommentar zu den Bekleidungsgeschäften abgab. Vera hörte kaum zu, sondern dachte nur daran, was gleich auf sie zukommen würde, überlegte, wie sie reagieren sollte, wenn eine Frau an der Tür erschien. Weit mehr aber beschäftigte sie, was sie sagen sollte, wenn ein Mann öffnete. »Entschuldigen Sie, ich habe Ihren Namen aus einem Fontanebuch. Sind Sie zufällig Christian Anholt?« Als wenn sich jemand auf so eine Frage einlassen würde.

»Wenn es euch lästig ist, fahren wir weiter. So wichtig ist der Besuch nicht«, sagte Vera in der Hoffnung, dass ihr die Entscheidung abgenommen würde.

Dante fuhr plötzlich langsamer, bog nach rechts ein und bremste abrupt. »Here we are. Die Nummer 29, meine Dame.« Veras Herz klopfte so laut, dass sie glaubte, alle Insassen müssten es hören. Panik stieg in ihr auf. Sie presste die Finger zusammen. Vera Baumeister, du hast dich falsch eingeschätzt.

Ein Reihenhaus zwischen zwei Nachbarhäusern, blau gestrichen, weiße Jalousien in den Fenstern. Eine Treppe führte in ein Kellergeschoss. Vor dem Kellerabgang standen zwei giftgrüne Mülltonnen, die die Hälfte des Bürgersteigs versperrten.

»Willst du nicht aussteigen?«, fragte Lissy. «Wir warten. Wenn niemand aufmacht, kommst du zurück und fährst mit uns weiter.«

Was für eine absurde Idee, hierher zu kommen. Veras Mund war trocken. Sie fuhr mit der Zunge über den Gaumen, als müsse sie Sand entfernen, aber es half nichts. Sie würde kein Wort herausbringen. Gregor hatte recht: Sie hätte zuhause bleiben sollen. Doch als sie Gregors zorniges Gesicht vor sich sah, seine aufgebrachte Stimme hörte, erwachte ihr Widerspruchsgeist. Sie hatte es bis hierher geschafft, und sie würde die Sache zu Ende bringen.

Sie stieg die ausgetretenen Stufen zum Eingang empor und suchte auf den beiden Klingeln neben der Tür den Namen Anholt. Vergeblich. Als sich auch mit Brille daran nichts änderte, atmete sie erleichtert auf. Ein Wink des Schicksals, dass es nicht sein sollte. Am liebsten wäre sie zum Auto zurückgekehrt, um mit den Frauen bummeln zu gehen. Aber um sich keinen Vorwurf machen zu müssen, nicht alles versucht zu haben, schaute sie sich um, ob irgendwo ein weiterer Hinweis auf die Bewohner stand. Ihr Blick fiel auf die beiden Briefkästen, von denen einer mit einem Doppelnamen beschriftet war: Anholt/Price. Vera holte tief Luft. Auf einer der Klingeln stand A.C. / P.R., wahrscheinlich war das Namensschildchen zu klein für zwei Namen. A.C., Anholt Christian. Es gab kein Entrinnen. Vera nahm ihren ganzen Mut zusammen, läutete und wartete, ihr Körper starr vor Anspannung.

Eine Frau mittleren Alters, bekleidet mit Kittel und Kopftuch, öffnete die Tür und schaute die Besucherin fragend an. War es Frau Price, oder war es die Hilfe, die im Haushalt putzte?

Veras Herz schlug bis zum Hals, in unregelmäßigem Takt.

»Entschuldigen Sie bitte, mein Name ist Vera Baumeister, könnte ich Herrn Anholt sprechen?«

»Herr Anholt ist nicht da.«

»Wann kommt er zurück? Ich muss ihn sprechen.«

Die Frau sah Vera misstrauisch an. Vera setzte ihr freundlichstes Lächeln auf. Schließlich schien die Frau sich einen Ruck zu geben und sagte: »Herr Anholt ist noch bei der Arbeit.«

»Und wann kommt er heim?«

»Ich weiß nicht genau. Sissinghurst schließt um 17 Uhr.«

Vera holte eine ihrer bunten Visitenkarten, ein Geschenk von Melli, aus ihrer Handtasche und reichte sie der Frau. »Könnten Sie Herrn Anholt bitte sagen, er möchte mich einmal anrufen. Ich bin nur kurz in Tunbridge Wells.«

»Ja«, war alles, was die Frau erwiderte. Sie steckte die Visitenkarte in die Kitteltasche und ging grußlos zurück ins Haus.

»Und?« »Wer war das?« »Seine Frau?« »War er nicht zuhause?« Dante und Lissy überfielen Vera mit Fragen, als sie wieder ins Auto stieg. Alice beschränkte sich aufs Zuhören.

»Er arbeitet in Sissinghurst? Hast du das richtig verstanden?« Lissy konnte es nicht fassen. So viel Übereinstimmung, das gab's doch gar nicht. »Er heißt Christian, ist Deutscher, arbeitet in Sissinghurst und ist etwa 65 oder mehr Jahre alt. Mein Christian, den ihr heute Morgen gesehen habt, spricht perfekt deutsch, arbeitet in Sissinghurst und ist etwa 65 oder 70 Jahre alt. Na, fällt euch etwas auf? Sollen wir nach Sissinghurst zurückfahren? Vielleicht erwischen wir ihn noch.«

Dante grinste. »Meine Tante würde das ohne Weiteres fertigbringen.«

»Ich habe der Frau meine Handynummer gegeben, damit er mich anruft.«

»Und, glaubst du, er wird's tun?«, fragte Lissy.

»Nein«, sagte Vera müde.

Als sei dies ein Affront gegen sie selbst, rief Lissy: »Dann müssen wir etwas unternehmen.«

Alice strich Vera sanft über den Arm.

»Lieber nicht.«

* * *

Der Morgen war frisch. Die Sonne versteckte sich noch hinter einem zarten Dunstschleier, was einen schönen Tag verhieß. »Ihr habt Glück mit dem Wetter. Viel Vergnügen heute Abend beim Picknick. Mich erwartet leider ein Kunde auf der Baustelle, leider, leider«, betonte Philipp sein Bedauern mit einem Augenzwinkern und verließ das Haus, froh, bei den Vorbereitungen für den Opernabend nicht dabei sein zu müssen.

Sie hatten am Abend vorher Veras Wein getrunken, wobei sich Philipp und Lissy glänzend unterhalten und sich gegenseitig die Bälle zugeworfen hatten. Dante hatte hin und wieder eine flapsige Bemerkung beigesteuert, während Alice und Vera dankbare Zuhörer gewesen waren, ohne sich ausgegrenzt vorzukommen.

Obwohl Lissy als Letzte ins Bett gekommen war, verteilte sie schon beim Frühstück die Aufgaben für das Picknick. Kartoffelsalat, Roastbeef, Sandwiches mit Gurken, Eiern, Lachs und Thunfischmousse mussten vorbereitet werden.

»Wer soll das alles essen?«, fragte Vera.

»Lissy ist unglücklich, wenn etwas fehlt«, sagte Alice unbeeindruckt. Niemand meldete Appetit auf Süßes an, aber ein Kuchen war unumgänglich. Am Mittag war alles fertig im

Kühlschrank verstaut. Während Dante einen Korb mit Getränken, Gläsern, Besteck und Geschirr in den Kofferraum packte, schleppte Alice drei Klappstühle und ein Klapptischchen heran.

»Soll das etwa auch noch mit? Wer hilft euch denn beim Auspacken?«

»Das klappt schon«, war sich Alice sicher. »Da gibt's immer jemand, der dir tragen hilft.« Lissy schob Dante beiseite und legte noch eine Tischdecke in den Kofferraum. »Wir machen jetzt eine Mittagspause, und du hast dienstfrei, oder willst du zuschauen, wie wir uns für den Abend herrichten?«

»So viel Glanz würde mich erblinden lassen.«

Der leichte Dunst war inzwischen einem klaren Himmel gewichen; das Sonnenlicht bündelte sich in den Gläsern und Flaschen, die auf dem Terrassentisch standen. Die Frauen saßen regungslos in den verwitterten Sesseln und genossen die Wärme. Hin und wieder nahmen sie einen Schluck Mineralwasser, das inzwischen lauwarm war und schal schmeckte, aber niemand konnte sich aufraffen, die Flasche in den Kühlschrank zu stellen.

Alice war eingenickt, ihre dünnen, kurzen Söckchen in den Sandalen versunken, während Lissy zerstreut in einer Zeitschrift blätterte. Wenn ihr das Blatt aus der Hand fiel, hob sie es ungehalten auf, nur um es kurz darauf wieder fallen zu lassen. Verärgert über ihre Müdigkeit stand sie schließlich auf. »Ich gehe ein halbes Stündchen ins Bett. Meine Nacht war zu kurz.«

Vera nickte nur und holte unauffällig ihr Handy aus der Hosentasche, um zu kontrollieren, ob eine Nachricht für sie da war. Wie schon so oft an diesem Tag steckte sie es enttäuscht weg. Er rief nicht an. Es blieb ihr nichts Anderes übrig, als es zu akzeptieren. Was hatte sie denn erwartet? Es sprach eher für ihn, wenn er nicht anrief. Vielleicht sollte sie auch einen kurzen Mittagsschlaf halten oder sich mit Lissys Zeitschrift ablenken.

Sie hatte gerade einige Seiten gelesen, als das Handy sie aufschreckte. Mit einem Ruck setzte sie sich aufrecht. Er hat es sich anders überlegt, schoss es ihr durch den Kopf. Vor Nervosität brachte sie kein Wort heraus. Ihre Stimme hatte einen rauen Klang, als sie endlich so deutlich wie möglich »Vera Baumeister« sagte.

»Was ist los, Mum? Warum antwortest du nicht direkt? Und warum meldest du dich mit Vor- und Zunamen?«

Es war nicht Christian Anholt; es war Melli.

»Mum, ich muss dir etwas erzählen, und ich warne dich vor: Du wirst es nicht glauben.« Melli machte sich gar nicht erst die Mühe, ihre Mutter mit ein paar höflichen Einleitungsworten auf ihre Nachricht vorzubereiten.

Vera schwieg.

»Du weißt, ich übertrage Brauns Daten auf den Computer und habe dadurch Einblick in alle Ankäufe und alle Verkäufe. Und jetzt rate mal, wer bei Braun Bücher verkauft hat.«

»Wer?«

»Halte dich fest. Mein Bruder Kai. Und zwar in nicht zu kleinen Mengen. Und nicht nur einmal.«

»In nicht zu kleinen Mengen. Und nicht nur einmal. Nein,

Melli!« Das Nein klang so entschieden, dass niemand sich getraut hätte, dagegen etwas einzuwenden. Vera spürte, wie sich ihr Magen zusammenkrampfte.

»Mehr fällt dir dazu nicht ein? Dann brauche ich ja nicht weiterzureden.« Melanie schien gekränkt zu sein, dass Vera nicht mehr Interesse zeigte.

»Rede weiter, Melli.«

»Kai hat ganz schön verdient an den Büchern, die er Braun gebracht hat. Ich möchte nur wissen, woher er die alten Schinken hatte.«

»Doch hoffentlich nicht deinem Vater gestohlen.«

»Nein, so teure Bücher hat Papa nicht. Kai hat Braun erzählt, dass er sie von alten Leuten geschenkt bekommen hat, was Braun wohl nicht ganz geglaubt hat. Trotzdem hat er Kai die Bücher abgekauft.«

Benommen hörte Vera zu. Braun kannte Kai und hatte ihr nichts gesagt. Warum nicht? Umgekehrt hatte Kai mit Braun Geschäfte gemacht und seiner Mutter ebenfalls nichts erzählt.

»Melli, habe ich richtig verstanden, dass Braun Kai die Bücher abgekauft hat?«

»Braun konnte es nicht leugnen, denn ich hatte Kais Namen in den Unterlagen gefunden.«

»Und er hat deinem Vater nichts gesagt?«

»Das habe ich Braun noch nicht gefragt.«

»Mit mir hat er aus irgendeinem Grund auch nicht über Kai gesprochen. Verschweigt er mir etwas? Er fängt manchmal einen Satz an und spricht ihn nicht zu Ende, als dürfe er etwas nicht sagen. Hast du schon mit deinem Vater geredet?«

»Nein. Will ich auch nicht, denn sonst mischt er sich ein, und ich bin meinen Job wieder los.«

»Melli, wofür brauchte Kai so viel Geld? Wir wissen ja, dass er deinem Vater manchmal falsche Rechnungen vorlegte. Für Bücher durftet ihr schließlich so viel Geld ausgeben, wie ihr wolltet. Aber dies ist eine andere Sache, die mir nicht gefällt. Ich weiß nicht, was ich davon halten soll.«

»Ich auch nicht. Ich wollte es dir nur sagen, Mum. Genießt du dein Abenteuer? Was ist mit deinem Helden?«

Ein lang gezogenes »Ach, Melli« war alles, was Vera hervorbrachte, bevor ihr das Handy aus der Hand fiel.

Alice war bei Veras entsetztem »Nein« wach geworden. Sie hatte unfreiwillig das Gespräch verfolgt und sah ihren Gast nun zusammengesunken im Gartenstuhl, die Augen starr auf ein unbekanntes Ziel geheftet.

»Vera, kann ich dir helfen?«

Vera schüttelte den Kopf.

»Hat es etwas mit dem Gedicht zu tun?«

Anstatt zu antworten tötete Vera eine Mücke, die auf dem Terrassentisch einen Blutfleck hinterließ.

Alice fragte nicht weiter, sondern holte eine Flasche gekühlten Orangensaft aus der Küche und schenkte ihrem Gast ein Glas ein. Vera atmete tief durch, griff das Glas und trank es in einem Zug leer.

Das ungute Gefühl, dass sie nicht alles über ihren Sohn wusste, ließ sich nicht verdrängen. Irgendwo lauerte die Gefahr, dass sie sein Bild korrigieren musste. Nur wie sollte sie Kai verteidigen, wenn sie nicht wusste, was der Grund für seinen heimlichen Bücherverkauf war? Auch wenn sie den Gedanken nicht wahrhaben wollte: Es steckte mehr dahinter als ein harmloses Taschengeldaufbessern. Allein die Vermutung ängstigte sie. Melanies Information war wie ein feiner Stich, der Vera unvorbereitet traf. Er drohte, Kais Bild zu beschädigen, indem er der glänzenden Oberfläche einen Riss zufügte.

Das Thema Kai und sein Unfalltod war in einem tiefen Erinnerungskerker eingemauert und unzugänglich. Vera hatte wachsam darauf geachtet, dass niemand die Mauern einriss, hatte das Wort Tod so weit wie möglich unter Verschluss gehalten, da erst durch das Aussprechen das Wort wieder zur Realität wurde.

Sie wandte sich Alice zu: »Ich glaube, es hat doch etwas mit dem Gedicht zu tun.«

Alice sagte nichts, sondern wartete. Vielleicht hat sie Psychologie studiert, mutmaßte Vera, denn Alice strahlte Wissen und Verständnis aus. Und – Alice war fremd. Das alles machte es leichter, sich zu öffnen und zu reden.

Vera begann stockend, suchte nach Worten. Doch plötzlich war es, als suchten sich die aufgestauten Wörter und Sätze mit aller Wucht einen Weg nach draußen. Sie ließen sich nicht aufhalten, drängten, ausgesprochen zu werden. Alice hörte konzentriert zu und streute nur hin und wieder ein »Aha« als Zeichen der Aufmerksamkeit ein.

»Als Kind wurde Kai immer für ein Mädchen gehalten. Er war so zart und feingliedrig, hatte dunkle Augen mit langen Wimpern, dunkle lockige Haare und spielte am liebsten mit Mellis Puppen. Meine Schwiegermutter glaubte lange, er sei schwul. Bis er mit achtzehn die erste Freundin mit nach Hause brachte. Ich bin mir nicht sicher, ob mein Mann nicht insgeheim auch so dachte. Deshalb verbot er mir wohl auch, den Jungen zum Ballett zu schicken.«

Vera seufzte auf. Sie goss sich ein zweites Glas Saft ein, nahm einen großen Schluck und überlegte, wie sie fortfahren sollte.

»In der Schule wurde er wegen seines Aussehens gehänselt. Um dies zu verhindern, ließ er sich von den Mitschülern Quittungen über Bücherkäufe geben, die sie selbst längst beglichen hatten. Er legte sie Gregor als seine eigenen vor, kassierte das Geld und gab es an den entsprechenden Schüler weiter, der es gern als »Sondereinnahme« einsteckte. Du musst wissen, dass unsere Kinder so viele Bücher kaufen durften, wie sie wollten. Das hielt Gregor für wichtig. In anderen Dingen wurden sie dafür kurzgehalten.

Ich wusste von Kais kleinen Betrügereien, habe aber nichts gesagt, denn wenn der Junge dadurch weniger gehänselt wurde, sollte es mir recht sein.«

Vera griff noch einmal nach dem Orangensaft, als sei sie kurz vor dem Verdursten.

»Hast du bei deinen Kindern mal Ähnliches erlebt, Alice?«

Alice überlegte einen Moment. »Louis hat seine Lehrerin, die er schrecklich fand, nachts um drei angerufen und gesagt: ›Ihre Mutter hatte einen Schlaganfall. Kommen Sie bitte ins Krankenhaus.‹

Das hat nur einmal geklappt. Beim zweiten Mal ist er aufgeflogen und musste die Schule verlassen.«

»Hast du es deinem Mann gesagt?«

»Das ließ sich nicht verhindern, auch wenn die Post ankam, als Philipp nicht zuhause war. Aber ein Schulwechsel lässt sich nun mal nicht verheimlichen.«

Vera schämte sich für ihre dumme Frage. Sie musste sich besser konzentrieren, was bei der Hitze kaum möglich war.

»Das größte Problem war Kais Desinteresse an Dingen, die für Gregor heilig waren. ›An Büchern ist für mich nur der Inhalt und nicht die Verpackung wichtig‹, sagte Kai trotzig. Das war gegen Gregors Bewunderung für schöne Ausgaben gerichtet. Ein Stachel im Fleisch meines Mannes.«

Wenn sie die Augen schloss, sah sie Gregor vor sich, wie er sonntags die Kinder ins Museum schleppte, damit sie wenigstens mit »ein bisschen Bildung« in Kontakt kamen. Die Schule war seiner Meinung nach auf dem Gebiet wenig engagiert, und die richtige Art zu diskutieren lernten sie laut Gregor auch nicht. Wie man für seine Meinung einstand, ohne dem Gegenüber das Wort abzuschneiden, das musste geübt werden.

Melli tat sich da viel leichter als ihr Bruder. Sie nahm sich die Erziehungsversuche des Vaters nicht zu Herzen, sondern wartete einfach ab, bis er in sein Arbeitszimmer ging, wo er den Großteil seiner Zeit verbrachte.

»Kai war ein besonderer Junge. Er war anders als die anderen, hochsensibel und hochbegabt.« Wenn Alice wirklich Psychologie studiert hatte, würde sie verstehen, welche Verantwortung und welche Probleme das mit sich brachte. Probleme, die kaum zu bewältigen waren. Vera dachte an die Ohrfeige, die Gregor Kai in einem Moment der Hilflosigkeit gegeben hatte. Sie war der Anfang vom Ende. Zwischen Vater und Sohn tat sich ein Graben auf.

Kai bewunderte die Leichtigkeit, mit der seine Schwester Unerwünschtes an sich abgleiten ließ. Letztendlich machte sie, was sie wollte. Zum Entsetzen des Vaters weigerte Kai sich, etwas »Anständiges« zu Ende zu studieren und warf nach sechs Semestern das Jurastudium hin, um mit Melanie ein Geschäft mit Kunstgewerbe aufzumachen. Kunstgewerbe, von Melli ausgesucht oder hergestellt. Man stelle sich das vor. Wozu war der Junge mit Intelligenz gesegnet! Gregor entwarf für Kai mögliche Lebenswege, nachdem Jura nicht in Frage kam. Er wäre auch mit einem Romanistik- oder Anglistikstudium einverstanden gewesen, denn er war sicher, sein Sohn hatte das Zeug, Professor zu werden.

Vera scheute sich, die Ohrfeige zu erwähnen; Alice sollte nicht denken, Gregor sei letztendlich schuld an Kais Tod. Auch wenn Vera selbst immer wieder mit diesem Gedanken zu kämpfen hatte. Sie hatte sich manchmal gefragt, ob Kai Selbstmord begangen haben könnte, den Gedanken aber als abwegig verbannt.

»Der Graben, der sich zwischen meinem Mann und Kai aufgetan hatte, war unüberbrückbar. Gregor weigerte sich, ihm eine Wohnung zu bezahlen, solange er keinen akzeptablen Abschluss vorweisen konnte. Also wohnte er weiter zuhause. Ja, und dann passierte es.«

Vera spürte fremde Hände, die ihren Hals zudrückten, um sie

am Reden zu hindern. Wie sollte sie ihrer Gastgeberin erklären, was danach geschah? Kais Autounfall und ihr Leben nach seinem Tod. Alice schwieg immer noch. Doch bevor Vera einen Entschluss gefasst hatte, erschien Lissy im Bademantel auf der Terrasse, klatschte in die Hände und rief: »Auf, auf, Mädels, es wird Zeit; das Bad ist frei.«

Vera traute ihren Augen nicht. Lissy war nicht wiederzuerkennen, die langen Haare zu einem seitlichen Knoten gesteckt, der graue Ansatz kaschiert, in dem Knoten eine rote Rose, ebenmäßige, fleckenlose Haut, das Gesicht mit Rouge unauffällig modelliert, die dunklen Augen schwarz umrandet. Vera konnte sich nicht sattsehen.

»Nun kommt schon«, drängte Lissy. Vera stolperte hinter ihr her ins Schlafzimmer. Auf dem Sofa lag Melanies Sari, am Schrank hingen zwei Abendkleider.

»Alice trödelt mal wieder. Wenn du zuerst ins Bad gehen willst, geh ruhig.«

»Du siehst umwerfend aus«, sagte Vera voller Bewunderung.

»In unserm Alter muss man sichtbar bleiben. Ich würde zu gern bei Alice Hand anlegen, aber sie hält es für überflüssig.« Lissy hielt Melanies Sari hoch. »Kommst du mit dem Ding zurecht? Mich würden die vielen Meter ja nervös machen.«

Bei dem Gedanken an die Sicherheitsnadeln, die im Notfall alles zusammenhalten mussten, zog Vera fragend die Schultern hoch. Sie hatte nicht wirklich damit gerechnet, eine Eintrittskarte zu bekommen.

»Weißt du was? Hier hängt noch irgendwo das Kleid, das ich

Alice letztes Jahr für Glyndebourne gekauft habe. Wir haben uns gestritten, weil sie es zurückbringen wollte. Schließlich hat sie es murrend angezogen. Aber dann — du glaubst es nicht — hat Philipp sie angestoßen. Und sie hat den Portwein, den wir zur Einstimmung getrunken haben, über das Kleid geschüttet. Sie hatte gesiegt und konnte ihren uralten bequemen Hänger wieder anziehen.«

Lissy lief gut gelaunt aus dem Zimmer und kam nach einiger Zeit mit einem traumhaften Kleid zurück.

»Zu weit für Vera«, stellte Alice lachend fest, kein bisschen überrascht, dass sie Lissy, blaugrüne Seide in der Hand, neben Vera stehen sah. »Jetzt versucht sie es bei dir, Vera.«

»Ich gebe euch eine Viertelstunde, dann sitzt ihr hier zur Gesichtskontrolle.« Lissy hatte großen Spaß daran, die beiden zu kommandieren. Als Vera aus dem Bad zurückkam, zog Lissy eine Augenbraue hoch, holte ihre Schminkutensilien und besserte nach, wo sie es für notwendig hielt. »Der Lidschatten muss nicht nur zu deinen Augen, sondern auch zu deinem Kleid passen.«

»Und wenn mir das Kleid nicht passt?«

»Wird es passend gemacht. Du bist nur wenig größer als Alice, dafür aber schlanker.«

Vera gab auf. Es war alles verrückt hier. Sie kam mit einem fremden jungen Mann hierher, schlief auf dem Sofa in einem Zimmer mit zwei fremden Frauen, von denen eine die Hausherrin war. Der Hausherr wurde aus dem Ehebett ausquartiert, die Freundin übernahm die Regie im Hause. Jetzt bestimmte sie auch noch, welches Kleid Vera anziehen sollte. Das Überraschende an der ganzen Geschichte war nur, dass niemand sich aufregte oder unzufrieden war. Es wunderte Vera deshalb auch nicht mehr, dass Lissy im Handumdrehen ein farblich passendes Tuch herzauberte, das das zu weite Kleid in der Taille auf Figur hielt.

»Gott sei Dank bist du schlank genug, um dir das leisten zu können«, sagte Lissy zufrieden.

»Und was mache ich mit dem tiefen Ausschnitt?«

»Zeig den Leuten, was du zu bieten hast.«

»Auf keinen Fall«, rief Vera

»Dann zieh einen anderen BH an.«

»Habe ich nicht.«

»Da gibt's nur eins, Sicherheitsnadel her, Kette darüber und immer schön aufrecht gehen, damit das Dekolleté faltenfrei ist.«

Dante stand vor der Garage, als die drei Frauen sich auf den Weg machten.

»Ich werde geblendet von so viel Schönheit.«

Vera fand das Kompliment keineswegs übertrieben. Alice hatte tatsächlich ihren »Hänger« angezogen, der Lissy spöttisch ausrufen ließ: »Für den Laufsteg kommst du damit allerdings nicht in Frage.«

Alice strich über die Plisseefalten, die unterhalb der Brust begannen und gerade herabfielen. In der Tat ein ungewöhnliches langes Kleid, dessen leuchtendes Blau ihre Augen und die blonden Haare zwar unterstrich, insgesamt aber eher wie ein Überwurf wirkte. »Das Wichtigste ist, dass es mich nirgends einengt«, sagte Alice selbstbewusst und zog die Falten an der Taille auseinander.

Vera freute sich, dass sie Lissys Rat gefolgt war und nicht den Sari angezogen hatte. In dem schmeichelnden Seidenkleid fühlte sie sich wohl, auch wenn das Tuch eng geknotet war, um die Taille zu betonen. Lissy hatte ihr die Haare auf einer Seite hinter das Ohr gekämmt und Mellis Ohrring dort befestigt. »Die Kette und zwei auffallende Ohrgehänge sind zu viel. Außerdem hast du ein schönes Profil; davon muss nicht abgelenkt werden.« Vera widersprach nicht, sondern genoss Lissys Sicherheit, mit der sie die richtigen Dinge zusammensuchte. Gegen ihre Gewohnheit trug sie kein Türkis, sondern ein weiß schimmerndes hautenges Abendkleid, hoch geschlossen, lange Ärmel. »Ich muss nicht unbedingt auf meine Falten hinweisen«, meinte sie, als Vera fragte, ob es dafür nicht zu warm sei.

»Dante, kannst du mal ein Foto machen für meine Tochter, damit sie sieht, was aus ihrer Mutter geworden ist?«

Vera reichte ihm ihr Handy. Dante ließ sich nicht zweimal bitten. »Kopf hoch, etwas seitlich stellen, ein Bein vor und nun lächeln.« Die letzte Aufforderung erwies sich als unnötig, denn die Frauen lachten ausgelassen, und Lissy rief zur Abwechslung: »Ach, das Leben ist schön.«

* * *

Vera staunte über die Prozession elegant gekleideter Menschen, die in den Armen Salatschüsseln, Picknickkoffer oder Klapptisch und Stühle hielten. Wer nicht ein Essen bestellt hatte, brachte alles selbst mit und suchte sich auf dem Rasen vor dem Opernhaus einen Platz. Keine Hektik, kein Gerangel um die beste Aussicht. Sobald alles abgeladen war, spazierte man durch den Garten, suchte Schatten unter den Bäumen oder lief am Ufer des kleinen Flusses entlang. *Lustwandeln* wäre das richtige Wort, dachte Vera. Die Pappeln rauschten und spiegelten sich neben den ziehenden Wolken im Wasser. Schwalben kurvten über dem Rasen. Ein Windstoß brachte den Duft von Phlox mit sich, der Vera an den Bauerngarten ihrer Kindheit erinnerte. Sie hatte das Gesicht in das Blütenmeer gehalten und war betäubt von dem Duft gewesen. Wenn es nach ihr gegangen wäre, hätte sie die Oper ausfallen lassen und hätte stattdessen gleich mit dem Picknick anfangen können.

Kaum erlosch das Licht im Saal, meldete sich Melanies Nachricht über Kais Bücherverkauf zurück und mit ihr die quälende Frage, wofür der Junge das Geld gebraucht hatte. Wofür bloß? Ihm fehlte doch nichts, er war bescheiden in seinen Ansprüchen gewesen. Ob sie es Gregor sagen sollte? War sie nicht verpflichtet, ihn einzuweihen? Sie malte sich Gregors Reaktion aus. Er würde andere Beispiele finden, wo Kai sich nicht nach seinen Wünschen und Vorstellungen benommen hatte. Und sie würde ihren Sohn verteidigen. Die Gedankentretmühle drehte sich in ihrem Kopf, ohne dass sie ihr Einhalt gebieten konnte. Dazu kam Mellis Frage nach Christian Anholt: »Was macht dein Held?« Was für ein Held konnte das sein, der nicht einmal das Telefon in die Hand nahm, um zu erfahren, worum es ging. Aber hätte sie selbst anders reagiert? Wahrscheinlich hätte sie an unsolide Kundenwerbung gedacht und ebenso wenig zum Hörer gegriffen.

Endlich Pause. »Nun, wie gefällt dir die Aufführung?«, fragte Lissy, selbst zutiefst beeindruckt von dem soeben Erlebten.

»Gut.« Vera befürchtete, dass sowohl Lissy wie auch Alice sich über diese karge Antwort wunderten. Lissy hakte gleich nach: »Wie findest du Almirena?« Vera biss sich auf die Unterlippe und überlegte, wie sie sich aus der Affäre ziehen konnte. Sofort sprang Alice ihr bei und begann leise zu singen: »*Lascia ch'io pianga la mia sorte*. Meine Lieblingsarie. Allein dafür lohnt sich die Oper.«

»Alice, gib nicht mit deinen Italienischkenntnissen an«, sagte Lissy und ging betont aufrecht, als ein Mann sich nach ihr umblickte.

Vera sah Alice dankbar an. Die freimütige Wärme, die Alice ausstrahlte, legte sich beruhigend auf die angespannten Nerven.

Der Rasen füllte sich langsam. Decken wurden ausgebreitet, Flaschen aus dem Kühlbehälter geholt, die Schachteln mit den Sandwiches geleert und unter den Tischen verstaut. Die Herren mit ihren Strohhüten schienen direkt einem impressionistischen Gemälde entstiegen zu sein, während die Damen sich mit schlichter Abendkleidung der heutigen Zeit angepasst hatten. Dadurch stachen Lissy, Alice und Vera mit ihrer ausgefallenen Garderobe umso mehr aus der Menge hervor. Lissy genoss es, wenn Leute unauffällig stehen blieben und tuschelten.

Alice hatte gerade eine Sektflasche geöffnet, als Veras Handy klingelte. Bitte, nicht noch einmal Melli!

»Hier ist Christian Anholt.« Veras Augen weiteten sich. »Meine Hilfe hat mir Ihre Nummer mit der Bitte gegeben, Sie anzurufen. Worum geht es?«

Die Stimme klang so geschäftsmäßig, dass Vera unmöglich direkt etwas über das Gedicht und den wahren Grund ihres Besuches sagen konnte. Schließlich stotterte sie: »Es geht um die Bücher, die Sie an Herrn Braun in Bonn verkauft haben.«

»Es tut mir leid, aber ich habe keine Bücher an einen Herrn Braun verkauft.«

»Vielleicht nicht Sie, aber Ihre Tochter.« Vera erschrak über sich selbst. Wie konnte sie einem Unbekannten gegenüber Judith Herwigs Bücherverkäufe erwähnen?

Stille auf seiner Seite. Gleich würde er abbrechen. Dantes Entscheidung fordernder Satz fiel ihr ein, als er sie in der Bundeskunsthalle zum Kaffee einladen wollte. *It's now or never.* Sie hatte gelacht: »*It's now.*«

»Wie bitte?«

In der Aufregung war ihr »*It's now*« laut herausgerutscht. Der Mann am Telefon musste sie für eine komische Person halten, der man besser aus dem Weg ging. Und wenn schon! Was konnte sie verlieren? Sie nahm ihren ganzen Mut zusammen und fragte, ob sie ihn nicht kurz treffen könnte; sie hätte etwas mit ihm zu besprechen und sei nur kurz in Tunbridge Wells.

Bonn und die Erwähnung seiner Tochter schienen ihn zum Weiterreden zu veranlassen: »Morgen muss ich arbeiten. Heute Abend geht es auch nicht. Ich bin im Moment in Glyndebourne in der Oper. Es ist gerade Pause.«

Lissy hielt sich die Hand vor den Mund, um nicht mehr als das »Oh!« zu rufen, das ihr bereits rausgerutscht war. Sie hatte ihr Ohr nahe an Veras Handy gelegt und das Gespräch verfolgt.

Sofort winkte sie mit der anderen Hand, um Vera zu signalisieren, sie solle ihn an ihren Tisch holen.

»Hören Sie mich?«, die Stimme kam von der Tischdecke, auf die Vera das Handy vor Schreck hatte fallen lassen. Lissy reichte es ihr und flüsterte: »Sag ihm, wo wir sitzen.«

Vera stand auf. Das war eine Sache, die nur sie und Christian Anholt etwas anging. Sie wandte sich ab und erklärte ihm, dass sie zufällig auch mit zwei Freundinnen in Glyndebourne in der Oper sei. Vielleicht könne man gemeinsam ein Glas Sekt trinken.

Du spinnst, Vera Baumeister, lädst einen unbekannten Mann an einem fremden Ort ein, ein Glas Sekt mit dir zu trinken. Gregor würde es nicht glauben, so wie er es nicht glauben wollte, dass sie zwischen den beiden Nackten durchgegangen war. Dabei hatte sie es selbst nicht für möglich gehalten.

»Er ist es«, sagte Lissy, nachdem Vera, das Handy fest ans Ohr gedrückt, erklärt hatte, wo sich ihr Tisch befand. »Ich habe ihn an seiner Stimme erkannt.« Aufgeregt suchte sie in ihrer Handtasche nach einem Spiegel. »Vera, du bist ein Glücksbringer«, rief sie und tupfte sich einen Tropfen Parfum auf das Handgelenk.

»Vergiss nicht, dass der Mann nicht deinetwegen kommt«, dämpfte Alice Lissys Übermut.

»Spielverderber«, entgegnete Lissy lachend. »Lass uns doch unseren Spaß haben.«

Vera war nicht nach Spaß zumute, nachdem Anholt zugestimmt

hatte, an ihren Tisch zu kommen. Der kurz aufgeflackerte Mut war ebenso schnell wieder erloschen. Was sollte sie ihm bloß sagen?

Alice reichte ihr ein Glas. »Lasst uns erst mal auf den heutigen Tag trinken. Ich bin froh, euch beide als Gast zu haben. Wenn ihr weg seid, wartet wieder Philipps Büro auf mich. Nicht unbedingt Arbeit, auf die ich mich freue.«

»Und ich dachte, du hättest vielleicht Psychologie studiert.« Vera war froh, dass Alice sie ablenkte und so tat, als sei es nichts Besonderes, dass sie Anholt zu ihnen an den Tisch gebeten hatte.

»Er kommt«, murmelte Lissy hinter vorgehaltener Hand und setzte sich aufrecht hin.

Christian Anholt verlangsamte seinen Schritt, als er die drei Frauen erblickte. Die Überraschung stand ihm ins Gesicht geschrieben.

»Wenn ich gewusst hätte, was mich hier erwartet, wäre ich schneller gekommen.« Neugierig schaute er die Frauen an und stellte sich vor. Hoffentlich kein Charmeur, dachte Vera und zögerte, ihm die Hand zu geben.

»Vera Baumeister«, sagte sie schließlich nur. Lissy schloss sich direkt an: »Elisabeth Capece, wir sind beide aus Bonn. Und das ist meine Freundin Alice Bunting. Sie wohnt in Tunbridge Wells.«

Christian Anholt redete sofort auf Englisch weiter, als befürchte er, dass Alice ihn nicht verstand.

»Sie können ruhig deutsch sprechen; meine Freundin versteht sehr gut deutsch.«

Anholt sah Lissy an. Vera meinte einen Anflug von Ärger in seinem Gesicht zu sehen. »Frau Baumeister, Sie wollten mit mir reden?«

»Möchten Sie nicht zuerst einmal mit uns anstoßen?« Alice schenkte ihm ein Glas ein. In Ermangelung eines vierten Sektglases nahm sie für sich selbst ein Wasserglas. »Und dann würden Lissy und ich gern ein paar Schritte laufen nach dem langen Sitzen.«

Lissy wollte Einspruch erheben, aber Alices Stimme war so fest gewesen, dass sie sich nicht traute. Stattdessen trat sie einen Schritt näher an Anholt heran.

»Eins möchte ich Ihnen doch noch kurz sagen. Sie erinnern sich wahrscheinlich nicht. Ich habe letztes Jahr an einer Führung durch Sissinghurst Gardens mit Ihnen teilgenommen.«

»Aha«, Anholt lächelte schmallippig. Schnell fügte Lissy hinzu: »Hat mir sehr gut gefallen.«

»Ich glaube, ich muss vorsichtig sein. Wie es aussieht, bin ich hier kein unbeschriebenes Blatt. Ich bin gespannt, was Frau Baumeister mir zu sagen hat.«

Das klang, als erwarte er von Vera einen handfesten Grund dafür, dass sie ihn hierher gebeten hatte.

»Wir sind bald zurück«, sagte Lissy. »Bedienen Sie sich doch mit einem Sandwich, Herr Anholt.«

»Meine Leute erwarten mich.« Anholt sah Lissy und Alice nach, als sie mit einem Sandwich in der Hand über den Rasen gingen. Zwei auffällige, selbstbewusste Frauen, die überraschend vor ihm aufgetaucht waren.

»Wollen Sie sich nicht setzen, Herr Anholt?« Vera wusste nicht, wo sie ihre Hände lassen sollte, wie sie eine gelassene Miene aufsetzen sollte und am wenigsten, mit was für einem halbwegs intelligenten Satz sie das Gespräch eröffnen könnte.

»Ich habe wenig Zeit. Worum geht es, Frau Baumeister?«

»Ich weiß nicht, wie ich anfangen soll. Sie werden mich sicher für verrückt halten. Es geht um neun Fontanebände, die ich meinem Mann zum Geburtstag schenken wollte.«

»Jetzt bin ich gespannt, was ich damit zu tun haben könnte.«

»Auf die erste Seite hat jemand ein Gedicht geschrieben, das mich sehr beeindruckt hat.«

Vera stockte, bevor sie leise mit einem Tonfall weiterredete, als würde sie schon im Voraus um Entschuldigung bitten. »Darf ich Ihnen das Gedicht einmal aufsagen?«

Jetzt würde er sie vollends für übergeschnappt erklären.

Anholt stellte sein Glas ab und setzte sich auf einen der Klappstühle, sein Gesicht angespannt, sein Blick ernst auf Vera gerichtet. Er sah ihr so direkt in die Augen, dass sie allmählich verlegen wurde. Warum sagte er nichts? Lissy und Alice verzehrten in gebotenem Abstand ihr Sandwich und warteten wahrscheinlich nur darauf, wieder an den Tisch zurückkommen zu können. Nein, sie würde das Gedicht nicht aufsagen. Falsche Zeit, falscher Ort. Was fiel ihr überhaupt ein, Anholt mit einem Text zu überfallen, der nur ihn selbst etwas anging.

Aber sollte sie so leicht aufgeben? Sie kaute unentschlossen auf der Unterlippe. Der Lippenstift würde verschmieren. Egal. *Wer nicht wagt, der nicht gewinnt*. Wieder nur einer dieser Sprüche, wenn ihr sonst nichts zur Lösung eines Problems einfiel. Er verfehlte jedoch nicht seine Wirkung, denn schon hörte sie sich sagen: »Der Adressat heißt Christian, unterschrieben ist der Text mit ›*Deine Sanne*‹.«

Anholt schwieg. Sein Gesicht verschloss sich zusehends. Eine Warnung schien von ihm auszugehen: Was wollen Sie von mir? Kommen Sie mir nicht zu nahe!

Vera erklärte ihm so kurz wie möglich, wie sie an die Fontanebände gekommen war und warum sie immer noch in der Schublade versteckt lagen. »Ich werde ganz einfach das Gefühl nicht los, dass dieses Gedicht etwas mit mir zu tun hat.«

Jetzt musste er doch etwas sagen. Er drehte das Glas in den Händen, nahm einen kurzen Schluck und stellte es zurück. Auf seiner Stirn hatte sich ein Schweißfilm gebildet, den er mit einer Papierserviette abwischte.

»Es tut mir leid, Frau Baumeister. Ich glaube nicht, dass ich Ihnen da viel helfen kann. Ich muss jetzt leider zurück zu meinen Bekannten, die auf mich warten. Grüßen Sie meine alte Heimat Bonn von mir. Wann fahren Sie zurück?

»Übermorgen früh.«

»Dann wünsche ich Ihnen noch einen schönen Tag.«

Anholt erhob sich, lächelte Vera freundlich zu. Ein Lächeln, das nichts bedeutete. Ebenso freundlich lächelnd würde er einen Besucher in Sissinghurst abwimmeln, der ihm eine neugierige Frage stellte.

Ein Reinfall. Sie hätte es wissen müssen. Er hatte keinerlei

Lust, sich auf ihre Geschichte einzulassen. Das große Abenteuer, es war zu einem einseitigen, kurzen Fragespiel geschrumpft, bei dem der Befragte die Antworten schuldig blieb.

Kaum war Christian Anholt außer Sichtweite, eilten Alice und Lissy herbei. Alice verteilte den Salat, schenkte Sekt nach und forderte Vera auf, doch etwas zu essen, während Lissy Vera mit Fragen überfiel. »Warum ist er so schnell gegangen? Konntest du ihn nicht bewegen, etwas länger zu bleiben? Worüber habt ihr euch unterhalten?« Sie wiederholte mehrfach, Vera hätte ihr ein Zeichen geben sollen, dass Anholt im Begriff sei aufzubrechen. Sie hätte ihn schon zum Bleiben überredet.

Vera zog die Schultern hoch. Es gab kaum etwas zu berichten, und sogar die wenigen Worte, die sie mit Anholt gewechselt hatte, war sie nicht bereit zu wiederholen. Sie war enttäuscht und gleichzeitig beschämt, dass ihre Erwartungen in sich zusammengefallen waren. Noch dazu klang in Lissys Fragen ein Vorwurf durch, dass Vera ihr den Kontakt zu ihrem Christian »vermasselt« habe. »Das war die große Chance für mich. Du machst dir darüber natürlich keine Gedanken, denn du hast ja einen Ehemann. Aber du hättest an mich denken können.« Auch wenn Lissy dabei lachte, eine Portion Ernst war nicht zu überhören.

Alice hätte das lähmende Gefühl, das sich in Vera ausbreitete, sicher verstanden, aber Alice und Vera saßen nicht allein am Tisch, und Alice fragte nicht.

Die Sonne schien müde zu sein. Die Wölkchen, die über die

Festgesellschaft und das Opernhaus hinwegzogen, hatten für kurze Zeit kleine goldene Tupfer. Der Himmel färbte sich langsam rosa, ging in ein dunkles Orange über und wurde schließlich lila, ein Spektakel, das Vera an den letzten Besuch am Bonner Rheinufer erinnerte. Danach der Streit mit Gregor, der dazu geführt hatte, dass sie gegen seinen Willen mit Dante nach England fuhr. Gregor. Ob er wieder zuhause war und sie vermisste? Oder beschimpfte er weiterhin Dante, weil dieser sich erdreistet hatte, sie im Auto mitzunehmen? Ohne Dante hätte sie Lissy und Alice nicht kennengelernt, die so ganz anders waren als sie. Es kam ihr vor, als würde ihr Leben sich umkrempeln und unbekannte Seiten zum Vorschein bringen. Und wie war ihre Rolle dabei? Aktiv oder passiv? Handeln oder zuschauen?

An den ersten Tischen wurde das Geschirr bereits eingesammelt und in den Körben verstaut, die Decken abgenommen und die Stühle zusammengeklappt. Der Abendwind verstärkte den Duft, der aus den Gärten herüberwehte. Vera schaute gedankenverloren in die Gegend. Schließlich ermahnte Alice sie, nicht zu träumen, sondern lieber noch ein Stückchen von Lissys Kuchen zu essen, der unangetastet auf einem silbernen Teller lag. Lissy hatte ihn mit Schokolade überzogen, in die Mitte eine Marzipanrose gesteckt und mit rotem Zuckerguss die Namen der drei Frauen an den Rand gemalt. Die Torte hätte jedem Cafébesucher das Wasser im Munde zusammenlaufen lassen, aber Vera hatte keinen Appetit. »Lass uns den Kuchen wieder mit nach Hause nehmen. Dante und Philipp werden sich freuen.«

Kaum hatte sie den letzten Satz zu Ende gesprochen, läutete das Handy. Was war denn bloß heute los? Noch einmal Melanie. »Wow, Mum, ihr seht toll aus auf dem Foto. Du scheinst ein großartiges Abenteuer zu erleben. Woher hast du denn so schnell das Kleid und vor allem das Ticket für die Oper?«

Vera überhörte die Frage. Ein anderes Thema beschäftigte sie viel mehr. Sie entfernte sich einige Schritte von Alice und Lissy. »Melli, hast du inzwischen herausbekommen, woher Kai die Bücher hatte und was er mit dem Geld gemacht hat?«

Melanies Stimme klang beleidigt: »Vielen Dank, geliebte Mutter, für die ausführliche Antwort auf meine Frage.«

»Entschuldige. Die Pause ist gleich zu Ende, und wir müssen noch unsere Sachen wegräumen.«

»Ich will dir nicht deine kostbare Zeit stehlen. Da du dich für nichts Anderes interessierst, muss ich dir leider sagen, dass Kai die Bücher gestohlen hat. Und jetzt willst du sicher wissen, woher ich das weiß.«

»Woher?«

»Von Braun.«

»Von Braun?«

»Wiederhol nicht alles, Mum, die Pause ist gleich zu Ende.«

»Melli, bitte.«

»Ich wollte dir vor der Oper nicht auch noch sagen, dass Kai sie geklaut hat; du hast dich schon genug aufgeregt.«

»Verschweigst du mir noch etwas?«

»Im Moment nicht. Ich hab' nur wegen des Fotos angerufen, das du mir geschickt hast. Wann triffst du denn deinen Helden?«

»Gar nicht. Das hat sich erledigt.«

»Darf ich dich fragen, warum?«

»Nein.«

Melli legte auf. Sofort überkam Vera das schlechte Gewissen, dass sie ihre Tochter so kurz angebunden abgefertigt hatte. Das hatte sie nicht verdient. Sie zurückzurufen war sinnlos, denn sie würde nicht abheben.

Ein Glockenschlag schallte über den Rasen und kündigte das Ende der Pause an.

»Geht's dir nicht gut?«, fragte Alice und sah Vera besorgt an.

»Doch, doch. Ich bin nur etwas durcheinander.«

Sie reihten sich in die Menge ein, die sich auf den Weg zurück ins Opernhaus machte, und gingen schweigend nebeneinander her. Lissy war schon vorgelaufen. »Ich warte drinnen auf euch. Vielleicht sehe ich Christian, wenn er zu seinem Eingang geht.«

Alice hakte sich bei Vera ein. Nach einer Weile blieb sie stehen, nahm Vera die überflüssige Sonnenbrille ab und sah sie forschend an: »Wenn der Mund es nicht erzählt, erzählen es die Augen.«

Das gab's nicht. Jetzt fing Alice auch mit diesen Sprüchen an.

»Ich habe Dante und dich ein paar Mal gehört, wie ihr solche Allerweltsweisheiten von euch gegeben habt. Ich wollte dir nur zeigen, dass ich auch einige kenne. Trifft mein Sprichwort zu?«

Vera steckte die Sonnenbrille weg. »Alice, du bist zu klug für mich. Vor dir kann man nichts verheimlichen.«

Als sie ihre Plätze eingenommen hatten, zeigte Lissy nach unten. »Da vorn sitzt er irgendwo. Ich konnte ihn leider nicht ansprechen. Er kam mit einer ganzen Gruppe. Wenn ich nicht übermorgen nach Hause führe, würde ich mir Mühe geben, ihn einzufangen.« Vera wunderte sich nicht mehr über Lissy. Sie lehnte sich zurück und schloss die Augen. Zu ihrer eigenen Überraschung lauschte sie so viel intensiver Händels Musik, auch wenn sie ohne Bild nicht verstand, um was es ging. Die beunruhigenden Gedanken, die sie beim ersten Teil abgelenkt hatten, blieben aus. Es ist alles nicht so wichtig, was passiert, sagte sie sich.

Die Zuschauer schoben sich nach draußen, während sie laut die Aufführung diskutierten. Es war kühl geworden. Alice hängte sich das Halstuch, das Lissy ihr am Vortag geschenkt hatte, über die Schultern, Vera rieb sich die Arme. Nur Lissy schien den Temperaturabfall nicht zu bemerken. Sie reckte ihren Hals und schaute um sich, ob nicht Christian Anholt irgendwo zu entdecken war. Man konnte ja nie wissen.

Der Parkplatz war überfüllt. Die Autos fuhren lärmend davon und vertrieben die letzten Takte Musik aus dem Kopf. Alice setzte sich ans Steuer und öffnete die Tür für Vera und Lissy. Im selben Moment ertönte erneut Veras Handy. Melli, dachte Vera erfreut. Umso überraschter war sie, als sie Anholts Stimme hörte, die bei dem Motorengeräusch der startenden Autos nur schlecht zu verstehen war.

»Frau Baumeister. Ich habe es mir überlegt. Wenn Sie noch Interesse haben, könnten wir uns morgen früh treffen, bevor ich nach Sissinghurst fahre. Ich hätte Zeit bis kurz vor elf.«

Vera spürte ihren Herzschlag im Hals, der es ihr fast unmöglich machte zu antworten. Sie räusperte sich und hörte sich sagen:

»Das würde passen.«

»Ich würde Sie um neun Uhr abholen, und wir könnten eine Kleinigkeit frühstücken. Oder ist Ihnen die Zeit zu knapp?« Anholts Stimme klang nicht mehr so geschäftsmäßig wie beim ersten Anruf.

»Das passt«, sagte Vera und ärgerte sich, dass ihr nichts Besseres einfiel als sich zu wiederholen.

Anholt ließ sich die Adresse geben.

»Dann bis morgen. Sie sahen übrigens wunderbar aus.«

Verwirrt ließ Vera den Arm fallen. Was hatte den Sinneswandel bei Anholt bewirkt? Was sollte der letzte Satz? Und wie kam sie überhaupt dazu, so selbstverständlich ja zu sagen? Fragen über Fragen überfielen sie wie ein Heuschreckenschwarm und ließen ihr Denkvermögen wie ein leer gefressenes Feld zurück. Das war zu viel an einem Tag. Fehlte nur, dass Melli noch einmal anrief, um mit neuen Nachrichten aufzuwarten.

»Das Glück fliegt dir unverdient einfach so zu«, maulte Lissy. »Jetzt geht er auch noch mit dir frühstücken.«

Alice konzentrierte sich auf den Verkehr und gab keinen Kommentar ab, während Lissy nervös auf dem Sitz hin und her rutschte. »Wenn es dir morgen früh nicht gut geht, sag Bescheid. Ich übernehme für dich das Frühstück mit ihm.«

Das klang spaßig, aber konnte jeden Moment umkippen in eine aggressive Haltung, noch dazu, da Lissy den Großteil der Sektflasche geleert hatte.

Vera bedauerte, dass sie eingewilligt hatte, weiter auf dem Sofa zu schlafen. Alice hatte ihr ausgeredet, ein Hotelzimmer zu suchen. »Du kannst gern mein Bett haben, und ich nehme das Sofa. Es ist doch nur noch für zwei Nächte.« Vera hatte darauf verzichtet, ein Hotelzimmer zu suchen, da es nicht um die Bequemlichkeit des Sofas ging. Aber da war noch nicht abzusehen gewesen, dass der Christian aus dem Fontanebuch und Lissys Christian aus Sissinghurst ein und dieselbe Person waren und sich dies zu einem Problem auswachsen könnte.

Alice fuhr langsam durch die dunkle Nacht. »Lenkt mich bitte nicht ab«, bat sie mehr an Lissy als an Vera gerichtet. Und da Vera mit ihren eigenen Gedanken beschäftigt war, rutschte Lissy tief in ihren Sitz und maulte: »Obwohl ich noch so viel zu der Oper zu sagen hätte.«

Philipp und Dante saßen im Wohnzimmer, mehrere Flaschen Bier vor sich. Der Fernseher lief, ohne dass jemand hinschaute. Philipp erhob sich sofort, als die Frauen mit den Picknicksachen unter dem Arm den Raum betraten. Dante blieb sitzen, musterte die Ankömmlinge und meinte: »Im Vergleich zu heute Nachmittag seht ihr ziemlich ramponiert aus.«

Lissy ging auf ihn zu.

»Du siehst gleich auch ramponiert aus, wenn du dich nicht sofort erhebst und die Klappstühle und den Tisch aus dem Auto holst.«

Erschreckt sprang Dante auf: »Ui, was ist denn los?«

»Nun mach schon. Wir wollen ins Bett«, fuhr Lissy ihn an.

»Ohne ein Gute-Nacht-Gläschen?«

»Dafür ist keine Zeit. Vera muss morgen früh aufstehen.«

Lissys Frisur begann sich aufzulösen; das dunkle Haar hing auf einer Seite herunter; die kunstvoll festgesteckte Blume hatte sich kopfüber darin verfangen.

»Na und? Du kannst doch im Bett bleiben.«

»Das wird Lissy nicht fertigbringen«, sagte Alice lachend und stellte ihre Picknicktasche ab. »Vera wird nämlich abgeholt zum Frühstück.«

»Und ratet mal, von wem«, schnappte Lissy. Ungeduldig riss sie an der Blume, um sie aus ihrem Haar zu entfernen. »Von meinem Freund Christian.« Die Betonung lag auf »meinem«.

»Ach von dem.« Dantes Augen blitzten vor Vergnügen. »Kein Wunder, Tantchen, du siehst aus wie ein Racheengel. Da hat der arme Mann Angst bekommen und ist zu Vera gewechselt.«

Lissy warf ihre Abendtasche auf Dante. »Du verstehst nichts vom Leben. Und sag nicht noch einmal Tantchen zu mir.« Damit drehte sie sich um und knallte die Tür hinter sich zu.

Alice seufzte.

»Sie liebt den großen Auftritt über alles. Sie wäre besser zum Theater gegangen als zu ihrem Mann in die Kanzlei. Weder die Arbeit dort noch das ständige Zusammensein mit ihrem Mann haben ihr gutgetan.«

»Und was ist mit uns beiden?«, fragte Philipp. »Du arbeitest auch in meinem Büro.«

»Das ist etwas ganz Anderes. Wir kommen uns nicht in die Quere.« Alice sah Philipp liebevoll an. »Gib mir auch ein Glas. Die Fahrt im Dunkeln war anstrengend. Vera, möchtest du auch einen Schluck zum Einschlafen?«

Alice erzählte von Glyndebourne, wie wundervoll die Sänger waren, welches Glück sie mit dem Wetter hatten, was für einen idealen Platz sie für das Picknick fanden. Von dem wenig erfolgreichen Treffen mit Christian Anholt erzählte sie nichts.

Als sie das Schlafzimmer betraten, schlief Lissy schon. »Wir wollen sie nicht stören«, flüsterte Alice, was bedeutete, dass sie kein weiteres Wort wechselten, obwohl es Vera drängte, Alice von Anholt zu erzählen. Außerdem hätte sie gern mit ihr beratschlagt, wie sie sich am nächsten Morgen verhalten sollte. So wälzte sie sich schlaflos auf dem Sofa, zog die Bettdecke hoch und schob sie wieder zurück auf die Füße, ohne zu einem Ergebnis zu kommen. Die Gelassenheit, die sie im zweiten Teil der Oper glaubte gefunden zu haben, war der Anspannung gewichen, die ihr am Vortag vor Anholts Tür die Kehle zugeschnürt hatte.

* * *

»Was möchten Sie trinken? Kaffee oder Tee?«

»Ich trinke beides gern. Aber hier trinke ich Tee.«

Sie saßen in einem kleinen Lokal, das Vera schon von außen einladend angelächelt hatte. Innen strahlten die weißen Leinengardinen, die handbestickten Kissen auf der Bank und das schlichte Geschirr die Vorliebe des Besitzers für Einfaches und Ungekünsteltes aus.

»So ein ganzes englisches Frühstück schaffe ich nicht«, sagte Vera nach einem Blick auf die Speisekarte. Anholt nahm ihr die Karte ab.

»Ich frage, ob es schon frisch gebackene *Scones* gibt. Das Gebäck wird Ihnen sicher schmecken und ist genau das Richtige für Wenigesser wie Sie.«

Vera fragte sich, woher er wusste, dass sie wenig aß. Er schien ihre Gedanken zu lesen. »Wenn Sie nicht so schlank wären, könnten Sie sich das Tuch, das Sie gestern um die Hüften geschlungen hatten, nicht leisten.«

War das noch derselbe Mann wie gestern Abend? Was hatte die Wandlung bewirkt? Welchem Mann würde so ein Tuch überhaupt auffallen?

Der Mann am Nebentisch biss genüsslich in ein Würstchen. »Gefüllt mit Sägemehl«, hatte Dante gesagt. Vera hielt sich die Hand vor den Mund, um nicht laut loszulachen.

»Darf ich fragen, warum Sie …?«

»Ach, nichts von Bedeutung«, wimmelte Vera Anholts Frage ab.

»Sie lassen sich wohl nicht gern von anderen Leuten in den Kopf gucken.«

»Stimmt.«

»Aber von mir erwarten Sie, dass ich mein Leben vor Ihnen ausbreite. Stimmt auch, oder?« Anholts Augen blitzten spöttisch.

»Nein, das habe ich nicht gesagt. Ich möchte nur etwas über Sie erfahren, um das Gedicht besser zu verstehen. Vielleicht sehe ich dann, was es mit mir zu tun hat.«

»Ist das eine Prüfung?«

»Nein.«

»Na, dann schießen Sie mal los.« Sehr begeistert klang es nicht. Ein ironisches Lächeln spielte um seinen Mund.

Frage. Antwort. Frage. Antwort. Das führte zu nichts. Sie musste sich etwas einfallen lassen, um Anholt zum Erzählen zu bringen.

Die Frau am Nebentisch hatte ihre viel zu feinen Haare hoch toupiert und mit Haarspray so betoniert, dass das Ganze von der Seite eher wie ein Vogelnest aussah.

»Hatte Sanne eine ähnlich exotische Frisur?« Vera erschrak über sich selbst. Konnte man etwas Dümmeres fragen? Sie konnte sich nicht erinnern, jemals so befangen neben einem Mann gesessen zu haben. Zu ihrer Verwunderung schien Anholt die Frage nicht ungewöhnlich zu finden.

»Sie hatte glatte braune Haare und über der Stirn einen Wirbel, der ein Eigenleben führte.«

Rede weiter, flehte Vera, sonst sitzen wir hier und vertun die Zeit.

Der Kellner brachte ein komplettes Frühstück und einen Teller mit *Scones* und Erdbeermarmelade, schaute über den Tisch und murmelte: »*Clotted cream* kommt sofort.«

»Wissen Sie, was *clotted cream* ist?«, fragte Anholt. Als Vera verneinte, erklärte er ihr die umständliche Zubereitung des Rahms und dass es in England nicht klar sei, ob man die Marmelade zuerst auf die *Scones* streiche und dann die *clotted cream* oben drauf oder umgekehrt. Er habe beides ausprobiert und schmecke keinen Unterschied.

Vera betrachtete seine wohlgeformten Hände, die mit dunklen Adern durchzogen waren. Sie beobachtete, wie er seinen Mund auf einer Seite etwas höher zog, wenn er lächelte, wie er die Tasse einen Moment mit beiden Händen hielt, bevor er sie absetzte. Als er ihr die *clotted cream* reichte, berührte er kurz ihre Finger. War es Absicht oder Zufall? Sie legte ihre Hand auf die Tischkante, weit genug von seiner entfernt.

»Wollen Sie nichts essen, oder möchten Sie bei mir probieren?« Anholt schien vergessen zu haben, warum sie beide hier saßen. Die Zeit verrann. Unruhig strich Vera Marmelade und den Rahm auf die ofenfrischen *Scones* und biss hinein.

»Und? Zufrieden?«

»Ja«, sagte Vera.

»Wusste ich's doch, dass sie Ihnen schmecken würden. Meine Frau hat sie für mich gebacken, wenn sie meinte, ich hätte sie verdient.«

»Sanne.«

»Nein, Vita. Wenn sie die Sanne aus dem Fontanebuch meinen, ich war nie mit ihr verheiratet. Wir haben ohne Ehering zusammengelebt.«

»Und Vita?«

»Wir haben geheiratet, aber sie hat einen anderen kennengelernt. Und seitdem lebe ich – mit einer kurzen Unterbrechung – allein.«

»Das heißt, Sie haben Sanne verlassen und Vita hat Sie verlassen. Ausgleichende Gerechtigkeit, oder?«

»Wenn Sie so wollen. Für den Außenstehenden war es zumindest so.«

»War Vita der Grund, dass Sie nach England gezogen sind?«

»Ja und nein. Ich hatte immer schon eine Vorliebe für England, vor allem für seine Gärten. Ich bin Architekt geworden, habe nur Durchschnittshäuser für die Mittelschicht gebaut, aber immer habe ich den Besitzern Ideen für ihre Gärten geliefert. Schon als Jugendlicher habe ich Wochen in England verbracht. Hier habe ich auch Vita kennengelernt. Das heißt, zuerst ihre Mutter.«

»Und die Mutter war Verehrerin von Vita Sackville-West«, warf Vera ein, »und hat deshalb ihre Tochter nach ihr genannt.«

Anholt tauchte ein Stück Toast in das Eigelb und schob es in den Mund. Vera war versucht, die Serviette zu nehmen und das auf den Tisch getropfte Eigelb aufzuwischen, damit er nicht abgelenkt wurde und aufhörte zu reden.

Als nur noch die Würstchen auf dem Teller lagen, legte er Messer und Gabel beiseite.

»Essen Sie die nicht?« Vera zeigte auf die Würstchen.

»Nein. Es wird mir zu viel.«

Vera konnte ein Kichern nicht unterrücken. »Ich kenne jemanden, der behauptet, die Dinger seien gefüllt mit Sägemehl.«

Jetzt lachte Anholt. »Ich habe schon viele Vorurteile gegen die englische Küche gehört, aber dieses ist das größte.«

Gesprenkelte Augen, die halb zuklappen, wenn er lacht. Eine zu große Nase. Dunkle Haut, vom Aufenthalt an der frischen Luft gegerbt. Auf der Stirn ein heller Streifen, weil er bei den Führungen wahrscheinlich einen Hut trägt. Vera musterte intensiv das Gesicht ihres Gegenübers, um es sich einzuprägen. Noch sah sie nicht, wie es sich in das Gedicht einpasste.

Anholt ergriff ihre Hand.

»Macht es Ihnen etwas aus, wenn ich Vera sage? Da redet es

sich leichter. Ich heiße Christian.«

»Ich weiß.« Vera zog ihre Hand zurück. »Christian, der Name ist mir inzwischen ein Begriff. Erzählen Sie mir, ach nein, erzähl du mir aus deinem Leben. Was ist am 26. Januar 1988 passiert? Das Datum steht im Fontanebuch.«

»Nun gut, wenn es sein muss. 26. Januar. Das Datum sagt mir nichts. Aber Anfang 1988 bin ich nach England umgezogen. Sanne hatte meine Bücher in Kisten gepackt. Ich habe nur wenige mitgenommen, alle anderen habe ich bei ihr stehen lassen, unter anderem auch die Fontanebände, die mein Vater mir vererbt hatte. ›Nimm sie doch mit. Vielleicht willst du ja noch einmal reinschauen‹, hat sie gesagt, aber ich habe abgelehnt. Wie sollte ich wissen, dass sie ein Gedicht auf die erste Seite geschrieben hatte? Das habe ich gestern erst von dir erfahren.«

Er seufzte kurz auf. »Es hätte übrigens auch nichts an meinem Entschluss, nach England zu gehen, geändert, so schwer wie er mir gefallen ist. Aber ich war an einem Punkt angekommen, wo ich mich entscheiden musste. Entweder ich blieb bei Sanne und unserm Kind, dann hätte ich Vita nicht mehr sehen können. – Sanne hatte zu der Zeit längst Verdacht geschöpft. – Oder ich zog zu Vita, der unsere sporadischen Treffen nicht mehr genügten. Vita war einige Jahre jünger als Sanne, und da ich noch dazu ein gutes berufliches Angebot in Tunbridge Wells bekam, saß Vita am längeren Hebel. Dass danach einiges schieflief, will ich dir jetzt nicht alles erzählen.«

Anholt machte eine Pause und wischte sich den Schweiß von der Stirn. Es war im Gegensatz zu den vorhergehenden Tagen nicht besonders warm. Vera hatte eine Strickjacke übergezogen, die Frau neben ihnen hatte sich ein buntes Wolltuch übergeworfen. Wenn Christian – Vera musste sich an die neue Anrede gewöhnen –, wenn also Christian trotz der Kühle schwitzte, musste es ihn Überwindung kosten, aus seinem Leben zu berichten.

»Würdest du mir das Gedicht einmal aufsagen?«

»Nicht nötig«, sagte Vera und holte eine Kopie des Textes aus der Handtasche. Christian Anholt schaute auf das Papier, schaute dann stirnrunzelnd auf Vera, als fühle er sich von ihr beobachtet. »Ich erkenne ihre Schrift kaum wieder.« Er las die erste Zeile, hielt einen Moment inne und las leise das ganze Gedicht. Dann wiederholte er die letzte Zeile: »*Das Dunkel, das Rätsel, die Frage bleibt*. Wieso bist du dir so sicher, dass es sich auf Sanne und mich bezieht? Es kann doch auch das Leben im Allgemeinen beschrieben sein. Und außerdem steht nirgendwo: Lieber Christian.«

Vera war vorbereitet. Sie zeigte ihm die Karte, die Herr Venn zu Gregors Geburtstag mitgebracht hatte. *Lieber Christian, Rilke kennt uns*. Anholt drehte die Karte in der Hand, als wisse er nicht, was er davon halten sollte.

Vera wies ihn auf die Frage hin: *Wie war es in Glyndebourne*? »Du willst mir nicht sagen, dass jemand anders damit gemeint ist.«

»Ich kann mich nicht erinnern, diese Karte jemals bekommen zu haben.«

»Weil Sanne sie nicht abgeschickt hat.«

»Das ergibt doch keinen Sinn«, wehrte sich Anholt, sichtlich verwirrt. Vera fuhr fort: »In der Sammelkiste unseres Antiquars liegt noch eine weitere Postkarte an dich, die nie abgeschickt wurde. Mit der gleichen Frage. Sanne hatte vielleicht schon Verdacht geschöpft und wollte nicht neugierig erscheinen. Oder wollte einfach nicht glauben, dass du dort eine andere Frau triffst.«

»Sanne war hochsensibel und wie du an den beiden Texten siehst, arg romantisch.«

Vera fuhr auf: »Was heißt hier romantisch, sie will doch nur ihre Gefühle ausdrücken. Und dass Fontane und Rilke das besser können als man selbst, das musst du zugeben. Nach der Postkarte zu urteilen, scheint sie bei dem Rilke-Text noch an euch geglaubt zu haben. *Doch alles, was uns anrührt, dich und mich, nimmt uns zusammen wie ein Bogenstrich, der aus zwei Saiten eine Stimme zieht.*«

»Hör auf, Vera. Ich habe das letzte Jahr mit Sanne aus meinem Gedächtnis gestrichen. Und du wühlst alles wieder auf. Vorbei ist vorbei und kann auch nicht geändert werden.«

Eine Fliege setzte sich auf den Tellerrand und krabbelte über den Essensrest. Anholt winkte dem Kellner und bat ihn wenig freundlich, den Teller abzuräumen. Vera schaute ihn verwundert an. Dass er sich so über eine Fliege aufregen konnte. Oder ärgerte er sich über den Verlauf des Gesprächs? Zwang sie ihn, über etwas zu reden, worüber er mit ihr gar nicht reden wollte?

Er hatte das letzte Jahr mit Sanne aus seinem Gedächtnis gestrichen. Bei diesem Satz hatte Vera zum ersten Mal das Gefühl, dass sie und Christian etwas gemeinsam hatten. Aus dem Gedächtnis streichen, weil es zu weh tat, wenn die Erinnerung hochkam. Dante und Alice hatten es geschafft, den fest verschraubten Deckel, den Zugang zu ihren Erinnerungen, zu lockern und lange Verborgenes ans Tageslicht zu holen. Sie hatten es geschafft, Vera zum Reden zu bringen. Aber es war nur ein Anfang gewesen.

Zwei ältere Damen betraten das Lokal. Sie unterhielten sich laut, auch noch als sie sich längst gesetzt hatten, so dass Anholt und Vera wohl oder übel mithören mussten. Anholt verdrehte die Augen, denn von einer der Frauen ging der Duft eines süßlichen Parfums aus, dem man sich ebenso wenig wie der Lautstärke entziehen konnte.

»Verstehst du, was sie sagen?«, fragte Anholt. Als Vera verneinte, ahmte er die Aussprache der beiden nach und sagte: »Jetzt hast du mich wahrscheinlich auch nicht verstanden, oder? So spricht man in der Gegend von Doncaster. Ich habe mich gewundert, wie gut ihr mit eurer Gastgeberin zurechtgekommen seid. Alice spricht englisch mit euch und ihr deutsch mit ihr, gibt das kein Problem?«

»Alice redet langsam und deutlich, wenn sie mit uns zusammen ist. Aber wenn sie sich mit ihrem Mann unterhält, dann verstehe ich viele Wörter nicht.«

Vera fürchtete, dass die Zeit davonlief und sie nicht wieder an ihr eigentliches Thema anknüpfen konnte. Durfte sie es wagen, auf sein »Vorbei ist vorbei« zurückzukommen?

»Warum hast du das letzte Jahr mit Sanne aus dem Gedächtnis gestrichen?«

Anholts Gesicht verfinsterte sich.

»Dafür dass wir uns erst so kurze Zeit kennen, stellst du verdammt neugierige Fragen.« Er schien zu überlegen, ob er antworten sollte.

»Ich war hin- und hergerissen zwischen Vita und Sanne. Was die Entscheidung aber besonders schwierig machte, war unsere Tochter, die gerade in der Zeit geboren wurde. Ich muss zugeben, dass ich während Sannes Schwangerschaft und auch danach oft in Tunbridge Wells war, wo Vita wohnte. Von hier aus auch in Sissinghurst Gardens und in Glyndebourne. Deshalb wundert mich die Frage auf der Postkarte nicht.«

»Hat Sanne geglaubt, alles sei in Ordnung, weil sie es so haben wollte? Weil nicht sein kann, was nicht sein darf?«

»Vielleicht. Jedenfalls war sie eine romantische Seele und las mit Vorliebe Gedichte. Du ahnst nicht, wie viele Gedichtauszüge sie mir zu jeder Gelegenheit in die Manteltasche steckte, auf den Frühstücksteller legte oder unter dem Kopfkissen versteckte. Zu Beginn rührte mich diese Geste, aber auf die Dauer verlor das Ganze an Reiz, bis ich die Zettel einfach nicht mehr las. Ihr wartender Blick, wenn sie wieder etwas geschrieben hatte, nervte mich mehr und mehr. Ich war in Gedanken bei Vita, fühlte mich aber gleichzeitig an Sanne gebunden. Erst recht, als sie mir eröffnete, sie sei schwanger. Die Dinge komplizierten sich.«

Anholt ballte die Fäuste, löste sie und ballte sie erneut. Die Adern in seinen Schläfen waren angeschwollen. Jetzt hört er auf, dachte Vera und sah ihn abwartend an.

»Willst du noch mehr hören?«, fragte Anholt. Vera nickte.

»Während der Schwangerschaft war Sanne voll auf sich und das

Kind konzentriert. Das Kind war der Mittelpunkt ihres Denkens; ich war an den Rand gerückt. Das körperliche Begehren, das unsere Beziehung lange aufrecht gehalten hatte, wandelte sich bei ihr zu einem wunschlosen Seite-an-Seite-Liegen. Ich tröstete mich damit, dass sich das nach der Geburt von Judith ändern würde; aber ich sah mich getäuscht.

Kein Wunder, dass Vita immer mehr in den Vordergrund rückte. Jung, vital, gutaussehend, genügend eigenes Geld, engte sie mich nicht ein. Bei ihr war alles problemlos. Ich nahm mir, was ich brauchte, sobald ich bei ihr war. War für nichts verantwortlich, lebte nur in der Gegenwart. Wenn ich zurück nach Bonn kam, hing das Kind an Sannes Brust. Ein säuerlicher Geruch ging von ihr aus, wenn das Baumwolltuch über ihrer Schulter hing und das Baby sein Bäuerchen machte. Schon allein das Wort *Bäuerchen* störte mich. Nicht, dass ich das Kind nicht gemocht hätte, aber die Begeisterung, die Sanne erwartete, konnte ich nicht aufbringen.« Anholt wischte mit der Hand über die Stirn, bevor er fortfuhr.

»Ich liebte Sanne immer noch, aber gleichzeitig hasste ich bestimmte Dinge an ihr. Mit Vita konnte ich zusammen sein, ohne dass wir die ganze Zeit miteinander redeten. Sanne brauchte nur einen Satz von mir, schon brach eine Lawine von Kommentaren und Fragen los. Sie redete ohne Punkt und Komma, betrachtete ein Ereignis von allen Seiten und diskutierte das Warum, Wieso, Wo und Wann, bis ich erschöpft aufgab.«

Anholt senkte den Kopf, als sei er zu schwer, um ihn aufrecht zu halten. Er nahm den letzten Schluck Tee und feuchtete mit der

Zunge die Lippen an, die vom vielen Reden trocken geworden waren. Dann sah er auf die Uhr.

»Oh, verflucht. Es ist höchste Zeit, dass ich aufbreche. Ich habe viel zu viel geredet.« Vera lächelte, als er »verflucht« sagte.

»Du lächelst, obwohl du enttäuscht sein musst. Du bist gar nicht zu Wort gekommen. Ich weiß nicht, warum ich dir so viel erzählt habe.« Anholt legte seine Hand auf ihre und schaute sie forschend an. Vera senkte den Blick und zog langsam die Hand unter seiner weg. Das ging in die falsche Richtung. Sie hörte ihm gern zu, aber dabei sollte es bleiben.

»Willst du nicht einen Tag länger bleiben?« Ihre Blicke kreuzten sich. Sie ließ es zu, dass ihre Augen sich einen Augenblick zu lange trafen, nicht neugierig abschätzend, sondern behutsam fragend. Ich kann ihm trauen, dachte Vera. Aber was nützt es? Morgen fahren Dante und Lissy nach Hause.

»Es geht nicht.«

»Und heute Abend?«

»Heute Abend? Was sollen meine Gastgeber von mir denken?«

»Ist es so wichtig, was andere von dir denken?«

»Nein. Aber ich sollte den letzten Abend doch mit Lissy und Alice verbringen.«

Anholt schwieg. Vor der Tür sagte Vera: »Lass mich zu Fuß gehen. Ich muss über den heutigen Morgen nachdenken.«

»Falls du beim Denken deine Meinung änderst: Ich bin um sechs wieder zuhause. Und noch eins: Du hast mich gar nicht gefragt, warum ich dich heute plötzlich doch treffen wollte, obwohl ich gestern gesagt hatte: ›Es geht nicht.‹«

«Und warum ging es plötzlich doch?«

Anholt hielt den Autoschlüssel in der Hand, ein Zeichen, dass er keine Zeit für eine lange Antwort hatte.

»Als ich deine Visitenkarte las, kam mir der Name Baumeister irgendwie bekannt vor. Aber ich konnte niemanden mit dem Namen verbinden, bis mir gestern Abend nach der Pause plötzlich ein Junge einfiel. Kai Baumeister, ging zur selben Schule wie Judith.«

»Mein Sohn«, stammelte Vera. »Hast du ihn kennengelernt?«

»Nein, ich bin nur hin und wieder nach Bonn gekommen, um Judith zu treffen. Da habe ich von ihren Bekannten wenig gesehen, höchstens etwas gehört. Ich dachte, du willst vielleicht über Judith und deinen Sohn reden. Aber da du die ganze Zeit deinen Sohn nicht erwähnt hast, war mein Gedanke wohl falsch. Trotzdem: Wenn du Lust hast, den Abend mit mir zu verbringen, ruf mich an; ich hol' dich ab.« Mit einem verschmitzten Lächeln fügte er hinzu: »Habe ich dir schon gesagt, dass du schöne Augen hast?« Ohne eine Antwort abzuwarten, drehte er sich um und eilte zum Auto.

So lange er zu sehen war, bemühte Vera sich, aufrecht und ruhig zu stehen. Doch kaum war er außer Sichtweite, ließ sie die Schultern sinken und lehnte sich zurück an die Wand.

Bonn war ein Dorf. Dort kannte zwar nicht jeder jeden, aber dass zwei fast gleichaltrige Gymnasiasten sich kannten, war nichts Ungewöhnliches. Kai hatte Judiths Namen nie erwähnt, aber beide waren bei Braun gewesen. Fehlte nur, dass es über

Braun eine Verbindung zwischen den beiden gegeben hatte.

Vera lief über die Camden Road, ohne einen Blick in die Läden zu werfen. Sie war blind für alles, was um sie herum geschah. Es war kühler geworden, aber das war nicht der Grund, weshalb sie zitterte. Es war das undefinierbare Gefühl, dass Christian Anholt mehr wusste, als er gesagt hatte. Hätte sie ihn gefragt, wer weiß, welche Neuigkeiten sie erfahren hätte. Neuigkeiten, von denen sie vielleicht lieber nichts gewusst hätte. Seit Mellis Anruf zog sich bei dem Namen Kai alles in ihr zusammen, als ob sie Angst haben müsste, dass sein Bild einen neuen Riss bekam.

Der Duft frisch gebackenen Brotes drang in ihre Nase. Sie schaute auf und stand vor einem Bäckerladen, wo das Brot gerade von einem Blech in die Regale geräumt wurde. THE BYCICLE BAKERY. Lissy hatte erklärt, dies sei die einzige unabhängige Bäckerei in Tunbridge Wells und sie würde auf jeden Fall für die Rückreise aus diesem Laden etwas Brot mitnehmen. Dante hatte wieder gelästert und behauptet, England sei einfach kein *Brotland*. Für ihn brauche sie dort nichts einzukaufen. Woraufhin Alice die Augenbrauen hochgezogen und etwas ungehalten erklärt hatte: »Wie auch immer, Mittagessen um eins und nicht später, damit Lissy Zeit hat, hier noch etwas einzukaufen und danach alles zusammenzupacken.«

Vera überlegte. Wenn sie ihre paar Sachen jetzt direkt zusammensuchte, könnte sie am Nachmittag ihre Wanderschuhe anziehen und die Umgebung von Tunbridge Wells erkunden. Damit entging sie Lissys neugierigen Fragen.

Zu Veras Erleichterung wollte niemand sie begleiten. Lissy drängte Alice, ein letztes Mal mit ihr durch die Stadt zu bummeln, was Alice ihr nicht abschlagen konnte. Philipp verabschiedete sich direkt nach dem Essen; er würde erst spät abends zurückkommen. Und Dante winkte ab, weil er das Auto vorsichtshalber noch schnell bei einer Reparaturwerkstatt vorbeibringen wollte. Er glaubte, ein komisches Geräusch gehört zu haben, das ihm nicht geheuer war.

Lissy runzelte die Stirn. »Ich bin sicher, dein Vater hat alles, was nötig war, repariert.«

»Trust is good, control is better. Vertrauen ist gut, Kontrolle ist besser", sagte Dante mit erhobenem Zeigefinger.

»Oh, ist dir wieder mal ein lehrreicher Spruch eingefallen. Danke für die Übersetzung«, konnte Lissy sich nicht verkneifen, ihrem Neffen zu entgegnen.

»Für irgendetwas muss ich doch meine Englischkenntnisse aufgefrischt haben. Alice, das war eine Hommage an dich.« Dante verbeugte sich. »Für dich habe ich zuhause gepaukt, und deshalb musstest du dir jetzt wenigstens einen Satz anhören. Ich hatte ja keine Ahnung, dass du Deutsch bestens verstehst, es nur nicht sprechen willst.«

»Was du heute kannst besorgen, das verschiebe nicht auf morgen«, sagte Alice plötzlich mit etwas gewöhnungsbedürftiger Aussprache aber tadelloser Grammatik. »Das war für dich, Dante«, fiel sie wieder ins Englisch zurück. Dante legte die Hand aufs Herz und verbeugte sich noch einmal.

»Mein Neffe, der Frauenheld. Vera, du hast noch nichts von

Christian erzählt. Ist er auch ein Frauenheld?«

Vera zuckte die Schultern.

»Ich weiß es nicht, ich kenne ihn ja kaum. In den zwei Stunden heute Morgen …«

Ungeduldig unterbrach Lissy sie mitten im Satz: »Erzähl mir nicht, dass du nur passiv dagesessen und gewartet hast, was passiert. Ein bisschen wirst du dich schon ins Zeug gelegt haben. Kommt er dich in Bonn besuchen?«

Vera verspürte wenig Lust, auf Lissy einzugehen. Sie holte ihre Wanderschuhe, zog eine dünne Jacke über und bat Alice um ihren Stadtplan, um möglichst schnell einen Weg ins Grüne zu finden.

»Vielleicht möchtest du dir die *All Saints' Church* in Tudeley mit Fenstern von Chagall ansehen«, schlug Alice vor. »Dante könnte dich hinbringen.«

»Danke, mir steht nicht der Sinn nach Sehenswürdigkeiten. Ich will nur laufen.« Vera schnürte ihre Schuhe, machte einen Doppelknoten, damit die Schnürsenkel sich nicht lockerten, und schmunzelte, weil Alice und Lissy die Wanderschuhe wie etwas nie Gesehenes anstarrten. Unvorstellbar, dass eine Frau so etwas anzog.

»Ruf mich an, wenn du dich verlaufen hast; ich finde dich«, rief Dante hinter ihr her.

* * *

Das Wetter war genau richtig zum Laufen. Kühl, aber warm genug, dass Vera ihre Hände nicht in der Jackentasche vergraben musste. Die Straßen wurden schnell enger. Nur noch vereinzelte

Häuser am Stadtrand. Dann empfing sie ein sanft gewelltes Land mit hohen Hecken, ausladenden alten Bäumen und Schafen auf beiden Seiten des Weges. Dante, der Verrückte, mit seiner Geschichte über kürzer gezüchtete Vorderbeine. Dass sie darauf reingefallen war! Für die Rückfahrt morgen musste sie sich eine Revanche einfallen lassen.

So sehr sie sich bemühte, ihr Kopf streikte und die Gedanken landeten stattdessen immer wieder bei Christian Anholt. Auch wenn er nicht viel über Sanne erzählt hatte, so war doch ein Bild vor ihren Augen entstanden. Das Bild einer Frau, die nicht nur Gedichte liebte, sondern Verse aussuchte, um ihre Gefühle mitzuteilen. Sanne glaubte immer noch an die gegenseitige Liebe und an Rilkes »Bogenstrich, der aus zwei Saiten eine Stimme zieht«, als die Beziehung zu Christian längst brüchig geworden war.

Konnte es sein, dass jemand solch eine einschneidende Veränderung in der Partnerschaft nicht spürte? Oder nicht spüren wollte? Vielleicht hatte die Geburt des Kindes Sannes Wahrnehmung eingeengt. Jedenfalls hatte sie das Gedicht erst in das Fontanebuch geschrieben, als Christian auszog, um mit Vita in England zu leben.

Abgesehen von einigen Besuchen Christians hatte Sanne ihr Kind allein aufgezogen. Was für ein Zufall, dass Judith dasselbe Gymnasium wie Kai besuchte. Da war es kein Wunder, dass sie sich kannten. Die Frage war nur: Was hatten sie miteinander zu tun? Vera konnte sich an keine Judith erinnern.

Einige alte Häuser tauchten auf mit hohen Schornsteinen,

Sprossenfenstern und Fachwerkmauern. Steinwege, in deren Fugen Glockenblumen und Gräser blühen durften, führten zur niedrigen Haustür; wacklige Holzzäune oder aufeinander geschichtete Steine aus den Feldern umgaben Gärten, in denen verkrüppelte Apfel- und Birnbäume wuchsen. An den Mauern blühten Stockrosen und Königskerzen.

Als wäre die Zeit über das Dörfchen hinweggegangen, dachte Vera, bevor zwei junge Frauen mit Handy am Ohr sie wieder in die Gegenwart zurückholten. Sie setzte sich auf eine Bank am Ufer des Flüsschens und streckte die Füße von sich. Fast ein Jahr war es her, dass sie die Schuhe das letzte Mal getragen hatte. Ob sie dieses Jahr wieder mit Gregor nach Frankreich fahren würde? Sie konnte es sich kaum vorstellen. Aber ab morgen Abend würde sich wahrscheinlich das gewohnte alte Leben wieder einschleichen. Wollte sie das?

Seit sie mit Christian gesprochen hatte, fühlte sie eine Spannung im ganzen Körper, die überraschenderweise äußerst angenehm war. Sie wünschte fast, dass diese Spannung anhielt, auch wenn sie nicht wusste, woher sie rührte. War es der Einblick in sein Leben, den Christian ihr so vorbehaltlos gewährt hatte? War es die Ungewissheit, welche Verbindung zwischen Kai und Judith bestand? Vera holte ihr Handy aus der Hosentasche und wählte Melanies Nummer.

»Hallo, Melli. Ganz kurz nur. Kannst du dich erinnern, ob Kai jemals Judith Herwig erwähnt hat? Judith soll mit Kai in derselben Schule gewesen sein.«

»Liebe Mutter, mir geht's gut, Zoe auch. Ich habe den Namen

zum ersten Mal hier gehört.«

Stille. Melli hatte aufgelegt. Vera fasste sich an den Kopf. Wenn Melli noch im Antiquariat war und Braun in der Nähe stand, konnte sie keine ausführliche Antwort geben. Daran hätte sie denken müssen! Andererseits hatte Melli vielleicht aufgelegt, weil Vera sich nicht erkundigt hatte, wie es ihr und Zoe ging. Sie musste am Abend noch einmal versuchen, ihre Tochter zu erreichen und ihr gleichzeitig mitteilen, dass sie morgen mit Dante und Lissy zurückkam.

Als Vera um sich schaute, entdeckte sie ein kleines Schild mit dem handgeschriebenen Hinweis *Tea Room*. Wahrscheinlich gab es dieses Schild nur in der Touristensaison und an regenfreien Tagen. Es kam ihr sehr gelegen, denn sie war weiter als beabsichtigt gelaufen und musste dringend etwas trinken.

Der Tee tat gut. Wenn sie noch länger in England bliebe, könnte sie zur Teetrinkerin werden so wie Christian, der sich das in seinen Bonner Zeiten auch nicht hatte vorstellen können. Bei dem Gedanken an das morgendliche Frühstück seufzte Vera auf. Lange hatte Christian nicht gedrängt, dass sie am Abend bei ihm vorbeikommen solle; ein Zeichen, dass es ihm nicht wichtig war. Vielleicht hätte sie sich anders entschieden, wenn er stärker insistiert hätte. Unsinn. Es verstand sich von selbst, dass sie den letzten Abend mit ihren Gastgeberinnen verbrachte.

Vera lockerte die Schnürsenkel ihrer Wanderschuhe und lehnte sich in die Polster des zerschlissenen Sessels zurück. Gern hätte sie den angestaubten Trockenstrauß mit Lavendelblüten und verblichenen rosa Rosen von ihrem Tisch entfernt, aber die Besitzerin machte nicht den Eindruck, dass sie sich darüber freuen würde. Die Teekanne und die Tasse leuchteten in Pink; dazu hing gegenüber an der Wand ein Acrylgemälde, dessen grelles Lila und Rosa wohl mit dem Strauß und dem Porzellan ein Gesamtkunstwerk bilden sollten.

Vera schloss die Augen, um diesem Anblick für einen Moment zu entgehen.

»Wir schließen in ein paar Minuten«, weckte sie eine Befehlsstimme. Erschreckt fuhr sie hoch. Gleich 18 Uhr! Sie war fest eingeschlafen. Lissy und Dante würden glauben, sie habe sich verlaufen, wenn sie nicht pünktlich zum Abendessen kam. Und sie würde auf jeden Fall zu spät kommen. »Wenn Sie sich beeilen, erwischen Sie den letzten Bus in die Stadt«, sagte die Frau, als Vera nach einer Bushaltestelle fragte. Sie zeigte nach rechts, den Schlüssel bereits in der Hand. »Neben dem Garten mit den Kirschbäumen.«

Der Bus war fast leer, so dass Vera sich weit nach vorn setzte, um so viel wie möglich von der Landschaft zu sehen. Kurz nach sechs. Christian war jetzt zuhause. Sofort überkam sie wieder dieses Spannungsgefühl, das sie nicht einordnen konnte. Der Mann war alles andere als ein aufregender Typ, der sie nervös gemacht hätte. Er war auch nicht der attraktive Frauenheld, dessen Einladung sie vorsichtshalber ablehnte aus Angst, dass er ihr zu nahekam. Dass sie aus Höflichkeit bei den Gastgeberinnen sein sollte, stimmte zwar, aber mit einem Griff zum Handy wäre das Problem aus der Welt geschafft. Woher kam es, dieses

Bedürfnis, ihn noch einmal zu sehen? Der Morgen war unvollständig geblieben. Konnte es eine Fortsetzung geben?

Die Busstopps wurden häufiger. Sobald sie ihre Haltestelle erreicht hatte, würde sie Christian anrufen und sich noch einmal bedanken, dass er sich Zeit genommen hatte für sie. Das war nicht mehr als ein Zeichen der Höflichkeit, ein Zurücknehmen ihrer etwas schroffen Worte beim Abschied.

Ein Geschäft zog mit bunten Luftballons die Aufmerksamkeit auf sich. Das Haus hatte sie doch schon einmal gesehen; sie waren am Dienstag auf der Rückkehr von Sissinghurst daran vorbeigefahren. Jetzt erkannte Vera auch die Straße. Wenn sie gleich abbogen, kamen sie zu Christians Wohnung. Aber der Bus bog nicht ab, sondern fuhr weiter geradeaus. »Stopp!«, wollte Vera rufen. »Sei nicht verrückt«, schalt sie sich. Im gleichen Moment erschien eine Haltestelle, als sei ihr Wunsch erhört worden. Ein eindeutiges Zeichen, dass sie aussteigen sollte. Ohne zu überlegen folgte sie zwei Fahrgästen zur Tür und fand sich kurz darauf leicht benommen auf dem Bürgersteig wieder.

»Vera Baumeister, du spinnst.« Gerade hatte sie beschlossen, Christian anzurufen, keinesfalls mehr zu tun, und jetzt stand sie hier, wenige hundert Meter von seiner Wohnung entfernt. Unschlüssig schob sie ihre Hände in die Hosentasche, schaute auf den Fahrplan, um zu sehen, wann der nächste Bus fuhr, winkte einem vollbesetzten Taxi hinterher. Wenn ihr wenigstens ein hilfreicher Spruch ihrer Mutter einfiele oder notfalls auch eine lästerliche Bemerkung Dantes. Aber ihr Kopf funktionierte nicht.

Sie spürte Gregors Blick, der sagte: Du wolltest mir ja nicht glauben.

Ein leichter Nieselregen fiel, der sich fein wie ein Nebel über alles legte. Er begrub die Farben, die bisher den Häusern einen freundlichen Anstrich gegeben hatten. Keine schöne Ecke, in der Christian wohnte.

Vera musste sich entscheiden. Dantes oft wiederholter Satz drängte sich auf: *It's now or never.* Und schon ärgerte sie sich, dass sie überhaupt einen Gedanken an den überstrapazierten Satz verschwendete, und als gäbe es keine andere Lösung, als den Weg Richtung Christian einzuschlagen. Vor der Haustür zögerte sie noch einmal kurz, dann drückte sie auf den Klingelknopf.

Zu ihrem Erstaunen schien Christian nicht überrascht zu sein, dass sie so plötzlich vor seiner Tür stand.

»Jeder ändert mal seine Meinung. Gestern ich, heute du«, sagte er und zog dabei einen Mundwinkel höher als den anderen, was ihm einen leicht ironischen Ausdruck verlieh.

Verlegen rieb Vera die Hände. »Störe ich?«

»Komm erst mal rein, dann reden wir weiter.«

Im Halbdunkel des Flurs kehrte ihr Selbstbewusstsein zurück.

»Ich habe das Gefühl, du musst mir noch Einiges erzählen, bevor ich nach Bonn zurückfahre.«

Christian half ihr, die feuchte Jacke auszuziehen.

»Ob du noch mehr von mir erfährst, hängt davon ab, was du mir von dir erzählst. Mal sehen, wie weit deine und meine Geschichte ineinander verhakt sind.«

Ein rätselhafter Satz, der andeutete, dass er noch etwas zu

erzählen hatte. Was mochte es sein? Die unterschwellige Angst vor Neuigkeiten über ihren Sohn kam wieder in ihr hoch, obwohl sie nicht sagen konnte, wovor sie Angst hatte. »Wie weit deine und meine Geschichte ineinander verhakt sind«, klang orakelhaft. Aber sie konnte Christian nicht schon hier im Flur fragen, was er damit meinte.

Stattdessen blieb sie vor einem großen weißen Foto stehen, das Ruhe und gleichzeitig eine sanfte Bewegung ausstrahlte. Als sie neugierig an das Bild herantrat, schaltete Christian das Licht an. Die Farbschattierungen entpuppten sich als verschiedene weiße Blüten, einige noch frisch, andere bereits verblüht, die in einer dicken Schicht übereinanderlagen. »Die stammen aus dem weißen Garten in Sissinghurst«, erklärte Christian. »Der Gärtner hatte eines Tages einen ganzen Berg dieser Blüten auf einen Haufen zusammengefegt, den er gerade auf den Kompost bringen wollte. Ich fragte ihn, ob ich vorher mal die Blüten auf dem Weg ausbreiten dürfe, um ein Foto zu machen. Er schüttelte verwundert den Kopf: ›Glauben Sie, dafür habe ich sie zusammengefegt?‹ Schließlich war er einverstanden, aber unter einer Bedingung: ›Machen Sie schnell, um elf kommen die ersten Besucher.‹ Ich habe die Blüten dann zu einem dicken Teppich übereinandergelegt, und das ist dabei herausgekommen.«

»Wunderschön«, sagte Vera. Christian nahm ihren Arm und führte sie ins Wohnzimmer. »Ich nehme an, du willst dich auch hier erst einmal umschauen. Ich hole uns einen Sherry, wenn es dir recht ist.«

Vera hörte nicht zu, denn sie war gefangen genommen von dem

Raum, der vor ihr lag. Weder besonders groß noch besonders kostbare Möbel. Aber die Einrichtung entsprach ganz ihren Vorstellungen. Meterweise Bücher, nicht zu vergleichen mit Gregors edlen Bänden, sondern eine bunte Mischung Sachbücher, Romane, Bildbände. Aber das war es nicht, was sie faszinierte; es waren die vielen Fotos, die selbstbewusst zwischen den Regalen Platz gefunden hatten, ohne erdrückt zu werden. Ein ausgewogenes Verhältnis, als ob Bilder und Bücher sich gegenseitig achteten und ergänzten.

»So würde ich es mir zuhause wünschen«, sagte sie, als Christian mit dem Sherry hereinkam.

»Erklär mir, was du meinst«, bat er. »Was wünschst du dir?«

»Bei uns gibt es keinen Platz für meine Bilder, dafür mehr Bücher als hier.«

»Und die gehören deinem Mann.«

»Ja. Und gnade dir Gott, wenn du sie nicht mit Ehrfurcht behandelst. Seiten durch Eselsohren kennzeichnen, den Buchrücken zu weit umknicken oder Wörter unterstreichen, das sind Todsünden, für die es keine Vergebung gibt.«

Christian setzte sich Vera gegenüber, reichte ihr ein Glas Sherry und trank auf ihr Wohl.

»Bücher scheinen bei euch ein großes Thema zu sein. Deine Kinder durften so viele Bücher kaufen, wie sie wollten?«

Erstaunt stellte Vera ihr Glas ab.

»Woher weißt du das?

»Ich habe mit meiner Tochter telefoniert.«

Veras Hände wurden feucht; sie wischte sie unauffällig an ihrer

Hose ab.

»Und? Was hat sie erzählt?«

»Die beiden haben ziemlich viel Mist gebaut.«

»Die beiden? Mein Sohn und deine Tochter?«

»Ja. Kai und Judith.«

»Schlimme Sachen?«

Christian wiegte nachdenklich den Kopf. »Wie man es nimmt.«

»Warum redest du nicht weiter? Willst du es mir nicht sagen?«

»Das hängt davon ab, wie lange du bleibst. In zwei Sätzen lässt sich das nicht erledigen.«

Vera war klar, dass sie Christian nur zum Reden bewegen würde, wenn sie sich Zeit für ein Gespräch nahm, bei dem sich beide einbrachten. Auf einen Monolog wie am Morgen würde er sich nicht noch einmal einlassen.

Alice reagierte gelassen, als Vera sich am Telefon entschuldigte. »Komm, wann es dir passt. Ich lege dir vorsichtshalber den Hausschlüssel unter den Blumentopf vor der Tür.« Das war alles. Von Neugier keine Spur.

»Zieh deine Schuhe aus und mach es dir bequem«, sagte Christian, als Vera das Gespräch beendet hatte.

Wohin führte das? Hausschlüssel unter dem Blumentopf. Die Schuhe ausziehen. Und als Nächstes? Ausstrecken auf dem Sofa? So weit würde es nicht kommen. Sie stellte die Schuhe neben das Sofa, als wäre es beruhigend, sie in der Nähe zu haben, um sie schnell wieder anziehen zu können.

»War Judith mit Kai in einer Klasse?«

»Nein. Du weißt, die Jüngeren himmeln immer die höheren Klassen an. Judith war eine Klasse unter ihm, als die Sache mit dem Messer passierte.«

»Als was passierte?«

»Als Kai dem Mann das Messer in den Arm gerammt hat.«

Vera riss entsetzt die Augen auf. »Kai hat was? Wer erzählt dir denn so einen Schwachsinn?«

»Ich dachte, du wüsstest es. Sorry. Tut mir leid.«

»Erzähl weiter, aber bleib bei der Wahrheit. Warum sollte er so etwas getan haben?«

Vera zitterte am ganzen Körper. Was hatte Judith da erfunden?

»Kai war wohl der Kleinste in der Klasse und wurde entsprechend gehänselt. Judith sagt, seine Stimme blieb hoch, als die Klassenkameraden längst im Stimmbruch waren. Stimmt das?«

Vera nickte. Sie hörte Kai, wie er eines Tages, als er sich allein glaubte, versuchte, mit tieferer Stimme zu sprechen. Kais Versuch hatte sie tagelang geschmerzt.

Christian fuhr fort: »Das war natürlich ein wunderbarer Angriffspunkt für diejenigen, die ihm seine guten Noten nicht gönnten und vor allem für die Mitläufer, die sich an die Starken anhängen.«

Er unterbrach sich: »Warum erzähle ich dir die ganze Vorgeschichte? Das ist ja nicht neu für dich.«

»Weiter!«, sagte Vera tonlos.

»Also, auf dem Schulweg durch den Park traf ein Grüppchen aus der Klasse des Öfteren auf einen Mann, der sich mit den

Schülern anlegte. Die Pöbeleien von beiden Seiten wurden schlimmer, bis sie sich eines Tages derart steigerten, dass der Mann mit einem Messer auf die Jungen losgegangen ist. Einer hat sich Kai geschnappt, der mit Judith vorweg ging, und hat ihn gegen den Mann gestoßen. Kais Anorak zerriss, aber Kai selbst kam mit einer leichten Schnittwunde am Arm davon.«

Vera erinnerte sich schwach an den Riss im Anorak, aber Kai hatte eine harmlose Geschichte erfunden, und bei ihr war keinerlei Verdacht aufgekommen. Nur verstand sie jetzt Christian nicht mehr. Er hatte doch gesagt, dass nicht der Mann mit einem Messer auf die Schüler, sondern Kai auf den Mann losgegangen sei.

»Ich bin leider noch nicht fertig, Vera. Kais Schnittwunde lieferte den Jungs eine neue Chance, ihre Aggressionen abzureagieren. ›Du musst uns rächen. Das können wir nicht auf uns sitzen lassen.‹ Kai muss sich geweigert haben. So ganz genau wusste Judith das auch nicht mehr. Jedenfalls haben sie ihm gedroht: ›Es passiert dir etwas Schlimmes‹, sollte er nicht tun, was sie sagten.«

Vera saß aufrecht, die Arme fest an den Körper gedrückt. Warum war Kai mit seinem Problem nicht zu ihr gekommen? Und warum hatte sie nicht gemerkt, wie schlimm ihm mitgespielt wurde? Am liebsten hätte sie »Aufhören!« gerufen, aber sie war es ihrem Sohn schuldig, weiter zuzuhören.

»Judith weiß nicht, womit sie ihm gedroht haben. Kai wollte nichts darüber sagen. Die Rache an dem Mann bestand darin, dass Kai ihn ebenfalls in den Arm stechen sollte. Was er dann letztendlich auch getan hat.«

Der Ring, der sich um Veras Brust gelegt hatte, nahm ihr die Luft. Sie atmete schwer. Christian sah sie besorgt an. »Sag mir, wenn ich aufhören soll.«

»Weiter.«

»Ich kenne keine Einzelheiten, weil Judith nicht dabei war und deshalb auch nichts Genaues wusste. Der Stich kann nicht gefährlich gewesen sein, weil weder Polizei noch sonst wer Nachforschungen anstellte. Der Mann selbst tauchte auch nicht wieder auf.«

»Woher will deine Tochter wissen, dass die Wunde nicht gefährlich gewesen sein kann, wenn sie nicht dabei war?«

»Judith sagt, Kai war zwar klein und mager, aber er hatte ein schönes Gesicht, wie ein Mädchen, lange Wimpern, lockige Haare. Sie sagt, sie mochte ihn gern. Und da sie an derselben Bushaltestelle ausstiegen, sind sie das Stück durch den Park oft zusammen gegangen.«

»Und da hat er ihr erzählt, dass die Wunde nicht gefährlich war.« Vera hoffte inständig, dass Christian ihren Satz bestätigen würde.

»Nein. Die Sache verlief im Sand, und die Jungs ließen Kai eine Zeit lang in Ruhe. Bis Kai eines Tages Judith gefragt hat: ›Wie komme ich schnell an 100 Euro?‹ Als Judith nachfragte, wofür, gestand er, die Jungs hätten ihm gedroht, die Sache mit dem Messerstich öffentlich zu machen. Es sei denn, er zahlte ihnen 100 Euro. ›Ich habe den Mann doch nur angeritzt, damit ein bisschen Blut floss‹, hat er gesagt.«

Vera schüttelte entgeistert den Kopf. Sie hatte Mühe, das Zittern ihrer Hände zu unterdrücken und gab auf. Sollte Christian sehen, dass ihr Körper ihr nicht gehorchte.

»Und konnte deine Tochter ihm helfen?«

»Kai hatte wohl die Bibliothek deines Mannes erwähnt, aus der er nur zwei, drei Bücher verkaufen müsste, dann hätte er das Geld zusammen. Aber dein Mann würde es sofort merken. Da hat Judith ihm vorgeschlagen, aus meinen Kisten, die immer noch bei Sanne im Keller standen, Bücher zu nehmen. Und die haben sie dann zum Antiquariat Braun gebracht.«

Entgeistert schaute Vera Christian an. Kai, Judith und nun auch noch Braun. Was für eine Verflechtung! Kai und Judith als Schulkameraden, das gab noch einen Sinn. Aber dass auch Braun eine Rolle spielte, von der sie nun schon das zweite Mal hörte, das wollte ihr nicht in den Kopf. Eine Frage nach der anderen tat sich auf.

Hatte Gregor sich zu der Zeit schon mit Braun getroffen? Wahrscheinlich kannten sie sich da noch nicht. Wenn aber doch, hatte Braun ihn informiert über Kais Bücherverkäufe? Und später, als Judith die Fontanebände verkaufte? Erinnerte sich der Antiquar an sie, als er sie nach Jahren wiedersah?

Aber zuerst musste sie wissen, ob die Mitschüler Kai weiterhin quälten, nachdem sie ihr Geld bekommen hatten. Christian konnte keine Antwort geben, weil er mit Judith nicht darüber gesprochen hatte. Die Mittagspause in Sissinghurst war zu kurz.

Vera zog die Unterlippe zwischen die Zähne und biss fest zu, bis eine schmale Blutspur über ihr Kinn rann. Als sie den blutverschmierten Finger erblickte, mit dem sie über das Kinn gefahren war, sah sie plötzlich den Mann im Park mit seiner blutenden Schnittwunde am Arm vor sich stehen. Es war unvorstellbar, dass Kai sich zu der Tat hatte zwingen lassen. Die Schüler mussten ihm mit dem Schlimmsten gedroht haben. Was für ein Zufall und was für ein Glück, dass Judith auf seiner Seite stand und ihm mit Christians Büchern weiterhalf. Wie konnte es sein, dass Vera nichts gemerkt hatte, obwohl sie sich so eng mit ihm verbunden fühlte? Und das vom Moment seiner Geburt an.

Als Melli geboren wurde, hatte Vera gerade ihre Referendarzeit hinter sich gebracht und beschlossen, nicht direkt mit dem Schuldienst zu beginnen, sondern lieber bis zum nächsten Einstiegstermin zu warten. Ihre Mutter hatte sie finanziell unterstützt, so dass die kleine Familie sich diesen Aufschub erlauben konnte. Dann meldete sich Kai an, eine Frühgeburt, und Vera verschob ihren Berufseinstieg noch einmal. »Ich bin für Kai da; ich kümmere mich um ihn, bis er kräftig genug ist«, hatte sie zu Gregor gesagt. Das Versprechen gewann an Bedeutung, als sich herausstellte, dass Kai ein schwaches Kind bleiben würde. Und sie hatte sich gekümmert, so sehr, dass sie glaubte, ihn besser zu kennen als jeder andere.

Veras Gedanken wurden unterbrochen, als Christian sich plötzlich an die Stirn fasste und rief: »Ich bin ein schlechter Gastgeber. Du musst doch einen Riesenhunger haben. Komm mit in die Küche, ich hol uns etwas aus dem Kühlschrank. Und warte, ich such dir ein Paar dicke Socken, damit du auf dem Steinboden keine kalten Füße bekommst.«

Vera schaute hinter ihm her. Er hatte einen langen Oberkörper und lange Arme, die sicher ganz um eine Person herumreichten, wenn er sie umarmte.

Dass sie das gerade jetzt feststellte, wo ihr Kopf voll mit anderen Gedanken war. Frau Glasner fiel ihr ein mit ihrer Bemerkung, dass Frauen unsichtbar wurden mit einem bestimmten Alter. Christian war als Mann noch sichtbar, auch wenn er keine auffällige Erscheinung war.

Sie saßen am Küchentisch und teilten sich den Vorspeisenteller, den Christian aus dem Supermarkt mitgebracht hatte. »Seit ich wieder allein lebe, gibt es meistens nur ein einfaches Abendessen. Brot, Käse, eine Quiche, dazu ein Glas Rotwein oder Bier. Manchmal koche ich auch, aber selten. Ich hoffe, du vermisst das Abschiedsmahl bei Alice nicht.«

»Kein bisschen, obwohl Alice die netteste Gastgeberin ist, die ich je kennengelernt habe.«

Aus dem Ofen kam ein verführerischer Duft von Käse und Speck.

»Die Quiche ist gleich fertig.«

»Etwa selbst gebacken?«

»Nein, aber selbst aufgewärmt.«

Für eine Weile redeten sie nicht über Kai, als wollte Christian Vera Zeit geben, dass die erschreckenden Neuigkeiten, die sie über ihren Sohn erfahren hatte, sich setzten. Aber Vera hatte sofort eine Decke über Christians Bericht geworfen, um sich zu schützen vor einem Wissen, das ihre Seele nicht verkraftete und der Verstand nicht akzeptierte. Diese Decke ließ die Wahrheit nur gefiltert und in kleinen Mengen durch. Es würde dauern, bis Vera sie in ihrer vollen Größe verinnerlicht hatte.

Die große Küche bot genügend Anreiz, sich ablenken zu lassen. Eine Unmenge an Grünpflanzen vor dem Fenster, an der Wand, sogar auf dem Boden vermittelten den Eindruck, in einem Wintergarten zu sitzen. An manchen Stellen glich der Raum eher einem Gewächshaus mit seinen Grüntönen von hell bis dunkel, mit dem bizarren Wuchs der Pflanzen und ihren unterschiedlichen Blattformen. Die Anordnung verriet den Gartenfreund und Architekten. Die Küche war geräumig genug, um die Pflanzen zur Geltung zu bringen. Vor dem Fenster verschleierten sie eine triste Aussicht auf die graue Wand des Nachbarhauses, an der gegenüberliegenden Seite der Kochzeile entstand durch die rankenden Schlingpflanzen und die auf Regalen stehenden exotischen Schönheiten die Illusion eines sich öffnenden Dschungels.

Christian saß vor dieser grünen Wand. Vera betrachtete sein Gesicht mit den tiefen Linien auf der Stirn und um den Mund, ein Gesicht, das viel erlebt hatte.

»War Vita mit diesem vielen Grün einverstanden?«

»Sie hatte nichts gegen Grün. Es störte sie nur, dass es in der Küche war. Dabei bietet sich diese Küche geradezu dafür an, weil sie weit größer ist als in jedem Durchschnittshaus.«

»Und darüber habt ihr gestritten?«

»Vita wollte partout ihren Willen durchsetzen.«

»Aber letztendlich hat sie nachgegeben.«

Christian zuckte mit den Achseln, was mehr aussagte als Worte. Er holte die Quiche aus dem Ofen, legte jedem ein Stück auf den Teller und prostete Vera mit einem Glas Rotwein zu.

»Auf dich, seltsames Mädchen, das mir vom Himmel gefallen ist. Du hast mir inzwischen so viele Fragen gestellt, dass du die Antworten wie ein Puzzlespiel zusammensetzen kannst, und dann liegt mein Leben vor dir.«

»Da fehlt aber noch Vieles. Hast du zum Beispiel Vita mehr geliebt als Sanne? Und warum ist Vita dir davongelaufen?«

Christian stellte sein Glas zurück und griff an seinen Hemdkragen, um ihn zu öffnen.

»Wie heißt es in deinem Gedicht: *Nur nicht forschen: warum*? *Warum*? Es gibt nicht auf alles eine Antwort.«

»Aber eine Frage darf man trotzdem stellen.«

Die Quiche hätte etwas wärmer sein dürfen; dafür schmeckte der Rotwein umso besser. Beide aßen schweigend, Christians Blick zwischendurch neugierig auf sein Gegenüber gerichtet. Vera warf einen Blick auf ihre Füße mit den dicken Socken. Dazu die verschwitzte Bluse und die vom Nieselregen verdorbene Frisur: der Inbegriff von Attraktivität. Wie sollte sie unter seinem Blick bestehen? »Seltsames Mädchen« hatte er gesagt. Wie hatte er das gemeint? Es klang auf jeden Fall netter als »seltsame Frau«.

»Worüber grübelst du?«, fragte Christian in einem Ton, der keine tiefschürfende Antwort verlangte.

»Über das seltsame Mädchen, das dir vom Himmel gefallen

ist.«

»Und zu welchem Ergebnis bist du gekommen?«

»Zu keinem. Sag du mir, was du mit *seltsames Mädchen* meintest.«

»Du stellst mir die schwierigsten Fragen, aber ich weiß kaum etwas über dich. Erzähl mir etwas Wichtiges aus deinem Leben.«

Da war er wieder, der Moment, der aus einem lockeren Satz eine ernste Angelegenheit machte, bei der man aufpassen musste, dass man nicht das Falsche sagte. Wie oft war sie in den letzten Tagen dicht davor gewesen, tief Luft zu holen und alles in ihrem Inneren Vergrabene hochkommen zu lassen.

Als sie nicht antwortete, hob Christian ihr Kinn und sah ihr so fest in die Augen, dass sie glaubte, sein Blick würde all ihre verborgenen Gedanken lesen. Sie traute sich nicht wegzuschauen.

»Ich habe das Gefühl, dass du lieber zuhörst als sprichst; lieber fragst als antwortest, und beides nur, um nicht zu viel von dir selbst preiszugeben.«

Vera schwieg. Christian gab ihr Kinn frei und stützte beide Arme auf den Tisch.

»Geht es dir sehr nahe, was ich dir eben erzählt habe? Ich dachte wirklich, du kennst die Geschichte.«

Vera biss sich erneut auf die Unterlippe.

»Manchmal glaube ich, ich habe meinen Sohn überhaupt nicht gekannt. Ich wusste, dass Kai in der Schule gehänselt wurde, wusste auch, dass er Gregor kleine Rechnungen vorlegte, die er sich von Mitschülern geben ließ. Das Geld, das Gregor ihm für die falschen Belege zahlte, hat er dann an die Klassenkameraden weitergegeben. Als ich es herausbekommen habe, hörte das auf, aber nach dem, was du heute erzählt hast, bin ich mir nicht sicher, ob er sich nicht auf anderem Wege weiterhin Geld besorgen musste.«

Vera dachte an Mellis Anruf, wollte aber nicht darauf eingehen.

»Hast du es deinem Mann nicht erzählt?«, fragte Christian, als Vera innehielt.

»Nein, ich wollte Streit vermeiden.«

»Du bist wohl immer auf Harmonie bedacht. Dazu sage ich dir nur eins: Das Prinzip Streitvermeidung taugt nichts in der Ehe.«

Vera fuhr auf: »Danke für die Verhaltensregel. Die kann ich nach allem, was du mir eben eröffnet hast, gut gebrauchen.«

Sie erschrak über ihren Tonfall, aber Christian ließ sich nicht beirren: »Traut dein Mann sich auch nicht, dir seine Meinung zu sagen?«

»Lass Gregor aus dem Spiel.«

»Hat er denn nicht bemerkt, dass Kai ihm falsche Rechnungen vorlegte?«

»Nein, Kai war klug genug, ihm nichts vorzulegen, das nicht Schulbuch oder für sein Alter passende Literatur war.«

»Ein raffiniertes Kerlchen.«

Vera atmete tief ein. Kai war nicht raffiniert; als Mutter hatte sie ein Gespür dafür. Es tat weh, dass Christian ihn mit so einem Wort belegte.

Wenn Kai ihr etwas erzählt hatte, konnte sie sicher sein, dass es der Wahrheit entsprach. Gleichzeitig konnte er sich darauf verlassen, dass sie nichts weitertragen noch ihn verurteilen würde, was immer er ihr anvertraute.

Seit Mellis Anruf stellte sie sich allerdings die bange Frage, wie viel er ihr mitgeteilt und wie viel er ihr verschwiegen hatte. War *verschweigen* mit *lügen* gleichzusetzen? Es sprach Vieles dafür. Dann wäre Kai ein Lügner. Nein, das konnte sie so nicht stehen lassen. Er war weder raffiniert noch ein Lügner. Trotzdem wurde sie das wachsende Gefühl nicht los, längst nicht alles über Kais Leben zu wissen. Sie hätte ihm helfen müssen, aber wie sollte sie wissen, in welchen Nöten er steckte?

Kai hatte sich nie um einen Freund bemüht, sondern war seiner Wege gegangen. Die Mädchen, mit denen er sich traf, taten es nicht auf seine Initiative hin; sie suchten selbst den Kontakt zu ihm, da sie den ihrer Meinung nach etwas weltfremden, aber hübschen und intelligenten Jungen anziehend fanden. Hin und wieder klingelte ein Mädchen an der Tür. Vera erinnerte sich an eine Pauline, ein hübsches, sympathisches Mädchen. Passt zu Kai, hatte sie gedacht. Sie erinnerte sich auch an eine junge Frau, Luisa, nicht besonders attraktiv, dazu nachlässig gekleidet. Vera konnte nicht begreifen, was Kai an ihr fand. Aber das war später gewesen, als Kai schon keinen Kommentar mehr zu seinen wenigen Besuchern gab.

Melli war mit sich selbst beschäftigt und zeigte wenig Interesse am schulischen Alltag des kleinen Bruders. Die Entscheidung, ob Nasenpiercing oder Lippenpiercing verlangte ihre volle Aufmerksamkeit. Die Hänseleien, denen Kai ausgesetzt war, nahm sie nicht zu ernst, und die außergewöhnlich guten Noten, die er heimbrachte, festigten höchstens den Abstand zwischen beiden.

Und Judith? Vielleicht konnte sie sich an weitere Einzelheiten erinnern.

»Hat dir deine Tochter noch etwas über Kai gesagt, etwas, das ich wissen sollte?«

Christian schien zu überlegen, sein Gesicht reglos, die Augen kaum sichtbar, nur die Lider bewegten sich. Erinnerte er sich nicht, oder wollte er etwas verschweigen, um ihr einen Schrecken zu ersparen? Schließlich schob er die Teller beiseite, löste Veras verschränkte Finger und zog eine Hand zu sich herüber.

»Judith hatte nach Kais Abitur keinen Kontakt mehr zu ihm. Sie hat vor ein paar Jahren in der Zeitung gelesen, dass er einen Autounfall hatte und gestorben ist.«

Vera atmete auf, als Christian sich unterbrach. Er wusste es. Er wusste, dass Kai tot war. Ein Gefühl der Erleichterung überkam sie, denn sie hatte den Moment gefürchtet, an dem sie ihm sagen musste: »Mein Sohn ist gestorben.«

Als hätte Christian dieses innere Aufatmen gespürt, ließ er ihre Hand los.

Vera war froh, dass weder er noch Dante auf Kais Unfalltod mit entsprechenden Mitleidssätzen reagierten. Das machte es einfacher weiterzureden. Vorsichtig fragte Christian:

»Hat der Unfall etwas mit deinem Gedicht zu tun?«

»Das Fontanegedicht und Kai? Ich weiß es nicht. Bevor ich losfuhr, sah ich keinerlei logischen Zusammenhang. Ich spürte nur, dass das Gedicht mich persönlich berührte. Als wäre es für mich geschrieben. Jetzt sehe ich immer mehr Fäden, die auf Kai zulaufen. Das Dunkel, das Rätsel, die Frage, von denen das Gedicht spricht, umgeben Kais Leben. Menschen haben in seinem Leben eine Rolle gespielt, von denen ich nichts wusste. Deine Tochter, der Antiquar, der seine Bücher kaufte, die Mädchen, die Kontakt zu ihm suchten, und nicht zuletzt Klassenkameraden, die ihn quälten.«

»Und du glaubst, durch sie ändert sich das Bild, das du von deinem Sohn hast? Wie lange ist er schon tot?«

»Fast vier Jahre.«

»Vier Jahre! Und immer noch lässt du ihm keine Ruhe.«

Aufgebracht rief Vera: »Lass das! Das geht dich nichts an.«

Christian schüttelte den Kopf. »Warum redest du dann mit mir darüber?«

Vera schaute ihn mit einem Blick voller Unentschlossenheit, aber auch voller Hilflosigkeit an. Nach einer Weile flüsterte sie so leise, dass es kaum zu verstehen war: »Weil ich vier Jahre lang nicht darüber gesprochen habe.«

Christian stellte weder eine Frage noch gab er einen Kommentar. Das hieß, sie musste weiterreden, sollte das Gespräch nicht verebben. Was konnte sie ihm erzählen? Dass sie unbewusst immer Gregor die Schuld am Unfall gegeben hatte? Nicht nur wegen der Ohrfeige. Er hatte Kai merken lassen, dass er große Taten von ihm erwartete. Unrealistische Erwartungen. Sicher hatte er ihn damit überfordert. Kais Ausbruch nach einem Streit hallte in ihr nach: »Ich wünsche mir ein Leben, in dem du nicht vorkommst.« Dieser Satz war ihr umso stärker in Erinnerung geblieben, da Kai einem Streit meistens aus dem Wege ging. Vera hatte geschwiegen. Noch einmal auf den Vorfall zurückzukommen, um den Konflikt zu entschärfen, würde es nur schlimmer machen, für alle Seiten. Um die Wogen zu glätten, hatte sie ihren Sohn an den folgenden Tagen umso mehr verwöhnt und mit Gregor nur über alltägliche Dinge gesprochen, obwohl ihre Gedanken sich ganz woanders aufhielten.

»Das Essen ist hervorragend.«

»Danke. Frau Venn hat sich übrigens den Arm gebrochen.« »Soll ich einen Blumenstrauß besorgen, oder machst du es?« Die Gespräche waren ihr vorgekommen wie Lügen, die sie sich gegenseitig auftischten, um wenigstens an der Oberfläche eine wenn auch brüchige Harmonie zu schaffen.

Kai war schweigsam geworden. Sie hatte es bemerkt, aber hatte es verdrängt, da ein anderes Thema sie beschäftigte. In der Volkshochschule wurde ein neuer Leiter gesucht. Gregor hatte ihr vorgeschlagen, sich zu bewerben, hatte sie immer wieder bedrängt, sie sei doch geeignet, schließlich habe sie ein abgeschlossenes Philologiestudium und langjährige Erfahrung an der Volkshochschule. Bis sie endlich nachgab und ein Bewerbungsschreiben abschickte. Am Ende wurde eine zehn Jahre jüngere Frau gewählt.

Seitdem machte sie sich über das Alter Gedanken, beobachtete ihren Körper, stellte langsame Veränderungen fest. Die Haut verlor an Festigkeit; die Lider senkten sich, was sie manchmal müde ausschauen ließ; der Abwärtsbewegung der Mundwinkel konnte man kaum entgegenwirken, es sei denn, man lächelte ununterbrochen. Um wenigstens ihre Figur zu halten, meldete sie sich für eine zusätzliche Gymnastikstunde an. Das musste genügen. Noch.

* * *

Aus dem Nieselregen war ein starker Regen geworden, der gegen die Fensterscheiben trommelte. Die Pflanzen bildeten eine schützende Wand, die die Außenwelt mit dem schlechten Wetter auf Abstand hielt und innen ein Gefühl von Geborgenheit vermittelte. Alice würde es verstehen, wenn Vera noch nicht an Aufbruch dachte und erst später zurückkam. Lissy mochte lästern, aber Alice würde kein schlechtes Wort über ihren abwesenden Gast verlieren.

Christian hatte Vera ein zweites Glas Rotwein eingeschenkt, ohne sie zu drängen, endlich etwas zu sagen. Sie drehte das Glas zwischen den Händen hin und her. Was war so wichtig, dass Christian es wissen sollte? Die Zeit nach Kais Tod? Konnte sie überhaupt beschreiben, was danach in ihr vorging? Der bohrende Schmerz und die Verzweiflung, dass der geliebte Sohn nicht mehr erreichbar war. Wie sehr sie ihn geliebt hatte, wurde ihr erst nach der Beerdigung bewusst. Sie wartete und wartete, dass plötzlich die Wohnungstür aufging und sie wie immer sagte: »Kai?« Aber wenn der Schlüssel in der Tür sich drehte, war es Gregor, der nach Hause kam.

Gregor schlug nach französischem Vorbild eine Grabplatte aus Stein vor, die sie strikt ablehnte, weil sie den Toten erdrückte und seiner Seele keinen Platz ließ zu entweichen. Sie war außerstande, einen eigenen Vorschlag für die Grabgestaltung zu machen, so dass Gregor sich schließlich für einen schlichten Stein entschied. Sie nickte nur und weigerte sich, den Friedhof ein weiteres Mal zu besuchen.

Es war eine große Beerdigung gewesen, was Gregor, ohne dass er es erwähnt hätte, guttat. »Wenn du jung stirbst, kommen halt viele Leute; wenn du in hohem Alter stirbst, sind die Menschen, die das Leben mit dir verbracht haben, zum großen Teil tot. Wer soll dann noch kommen?«

Vera erinnerte sich nicht, wer an der Beerdigung teilgenommen hatte. Stattdessen sah sie hängende Köpfe, verschränkte Hände, dunkle Kleidung vor sich, spürte, wie ihr steifer Körper von Fremden umarmt wurde, sprachlos wie sie selbst. Es gab weitere Momente, die sich nicht aus ihrem Bewusstsein vertreiben ließen. Der Augenblick, als die Träger den Sarg anhoben. »Er wiegt doch nichts«, hatte sie zu Gregor gesagt und sich an seinem Arm festgehalten.

Als die Freunde und Bekannten aufhörten, sich nach ihrem Befinden zu erkundigen, war sie froh, denn niemand ahnte, was in ihr vorging, niemand wollte es wirklich wissen, und sie gab von sich aus nichts preis. Der Abstand zur Außenwelt wurde nicht kleiner, sondern eher größer.

Es gab kein Heute und kein Morgen, stattdessen nur ein »nie mehr«, das einer totalen Ohnmacht gleichkam. Die Zeit stand still.

Vera verlor das Interesse an allem, was früher ihren Tagesablauf bestimmt hatte, fragte sich, warum sie überhaupt lebte. Sie aß lustlos, sah fern, ohne zu wissen, um was es ging, bereitete mechanisch ihren Unterricht für die Volkshochschule vor. Nach außen hin wirkte sie gefasst und unauffällig. Niemand ahnte etwas von dem Gefühl der Sinnlosigkeit und Leere, das ihr Inneres ausfüllte. Nur manchmal erfasste sie ein Schwindel, so dass sie sich kurz setzen musste und die Frage hörte: »Ist Ihnen nicht gut?«, eine Frage, die sich leicht mit einem abwehrenden »Alles in Ordnung« beantworten ließ.

Die Erinnerung verblasste nicht, im Gegenteil. Je mehr Zeit verging, desto mehr erinnerte sie sich an bestimmte Dinge, die sie mit Kai erlebt hatte. Nur sein Gesicht wurde unklarer und ließ sich nicht mehr zusammenfügen, obwohl Ausschnitte, seine lockigen Haare, seine Augen mit den langen Wimpern, sein mädchenhafter Mund im Detail vor ihr standen. Nur ließ sich daraus kein Ganzes zusammensetzen.

In wenigen Sätzen schilderte Vera diese schwarze Zeit.

»Du erwähnst deinen Mann kaum. War er dir keine Hilfe?«, fragte Christian erstaunt.

»Ich war wie versteinert«, antwortete Vera. »Was immer er sagte, es kam nicht bei mir an.«

»Reichte es nicht, wenn er deine Hand hielt?«

Vera drückte die Arme fest an ihren Körper. »Ich habe jede Berührung mit ihm vermieden.« In ihren Schläfen pulsierte es. »Wir haben uns nicht einmal geküsst. Aber es war nicht die körperliche Einsamkeit, die mich hilflos machte. Wir konnten einfach nicht über die wirklich wichtigen Dinge reden; keiner traute sich, den Anfang zu machen, obwohl beide wussten, dass wir uns mit unseren nebensächlichen Alltagsthemen etwas vorspielten. Insgeheim warf ich Gregor immer noch seinen belehrenden Ton Kai gegenüber vor. Dass er ihn nicht so sein ließ, wie er war. Dass er zu viel von ihm verlangte.

Je länger wir schwiegen, desto weniger waren wir imstande, dieses Verhalten zu korrigieren.

Kais Tod schweißte Gregor und mich nicht zusammen; er isolierte uns; jeder versank in seiner Welt. Ich stand mit Kai auf der einen Seite, Gregor auf der anderen Seite. In Gedanken hielt ich immer noch die schützende Hand über meinen Sohn.«

Vera hatte vom vielen Reden eine trockene Kehle und griff nach ihrem Glas. Sie spürte, wie Christian sie nachdenklich betrachtete. Sie ließ ihm Zeit, stellte ihr Glas sehr langsam zurück auf den Tisch und wartete, was er zu sagen hatte.

»Ich habe eine Frage, die dich vielleicht schockiert. Darf ich sie trotzdem stellen?« Vera nickte, obwohl sie am liebsten nein gesagt hätte. Was wollte er?

»Hast du dich nie gefragt, ob auch du bei deinem Sohn etwas falsch gemacht haben könntest? Hast du ihm erlaubt, anders zu sein als du ihn haben wolltest?«

Veras Gesicht verzog sich schmerzhaft. Wie kam er zu dieser Frage? Sie hatte Kai gegen alles, das sich ihm entgegenstellte, verteidigt. Konnte das falsch sein? Ihre Stimme bebte, als sie sagte: »Kann etwas falsch sein, das man aus Liebe tut? Vielleicht habe ich zu viel des Guten getan, habe über seine Fehler hinweggesehen. Meinst du, das hat Kai geschadet?« Sie zog fragend die Schultern hoch. »Warum sollte das so sein?«

»Auf die Frage, warum das so sein sollte, weiß ich keine Antwort. Mir fällt nur auf, wie oft du das schlechte Verhältnis zwischen Vater und Sohn erwähnst. Und auch wenn du nicht direkt sagst: ›Gregor ist schuld an allem‹, ich höre es heraus.«

Das war eindeutig ein Vorwurf. Aufgebracht blitzte Vera Christian an. »Da hörst du zu viel heraus. Du gehst zu weit mit deiner Vermutung.«

»Dann schildere mir bitte dein heutiges Leben mit Gregor. Schläfst du wieder mit ihm?«

Was bildete der Mann sich ein? Was ging ihn das an? Die intime Frage ärgerte sie ebenso wie sein nüchterner Tonfall. Distanziert, fast kühl. Vera spürte ein heraufziehendes Unbehagen. Sie würde Christian nicht sagen, dass ihr eigentliches Leben erst begann, wenn Gregor in der Uni oder in seinem Arbeitszimmer war. Es war nicht so, dass sie ihn weit weg wünschte. Nein, es war gut, dass es ihn gab, aber *gemeinsam* bedeutete etwas Anderes. *Gemeinsam* war früher.

Als sie nicht antwortete, räumte Christian den Tisch ab, stellte das Geschirr in die Spülmaschine und griff nach der Rotweinflasche. »Kommst du mit ins Wohnzimmer?« Mit einem Blick auf ihre Socken fügte er hinzu: »Da kannst du dich bequem aufs Sofa setzen.«

Dankbar, dass ihr die Antwort auf die Frage nach ihrer Beziehung zu Gregor erspart blieb, folgte sie Christian und ließ sich in der Ecke des großen Sofas nieder. Sie zog sich eins der beiden Kissen in den Rücken und streckte nach einigem Zögern die Beine auf dem Fußteil des Sofas aus, das Christian vor sie hingeschoben hatte. Fehlte nur noch, dass er ihr eine Decke für die Füße brachte, um sich wie zuhause zu fühlen.

Der Blick auf die Bücherwand, der einzelne Sessel, vieles ähnelte ihrer Einrichtung in Bonn und war doch ganz anders. Christians Wohnung musste nur ihm selbst gefallen; sie spiegelte seine Vorlieben wider, aber war nicht darauf bedacht, bei Besuchern einen bestimmten Eindruck zu hinterlassen, mit dem er sich identifiziert sehen mochte. Sicher, Gregor kaufte die wertvollen Bücher zu seiner eigenen Freude, aber insgeheim war es ihm doch wichtig, dass die Kollegen ihn für einen kunstsinnigen, gebildeten Kenner hielten.

Vera versuchte gerade zu erkennen, was auf einigen leicht verfremdeten Fotos dargestellt war, als ein paar Füße mit grünen Socken neben ihren Beinen landeten. Christian saß ihr im Sessel gegenüber und machte es sich ebenfalls bequem, indem er die Beine hochlegte. »Du gestattest doch«, sagte er, als gäbe es keine andere Wahl als »selbstverständlich« zu antworten. Vera stellte sich Gregor in der Situation vor und lachte auf. Niemals würde er die Schuhe im Beisein anderer ausziehen, weder bei Unbekannten noch bei Bekannten. Und die Füße dann auch noch neben die Beine der Frau zu legen, die ihm gegenüber saß, das lag außerhalb Gregors Vorstellungsvermögen.

Gregor. Einiges hatte sie doch mit ihm gemeinsam. Sie musste sich eingestehen, dass sie sich unbehaglich fühlte mit den grünen

Socken neben sich, so sehr Christians unkonventionelle Art sie beeindruckte. Sie schob ihre Füße so weit wie möglich an den Rand des Hockers, darauf bedacht, nicht mit den fremden Beinen in Berührung zu kommen. Christian machte sich einen Spaß daraus, mit den eigenen Füßen hinterher zu rutschen, bis sie nicht weiter ausweichen konnte und sein Bein auf ihrem Knie landete.

Vera erschrak. Sie hatte verlernt, auf Berührungen zu reagieren.

Christian steigerte ihre Ratlosigkeit, indem er ohne Scheu seinen Blick über ihren Körper wandern ließ. »Merkt dein Mann noch, dass du schön bist? Achtet er noch auf deine Hände, deine Beine, deine Brüste? Oder sieht er in dir nur noch die Frau, mit der er ein halbes Leben verheiratet war, die für ihn kocht, die Wohnung sauber hält, sich anhört, was er erlebt?« Christians Stimme klang ungeduldig. Bevor Vera etwas sagen konnte, fuhr er fort: »Du willst ihm jetzt nichts Schlechtes nachsagen, weil du ihn schon gegen Kai genügend belastest. Stimmt's? Aber überleg mal. Ist dir schon mal etwas Positives eingefallen, das für Gregor sprechen würde, und etwas Negatives, das gegen Kai sprechen würde? Etwas, das du vielleicht verdrängt hast?«

Vera verstand nicht, worauf er hinauswollte. Außerdem hatte sie keine Lust, sich noch einmal anhören zu müssen, Kai sei raffiniert gewesen.

»Gib zu, Vera, was dir nicht in die Erinnerung passt, vergisst du. Und bildest dir ein, was übrigbleibt, sei die Wahrheit. Weit entfernt. Die Erinnerung ist ein Lügner. Ich weiß nicht, wer das gesagt hat, aber es stimmt.«

Vera stieß Christians Bein wenig sanft weg. Was unterstellte er ihr? Dass sie sich die Vergangenheit zurechtlegte, wie es ihr passte? Warum sollte sie das tun? Sie erfand keine Geschichten.

»Für wen sollte ich die Erinnerung zurechtbiegen?« Ihre Stimme klang brüchig.

»Für dich selbst.«

»Wie meinst du das?«

»Manchmal lebt es sich mit der halben Wahrheit besser.«

Vera zog abrupt ihre Beine hoch. Schrill spuckte sie die einzelnen Wörter aus: »Du willst also damit sagen, dass ich mich selbst belüge.«

»Nein. Ich will damit nur sagen, dass du versuchen solltest, alles, aber wirklich alles einmal auszusprechen, ohne Angst, dir selbst weh zu tun.«

Was mischte dieser Mensch sich so tief in ihre Angelegenheiten ein?

»Was könnte das zum Beispiel sein, wenn du schon so ein kluger Ratgeber bist?«

Christian schien die Ironie zu überhören.

»Hast du dir jemals überlegt, dass es für dich selbst wichtig war, dass du Kai beschützen, helfen, verwöhnen – nenn' es, wie du willst –, dass du alles für ihn tun konntest? Kurz gesagt: Du brauchtest es für dich.«

»Und wenn schon. Was ist daran falsch?« Sie leerte das Weinglas in einem Zug. Dann fügte sie herablassend hinzu: »Sonst noch etwas, das du wissen möchtest?«

»Warum hast du mir nichts von der Zeit vor dem Unfall erzählt? Du hast sie übersprungen, als hätte es diese Zeit nicht gegeben.

Gab es da etwas, das du lieber nicht erwähnst?«

Veras Augen verengten sich. Jetzt ging der Mann eindeutig zu weit. Sie konnte ihren Zorn nicht verbergen, wollte ihn beschimpfen, aber ihre Zunge gehorchte ihr nicht. Sie starrten einander an, Vera in mühsamer Beherrschung, Christian abwartend, als mache er sich auf ein unflätiges Schimpfwort gefasst.

Vera hörte ihr Herz in den Ohren pochen. Die Zeit vor dem Unfall. Es gab keine besonderen Vorkommnisse, die sich ihr eingeprägt hätten. Wie konnte Christian so tun, als ob sie mit Absicht diese Wochen aus ihrem Gedächtnis gestrichen hätte? Ein unsensibler Mensch, der keine Grenzen, keinen Abstand anderen gegenüber kannte. Und dafür war sie hergekommen! Christian Anholt war der Grund für die Reise gewesen. Lächerlich. Beschämend. Unüberlegt. Veras Augen glänzten fiebrig. Neben dem Zorn, der so plötzlich in ihr aufgekocht war, wuchs die Enttäuschung über das unsinnige Unternehmen, auf das sie sich eingelassen hatte.

Die Fotos an der Wand verschwammen vor ihren Augen. »Die Zeit vor dem Unfall« hämmerte es in ihrem Kopf. Da war nichts. Trotzdem hatten sich die Wörter wie Wiederhaken in ihrem Kopf festgesetzt. »Er hat die Bücher geklaut«, hatte Melli gesagt. Aber das hatte nichts mit dem Unfall zu tun. Oder gab es da etwas, an das sie sich nicht erinnerte? Warum fragte Christian überhaupt? Sie lehnte sich zurück und ließ den Kopf auf das Polster sinken. Beschämt wischte sie die Tränen, die über ihr Gesicht liefen, mit dem Handrücken weg, versuchte, sich zusammenzureißen, aber es gelang ihr nicht. Als hätte sich das Wasser im Innern gestaut, ließ es sich, einmal den Stopfen geöffnet, nicht mehr aufhalten.

Christian sprang entsetzt auf, setzte sich dicht neben sie und reichte ihr sein Taschentuch. »Was ist los? Ich wollte dich nicht kränken. Ich wollte dich nur irgendwie zum Reden bringen. Es tut mir leid, Vera, sehr leid.«

Vera verstand kaum etwas von dem, was er sagte; seine Stimme und das Taschentuch lösten einen neuen Sturzbach von Tränen aus. Er streichelte ihre Hände, bis sie sich langsam beruhigte.

Die Zeit vor dem Unfall. Gab es etwas, das sie besser unerwähnt ließ? Hätte Christian nicht diese Frage gestellt, säße sie jetzt nicht mit verschmierter Mascara und verquollenem Gesicht neben diesem fast Unbekannten und fühlte, wie ihr Herz pochte. Die Frage machte ihr Angst. Obwohl sie ihr Leben mit und ohne Kai schon hundertmal durchdacht hatte, fing sie wieder von vorne an, ihr Hirn zu zermartern. Doch je länger sie nachdachte, desto mehr hatte sie das Gefühl, dass die Gedanken nur die Nebelwand im Kopf verstärkten. Ob sich dahinter etwas verbarg?

Sie lehnte sich näher an Christian und ließ es geschehen, dass er seinen Arm um sie legte, genau wie sie es sich vorgestellt hatte, als sie in der Küche hinter ihm hergeschaut hatte. Er drückte sein Gesicht in ihr Haar und hielt es dort eine Weile. Ihr Körper hörte auf zu zittern, die dunklen Gedanken verflüchtigten sich, und sie spürte nur noch das Klopfen seiner Halsschlagader. Wenn sie diesen Augenblick doch anhalten könnte. Wenn sie einfach so sitzen bleiben könnte, eine Stunde, zwei Stunden, ohne zu denken, einfach so.

Ihr Blick fiel auf drei schwarz-weiß Fotos, die übereinander an der Wand hingen und eine auffallende Frau zeigten, nicht jung, nicht nach dem heutigen Modegeschmack, sondern eher aus den 40er oder 50er Hollywoodjahren.

»Wer ist die Frau? Ist sie Schauspielerin?«, unterbrach Vera das Schweigen, das sich wohltuend zwischen beiden ausgebreitet hatte. Da Christian den Kopf schüttelte, fragte sie weiter: »Ist es Vita?«

»Nein.«

»Wer dann?«

»Rebecca. Rebecca Price. Du hast die Initialen auf dem Klingelknopf gesehen.«

»Demnach hat sie hier gewohnt.« Oder wohnte sie etwa noch hier? Sofort nahm Vera den Kopf von Christians Schulter und sah ihn fragend an.

»Sie hat nur kurz hier gewohnt, aber alles durcheinander gewirbelt.« Er fasste sich an den Hemdkragen, den er längst geöffnet hatte. »Es waren nur wenige Monate, aber die reichen für drei Bücher.«

Die Frau musste strapaziös gewesen sein, aber gleichzeitig faszinierend. Sonst hätte er die Fotos nicht hängen lassen.

»Hat sie sich für die Fotos als Diva zurechtgemacht?«

»Nein, sie liebte es, auch im Privatleben Theater zu spielen und schminkte sich immer entsprechend. Katharine Hepburn war ihr großes Vorbild.«

»Und du warst Spencer Tracy.«

Christian nahm den Arm von Veras Schulter.

»Ich weiß nicht, was ich für sie war. Auf jeden Fall hatte sie mich fest im Griff. Sie war klug, und sie war ehrgeizig. War nie nachlässig gekleidet. Sie wusste mit Männern umzugehen, war selbstbewusst und versuchte nicht, sich jünger zu machen, als sie war. Wenn sie einen Raum betrat, beherrschte sie ihn, als ob alles ihr gehörte. Sie war der Mittelpunkt, dem ich mich untergeordnet habe.«

Vera konnte sich nicht vorstellen, dass Christian sich unterordnete. Es sei denn, er hatte die Frau geliebt.

»Für kurze Zeit habe ich geglaubt, ich liebte sie und sie liebte mich. Außer ihren Kleidern brachte sie kaum etwas mit, als sie beschloss, bei mir einzuziehen. Den Rest ließ sie in ihrem Apartment, das sie beibehielt.

Mit ihrem Einzug bei mir änderte sich mein Gefühl für sie langsam aber stetig. Ich konnte es kaum ertragen, dass sie ihre Kleider neben Vitas zurückgelassene Sachen hängte. Auch wenn der Schrank fast leer war, er gehörte immer noch Vita. Außerdem wusste ich nicht, womit Rebecca ihre Garderobe bezahlte, bis sie mir eines Tages ganz nebenbei gestand, dass ich dabei gewesen sei, als sie ein Kleid aus einem teuren Modegeschäft entwendete. Während ich vor der Umkleide wartete, hat sie ein sündhaft teures Kleid unter ihr eigenes angezogen. Ich habe nichts bemerkt. Ich erinnere mich nur, dass sie ein anderes, preiswertes Teil nachlässig, aber unübersehbar über die Schulter warf und mit mir zum Ausgang ging. Natürlich gab es ein lautes Warnsignal an der Tür, da sowohl das teure wie auch das preiswerte Teil mit einem Sicherheitsknopf ausgestattet waren.

Rebecca fasste sich an den Kopf, als habe sie vergessen zu zahlen. Niemand kam auf die Idee, dass sie es vielleicht hätte stehlen wollen, denn dann hätte sie es nicht so auffällig über die Schulter gehängt. Sie ging selbstbewusst zur Kasse, entschuldigte sich für ihre Vergesslichkeit, beglich die Summe für das preiswerte Kleid mit Bargeld und wartete, bis die Kassiererin den Sicherheitsknopf entfernt hatte. Dann ging sie zurück zum Ausgang, wo die Tür, wie nicht anders zu erwarten, wieder schrillte, da der Knopf am gestohlenen Kleid ja nicht entfernt wurde. Rebecca drehte sich beleidigt um und zog die Augenbrauen hoch. Die Frau an der Kasse sagte entschuldigend: ›Das passiert manchmal, dass die Warnanlage spinnt‹, woraufhin Rebecca weiterging, als sei ihr ein Unrecht angetan worden.«

Christian hatte sich in Zorn geredet. Sein Gesicht war gerötet, seine Augen bewegten sich nervös.

Vera war beeindruckt von so viel Chuzpe. »Hast du sie zur Rede gestellt?«

»Was glaubst du, was für eine Antwort sie mir gegeben hat?«

Vera zuckte die Schultern.

»Sie wollte sich an dem Besitzer der Modekette rächen, weil er sie auf einer Abendveranstaltung bloßgestellt hatte.«

»Das konnte sie ihm nicht verzeihen.«

»Nach außen cool brannte in ihrem Innern ein gieriges Feuer, darauf bedacht, es diesem Mann heimzuzahlen. Sie schaffte es sogar, ihn in einen Unfall zu verwickeln, bei dem man ihn schuldig sprach. Du siehst, Angebetete halten meist der Vorstellung, sie seien fehlerlos und perfekt, nicht stand, wenn man ihnen begegnet.«

Christian hatte so viel geredet, dass er nach der Weinflasche griff, nur um festzustellen, dass sie leer war.

»Ich hole mir einen Whisky, denn ich rege mich zu sehr auf, wenn ich von Rebecca erzähle.«

Vera schaute weiter auf »Katharine Hepburn« mit den glänzenden gewellten Haaren, mit der ebenmäßigen Haut und den gemeißelten Gesichtszügen, die Energie und Tatkraft ausstrahlten. Sah man ihr an, dass sie ein Racheengel war, dem seine Rache so sehr ein inneres Bedürfnis war, dass er vor nichts zurückschreckte? Nicht einmal davor, seinen Feind in einen Unfall zu verwickeln, bei dem immer die Gefahr bestand, dass jemand zu Schaden kam? Nein, auch bei längerem Hinsehen wurde sie nicht zu einer gefährlichen Person, sondern blieb eine faszinierende Frau, die von Männern verehrt und begehrt wurde.

»Das ist es ja gerade. Du lernst sie kennen und verfällst ihr, weil sie so eine außergewöhnliche Frau ist. Irgendwann entdeckst du, dass sie nicht ganz perfekt ist, und machst den Fehler, es ihr zu zeigen.«

»Und warum hängt sie immer noch bei dir an der Wand?«

Christian holte eins der Fotos, das Rebecca in einem atemberaubenden, figurbetonten Kleid zeigte, und hielt es Vera hin.

»Das ist das Kleid, das sie in meinem Beisein entwendet hat. Jetzt sieh dir die Rückseite an.«

Vera drehte das Foto um und las: »Ach hättest du geschwiegen, Dieter.«

Als Christian Veras fragenden Blick sah, erklärte er: »Dieter heißt der Mann, der sie bloßstellte. Ich lasse diese Fotos hängen, weil sie einen kleinen Ausschnitt aus meinem Leben wiedergeben. Bei Rebecca hielten sich viel Positives und ebenso viel Negatives die Waage. Wie im normalen Leben auch, nur dass bei ihr beides geballt auftrat.«

Vera hörte nur mit halbem Ohr zu. Der Satz auf der Rückseite des Fotos stand noch vor ihren Augen. *Ach hättest du geschwiegen.* Wo hatte sie diesen Satz schon mal gelesen? Sie sah einen vollgeschriebenen Bogen Papier vor sich mit der Überschrift *Rache.* Rache in großen eckigen Buchstaben. Der Bogen lag auf Kais Schreibtisch. Sie hatte sich die gesammelten Zitate angesehen, ihnen aber keine Bedeutung beigemessen, da Kai öfters Dinge tat, die ein Außenstehender als seltsam abqualifizieren würde. Für Vera machte es das Besondere an ihrem Sohn aus.

Die meisten der längeren Zitate kannte sie nicht, aber die kurzen sah sie wieder vor Augen. *Die Rache ist mein. Wie du mir, so ich dir. Auge um Auge, Zahn um Zahn.* Zwei Sätze waren ihr besonders aufgefallen, da sie rot unterstrichen waren. *Die Rachegötter schaffen im Stillen.* Und ein Zitat von Heinrich Heine, das ihr einen Schauder über den Rücken laufen ließ. Vielleicht hatte sie es sich deshalb gemerkt. *Es gibt kein angenehmeres Geschäft, als dem Leichenbegräbnis eines Feindes zu folgen.*

Als sie das nächste Mal in Kais Zimmer kam, war der Zettel

verschwunden. Ebenso wie die Cannabis-Pflanzen, die er seit einiger Zeit so fürsorglich begoss. Auf Veras Frage, was denn das für Pflanzen seien, für die er jeden Tag frisches Wasser holte, zuckte er nur die Schultern und sagte, die betreue er für einen Freund, der für ein Semester nach Neuseeland gegangen sei. Vera musste sich im Internet informieren, um zu erfahren, was für Pflanzen da auf dem Fensterbrett standen. Melli lachte nur, als Vera ihr die Entdeckung besorgt mitteilte: »Ach Mum, das ist doch das Normalste der Welt. Nur Papa und du, ihr wisst nicht, was woanders so passiert.« Allerdings waren Mutter und Tochter sich einig, dass sie Gregor besser nicht aus dem Tal der Ahnungslosen herausholten.

Christian trank seinen Whisky langsam und mit Bedacht. Er beobachtete die Eisstückchen, die bei jeder Bewegung leise im Glas klirrten. Vera hatte ein weiteres Getränk abgelehnt mit der Begründung, dass sie bald aufbrechen müsse. Eine leichte Verstimmung hatte sich in ihr breitgemacht, als Christian ihr nicht widersprochen hatte. Wenn er wenigstens gesagt hätte: »Aber ein Viertelstündchen kannst du doch noch bleiben.« Aber ohne jeglichen Einwand hatte er ihren Satz stehen lassen. Dabei hatte sie das unbestimmte Gefühl, dass der Abend noch nicht vorbei war, dass noch etwas auf sie wartete.

»Du hast mir jetzt schon von drei außergewöhnlichen Frauen erzählt, mit denen du jeweils eine bestimmte Zeit verbracht hast. Glaubst du, es gibt nur die eine große Liebe, die dir, wenn du Glück hast, im Leben begegnet? Oder kannst du, wenn sie vorbei ist, eine ebenso große neue Liebe finden?«

Christian überlegte einen Moment.

»Man kann sogar zwei Menschen gleichzeitig lieben. Es kostet nur eine Wahnsinnskraft, denn die meisten Menschen möchten der einzig Geliebte sein und verstehen nicht, dass einem durch den anderen nichts weggenommen wird.«

»Ich verstehe es auch nicht.«

»Das glaube ich dir sofort.«

Vera schaute ihn verwirrt an.

»Kannst du mir das erklären?«

»Nein. Das würde zu lange dauern.« Die Antwort ließ kein Nachfragen zu. Vielleicht hatte Christian keine Lust mehr auf Reden, war müde und wollte lieber ins Bett. Sie sollte sich besser auf den Heimweg machen.

»Bevor ich gehe, beantworte mir noch eine Frage: Warum ging die Beziehung zu Rebecca nach so kurzer Zeit in die Brüche?«

»Hast du eine Ahnung, wie anstrengend eine selbstbewusste, geistreiche, erfolgreiche, noch dazu gutaussehende Frau ist? Ich war die ganze Zeit damit beschäftigt, mich auf gleicher Höhe wie sie zu halten, konnte mich nicht gehen lassen, musste den ganzen Tag geistreich sein. Ich war nicht der, den ich vorgab zu sein.«

»Und warum hast du ihr nicht gezeigt, wie du selbst bist?«

»Weil sie das gar nicht sehen wollte. Aber eins sage ich dir: Sollte ich jemals wieder eine Frau in meine Nähe lassen, dann nur eine, die auf allen Gebieten nicht mehr als mittelmäßig ist, damit ich meine Ruhe habe.« Christian lehnte sich im Sessel zurück, verschränkte die Arme hinter dem Kopf und lächelte schelmisch.

Vera wusste nicht, wie sie auf den letzten Satz reagieren sollte. Hatte er ihn ernst gemeint oder ironisch?

Seit sie hier war, wusste sie Vieles nicht einzuordnen, war sich nicht mehr sicher, was sie sich von diesem Abend, von dieser Reise überhaupt erhofft hatte. Morgen fuhr sie nach Hause, so klug wie zuvor oder klüger?

Im Zimmer herrschte ein angenehmes Halbdunkel, da Christian darauf verzichtet hatte, das Licht einzuschalten. Ein Wink, dass es spät war und er am nächsten Morgen wieder eine Gruppe in Sissinghurst erwartete? Vera zog die Wollsocken aus und legte sie neben sich.

»Kannst du mir ein Taxi bestellen?« Sie wäre gern zu Fuß gegangen, denn es hatte aufgehört zu regnen, aber zu so später Stunde traute sie sich nicht, allein durch die Stadt zu laufen. Sie bückte sich, um die Wanderschuhe anzuziehen, als Christian plötzlich neben ihr stand und sie am Arm hochzog.

»Komm mal her, seltsames Mädchen, ich habe wieder viel zu viel geredet. Und du nimmst es dir zu sehr zu Herzen und machst dir das Leben schwer.« Er zog sie an sich, seine Arme umschlangen sie. Ihr Körper spannte sich, als müsse er einen Überfall abwehren; einen Moment lang sträubte sich alles in ihr, bis sie merkte, wie sehr es sie nach der Berührung verlangte, wie ausgehungert sie war. Langsam löste sich die Spannung; ihr Körper gab Stück für Stück seine Abwehrhaltung auf und überließ sich den Wünschen seines Gegenübers.

Eine Weile standen sie schweigend aneinander gelehnt, bis Vera ihren Kopf zurücknahm und in Christians Augen zwei Funken tanzen sah. Freude am Leben, Genugtuung, dass sie ihm nichts nachtrug, oder die Sicherheit zu bekommen, was er wollte, was auch immer sich in seinen Augen spiegelte, es war egal. Sie sah nur die tanzenden Funken, beugte sich vor und küsste ihn auf den Mund.

* * *

Es dämmerte. Licht drang durch die Vorhänge und nahm alles in Besitz. Die Möbel in Christians Zimmer bekamen Konturen; die Welt wurde allmählich wirklicher, sachlicher. Draußen waren die ersten Spatzen zu hören; eine Straßenbahn fuhr über die Hauptstraße.

Vera starrte an die Decke. Sie würde nicht warten, bis Christian aufwachte, denn dann musste sie reden. Und was immer sie jetzt sagen würde, wäre falsch und unpassend. So vorsichtig wie möglich stand sie auf, zog Christians T-Shirt, das er ihr gegeben hatte, aus und legte es auf die Bettdecke. Immer noch das alte Ehebett, schoss es ihr durch den Kopf. Wie viele Frauen mochten hier schon geschlafen haben? Sie lächelte, nahm ihre Kleidungsstücke auf den Arm und warf einen letzten Blick auf den fest schlafenden Mann. Er ist solche Nächte gewöhnt, sagte sie sich ohne Groll. Um ihn nicht zu wecken, ging sie am Badezimmer vorbei direkt ins Wohnzimmer, zog sich an und verließ die Wohnung.

Ein kühler Wind wehte ihr entgegen. Sie fröstelte und überlegte, ob sie ein Taxi rufen sollte, entschied sich aber dagegen, da die frische Luft ihr guttun würde. Die Straßen und Geschäfte waren noch leer, lediglich in der Bycicle Bakery bewegten sich zwei Männer.

Obwohl sie nur kurz geschlafen hatte, fühlte sie sich frisch und ausgeglichen. Der Weg war länger als erwartet, aber Vera summte gut gelaunt das Lied, das Christian auf ihren Wunsch hin aufgelegt hatte: *Down by the Salley Gardens*. Alice hatte es am ersten Abend gesungen, als Vera gerade angekommen war, und Christian hatte es ihr am letzten Abend vorgespielt. Dazwischen lag ein Stückchen Leben mit allem, was es in seiner ganzen Bandbreite zu bieten hatte, Gutes und Schlechtes, Angenehmes und Unangenehmes, vor allem aufregend Neues. Sie hatte Nähe zugelassen, hatte ihre Schutzhülle gelockert und vieles gesagt, das sie lange unterdrückt hatte. Beschwingt ging sie durch die Straße, warf ihre Tasche in die Luft und fing sie wieder auf. Nur so, ohne Grund.

Bei Alice im Haus brannte noch kein Licht. Wahrscheinlich war es zu Ehren von Lissys Abschied spät geworden. Vera zog ihre Schuhe aus und versuchte, ohne Lärm nach oben zu kommen. Der Spiegel in der Diele zeigte ihr eine Frau, die reichlich mitgenommen aussah. Die Haare zerwühlt, Ränder unter den Augen, eine blasse Gesichtsfarbe, alles zeugte von wenig Schlaf. Nur die Augen leuchteten hellwach.

Als Vera ins Schlafzimmer gehuscht war und sich auf das Sofa fallen ließ, hörte sie Alice flüstern: »Alles ok?«

»Alles«, sagte Vera. Dankbar stellte sie fest, dass Alice die Vorhänge nicht zugezogen hatte, damit sie sich auch ohne Licht zurechtfinden konnte. Alice konnte einfach nicht anders, als sich in einen anderen hineinzuversetzen und für ihn mitzudenken.

Lissy drehte sich im Bett um, stöhnte einmal auf und schnarchte leise weiter. »Versuch noch etwas zu schlafen; der Tag wird lang«, sagte Alice. Vera hätte am liebsten ausführlich geduscht, aber es war zu früh, wenn sie nicht das ganze Haus wecken wollte. »Zieh die Vorhänge zu«, sagte Alice. »Ich wecke dich pünktlich.«

Sie hatten es wieder in letzter Minute auf die Fähre geschafft. Vera war froh, dass sie während der Fahrt hinten im Auto sitzen konnte. Schon beim Frühstück hatte Lissy ihre Neugier kaum im Zaum halten können. »Wann bist du denn nach Hause gekommen?«

Alice war Vera zuvorgekommen: »Du hast fest geschlafen, Lissy, aber ich war noch wach.«

Lissy hatte keine Ruhe gegeben: »Und triffst du ihn nun in Bonn?«

»Nein.«

»Wirklich nicht?« Lissy schüttelte enttäuscht den Kopf. Vera hatte gelächelt und mit Appetit ihr Toastbrot mit Spiegelei gegessen, wohl wissend, dass das Thema damit noch nicht beendet war.

Zu Beginn der Fahrt hatte Lissy noch einige Fragen gestellt, dann war ihr das Kopfdrehen zu anstrengend geworden. Sie hatte sich ein Kissen in den Nacken gelegt und war eingenickt. »Zu viel Alkohol«, war Dantes respektloser Kommentar.

Vera war froh, sich auf der Fähre die Beine vertreten zu können. Sie stand an der Reling und schaute auf das graue Wasser. Auf den Wellen torkelten die Möwen. Ein Wunder, dass ihnen nicht schwindelig wird, dachte Vera. Die Wolken hingen tief. Hoffentlich regneten sie sich über dem Meer aus, damit Dante auf einer trockenen Autobahn fahren konnte. Noch war das Ufer auf der gegenüber liegenden Seite nicht zu sehen, so dass für Lissy und Dante Zeit genug blieb, sich drinnen einen Kaffee zu holen, während Vera lieber draußen ihren Gedanken nachhing.

Bei dem leise schwappenden Wasser kam ihr wieder einmal die Zeile aus dem Fontanegedicht in den Sinn: »*Die Antwort ist doch nur wie Meeresrauschen.*« Das Meer rollte ans Ufer und kehrte zurück, immer wieder, ohne jemals eine Antwort mitzubringen.

Dabei gab es so viele Fragen, nur stand Vera heute nicht der Sinn danach, sich mit ihnen zu beschäftigen. Alles in ihr spürte der letzten Nacht nach; sie fühlte Christians Hände, seine Haut, seinen Atem an ihrem Hals. Sie hatte seine Nähe ohne Sicherheitsabstand zugelassen, hatte sich fallen lassen ohne Angst vor einem harten Aufschlag. Kai und Gregor, Lissy und Alice waren für ein paar Stunden in weite Ferne gerückt. Es gab nur sie beide. Und es gab nur noch ein Jetzt, keinen störenden, verunsichernden Gedanken an ein Vorher oder Nachher. Sie hatten kaum geredet, da Worte unwichtig waren. Vera versuchte sich an Sätze zu erinnern, die Christian gesagt hatte, aber sie hatte nur seine warme Stimme wahrgenommen, ohne auf den Inhalt zu achten. Er hatte sich irgendwann auf seine Ellbogen gestützt und sie betrachtet. Hatte er gesagt, sie sei schön?

Vielleicht war es falsch, dass sie ohne Abschied gegangen war. Sie hätte schnell ein paar nette Zeilen schreiben können. Aber kein geschriebenes Wort hätte ausgedrückt, was sie fühlte. Schon als sie die Haustür hinter sich schloss, wusste sie, dass es keine Wiederholung geben würde. Eine nüchterne Feststellung, die mit der Sehnsucht, die sich gleichzeitig einstellte, unvereinbar schien. Aber noch wollte sie nicht an die Zukunft und das Alltagsleben denken.

Als die ersten Tropfen fielen, zog sie den Jackenkragen hoch und ging mit einem feinen Lächeln auf den Lippen ins Innere der Fähre.

Lissy und Dante saßen schweigend vor ihrem Kaffee. Es musste wohl auch für Dante spät geworden sein, denn er war blass, und blaue Schatten umgaben seine Augen. Er nahm seine Jacke von einem der Plastikstühle und lud Vera mit einer galanten Verbeugung ein, sich zu setzen. »Willkommen in meinem Schloss, gnädige Frau. Achten Sie bitte auf meine kostbaren Möbel.« Als Vera ihm nur einen hoheitsvollen Blick schenkte, versank er wieder in Schweigen.

»Da bist du ja endlich «, sagte Lissy, dankbar, dass jemand da war, mit dem sie sich unterhalten konnte. »Mich wundert, dass du nicht müde bist. War's nicht so aufregend bei unserem Christian?«

Vera würde sich hüten, Lissy zu erzählen, dass sie nur eine Stunde geschlafen hatte, bevor Alice sie weckte.

»Wir hatten ein nettes Gespräch, aber aufregend? Nein.« Vera hatte keinerlei schlechtes Gewissen, Lissy anzuschwindeln. Melli nannte es ein *elastisches* Gewissen, das man haben durfte, wenn man mit einer Lüge niemandem wehtat. In dem Punkt war Melli äußerst großzügig. Wie oft hatte sie Gregor die seltsamsten Geschichten erzählt, die nur dazu dienten, ihre Wünsche durchzusetzen oder ihn auf eine schlechte Nachricht wie eine Fünf in Mathe vorzubereiten. Vera hatte stets eingewandt: »Eine Lüge bleibt eine Lüge«, aber Melli reagierte wie üblich: »Ach, Mum.«

Und nun verteidigte sie sich selbst mit Mellis Argumenten.

Lissy schüttelte verständnislos den Kopf. »Wahrscheinlich hast du dich steif ins Sofa gesetzt und über Wetter und passende Wanderschuhe geredet. Und das mit diesem Mann. Das Leben ist ungerecht. Ich liebe Trubel und Leute um mich und hätte gern einen Mann an meiner Seite.« Lissy brach in ein bitteres Lachen aus. In ihren Augen glaubte Vera einen Anflug von Traurigkeit zu erkennen, der ihr bisher nicht aufgefallen war. »Aber ich sag dir was«, fuhr Lissy nach einer Pause fort, »ob mit oder ohne Mann ist eigentlich egal. Ich fühlte mich auch mit meinem Mann immer allein.« Sie trank den letzten Schluck Kaffee und blickte nachdenklich auf ihre Hände, bevor sie hinzufügte: »Und in einer Menge von Leuten auch.« Sie stieß den leeren Becher von sich. Die unterhaltsame Lissy, die erst unter vielen Leuten richtig zur Form auflief. Vera fehlten die passenden Worte, die nicht nach Mitleid klangen. Hoffentlich machte Dante jetzt keine alberne Bemerkung. Aber schon begann er:

»*Der Adler fliegt allein,*
der Rabe scharenweise.
Gesellschaft braucht der Tor

und Einsamkeit der Weise.«

Dante betonte den Text, als ob er in der Schule ein schlecht gelerntes Gedicht aufsagte. Nach jeder Zeile machte er eine Pause und zog die Stirn in Falten, als wisse er nicht mehr weiter.

Vera konnte nicht anders, sie lachte laut auf, während Lissy ihm einen gekränkten Blick zuwarf. »Soll ich das witzig finden?«

»Ist nicht von mir; stand heute als Tagesspruch in meinem Kalender. Typisches Geschenk meiner Mutter. Beschwer' dich bei ihr«, verteidigte sich Dante. »Und wenn ihr wollt, kann ich euch noch ein paar Sprüche zum Thema aufsagen. Zum Beispiel: *Am schlimmsten ist die Einsamkeit zu zweit.*«

»Hör auf«, rief Vera. Das Lachen war ihr schnell vergangen, als sie Lissys verärgertes Gesicht sah. »Der Regen hat aufgehört«, sagte sie, um vom Thema abzulenken.

Der Regenguss hatte den Himmel reingewischt, so dass die Küste jetzt klar erkennbar war. Der Lautsprecher gab Anweisungen für die Autofahrer. Sogleich sprangen die Passagiere auf, suchten ihre Sachen zusammen und drängten sich vor den Ausgängen zum Autodeck.

Vera hatte noch Dantes letzten Spruch im Ohr: *Am schlimmsten ist die Einsamkeit zu zweit.* Heute sah sie Gregor wieder, sofern er nicht noch bei Matthias war. Wie würde das Wiedersehen werden? Die letzten Tage waren so angefüllt gewesen mit Neuem, dass sie kaum an den Streit mit Gregor gedacht hatte. Würde sie ihm alles erzählen? Alles sicher nicht. Zumindest würde sie ihm endlich gestehen, dass sie die Fontanebände nicht nur gekauft, sondern auch behalten hatte, obwohl er sich über das Gedicht ärgerte. Er musste endlich wissen, dass die letzte Zeile *Das Dunkel, das Rätsel, die Frage bleibt* der eigentliche Grund für ihre Fahrt nach England war.

Was hatte Christian gesagt? »Hell und Dunkel liegen im Leben nah beieinander.« Er hatte dunkle Seiten bei Kai aufgedeckt, von denen sie nichts geahnt hatte. Melli hatte mit ihrem Anruf weitere dunkle Stellen offenbart. Ungelöste Rätsel, die nicht nur Kais Leben überschatteten, sondern ebenfalls Vera in eine schwarze Tiefe hinabzuziehen drohten.

Vielleicht sollte sie Melli anrufen und ihr sagen, dass sie auf dem Nachhauseweg war. Das Gedränge der vielen Menschen machte es unmöglich, nach dem Handy zu greifen und gegen den Lärm anzutelefonieren. Sie verschob ihr Vorhaben auf die Autofahrt. Und Gregor? Nein, sie würde ihn nicht anrufen, denn er blieb sicher bis zum Abend in der Uni. Die Fachtagung endete mit einem Buffet im Festsaal der Universität, an dem er gern teilnahm, weil man ungezwungen von Stehtisch zu Stehtisch wechseln konnte. Er bevorzugte diese Art von Essen, denn an einem Tisch im Lokal konnte man einem langweiligen Gesprächspartner nur schwer entrinnen.

Vera war froh, dass sie Zeit haben würde, allein zu Hause »anzukommen«. So konnte sie in Ruhe ihre Sachen wegpacken und sich umziehen. Und morgen war Wochenende. Sie könnte Melli und Zoe einladen, vorausgesetzt, es passte Melli.

Der Gedanke war falsch. Es musste heißen: Vorausgesetzt, es passte Gregor.

Eine Frau, die hinter Vera stand, stieß sie an und schimpfte:

»Wollen Sie nicht mal endlich weitergehen?!« Aufgeschreckt stolperte Vera die Treppe zum Autodeck hinunter.

»Freitagnachmittag. Ich hätte mir denken können, dass die Straßen voll sind.« Dante war nicht gerade bester Laune, obwohl die Umstellung von Linksverkehr auf Rechtsverkehr ihm nicht zu schaffen machte. »Schleichen ist nicht mein Ding. Lieber fahre ich die doppelte Strecke zügig«, brummte er. »Und guckt mal, der Bus da vor uns. Was für eine dämliche Reklame der spazieren fährt.« *SUCH und FIND* stand in Großbuchstaben hinten auf dem Bus. Er sprach den Satz englisch aus, verstand ihn nicht und wunderte sich, dass die beiden Frauen anfingen zu lachen.

»Jungchen, wir sind nicht mehr in England; das ist ein deutscher Bus, und die Reklame ist auch deutsch.« Lissy freute sich, ihren Neffen einmal sprachlos zu erleben, wenn auch nur sehr kurz.

»Dante, du bist müde und grantig. Was haltet ihr davon, wenn wir eine Kaffeepause in Löwen machen? Das ist doch angenehmer als in so einer ungemütlichen Raststätte an der Autobahn." Das war wieder die alte Lissy, die gern organisierte und die Fäden in der Hand hielt. Vera wäre am liebsten weitergefahren, aber Dante musste eine Pause machen, und deshalb sollte er entscheiden, wo er anhielt.

»Mir recht«, sagte Dante, »Aber nur, wenn du mir ein anständiges Essen mit allem Drum und Dran spendierst.«

»Halt! Halt!«, rief Vera »Ich lade euch ein als kleines Dankeschön dafür, dass ihr mich mitgenommen habt.«

Dante war sofort einverstanden. »Solltest du mal wieder jemanden für irgendwelche Dienste brauchen, ich bin gern dein Diener.«

Lissy war nicht so leicht zu überzeugen. Aber schließlich gab sie nach. »Ich habe nur eine kleine Bitte. Wenn Christian Anholt mal seine Tochter in Bonn besucht, lade ich dich ganz zufällig zum Essen ein. Vielleicht könntest du ihn dann mitbringen.«

»Lissy, ich glaube kaum, dass er mir Bescheid gibt, wenn er nach Bonn kommt.«

»Du musst dir nur etwas Mühe geben, dann klappt das.«

Vera hatte keine Lust zu antworten, sondern wollte nur noch über irgendetwas anderes reden, notfalls auch über Wetter und Wanderschuhe.

In dem freundlich eingerichteten Café waren viele Tische besetzt, aber sie fanden einen angenehmen Platz in der Nähe des Fensters. Dante lachte laut, als er in der Wand ein falsches Kaminfeuer flackern sah.

»Mitten im Sommer!«

Vera warnte ihn: »Lass dich jetzt nicht über belgische Sonderlichkeiten aus. Mir reicht noch die Hinreise und deine Kenntnis der englischen Schafzüchtung.«

Lissy sah sich als Erstes nach einer Toilette um. Als sie zurückkam, hatte sie ein Band um ihre Haare geschlungen, passend zum Kleid, das Make-up aufgefrischt und sich mit Parfum eingesprüht. Sie erklärte Vera und Dante, dass sie ihre Meinung geändert und doch lieber zu einem anderen Lokal gehen würde, wo man im Freien den Kaffee trinken konnte.

»Oder was meint ihr? Frischluft tut uns sicher gut.« Dante und Vera nickten überrascht.

»Sie wollte hier nur auf die Toilette, weil es hier besser aussieht als drüben«, raunte Dante Vera halblaut zu und ging ohne zu protestieren hinter den beiden Frauen nach draußen.

Vera bewunderte Lissy für ihr Durchsetzungsvermögen, das keine Diskussion zuließ und trotzdem nicht wie ein Befehl wirkte.

»Hatte ich nicht recht? Der Blick auf den Marktplatz ist nicht zu überbieten. Ach, ich fühl' mich wohl.« Lissy streckte sich und las gut gelaunt die Speisekarte vor. Als alle ihre Bestellung aufgegeben hatten, schlang sie ihren Schal enger um den Hals, lehnte sich vor und schaute Vera fragend an: »Und nun sag mir mal, ob sich der Ausflug für dich gelohnt hat.« Ihr Blick sagte klar, dass sie sich nicht mit einem kurzen Satz abfertigen lassen würde.

Vera zählte die Höhepunkte der letzten Tage auf, die Gärten in Sissinghurst, die Oper in Glyndebourne, die Übernachtung mit Lissy und Alice in einem Zimmer. Sie stockte. Dante sprang ihr bei: »Nicht zu vergessen die Autofahrt mit Dante.« Vera lächelte dankbar. Ob er ahnte, dass sie keineswegs alle wesentlichen Erlebnisse erwähnt hatte? Mit diesem jungen Mann kannte sie sich nicht aus. Hinter seiner lässigen Art versteckte sich eine Sensibilität, die ihm auf den ersten Blick niemand zutraute. Womit verdiente er sein Geld? Hielt er es wie Melli nur eine bestimmte Zeit an einer Stelle aus? Dante hatte wenig von sich selbst erzählt.

»Und, Vera, du hast vergessen, wie toll du in dem geliehenen Kleid bei der Oper aussahst.«

Das hatte sie in der Tat vergessen. »Lissy, was hätte ich ohne dich gemacht? Darf ich dich fragen, ob du noch ein anderes Hobby hast, von dem ich profitieren könnte?«

Lissys Gesicht glättete sich vor Freude, dass Vera ihr die Chance gab, über ihre persönliche Vorliebe zu reden.

»Ich geh' nun mal gern in Modegeschäfte. Ich weiß, ein teurer Spaß. Ein zweites Hobby könnte ich mir gar nicht leisten. Was meinst du, warum ich immer noch dieses alte Auto fahre.«

»Damit du auch andere mit deiner Leidenschaft beglücken kannst«, spottete Dante. »Die gute Alice muss unter dir leiden, weil du ihr einfach etwas kaufst, das sie sich gar nicht gewünscht hat.«

»Alice vergisst, an sich selbst zu denken. Da helfe ich gern ein bisschen nach. Außerdem wohne ich immer umsonst bei ihr. Da werde ich ihr wohl hin und wieder etwas schenken dürfen.«

»Nur gut, dass du noch nicht auf die Idee gekommen bist, mich auszustaffieren. Da würdest du auf Granit beißen, auch wenn ich in vierzehn Tagen ein neues Jackett gut gebrauchen könnte.«

»Du und ein Jackett?«, fragte Lissy ungläubig.

»Tims Vater feiert seinen Geburtstag in irgendeinem Edelschuppen. Als Freund seines Sohnes bin ich auch eingeladen. Nicht unbedingt meine Liga, aber ich habe natürlich wegen Tim zugesagt, und außerdem hat der Vater vielleicht einen Job für mich.«

Dantes Vorfreude auf diese Feier schien sich in Grenzen zu halten.

»Ich kauf dir ein Jackett als Dank für deine Chauffeurdienste«, bot Lissy großzügig an.

»Kommt gar nicht in Frage. Dein Geld habe ich schon für etwas Anderes eingeplant.«

Vera dachte an ihren Schrank im Keller, in dem sie noch ein paar Sachen von Kai aufbewahrte. Den Großteil seiner Kleidung hatte sie auf Gregors Wunsch weggegeben, aber es gab einige Stücke, von denen sie sich nicht trennen konnte. Darunter auch ein Jackett, das Kai den Eltern zuliebe zum achtzigsten Geburtstag seiner Großmutter getragen hatte. Es müsste Dante in etwa passen, denn er war ebenso schlank wie Kai, nur etliche Zentimeter größer. Ob sie sich trauen sollte, ihm das Kleidungsstück anzubieten? Dante war der einzige junge Mann, den sie sich darin vorstellen mochte.

Lange Zeit war sie immer wieder in den Keller gegangen, hatte den Schrank geöffnet und hatte ihre Nase in Kais Pullover und sein Hemd gehalten. Beide Teile hatte er am Tag des Unfalls getragen. Vera hatte weder den Pullover noch das Hemd gewaschen, um Kais Geruch nicht zu verlieren. Bis Gregor eines Tages in den Keller gekommen war und stillschweigend gewartet hatte, dass sie etwas sagte. Aber sie hatte nichts gesagt.

Danach war sie nicht mehr an den Schrank gegangen.

»Dante, ich habe noch ein Jackett im Keller hängen. Ein einziges Mal getragen. Ich würde es dir gerne überlassen, müsste es allerdings vorher in die Reinigung bringen.«

Dante verstand sogleich, dass es Kais Jackett war, verstand auch, dass er nicht fragen durfte, wieso es immer noch im Keller hing. Er nickte nur und meinte: »Ich werde es sicher auch nur einmal tragen.«

Lissy gab ihren Kommentar ab zu den vorübereilenden Passanten. »Gebt zu, dass es eine gute Idee von mir war, hier eine Pause zu machen. So ein wunderbarer Platz. So etwas hat Bonn nicht zu bieten. Wir müssten hier mal ein Kulturwochenende verbringen. Was meint ihr?«

Für Lissy war es selbstverständlich, dass Vera zustimmte oder ablehnte, ohne Gregors Meinung einzuholen. Lissy war frei in ihren Entscheidungen. Vera überlegte einen Moment, ob sie diese Art von Freiheit auch für sich haben möchte. Gregor würde ihr nicht mehr reinreden; sie könnte fahren, wohin sie wollte, allein oder mit anderen, sie würde Gregor nicht nach Frankreich begleiten, sondern es sich zuhause gemütlich machen. Es hörte sich verlockend an, aber ein Leben ganz ohne Gregor? Es musste einen Kompromiss geben.

»So ein Wochenende würde mir Spaß machen, aber ich müsste erst mal mit Gregor reden«, sagte sie schließlich.

»Mit mir braucht ihr nicht zu rechnen. Zu viel Kultur tut mir nicht gut.« Dante zeigte auf das gotische Rathaus. »Barock oder Gotik oder was?«

»Oh Gott!«, riefen beide Frauen, obwohl klar war, dass Dante absichtlich den Dummen spielte.

»Dann wird das wohl nichts mit einem Wochenende.« Lissys Enttäuschung war von kurzer Dauer, da sie am übernächsten Tisch einen Mann entdeckt hatte, der einem Schauspieler zum Verwechseln ähnlich sah.

»Ist er es, oder ist er es nicht?«, fragte sie neugierig.

»Geh doch mal rüber und bitte ihn um ein Autogramm. Dann

weißt du es.«

Dante bohrte ungeniert in den Zähnen nach Essensresten, woraufhin Lissy entrüstet ausrief: »Alessandro, bitte!«

* * *

In Bonn regnete es. Nachdem Dante vergebens einen Parkplatz möglichst nah vor Veras Haustür gesucht hatte, stellte er das Auto in zweiter Reihe auf die Straße und bat Vera, schnell auszusteigen, um den Verkehr nicht zu sehr zu behindern. Vera griff ihr Gepäck und versprach, sich am nächsten Tag zu melden. »Auch wegen des Jacketts.« Die

nachfolgenden Autos hupten schon. Lissy hatte die Scheibe heruntergelassen und rief laut: »Und wenn unser Christian sich meldet, ruf mich an.«

Vor der Haustür überkam Vera plötzlich ein verwirrendes Gefühl der Fremdheit. Sie klingelte, um Gregor nicht zu sehr zu erschrecken, falls er zuhause sein sollte. Niemand öffnete.

Sie schloss die Wohnungstür auf und schaute sich prüfend um, als müsse sie sich in einer unbekannten Umgebung zurechtfinden. Die vielen Bücher wirkten in der einsetzenden Dämmerung erdrückend. Unruhig ging sie von Zimmer zu Zimmer. Alles sauber und aufgeräumt. War Gregor in der Zwischenzeit überhaupt nach Hause gekommen? Sicher, Carmen war am Mittwoch da gewesen, und Gregor hatte seine Fachtagung, trotzdem wäre ihr etwas Unordnung als Zeichen, dass jemand hier wohnte, lieber gewesen. Vielleicht sollte sie Melli anrufen, um wenigstens eine bekannte Stimme zu hören. Da Melli sich nicht meldete, hinterließ sie kurz eine Nachricht auf dem Anrufbeantworter, dass sie zurück sei und gern Tochter und Enkelkind sehen würde.

Ihr Blick fiel auf einen Silberrahmen mit einer Aufnahme von der ganzen Familie: Gregor, den Arm um Vera gelegt, Melli und Kai neben ihrer Großmutter. Kai lächelte höflich in die Kamera, die Hände in den Hosentaschen seiner durchlöcherten Jeans. Wann immer er diese Hose trug, hatte Gregor ihn gebeten, sich doch »anständig« anzuziehen, aber Kai war hart geblieben.

Es gab ein anderes Foto, aufgenommen auf dem achtzigsten Geburtstag seiner Mutter, das Gregor bei weitem besser gefiel. Kai wirkte in seinem Jackett sehr erwachsen und ernst, aber auch verloren. Vera hatte ihn in Verdacht, dass er die Schultern absichtlich nach unten zog, damit die Ärmel zu lang wirkten. Kein Wunder! Hatte sie doch ihre ganze Überredungskunst eingesetzt, um ihn zu bewegen, die »Alte-Männer-Uniform« anzuziehen. Ich darf nicht vergessen, dass ich damit in die Reinigung gehen muss, dachte Vera. Am besten hole ich das Jackett gleich aus dem Keller.

Frau Glasners schrille Stimme drang durch die Decke. Veras Gesicht erhellte sich. Hätte sie je gedacht, dass sie sich einmal über diese Stimme freuen würde? Es war Leben im Haus. Sie nahm den Kellerschlüssel und stieg die schmale Treppe hinab zu dem Raum, der ihrer Familie gehörte. Waschmaschine, Trockner, vollgestellte Regale, einen Karton mit Sachen, die Kai gehört hatten, Kisten voller Bücher neben dem Weichholzschrank, den Gregor mit in die Ehe gebracht hatte. Kinderzeichnungen von Kai und Melli nahmen dem Raum die typische Kelleratmosphäre.

Vera atmete tief durch, bevor sie den Schrank aufschloss. Sie strich mit geschlossenen Augen über die Kleidungsstücke, hielt wie unter Zwang noch einmal die Nase hinein und zog das ungeliebte Stück vom Bügel. Sie würde Dante bitten, es zu behalten. Als sie das Jackett über den Arm warf, wunderte sie sich, dass es ihr nicht schwerer fiel, sich davon zu trennen.

Kaum war sie wieder oben angekommen, läutete das Telefon. Sie griff nach dem Hörer.

»Hi, Mum, du hast eben angerufen, aber es passte gerade nicht. Wie war es denn?«

»Ach, Melli, da gibt es so viel zu erzählen, dass ich gar nicht weiß, wo ich anfangen soll. Es war auf jeden Fall ganz wunderbar. Aber jetzt sag mir erst mal, wie es bei dir geht. Was macht Zoe?«

»Bei mir gibt's viel Neues. Braun hat sich inzwischen mit Zoe angefreundet. Wir verbringen viel Zeit gemeinsam, aber nicht, was du jetzt vielleicht denkst; wir verstehen uns nur gut, und jeder profitiert vom anderen.«

Vera bekam einen Schrecken, als Melli so lässig sagte »Wir verbringen viel Zeit zusammen.« Melli, die keine Bremsfunktion kannte, immer nur Vollgas gab. Vera erinnerte sich, wie Braun ihre Tochter angesehen hatte. Nach reiner Freundschaft hatte das nicht ausgesehen.

Melli redete schon weiter. »Und weißt du, warum er mich so schnell wiedereingestellt hat, nachdem er mich wegen der Adresse für dich rausgeworfen hatte? Du hast dich doch auch gewundert.«

»Und warum hat er dich wiedereingestellt?«

»Wegen Kai. Er hatte seinetwegen ein schlechtes Gewissen. Er hat Kai die Bücher abgekauft, obwohl er geahnt hat, dass sie gestohlen waren. Er ist erst aufgewacht, als in der Zeitung stand, dass bei einer Ausstellung ein Frühwerk der spanischen Literatur entwendet wurde. Und das war ein Buch, das Kai Braun verkauft hatte. Kai hatte den Namen des Besitzers unkenntlich gemacht und stattdessen einen anderen Namen vorne reingeschrieben. Wenigstens mit Bleistift, so dass man ihn ausradieren konnte. Braun hat Kai das Buch in die Hand gedrückt und ihm geraten, es heimlich beim Veranstalter der Ausstellung in den Briefkasten zu werfen, wenn er nicht bei der Polizei landen wollte.«

Vera hätte sich am liebsten die Ohren zugehalten.

»Und was ist mit den übrigen Büchern passiert?«

»Braun hatte Gott sei Dank erst zwei Bücher weiterverkauft, den Rest hat er in einen Karton gepackt und Kai zurückgegeben. Viele religiöse Bücher, irgendwas mit Evangelien von Martin Luther oder eine Heilige Schrift aus dem 18. Jahrhundert. Möchte nur wissen, wo mein Bruder die hergezaubert hat.«

Melli hatte so schnell geredet, dass Vera erst einmal Luft holen musste.

»Hat Kai das Geld zurückgezahlt?«

»Mum, ich habe Braun nicht gefragt. Vielleicht ja, vielleicht nein; danach war jedenfalls Sendepause zwischen beiden.«

»Und weiß Papa davon?«

»Braun und Papa kannten sich zu der Zeit noch gar nicht. Sie haben sich erst nach Kais Tod kennengelernt. Vorher hat Papa doch seine Bücher immer auf Auktionen gekauft.«

»Dann wird er es nicht wissen.«

Wollte sie überhaupt, dass Gregor es wusste, oder sollte er Kai lieber ohne allzu dunkle Flecken in Erinnerung behalten? Vera war außerstande, darüber nachzudenken. Ihr Kopf weigerte sich, eine Entscheidung zu treffen.

»Wie war es bei dir, Mum? Hat sich die Reise gelohnt?«, fragte Melli.

»Können wir das morgen besprechen? Ich habe noch nicht einmal ausgepackt, und Gregor kommt sicher bald. Sag mir nur eins, Melli, wie steht Braun zu Kai? Ist er schlecht auf ihn zu sprechen, weil er ihm so viel Ärger gemacht hat?«

»Ich glaube, er mochte ihn trotz allem gern. Er meinte, Kai habe ein schweres Leben gehabt, und er hätte vielleicht mehr für ihn tun können.«

Die Wohnungstür quietschte. Vera erschrak. Gregor. Sie sprang auf, wollte ihm entgegengehen, blieb stehen. Wie sollte sie ihm begegnen? Ihn umarmen, ihm einen Kuss geben oder ihm nur die Hand reichen? Er legte wie immer seine Tasche ab und wusch seine Hände in der Gästetoilette. Würde das altbekannte Leben jetzt weitergehen wie vorher? Vera stand bewegungslos neben ihrem Sessel, als Gregor ins Wohnzimmer kam. Zu ihrer Überraschung trug er die blaue Leinenjacke, die vernachlässigt im Schrank hing, da sie seiner Meinung nach zu sehr knitterte. Dazu ein Hemd mit Stehkragen, das Melli ihm geschenkt und er als zu jugendlich abgetan hatte. Leinenjacke und Hemd standen ihm hervorragend. Es konnte nur Matthias gewesen sein, der ihn zu dieser Kleidung überreden konnte.

»Vera«, war alles, was Gregor sagte. Seine Stimme klang weder überrascht, noch froh, dass sie zurück war. Es war einfach die Feststellung, dass er sie bemerkt hatte. Steif standen sie sich gegenüber; jeder wartete, dass der andere einen Schritt tat.

»Ich wusste nicht, dass du heute zurückkommst«, sagte Gregor schließlich.

»Wie war deine Tagung?« fragte Vera, um überhaupt etwas zu sagen. »Hast du heute nicht an der Abendveranstaltung teilgenommen?«

»Nein, ich war bei meiner Mutter. Es geht ihr nicht gut.«

»Das tut mir leid. Was hat sie denn?«

»Interessiert es dich wirklich?«, fragte Gregor. Eine gefährliche Frage. Wenn Vera ehrlich war, musste sie nein sagen. Die Antwort blieb ihr erspart, weil Gregor Kais Jackett auf dem Sofa entdeckte. Schwarz mit einem hell gemusterten Futter. Ein passendes Einstecktuch blitzte aus der oberen Jackentasche hervor. Vera sah jede Einzelheit, sah auch Gregors Augen, die sich in den Stoff bohrten und sich misstrauisch verengten. Bevor sie etwas sagen konnte, hob er die Jacke hoch, drehte sie nach rechts und nach links, als suche er nach einer Erklärung, und warf sie schließlich zurück auf das Sofa.

»Warum liegt das hier?«

Vera erschrak bis in die Seele. Wenn sie jetzt erwähnte, dass sie das Jackett Dante versprochen hatte, war ein neuer Streit vorprogrammiert. Gleichzeitig spürte sie einen Widerwillen gegen eine Ausrede, denn der damit erkaufte Frieden wäre ein falscher Frieden. Sie presste ihre Lippen zusammen, zögerte einen Moment und erklärte Gregor, weshalb sie die Jacke hochgeholt hatte. Dass sie sich dabei immer noch gegenüberstanden, fiel Vera erst auf, als sie geendet hatte.

»Tu, was du für richtig hältst«, stieß Gregor hervor. »Ich hoffe, du hattest eine gute Reise.«

Nie war er ihr so weit entfernt vorgekommen wie jetzt, wo er direkt vor ihr stand. Auch wenn sie keinen Freudenausbruch erwartet hatte, diese Situation war unerträglich.

»Gregor, wir müssen reden. Es ist so viel passiert.«

»Ich denke, das hat Zeit bis morgen. Ich bin zwar müde, aber ich muss noch arbeiten.«

Vera schluckte und zwang sich zu einem »Ist gut.« Zwei Fremde, dachte sie, die mit Konversation ihre Sprachlosigkeit überspielen.

Gregor holte seine Tasche aus dem Flur und ging ins Arbeitszimmer, während Vera ihren Koffer ausräumte und die Wanderschuhe neben die Tür stellte, um sie am nächsten Morgen in den Keller zu bringen. Dann nahm sie Kais Jackett, zog das Einstecktuch heraus und kontrollierte, ob sich noch etwas Überflüssiges in den Taschen fand. Zu ihrer Überraschung ertastete sie tief unten in der Innentasche einen kleinen, harten Gegenstand. Ein Schlüssel.

Der Schlüssel zu Kais Tagebuch.

Vera zweifelte keinen Moment, dass er es war. Kai musste ihn im Jackett versteckt haben, sicher, dass niemand ihn dort suchen würde.

Sie erinnerte sich, wie sie das verschlossene Tagebuch mit anderen persönlichen Sachen in einen Karton gelegt und in den Keller gebracht hatte. Gern hätte sie einen Blick auf die Eintragungen geworfen, aber Kai hätte niemals einem anderen erlaubt, seine Aufzeichnungen zu lesen. Also musste auch sie sich daran halten. Sie steckte den Schlüssel in ihre Handtasche und hängte das Jackett in den Flur.

Am liebsten hätte sie sich wieder in Mellis Bett gelegt, aber das würde die Kluft zwischen ihr und Gregor nur vertiefen. Als sie das Schlafzimmer betrat, fiel ihr als erstes Gregors vollgestellter Nachttisch auf. Neben dem Wecker eine Fachzeitschrift, ein Auktionskatalog – seit Melli bei Braun wohnte, suchte er wieder auf Auktionen nach alten Büchern –, eine Schachtel Blutdrucktabletten und eine Flasche Mineralwasser, die zur Hälfte geleert war. Das sah nach einer schlaflosen Nacht aus.

Die Schachtel mit den Tabletten war beunruhigend. Ob sie nachsehen sollte, wie viele Tabletten fehlten? Gregor würde sich doch nicht wegen der Fachtagung aufgeregt haben? Morgen würde sie ihn fragen. Aber heute Abend würde sie sich noch einmal die vergangenen Erlebnisse und vor allem die letzte Nacht ins Gedächtnis zurückrufen. Noch bevor sie den Satz zu Ende gedacht hatte, war sie eingeschlafen.

Ein diesiger Samstagmorgen. Das Wetter konnte sich noch nicht entscheiden, ob es trübe bleiben wollte oder sich zu Sonnenschein durchringen sollte. Vera schaute in den Kühlschrank. Für das Frühstück langten die Vorräte; sie würde Brot auftauen und nicht zum Bäcker laufen, um Brötchen zu holen.

Ein Blick auf den Kalender zeigte ihr, dass das Montagsblatt, auf das sie die ersten vier Zeilen des Fontanegedichts geschrieben hatte, abgerissen war. Das Dienstagsblatt war nicht entfernt. Es enthielt vier Zeilen in Gregors säuberlichster Schrift.

Hermann Hesse:
Wahrlich, keiner ist weise,
Der nicht das Dunkel kennt,
Das unentrinnbar und leise
Von allen ihn trennt.

Das war typisch Gregor. Wollte ihr zeigen, dass es außer Fontane auch noch andere Dichter gab, die sich mit dem Dunkel befassten. Vera riss das Blatt ab und warf es in den Mülleimer.

Da Gregor noch schlief, bereitete sie sich eine Tasse Tee, setzte sich auf einen Küchenstuhl und genoss noch einmal die Erinnerung an die letzten Tage. Gregor würde ihr nicht glauben, wenn sie ihm erzählte, was ihr alles begegnet war. Aber vielleicht wollte er es gar nicht hören, weil er immer noch verärgert war.

»Ich bin spät ins Bett gekommen, du hast schon geschlafen«, sagte er, als er mit der Zeitung in der Hand in der Küche erschien.

»Danke, dass du mit dem Frühstück auf mich gewartet hast.« Seine Augen waren gerötet, sein Gesicht blass. Vera nahm ihre Tasse und ging hinter ihm her an den Esstisch.

»War die Tagung anstrengend?«

»Mein Vortrag ist gut angekommen. Ich muss ihn nur noch an einigen Stellen korrigieren, bevor er gedruckt wird.«

»War Jaime Montero da?«

»Er hat kurzfristig abgesagt. Leider.« Gregor strich Orangenmarmelade auf sein Brot, gerade so viel, dass nichts über den Rand lief. Dann teilte er das Brot exakt in zwei Hälften, bevor er hineinbiss.

»Und hat Rossmann sich an seine Zeit beim Vortrag gehalten?«

»Es blieb sogar noch Zeit für eine Diskussion.«

»Und der Hörsaal war voll?«

»Nicht ganz.«

Wenn das so weiterging, hatte sie kaum eine Chance, zu erfahren, wie er seine Tage verbracht hatte. Gregor hingegen schien nicht wissen zu wollen, wie es ihr in England ergangen war. Als Vera sich noch einmal nach seiner Mutter erkundigte, teilte er ihr kurz angebunden mit: »Ich fahre heute Morgen zu ihr ins Heim, weil ich am Nachmittag an den Schreibtisch muss.« Sein Blick war abweisend, als könne sie keinen ausführlichen Bericht darüber erwarten, wie er seine Zeit verbracht hatte. In seinem Gesicht war deutlich zu lesen: Du kümmerst dich um deine Angelegenheiten, ich kümmere mich um meine.

Vera schob ihren Teller beiseite und stützte die Arme auf den Tisch. Wieder dieses Kribbeln in den Fingern, das in der letzten

Zeit so häufig aufgetreten war. Ein untrügliches Zeichen, dass es mit ihrer inneren Ruhe nicht weit her war.

»Gregor, hast du noch Zeit? Ich würde dir gern etwas über Kai erzählen, das ich in England erfahren habe.«

»Über Kai? Kennt dein jugendlicher Reisebegleiter sich jetzt auch in unserer Familie aus?«

Vera zwang sich zu einem freundlichen Tonfall.

»Nein, ich weiß es von einer Schulfreundin von Kai.«

Der Satz ließ Gregor aufhorchen. Überraschung und gleichzeitig eine Spur von Neugier zeigten sich in seinem Gesicht, so dass Vera ihren Mut zusammennahm und mit dem Kauf der Fontanebücher begann. Wie sonst sollte er den Zusammenhang verstehen?

»Hast du dich nicht gewundert, dass ich dir nichts zum Geburtstag geschenkt habe?«

»Fang nicht bei Adam und Eva an. Worauf willst du hinaus?«
Als Gregor hörte, welche Bücher seine Frau ihm zum Geburtstag gekauft hatte, schimpfte er plötzlich auf Braun: »Er konnte sich doch denken, dass ich mich aufregen würde. Ich verstehe nicht, dass er sie dir verkauft hat. Und noch weniger verstehe ich, dass du sie nicht zurückgegeben hast, als ich über die Verschandelung des ersten Bandes geschimpft habe.«

»Ich kann dir keine logische Erklärung geben, aber ich wurde einfach das Gefühl nicht los, dass das Gedicht vorn im ersten Band etwas mit mir zu tun hatte. Ich dachte, der Adressat der Zeilen würde mir vielleicht einen Hinweis geben. Es war eine unbekannte Kraft, die mich an diesen Ort zog und mich glauben ließ, dass mir dort vieles klar werden würde. Das war der Grund, dass ich nach England gefahren bin. Ich hätte es dir früher erzählt, aber du wolltest es nicht hören.«

Jetzt war es heraus. Es auszusprechen war einfacher gewesen, als sie die ganze Zeit geglaubt hatte. Wie würde Gregor reagieren?

Er legte sein Messer aus der Hand und schaute sie ungläubig an.

»Das kann nicht wahr sein, Vera. Deine romantischen Ideen in Ehren, aber der Zusammenhang zwischen diesem Gedicht und deiner Englandreise leuchtet mir beim besten Willen nicht ein.« Er schüttelte den Kopf, schaute sie noch einmal unverwandt an und schlug den *General Anzeiger* auf.

So viel Missachtung ging zu weit. Blass vor Zorn sprang Vera auf und riss ihm die Zeitung aus der Hand. »Du hast deinen Kindern beigebracht: Wenn jemand mit dir redet, schaust du ihn an. Also schau mich an. Willst du denn nicht wissen, was mit deinem Sohn passiert ist? Aber es hat dich ja zu seinen Lebzeiten auch wenig interessiert, was er gemacht hat.«

Gregor hob abwehrend die Hände.

»Er hatte doch dich. Für dich war er fehlerfrei, und deshalb hast du alles, was er tat, verteidigt.«

»Ich habe alles, was er tat, verteidigt? Das war unmöglich, weil ich gar nicht wusste, was er getan hat.«

»Und jetzt weißt du es plötzlich?« Gregors Stimme klang gefährlich ruhig.

Vera schleuderte ihm entgegen, was sie von Christian und Melli erfahren hatte. Als sie geendet hatte, ließ sie sich erschöpft auf den Stuhl fallen. Sie hörte ihr Herz in den Ohren pochen.

Gregor sagte nichts.

»Hast du mir nicht zugehört?«

Gregor gab keine Antwort, sondern schlug die Hände vor das Gesicht. Ein unheilvolles Schweigen umgab ihn.

Vera insistierte: »Hat Braun nie mit dir darüber gesprochen?«

Gregor senkte den Kopf tiefer. Die Kopfhaut schien unter den dünner werdenden Haaren durch. Das Alter rückt näher, dachte Vera. Als Gegenmittel das Hemd mit dem Stehkragen und die Leinenjacke, die bei seinen Studenten sicher Verwunderung ausgelöst hatten. Wo war er jetzt mit seinen Gedanken? Er schien in einer anderen, für sie unzugänglichen Welt zu sein.

»Gregor«, Vera rüttelte an seiner Schulter, »gib mir eine Antwort! Ich möchte wissen, warum Kai die Bücher gestohlen hat. Und ob er Braun das Geld zurückgegeben hat.«

Gregor stieß ihre Hand weg. Hieß das: Lass mich in Ruhe!? Das würde sie ihm nicht durchgehen lassen. Nachdem sie ihm von Kais ungeheuerlichen Taten berichtet hatte, konnte sie wohl erwarten, dass er sich dazu äußerte. Es konnte nicht sein, dass er keinen Anteil nahm am Schicksal seines Sohnes.

»Gregor«, versuchte sie erneut, ihn zum Reden zu bringen, »weißt du etwas, das ich nicht weiß?«

Gregor hob langsam den Kopf. Sein Gesicht war eingefallen, unter den geröteten Lidern glänzten die Augen dunkel in ihren Höhlen.

»Ich habe Braun das Geld zurückgezahlt, das er Kai gegeben hatte.«

Vera starrte ihn an. Die Bedeutung dieses Satzes sickerte nur langsam in ihr Bewusstsein. Braun hatte Gregor über Kais Machenschaften informiert, und Gregor hatte Kais Schulden beglichen. Veras Kopf schwirrte. Gregor hatte den Antiquar erst nach Kais Tod kennengelernt. Da war schon einige Zeit vergangen, seit Braun Kai die gestohlenen Bücher zurückgegeben hatte und Kai ihm dafür Geld schuldete. Gregor und Braun mussten sich also auch über private Dinge unterhalten haben, sonst hätte Braun geschwiegen. Schließlich hatte er geahnt, dass es sich um gestohlene Bücher handelte. Dass er sie trotzdem gekauft hatte, ließ ihn nicht im besten Licht erscheinen.

Das Ungeheuerliche aber war Gregors Schweigen die ganze Zeit über. Er wusste über Kais Diebstähle Bescheid, wer weiß wie lange schon, und hatte ihr nichts gesagt. Nicht einmal jetzt, als sie glaubte, ihm etwas Wichtiges mitgeteilt zu haben. Wenigstens jetzt hätte er sie unterbrechen müssen: »Stopp, ich kenne die Geschichte.«

Sie fühlte sich verletzt und hintergangen. Wusste er noch mehr? Ihr fiel Christians Satz ein: »Du hast mir noch nichts über die Zeit vor Kais Tod erzählt.« Vielleicht behielt Gregor auch da sein Wissen für sich.

Sie stieß ihn unsanft an. »Was verschweigst du mir noch? Hat Braun dir Weiteres über Kai erzählt? Dann sag es mir lieber.«

Gregor antwortete wie aus weiter Ferne: »Manchmal ist es besser, nicht alles zu wissen. Wie heißt es? Da bleibt Glaube, Hoffnung und Liebe.«

»Komm mir nicht mit solch abgetakelten Sätzen!« Vera wurde

lauter und lauter. »Was weißt du über die letzte Zeit vor Kais Tod?«

»Du willst es gar nicht wissen«, sagte Gregor ablehnend.

»Woher weißt du, was ich will?« Vera stieß die Worte so schrill hervor, dass er sie kaum verstand. »Wenn du mir nichts sagen willst, hole ich mir das Tagebuch aus dem Keller. Ich habe nämlich den Schlüssel gefunden.« Außer sich vor Zorn griff sie in ihre Handtasche, umschloss den kleinen Schlüssel fest mit ihrer Hand und streckte die Faust siegessicher in die Höhe. »Da ist er. Ich bin nicht auf dich angewiesen.«

Als Gregor Veras wilde Entschlossenheit sah, riss er ihren Arm herunter und umklammerte ihn fest. »Du wirst nicht in den Keller gehen. Wenn Kai nicht wollte, dass du seine Eintragungen liest, solltest du seinen Wunsch respektieren.«

Vera versuchte sich loszureißen, aber Gregor gab nicht nach.

»Gib mir den Schlüssel.«

»Ich denke nicht daran.«

Ein Geräusch ließ beide aufschrecken. Ein Vogel prallte gegen die Fensterscheibe und fiel auf den Vorsprung, erholte sich aber schnell und flog weiter. Gregor war für einen Moment abgelenkt und lockerte seinen Griff. Sofort wand Vera sich aus seiner Umklammerung, rannte in den Flur, sah neben der Tür ihre Wanderschuhe stehen und klemmte sie unter den Arm. Das Tagebuch, das Tagebuch! hämmerte es in ihrem Kopf. Ich will alles wissen.

Im Erdgeschoss begegnete ihr Herr Glasner, der verwundert hinter ihr her blickte, als sie seinen Gruß nicht erwiderte. Vera riss die Tür zur Kellertreppe auf und tastete mit den Schuhen unterm Arm nach dem Lichtschalter. Kaum hatte sie ihn mit einigen Verrenkungen erreicht, begann ein Schuh unter ihrem Arm wegzurutschen. »Verdammt! Bleib da!«, fluchte sie und beugte sich vor, um ihn festzuhalten, verlor das Gleichgewicht und stürzte nach vorn. Sie schrie auf, schrie: »Nein!«, überschlug sich, spürte die harten Steinstufen im Rücken, am Kopf, an den Beinen wie Tritte, gegen die sie sich nicht wehren konnte. Es war unmöglich, den Sturz aufzuhalten. Sie gab nur noch einen langen Schmerzenslaut von sich. Schließlich blieb sie auf dem Treppenabsatz liegen, in der rechten Hand einen Schuh, in der linken, fest umschlossen, den Schlüssel. Dann wurde es dunkel vor ihren Augen.

***

Das Zwitschern der Vögel drang durch das Fenster an Veras Ohr. Bildete sie es sich ein oder sangen sie heute lauter als sonst? Dazu eine Kinderstimme, die ihr bekannt vorkam. Jemand sagte: »Pscht, leise.« Sonst war nichts zu hören, nicht einmal hin und wieder ein Auto.

Vera öffnete die Augen. Ein weiß bezogenes Oberbett, ein Blumenstrauß, der hinter dem Fußende des Bettes hervorschaute, ein Ständer mit verschiedenen Kabeln, an der Wand ein Bild von van Gogh. Sie war im Krankenhaus. Langsam drehte sie den Kopf zur Seite; jede Bewegung tat weh. Das Fenster war geöffnet und gab den Blick auf eine ausladende Blutbuche frei. Daher kam das Vogelgezwitscher und nicht aus ihren Kastanien in der Bismarckstraße. So vorsichtig wie möglich wendete sie den Kopf. Gregor saß neben ihr und las eine Zeitung; Melli hinderte Zoe daran, in das leer stehende Nachbarbett zu klettern. Als Zoe protestierte und Melli sagte: »Leise, Zoe! Omi muss schlafen«, streckte Vera die Hand aus: »Ich bin wach.« Gregor ergriff sie und versuchte seine Besorgnis zu überspielen: »Was machst du nur für Sachen!«

Wie war sie nach dem Sturz hierhergekommen? Sie sah nur Glasner und Gregor im Keller vor sich, wie sie über sie gebeugt standen und Gregor fragte: »Schaffst du es nach oben? Wir helfen dir.« Er war so durcheinander, dass er nichts dagegen einwandte, dass Glasner Vera kurzentschlossen auf den Arm nahm und die Kellertreppe hochtrug. Ihr ganzer Körper schmerzte.

War sie danach allein weitergegangen? Sie wusste es nicht mehr. Sie erinnerte sich nur noch, dass Glasner gesagt hatte: »Herr Baumeister, Sie müssen den Krankenwagen rufen, eins – eins - zwo. Oder soll ich das machen?« Wer auch immer angerufen hatte, sie war abgeholt und ins Krankenhaus gebracht worden, wo man sie untersuchte und starke Prellungen und eine Gehirnerschütterung feststellte.

»Da hat Ihre Frau großes Glück gehabt, es ist nichts Lebensgefährliches passiert; die inneren Organe sind unverletzt, aber sie wird eine ganze Zeit Schmerzen haben. Sie sollte auf jeden Fall ein, zwei Nächte bei uns bleiben, damit sie unter Beobachtung ist«, hatte der zuständige Arzt gesagt. Und an Vera gewandt: »Atmen Sie bitte flach. Sie nehmen jetzt dieses Schmerzmittel, und dann lassen wir Sie erst einmal schlafen.«

»Bist du die ganze Zeit hier geblieben?«, fragte Vera Gregor.

»Melli hat mich zwischendurch abgelöst. Einer muss schließlich auf dich aufpassen; wer weiß, auf welche Ideen du sonst wieder kommst.« Gregor griff nach ihrer Hand. »Hast du Schmerzen?«

»Ich habe ein starkes Druckgefühl im Kopf. Und meine Knochen spielen bei der kleinsten Bewegung verrückt.«

»Halte dich ganz ruhig. Ich bin froh, dass sie dir etwas gegeben haben, damit du schläfst.«

»Hi, Mum«, meldete sich Melli, die gerade Zoe eingefangen hatte. »Papa hat uns einen ganz schönen Schrecken eingejagt, als er angerufen hat. Ich habe dir übrigens ein paar Schminksachen mitgebracht, meinen Kimono, und die Blumen da auf dem Tisch sind auch von mir.« Vera lächelte dankbar. Sie war in Versuchung zu fragen, wo sie denn diesen wunderbaren Sommerblumenstrauß gepflückt habe. Er erinnerte sie an die Gärten in England. Melli hätte bei der Blütenpracht der Versuchung nicht widerstehen können, hin und wieder heimlich eine Blume abzubrechen, bis sie einen kleinen Strauß unter ihrer Jacke gehalten hätte. Vera schloss die Augen und dachte an die Rabatten vor Alices Haus, an Sissinghurst und den weißen Garten, wo sie Christian das erste Mal gesehen hatte, an Glyndebourne und das Picknick auf dem Rasen. Eine irreale Welt im Vergleich zu ihrem Alltagsleben in Bonn.

»Ich glaube, sie ist schon wieder eingeschlafen.« Gregors Stimme klang besorgt. Nach einer Weile sagte Melli: »In zehn Minuten kommt Braun in die Eingangshalle und holt uns ab. Macht es dir etwas aus, wenn ich dich mit Mum allein lasse?«

»Braun holt euch ab«, wiederholte Gregor Mellis Satz, anstatt eine Antwort zu geben. Er wusste nicht, wie er Mellis Beziehung zu Braun einordnen sollte. Aber Melli tat ihm nicht den Gefallen, ihn aufzuklären. »Morgen komme ich wieder«, war alles, was sie ihm von der Tür aus zurief.

Am Rascheln des Papiers merkte Vera, dass Gregor die Zeitung wieder in die Hand genommen hatte. Das gab ihr die Gelegenheit, ihn unter halbgeöffneten Lidern anzusehen, ohne dass er es merkte. Außerdem ersparte es ihr das Reden, das ihr nicht nur wegen der Kopfschmerzen schwerfiel. Würden sie überhaupt wieder zu einem normalen Ton zurückfinden? Die letzten Sätze, die sie sich an den Kopf geworfen hatten, ließen sich nicht einfach ausradieren, als wären sie nie gesprochen worden. Aber zurücknehmen wollte sie auch kein Wort.

Gregor holte ein gebügeltes Baumwolltaschentuch aus seiner Hosentasche. Vera lächelte: auch einer seiner Spleens, bloß keine Papiertaschentücher. Ebenso wie er beim Telefon auf das »altbewährte« Festnetz in der Wohnung bestand und ein Handy nur für unterwegs duldete. Nur wenige Menschen kannten seine Handynummer, da er den Terror, ständig erreichbar zu sein, nicht mitmachen wollte. Als Melli ihm vorgeworfen hatte, er sei nicht von heute, hatte er ihr widersprochen: »Ich muss nicht allem Neuen nachjagen.«

»Aber von deinen Studenten erwartest du, dass sie sich in der neuesten Literatur auskennen.«

Gregor faltete die Zeitung zusammen und brachte sie in den Abfalleimer.

Vera öffnete ihre Augen und fragte leise: »Kannst du mir etwas Wasser geben? Mein Mund ist so trocken.« Sofort stellte Gregor das Kopfteil des Bettes senkrecht und reichte ihr ein Glas.

»Geht es dir etwas besser? Melli und Zoe sind gegangen.« Nach einer Pause fügte er hinzu: »Braun hat sie abgeholt. Weißt du, wie er dazu kommt?«

»Sie verstehen sich halt gut«, wich Vera aus. »Aber sag du mir, warum du Blutdrucktabletten genommen hast. Hast du dich aufgeregt?«

»Kein Wunder, dass ich mich aufgeregt habe. Dass du weggefahren bist, hat mich mehr mitgenommen als ich dachte. Außerdem hat man mir meine Reise nach Valencia gestrichen. Matthias hat natürlich triumphierend gesagt, er habe mich gewarnt. Und am Mittwoch hat sich der neue Professor für Sprachwissenschaft vorgestellt, der überhaupt nicht auf meiner Wellenlänge ist; aber ab nächstem Semester läuft er mir jeden Tag über den Weg.«

»Und dann falle ich zu allem Überfluss auch noch die Kellertreppe hinunter«, sagte Vera. »Wo ist übrigens der Schlüssel geblieben, den ich in der Hand hatte?«

Gregors Gesicht verfinsterte sich. Er schaute aus dem Fenster und tat, als höre er nichts. Vera sah ein, dass sie etwas mehr Mitgefühl für die Unannehmlichkeiten in der Uni hätte zeigen können. Aber der Schlüssel für das Tagebuch war wichtiger.

»Gregor, der Schlüssel.«

»Ich weiß es nicht. Vielleicht ist er dir aus der Hand gefallen.«

»Wenn du ihn zuhause findest, leg ihn bitte in die Kommode im

Flur.«

Gregor atmete auf. »Mach ich gern. Wenn du willst, bringe ich auch Kais Jackett in die Reinigung.«

Erfreut strich Vera über Gregors Hand. »Danke.« Das Hemd mit dem Stehkragen stand ihm verdammt gut. »Das Hemd steht dir gut«, sagte sie und strich das Wort *verdamm*t. Gregor lächelte, das erste Mal seit ihrem Besuch in der Bundeskunsthalle und ihrer Ankündigung, dass sie mit Dante nach England fahren würde.

Konnte sie ihn bitten, Dante zurückzurufen, falls er auf den Anrufbeantworter gesprochen hatte? Wohl kaum. Das musste sie selbst tun, wollte sie Gregors wohltuende Besorgnis nicht aufs Spiel setzen.

»Kann ich dich allein lassen?«, fragte er. »Wenn es ein Problem gibt, ruf mich an; ich komme sofort.«

Vera nickte. »Ich schaff das schon. Aber bring mir morgen ein Nachthemd mit für den Fall, dass ich noch einen Tag hierbleiben muss.«

»Am Sonntag werden sie dich auf keinen Fall entlassen.«

Ein flüchtiger Kuss auf die Stirn, dann wandte er sich zum Gehen. »Bis morgen, und mach keinen Unsinn.« Bevor er die Tür erreichte, rief sie hinter ihm her: »Gregor.« Er drehte sich um. »Denk daran: Wenn du den Schlüssel findest, leg ihn auf jeden Fall in die Kommode. Du weißt, warum.«

Gregors Lächeln erlosch.

Warum musste ihr dieser Nachsatz herausrutschen? Konnte sie nicht nachdenken, bevor sie etwas sagte! Anstatt sich einfach zu freuen, dass Gregor den Schlüssel suchen wollte, hatte sie seinen ersten Schritt zu einem friedlichen Miteinander missachtet. Auch wenn ein Kuss auf die Stirn nicht gerade eine große Geste war, so war es zumindest ein Anfang. Und den hatte sie gründlich vermasselt.

Gregor wollte nicht, dass sie das Tagebuch las. Würde er den Schlüssel für sie weglegen, wenn er ihn fand? War es nicht einfacher, ihn verschwinden zu lassen? Vera schämte sich, dass sie Gregor Derartiges zutraute, konnte sich aber nicht von dieser Vorstellung befreien. Schließlich hatte er auch Braun bezahlt, ohne sie einzuweihen. Warum bloß hatte er es ihr verschwiegen?

Es klopfte. Das Abendessen kam sehr früh, aber da sie nichts zu Mittag gegessen hatte, verspürte sie einen leichten Hunger. Sie ließ sich das Essen auf den Tisch stellen, um leichter zugreifen zu können, denn jede Drehung bereitete ihr Schmerzen. Wie das Glück es wollte, blieb das zweite Bett frei, eine große Erleichterung, brauchte sie sich doch nicht zu genieren, wenn sie bei jeder falschen Bewegung aufstöhnte.

Die Vögel in der Blutbuche sangen laut, als wüssten sie, dass jemand lauschte, der gerade aufgeheitert werden musste. Von schräg gegenüber klang argentinische Tangomusik durch das Fenster. Ein Paar übte auf dem Balkon einen Wiegeschritt mit Drehung. Vera erkannte den Fehler der Frau sofort, war sie doch mit Gregor vor Jahren zu einem Tanzkurs gegangen, der ihr viel Spaß gemacht hatte, der aber nach einem halben Jahr mit der beidseitigen Überzeugung endete, für einen schwierigeren Kurs nicht talentiert genug zu sein. »Die Frau muss sich führen lassen«, hörte sie Gregor sagen, wenn sie einen falschen Schritt machte. »Dafür braucht man einen Mann, der führt«, hätte sie am liebsten erwidert, aber sie wusste, dass dann die Stunde frühzeitig zu Ende gewesen wäre. Trotzdem hatte sie es genossen, mit Gregor zu tanzen, ein vertrautes Gesicht an ihrem zu spüren und eine Hand, die sie sicher hielt.

Vera biss in das Käsebrot, kaute vorsichtig, ohne den Kiefer allzu sehr zu bewegen, und schaute hungrig auf den Apfel, den sie auf dem Teller liegen lassen musste. Mellis Spiegel hatte ihr einen blauroten Streifen gezeigt, der sich quer über Stirn, Nase und Mundwinkel zog. Den Nasenrücken zierte eine große Blutkruste, die Oberlippe war geschwollen. Wahrscheinlich war sie mit dem Gesicht auf eine Stufenkante gefallen.

Ein neues Stück Tangomusik erklang. Carlos Gardel sang. »Die Musik macht süchtig«, hatte sie einmal zu einem Argentinier gesagt, den Gregor eingeladen hatte, an der Uni einen Vortrag zu halten. Prompt hatte er Gregor aufgefordert, doch eine CD aufzulegen, damit er mit Vera einen *Tango argentino* tanzen könne. Sie hatte sich geniert und dem Argentinier klar zu machen versucht, dass sie nur einen Anfängerkurs besucht habe, aber er ließ keine Ausrede gelten, umfasste sie und legte seine Wange an ihre Stirn. Zu ihrer eigenen Verwunderung erspürte sie problemlos seine Führungsimpulse und tanzte mit einer Leichtigkeit, die sie sich selbst nicht zugetraut hätte. Vera sah Gregor vor sich, wie er Beifall klatschte, die CD weglegte und den Argentinier zum Regal mit seinen südamerikanischen Schriftstellern führte.

Wo waren die romantischen Gefühle geblieben, die es zwischen ihnen beiden einmal gegeben hatte? Sie waren wohl nicht alltagstauglich. Als sie Gregor kennenlernte, hatte sie nichts an ihm auszusetzen gehabt. Im Gegenteil. Ihr Herz schlug höher, wenn sie am Telefon seine Stimme hörte, wenn seine Schritte näherkamen, seine Hand ihren Arm berührte. Ob man dahin noch einmal zurückkommen konnte? Die Routine, die sich eingeschlichen hatte, überwinden konnte?

Als das Paar auf dem Balkon sich umarmte, seufzte Vera tief auf und legte gleich darauf die Hand auf die schmerzenden Rippen.

Gregor rief schon früh am nächsten Morgen an, fragte, wie sie geschlafen habe und wann er vorbeikommen könne. Vor dem Mittagessen? Nach der Arztvisite?

Kurz darauf holte ein Pfleger das Nachbarbett.

»Sie bekommen Besuch. Ein Unfall. Die Frau ist heute Morgen operiert worden. Nichts Tragisches. Sie ist schon wieder ganz munter.«

Lieber wäre es mir, sie würde schlafen, dachte Vera.

Gregor warf einen überraschten Blick auf die neue Bettnachbarin, als er mit der Aktentasche unterm Arm das Zimmer betrat. Vera hatte sich vorgenommen, nicht nach dem Schlüssel zu fragen und durch Freundlichkeit ihren gestrigen dummen letzten Satz wiedergutzumachen. Sie lachte, als er das Nachthemd aus der Aktentasche zog. Eine Plastiktüte würde ihm nicht in den Sinn kommen, und die Stofftaschen, mit denen sie einkaufen ging, waren ihm entweder zu bunt oder es störte ihn die Reklameaufschrift.

War es wegen der Frau im Nebenbett oder war es wegen seiner eigenen Frau und ihrem blutunterlaufenen Gesicht, dass Gregor nur mühsam ein Thema für eine Unterhaltung fand?

»Frau Glasner hat angerufen und gefragt, wie es dir geht.«

»Sie ist sehr aufmerksam.«

»Kais Jackett habe ich in die Reinigung gebracht. Es ist am Mittwoch fertig.«

»Danke. Dann kann ich Dante anrufen und ihm sagen, er soll es bei uns abholen, oder ich bringe es ihm.«

Gregor schaute aus dem Fenster und sagte wie nebenbei: »Er hat gestern Abend schon angerufen. Ich habe ihm gesagt, dass du die Kellertreppe hinuntergefallen bist und ins Krankenhaus musstest.« Er schaute weiter aus dem Fenster.

Nach einer Weile streckte er seine Hand aus und wartete, bis Vera ihre Hand auf seine gelegt hatte. Dann strich er mit der anderen ganz sanft darüber, in Gedanken woanders.

»Hast du am Montag noch Unterricht?«, fragte Vera.

»Noch bis Mittwoch, dann beginnen die Klausuren. Warum fragst du?«

»Ich dachte, du könntest mich vielleicht abholen. Der Arzt hat gesagt, dass ich morgen früh nach Hause darf."

»Nimm ein Taxi«, sagte Gregor. Er wirkte abwesend. Vera sah ihm an, dass er lieber über etwas Anderes gesprochen hätte. Als er zum Fenster ging, um es zu schließen, kam eine Stimme aus dem Nachbarbett: »Würden Sie bitte das Fenster offen lassen. Es ist zu warm hier.«

»Aber der Küchengeruch ist unerträglich.«

»Trotzdem. Ich brauche Luft.« Eine unangenehme Stimme. Gregors Laune sank merklich.

»Vera, fühlst du dich stark genug, mit mir über den Flur zu gehen?« Sie sah ihm an, dass ihm an ihrer Zustimmung gelegen war, und nickte.

In Mellis Kimono kam sie sich auf dem Krankenhausflur wie ein Paradiesvogel vor, der alle Blicke auf sich zog. Da sie sich bei jeder falschen Bewegung krümmte, steuerte Gregor auf zwei Stühle zu, die in einer Fensternische auf Besucher warteten.

»Die Frau in deinem Zimmer ist unerträglich. Ich kann nicht mit dir reden, so lange ich sie in meinem Rücken weiß.« Gregor rückte seinen Stuhl näher an Vera heran.

»Ich habe heute Nacht kaum geschlafen, weil mir so viel durch den Kopf ging. Ich habe hin und her überlegt, was ich tun soll, und ich weiß immer noch nicht, ob meine Entscheidung richtig ist.«

Vera sah ihn fragend an. Sie hatte keine Ahnung, worauf er hinauswollte.

»Du hast den Schlüssel zu Kais Tagebuch wahrscheinlich fallen lassen, als wir dich auf das Sofa gelegt haben; jedenfalls habe ich ihn da gefunden. Ich habe überlegt, ob ich ihn verschwinden lasse, denn ich möchte ja verhindern, dass du das Tagebuch liest.«

Den Rest konnte Vera sich denken. Gregor würde ihr den Schlüssel nicht geben. Wenigstens war er ehrlich und behauptete nicht, ihn nicht gefunden zu haben. Aber was gedachte er dann damit zu tun?

Gregor griff in die Brusttasche seines Hemdes und holte ein in weißes Papier gewickeltes Päckchen heraus.

»Der Schlüssel. Ich gebe ihn dir unter der Bedingung, dass du dir zuerst anhörst, was ich dir zu sagen habe. Danach sollst du entscheiden, ob du wirklich Kais Eintragungen lesen willst oder den Schlüssel für alle Zeiten wegwirfst.«

So dramatisch redete Gregor normalerweise nicht. Er musste ihr etwas Wichtiges mitteilen wollen. Angst umklammerte ihr Herz. Wollte sie überhaupt wissen, was er glaubte, ihr sagen zu müssen? Und wenn es wieder schlechte Nachrichten waren? Darauf konnte sie verzichten.

»Einverstanden?«, fragte Gregor. Was blieb ihr anderes übrig, als zuzustimmen. Gregor legte das Päckchen auf die Fensterbank.

»Ich habe den Schlüssel in einen Bogen Kopierpapier eingewickelt, weil er so klein ist, dass ich Angst hatte, ihn zu verlieren. Und dann hätte ich ein Problem mit dir gehabt.«

Vera wappnete sich. Was immer jetzt kam, sie würde sich nicht aus der Fassung bringen lassen.

»Wenn man einen Fehler gemacht hat, wird es mit fortschreitender Zeit immer schwieriger, ihn einzugestehen. Und irgendwann gibt man es ganz auf. So ging es jedenfalls mir. Ich habe mich Wochen, Monate, schließlich Jahre mit einem Wissen gequält, das uns beide gleichermaßen angeht, aber ich habe es nicht fertiggebracht, mit dir darüber zu sprechen.« Gregor blickte auf seine Hände, als könne er es nicht ertragen, Vera ins Gesicht zu sehen.

»Du warst nach Kais Tod wie versteinert. Niemand kam an dich heran, weil du jeden abgeblockt hast. Niemand hätte sich getraut, dir etwas über Kai zu erzählen, das nicht positiv gewesen wäre. Dein Bild von ihm war in Beton gegossen, denn du brauchtest nicht nur einen von dir bewunderten Sohn, solange er lebte, sondern erst recht eine unantastbare Erinnerung an ihn, als er tot war.«

Hatte Gregor recht? Vielleicht. Aber dieses Wissen konnte ihn nicht jahrelang gequält haben. Eine unantastbare Erinnerung. Was war daran auszusetzen? Sie dachte an Tunbridge Wells und den Abend mit Christian. »Die Erinnerung ist ein Lügner«, hatte Christian gesagt.

Als hätte Gregor ihre Gedanken gelesen, fuhr er fort: »Die Erinnerung ist ein Trugbild. Am Ende weißt du nicht mehr, was Dichtung und was Wahrheit ist, weil das Gedächtnis kein zuverlässiger Freund ist. Du glaubst, was du glauben willst.«

Vera verlor allmählich die Geduld. Sie saß doch nicht im Hörsaal und musste sich die tiefsinnigen Gedanken des Dozenten anhören.

»Was willst du mir sagen, Gregor?«

Gregor schreckte auf, sah Vera in die Augen.

»Dass du nicht weißt oder nicht wissen willst, was in Kai vor sich ging, bevor er den Unfall hatte.«

»Verdammt nochmal, dann sag es mir.« Sie spie ihm das »verdammt nochmal« ins Gesicht. Kein Zeichen von Mut, sondern von versteckter Angst. Ihre innere Unruhe nahm mit jedem Satz zu.

»Wie das Schicksal es wollte, begegneten ihm ein paar Jahre

nach dem Abitur zwei ehemalige Klassenkameraden, die ihm Freundschaft vorgaukelten und ihn überredeten, für Drogen bei kleinen Einbrüchen mitzumachen. Als sie merkten, dass es schwierig war, die erbeuteten Gegenstände in Geld umzusetzen, schlug Kai ihnen ein anderes Geschäft vor. Die beiden Freunde stahlen alte Bücher; er verkaufte sie an Braun. Bis er eines Tages aufflog. Als Braun ihm dann die gestohlenen Bücher zurückgab, hat Kai die beiden Mittäter nicht verraten, sondern die Schuld auf sich genommen.«

Veras Herz hämmerte. Gregors Bericht deckte sich im Großen und Ganzen mit Mellis Andeutungen, aber woher hatte er so ausführliche Informationen? Kai selbst hätte sie ihm nicht gegeben.

»Woher weißt du das alles? Von Braun?«

»Nein.«

»Von wem dann?«

»Warte, bis ich dir alles erzählt habe.«

Vera blickte ihm unverwandt ins Gesicht. War das noch nicht alles? Ihr Oberkörper war verkrampft nach vorn gebeugt, da ihr der Rücken weh tat.

»Kai wollte Braun das Geld erstatten, aber die beiden Freunde – ich nenne sie der Einfachheit halber so –, lachten ihn aus und weigerten sich, ihm wenigstens einen Teil des Geldes zurückzugeben. Kai drohte ihnen, den Namen desjenigen, der das berühmte spanische Buch entwendet hatte, der Zeitung zu nennen. Daraufhin ließen sie sich etwas derart Perfides einfallen, dass du geschockt sein wirst. Willst du es trotzdem hören?«

Vera vergaß, flach zu atmen. Ein stechender Schmerz durchfuhr ihren Brustkorb, so stark, dass er für einen Moment alle Gedanken und Ängste erstickte. Für einen Moment. Dann war es wieder da, das Gefühl, dass sich eine Schlinge um ihren Hals legte. Dieses Gefühl war schlimmer als in Christians Wohnung, obwohl sie bereits dort geglaubt hatte, nicht noch mehr ertragen zu können.

Als Gregor vorsichtig über ihren Arm strich, zuckte sie zurück. Diesen Höllengang musste sie allein überstehen.

»Die beiden jungen Männer machten Kai mit einem Mädchen bekannt, Luisa, in die er sich prompt verliebte. Es war nicht vorgesehen, dass das Mädchen sich ebenfalls in Kai vernarrte, so dass der Plan der beiden Freunde nicht aufging. Sie wollten heimlich intime Fotos aufnehmen, um Kai gefügig zu halten, aber das Mädchen weigerte sich mitzumachen. Daraufhin schütteten sie Luisa und Kai Drogen in ihr Getränk.«

Gregors Stimme versagte. Er war weiß wie das Kopierpapier, in das der Schlüssel eingewickelt war. Sein Gesicht, das sich in der Öffentlichkeit stets in der Gewalt hatte, war erstarrt.

»Gregor«, sagte Vera nach einer Weile ängstlich. Als er nicht antwortete, wiederholte sie: »Gregor.«

Er schüttelte den Kopf. »Es geht nicht.«

»Ist es so schlimm?«, fragte Vera hilflos.

»Es ist nur, dass jetzt alles wieder hochkommt, als wäre es gestern gewesen.«

»Vielleicht sollten wir an einem anderen Tag weiterreden, wenn es dich so mitnimmt.«

Gregor richtete sich auf. »Nein, ich will es jetzt hinter mich bringen. Es dauert nicht mehr lange, ich kürze ab.«

Er verschränkte die Finger ineinander, öffnete sie und verschränkte sie wieder.

»Als Kai die Fotos sah, gab es bei ihm nur einen Gedanken: Rache. Wie konnte er sich an den beiden Tätern rächen? Jeden Tag spielte er eine andere Variante durch, wurde jeden Tag nervöser.«

Vera sah den Zettel vor sich, den sie auf Kais Schreibtisch gefunden hatte, vollgeschrieben mit Rachezitaten. Warum hatte sie damals nicht nachgehakt? Weil in ihrer Vorstellung ein Rache suchender Kai nicht vorkam.

Und Luisa? Das Mädchen hatte einmal vor der Tür gestanden, hatte sich vorgestellt: »Ich bin Luisa« und hatte nach Kai gefragt. Das Mädchen entsprach nicht Kais Geschmack, da war Vera sich sicher gewesen. Nachlässige Kleidung, zu dünn, unscheinbar. Auch da hatte sie keine Fragen gestellt, da Kai in so ein Mädchen nicht verliebt sein konnte.

»Er hat sogar mit dem Gedanken gespielt, einen tödlichen Autounfall herbeizuführen, hat minutiös überlegt, wie es zu bewerkstelligen sei, dass nur den beiden »Freunden« im Auto etwas passierte. Dass er dann selbst durch einen Autounfall starb, war eine Ironie des Schicksals. Du weißt, dass es einige Ungereimtheiten zum Hergang gab, die die Polizei nicht klären konnte. Warum fuhr Kai so langsam auf der Autobahn? Wo war er vorher gewesen? Aber wichtig ist nur das Endergebnis der Untersuchungen: Kai trifft keine Schuld am Unfall. Der Mann, der in Kais Auto gefahren ist, war betrunken.«

Gregor schwieg. Vera richtete sich auf und schob die Schultern zurück, um besser atmen zu können. Irgendetwas stimmte nicht an Gregors Erzählung. Woher wusste er all diese Einzelheiten? Vielleicht war sie zwischendurch abgelenkt gewesen und hatte die einleuchtende Erklärung verpasst.

Gregor wischte sich mit dem Taschentuch über die Stirn.

»Ich sehe deinem Gesicht an, welche Frage dich quält. Vera, die Antwort, die ich dir jetzt gebe, hat mich über die Jahre verfolgt.«

Er machte eine Pause. Vera sah, dass es ihn Überwindung kostete, den nächsten Satz zu sagen: »Ich habe Kais Tagebuch gelesen.«

Gregor schloss die Augen. Vera starrte ihn sprachlos an.

»Als wir Kais Zimmer ausgeräumt haben, habe ich es gefunden. Es war abgeschlossen, aber der Schlüssel lag nicht weit entfernt. Du hast nicht gemerkt, dass ich beides an mich genommen habe, du warst mit dir selbst beschäftigt. Glaub mir, was ich gelesen habe, wollte ich nicht für mich behalten. Ich hätte meine Gefühle gern mit dir geteilt, aber du hattest eine Wand zwischen uns aufgebaut, die ich nicht durchbrechen konnte. Du und deine Erinnerung an Kai auf der einen Seite, ich, ausgeschlossen, auf der anderen. Tag für Tag wuchs das entmutigende Gefühl der Entfernung. Je mehr Zeit verging, desto mehr verstärkte sich in mir der Gedanke, dass mein Wissen dich nur belasten würde. Ich glaubte, du würdest die Wahrheit nicht verkraften, und der Graben zwischen uns würde nur noch tiefer werden. Als du nach England fuhrst, hatte ich Angst, Angst, dich ganz zu verlieren.«

Vera hörte nicht mehr zu. Was hatte Gregor gesagt? »Ich habe das Tagebuch gelesen.« Ungläubig wiederholte sie den Satz. Er hatte es gelesen und geschwiegen. Fast vier Jahre lang. Jetzt wusste sie es und hätte es lieber nicht erfahren. Eine ohnmächtige Wut stieg in ihr hoch.

Sie sah Gregor an, blickte durch ihn hindurch. Sie befand sich im Wohnzimmer. Gregor stand vor seinen Bücherregalen und hob abwehrend die Hände vor das Gesicht, weil sie ein Buch nach dem anderen herausriss und in die Luft oder auf den Boden warf. Noch eins und noch eins, gleichgültig, welcher Titel es war. Sie hörte den Aufschlag, der sie jedes Mal aufs Neue anspornte, der sie aufforderte, gegen den Buchrücken zu treten, wie Kai es einmal getan hatte. Jedes Buch, das sie auf den Boden schleuderte, war wie ein Befreiungsschlag. »Da! Und da! Und noch eins!« Und jetzt das französische Buch mit dem Goldschnitt, bei dem Gregor immer ehrfürchtig das Alter betonte. Vera fiel nicht ein, wie der Autor hieß, aber das war im Moment völlig nebensächlich.

Gregor verstand nicht, was in seiner Frau vor sich ging. Er sah nur ihr verzerrtes Gesicht, das ihm verbot, sie anzusprechen. Wie in Trance bewegte sie die Arme auf und ab und stöhnte leise.

Als zwei Regalböden leer waren, atmete sie tief auf, als sei eine Last von ihr gefallen. Der Kimono klebte auf der Haut, Brustkorb und Arme schmerzten, ihr Kopf sank zur Seite. Gregor schaute sie ängstlich an, bis sie schließlich die Hand ausstreckte und nach dem Päckchen auf der Fensterbank griff.

»Halt, ich muss dir noch etwas sagen«, versuchte Gregor sie am

Auspacken zu hindern. Aber Vera hatte schon das Papier aufgerissen und war mit einem Schlag hellwach. Sie schaute ungläubig auf den Inhalt. Ohne auf die Krankenhausruhe zu achten, stieß sie schneidend hervor: »Das ist nicht der Schlüssel, den ich verloren habe. Was für ein Spiel spielst du mit mir?«

Gregor antwortete betont ruhig: »Das ist der richtige Schlüssel. Ich hatte schon Angst, du hättest ihn gefunden. Ich habe keine Ahnung, wohin das Schlüsselchen gehört, das in Kais Jackett lag.« Er griff in seine Hosentasche. »Hier hast du es. Es lag im Wohnzimmer neben dem Sofa.«

Vera hielt zwei unterschiedliche Schlüssel in der Hand. Gregor zeigte auf den kleineren.

»Du hast geglaubt, er öffnet das Tagebuch, weil er dir wie gerufen kam. Ich habe den richtigen Schlüssel, den ich vor dir versteckt hatte, heute Morgen in Papier eingewickelt, weil du mir erst zuhören solltest. Mach damit, was du für richtig hältst.«

Eine Frau im blauen Kittel schob den Servierwagen mit dem Mittagessen vorbei und fragte: »Sind Sie in Zimmer siebzehn? Ich habe Ihr Tablett auf den Nachttisch gestellt. Ihre Nachbarin sagte, Sie kämen gleich zurück.«

Gregor erhob sich. »Verzeih mir, Vera. Ich hätte dir alles früher sagen müssen, aber ich hatte Angst um uns. Ich hatte Angst, dass ich dich noch mehr verliere. Deswegen habe ich den Zeitpunkt, an dem ich dir alles erzählen wollte, immer weiter vor mir hergeschoben, und irgendwann war es zu spät.« Ein Pfleger schob ein Bett über den Flur und bat die beiden, zur Seite zu rücken. »Komm, ich bringe dich zu deinem Zimmer«, sagte Gregor. Als er sie zum Abschied umarmte, machte sie sich steif und wartete, bis er sie frei ließ. Dann öffnete sie wortlos die Tür.

* * *

Fisch, Kartoffelbrei und gedünstetes Gemüse, das sich auf den ersten Blick nicht identifizieren ließ. Als Nachtisch Joghurt. Veras Magen rebellierte, als sie das Essen sah. Die Anspannung der letzten Stunde machte sich am ganzen Körper bemerkbar. Sie ließ das Essen stehen und nahm eine Schmerztablette.

»Geben Sie mir Ihren Joghurt, wenn Sie keinen Hunger haben«, sagte die Frau aus dem Nebenbett. »Ich habe nichts bekommen.«

Vielleicht darf sie noch nichts essen, dachte Vera; aber es war nicht ihr Problem. Es gab Wichtigeres. Sie reichte der Frau den Nachtisch und wandte den Kopf zur Seite, damit sie nicht auf weitere Fragen antworten musste.

Das normale Leben spielte sich draußen vor dem Fenster ab. Was für ein Gegensatz zum Aufruhr in ihrem Innern. Vera lauschte dem Gesang der Vögel, verfolgte die Sprünge eines Eichhörnchens, so weit sie ihren Kopf drehen konnte, warf einen Blick auf den Balkon schräg gegenüber, ob sich das Paar von gestern vielleicht noch einmal zeigte. Ich weiche aus, schalt sie sich. Ich sollte darüber nachdenken, was Gregor mir soeben gesagt hat. Aber Kopf und Körper waren überfordert. Sie schlief ein.

Das Handy holte sie aus dem Tiefschlaf. Als käme sie aus einer anderen Welt, dauerte es geraume Zeit, bis sie sich wieder zurechtfand. Melli fragte, ob sie kurz vorbeikommen könne. »Braun bringt uns. Anschließend fahren wir in den Zoo.« Vera sah Gregors erstauntes Gesicht vor sich, als er hörte, dass Braun Melli und Zoe am Krankenhauseingang abholte. Gregor wusste nicht, was sich seit seinem Geburtstag in Mellis Leben geändert hatte. Ebenso wenig wusste er, welchen Antcil Vera daran hatte. Es gab Vieles, das sie ihm hätte sagen sollen. Gregor hatte allen Grund, sich über ihr Verhalten zu beklagen. Aber sie würde mit ihm reden, würde ihm alles erklären.

Wirklich alles? Ein leiser Zweifel meldete sich. Die Nacht mit Christian gehörte nur ihr. Gregor würde nicht glauben, dass es eine Nacht ohne jegliche Zukunftspläne war. Ebenso wenig wie er nachvollziehen konnte, dass eine unbekannte Kraft sie gedrängt hatte, nach England zu fahren, und dass sie froh war, diesem Drängen nachgegeben zu haben. Für Gregor war es unvorstellbar, bei einer Entscheidung nur seinem Bauchgefühl zu folgen und den Verstand außer Acht zu lassen.

Dante fiel ihr ein, der verrückte junge Mann. Was würde sie Gregor über ihn erzählen? Wenn sie ihn nicht getroffen hätte, wäre ihr Leben wie bisher weiter verlaufen. Sie musste ihm wegen des Jacketts Bescheid geben.

Es dauerte nicht lange, bis Melli erschien. Die Frau im Nebenbett schaute auf die Uhr und konnte sich eines Kommentars nicht enthalten: »Es ist Mittagszeit.«

Melli überhörte die Kritik. »Geht's dir besser, Mum? Musstest du denn unbedingt, kaum dass du zuhause warst, deine Wanderschuhe in den Keller bringen?«

Gregor hatte ihr demnach nichts von Kais Tagebuch erzählt. Gut, dass er Melli nicht mit hineingezogen hatte.

»Und wann erzählst du mir von England und deinen beiden Männern? Hat sich die Reise gelohnt?«

»Mehr als ich je geglaubt hätte. Es waren ein paar wunderbare Tage.«

Melli gab sich mit der kurzen Antwort zufrieden, als sie den neugierigen Blick der Frau im Nachbarbett auf ihre Mutter gerichtet sah. Sie schickte der Nachbarin ein maliziöses Lächeln, auf das sie sich bestens verstand.

»Braun lässt fragen, ob er auch kurz reinkommen darf. Zoe ist bei ihm.«

Braun. Vera wusste jetzt, warum sie bei ihm stets das Gefühl hatte, dass er mehr wusste als er sagte. Sollte sie ihn darauf ansprechen? Ihn fragen, wie weit er Kai kannte? Es würde nichts ändern.

Die Nachbarin drehte den Kopf zur Seite. Melli verzog den Mund zu einem breiten Grinsen, ging zur Tür und kam mit Braun und Zoe zurück. Es gab Vera einen kleinen Stich, ihre Enkelin so zutraulich auf Brauns Arm zu sehen und nicht selbst die Arme ausstrecken zu können, um ihm das Kind abzunehmen. Der Antiquar blieb etwas hilflos neben dem Nachttisch stehen, als warte er auf eine Anweisung von Melli. Vera sah auf ihre Tochter, jung und schön, glänzende Haare, volle, sinnliche Lippen. Eines Tages hatte Melli gesagt: »Ich ziehe nur Hosen an, die einen schönen Po machen.« Kein Wunder, dass sie Braun um den Finger wickelte.

Der Antiquar zog umständlich ein Päckchen in einem ausgefallenen Geschenkpapier aus seiner Jackentasche.

»Frau Baumeister, ich habe mit dem Fontanegedicht für viel Durcheinander gesorgt. Aber da Sie empfänglich für Poesie sind, habe ich Ihnen ein Bändchen mit Gedichten von William Butler Yeats mitgebracht. Der Name des ehemaligen Besitzers dürfte Ihnen etwas sagen.«

»Ich dachte, den dürfen Sie nicht verraten.«

»Ich verrate auch nichts. Sie müssen schon selbst nachschauen.« Verschmitzt lächelnd überreichte er ihr das Päckchen.

Ein Einband aus grünem Leder mit einem geometrischen Muster in Gold und dunklem Blau kam zum Vorschein. »Sieh mal, was ich Schönes gefunden habe«, würde Gregor sagen. Verkehrte Welt, dachte Vera. Im Geiste hatte sie Gregors Bücher aus dem Regal gerissen, um Platz für sich zu erkämpfen, und nun bekam sie selbst ein Buch, das besser zu Gregor gepasst hätte. Vorsichtig schlug sie das Deckblatt auf und stutzte: *Christian Anholt* stand in der rechten oberen Ecke mit leicht verblasster Tinte geschrieben. Das konnte nicht wahr sein. Christian. Braun zeigte auf Melli; beide lachten. »Dein Held, Mum«, sagte Melli stolz.

Vera schluckte; Tränen schossen ihr in die Augen.

»Ist ja schon gut«, sagte Melli beruhigend und strich ihr über die Wange. »Ich glaube, wir gehen besser.« Sie schaute Braun auffordernd an. »Sonst kommen wir zu spät zum Zoo.« Braun beugte sich zu Vera hinab, damit sie Zoe einen Kuss geben konnte, Melli, höchst zufrieden, dass ihr die Überraschung gelungen war, knüllte das Geschenkpapier zusammen und warf es beim

Hinausgehen in den Abfalleimer. Wenn Gregor, der jedes Papier sorgfältig zusammenfaltete, das gesehen hätte! Melli drehte sich um und rief: »Ich weiß, was du denkst, Mum. Aber Papa ist nicht da.«

Gerade mal zehn Minuten sind sie geblieben, dachte Vera, musste sich aber eingestehen, dass es sehr angenehme Minuten waren. Am meisten freute sie, dass Melli einen so ausgeglichenen Eindruck machte. Da war es nebensächlich, dass Braun um vieles älter war.

Die Frau im Nebenbett schaute an die Decke. Ob sie alles mitangehört hatte?

Vera dachte an die letzten Sätze, die Gregor auf dem Flur gesagt hatte. Er hatte Angst, sie mit seinem Wissen zu belasten. Er hatte sehr wohl bemerkt, dass sie sich all die Jahre abgeschottet hatte, weil die Erinnerung sie zu erdrücken drohte. Dabei hatte er selbst eine Last mit sich herumgeschleppt. Wie konnte es sein, dass ihr das nicht aufgefallen war! Sie lebten zusammen, verbrachten die Zeit miteinander, und trotzdem hatte sie nicht bemerkt, dass es etwas gab, das ihn nicht zur Ruhe kommen ließ.

Es klopfte wieder an der Tür. Melli würde wie immer etwas vergessen haben. Vera schaute suchend auf den Boden, ob sie eine Tasche, Jacke oder Spielzeug entdeckte. Als sie aufblickte, stand Dante vor ihr, eine Rose in der Hand.

»Liebe Vera. Ich hatte Entzugserscheinungen, weil mir dein Spruch des Tages fehlte. Dein Mann hat mir erzählt, dass du im Krankenhaus liegst. Also bin ich hierher geeilt, um deine heutige

Kalenderweisheit zu hören.«

Als die Rose einzelne Blütenblätter verlor, weil er beim Reden zu heftig gestikulierte, zupfte er die restlichen Blätter ab und verstreute sie auf Veras Bett.

»Für die Königin der Sprüche, die heute ziemlich ramponiert aussieht. Aber sie hat immer noch schöne Augen.« Dante setzte sich auf die Bettkante. »Ich habe Alice angerufen und von deinem Pech berichtet. Sie lässt dich grüßen. Du bist jederzeit bei ihr willkommen; mich hat sie leider nicht erwähnt. Und meine Tante lässt fragen, ob sie Christian nicht benachrichtigen sollte, dass du einen Unfall hattest.«

Vera lachte. Das sah Lissy ähnlich. Dann hätte sie endlich einen Grund, Christian anzurufen.

Dante entdeckte Brauns Geschenk auf dem Nachttisch und nahm es neugierig in die Hand. »Yeats, kenn' ich nicht. Gedichte. Und dann noch auf Englisch.« Er blätterte in dem Buch und stoppte plötzlich: »*Down by the Salley Gardens*. Das war doch das Lied, das Alice gesungen hatte. Hier steht der Text.« Bevor Vera etwas entgegnen konnte, fing er an zu singen, etwas unsicher zwar, aber dafür mit viel Pathos. Vera zeigte auf das andere Bett und legte den Zeigefinger auf den Mund, was Dante ignorierte.

»Wenn ich Lissy sage, dass du ein Buch von ihrem Christian hast, in dem dann auch noch dieses Gedicht steht, flippt sie aus. Sie übt so lange am Klavier, bis sie es ihm im nächsten Jahr vorspielen kann. Am besten fährst du wieder mit nach England, wenn du nicht willst, dass sie ihn dir wegschnappt.«

Vera lachte und spürte dabei ganz kurz einen Hauch von Eifersucht. »So weit denke ich nicht. Komm erst mal diese Woche bei uns vorbei und hol' das Jackett. Es ist gerade in der Reinigung.«

»Und was sagt dein Mann, wenn ich bei euch vor der Tür stehe?«

»Ich bin sicher, er hat nichts dagegen, vorausgesetzt, du nennst mich nicht wieder *Baby*«, sagte Vera warnend.

Dante grinste. »Na, dann eben *Sweetheart.*«

Sobald Dante gegangen war, richtete die Frau im Nebenbett sich auf. »Ich will nicht neugierig sein, aber ich habe das Gefühl, Sie führen ein aufregendes Leben.«

»Das Gefühl habe ich im Augenblick auch.« Vera war nicht bereit, mehr dazu zu sagen. Sie war mit sich selbst beschäftigt, wollte die Leichtigkeit verstehen, die sich unerwartet in ihr ausbreitete. Woher kam dieses neue Gefühl? Gregor, Melli, Braun, Dante. Sie alle machten sich Gedanken um sie, jeder auf seine Weise. »Du stehst wohl nicht gern im Mittelpunkt«, hatte Christian gesagt, aber genau da stand sie heute und musste zugeben, dass sie gern diese ungewohnte Position einnahm.

Je später der Nachmittag wurde, desto lauter sangen die Vögel. Die Sonne stand hinter der Blutbuche und brachte, wo die Zweige das Licht durchließen, die Blätter zum Leuchten. Ein flirrendes Gold, das vom Wind in Bewegung gesetzt wurde. Vera beobachtete das Licht- und Schattenspiel der Sonne, bewunderte die Eichhörnchen, die munter über die dünnen Zweige liefen. Eins landete mit einem Sprung auf der Brüstung des Balkons, auf dem gestern das Pärchen so innig getanzt hatte. Sommer. Licht und Liebe. Es war die Zeit der Sehnsucht nach einem Menschen, dem man nahe sein konnte.

Ob Gregor noch einmal kommen würde? Wahrscheinlich war er bei seiner Mutter vorbeigefahren und saß jetzt am Schreibtisch. Wie viel Überwindung hatte es ihn gekostet, Vera zu gestehen, dass er Kais Tagebucheintragungen kannte? Er hatte das Wissen allein mit sich herumgetragen aus Angst, ihre Welt würde zusammenbrechen, wenn sie davon erführe. Mit ihrem Bemühen, die Erinnerung an Kai nicht zu beschädigen, hatte sie sich selbst eine Bürde auferlegt, die sich nicht abstreifen ließ.

Gregors Information war einem betäubenden Schlag gleichgekommen, so hart, dass es sie wunderte, dass sie nicht zusammengebrochen war. Aber gleichzeitig hatten Kais Tagebucheintragungen sie von einer Last befreit. Es war alles, was ans Tageslicht kommen musste, gesagt worden; es hatte der Liebe zu ihrem Sohn keinen Abbruch getan. Die Vergangenheit hielt sie nicht mehr fest. Sie lebte jetzt. Heute, und nicht gestern.

Das Handy läutete. Gregor. Er war bei seiner Mutter und fragte, ob er auf dem Rückweg noch einmal kurz vorbeikommen solle. Nach großer Sehnsucht klang es nicht, aber sie durfte sich nicht wundern, denn sie hatte es ihm heute Morgen nicht besonders leicht gemacht.

»Schon wieder Besuch«, sagte die Frau neben ihr und fügte nach einer Weile trotzig hinzu: »Aber morgen kommt auch jemand zu mir.«

Gregor erschien kurz darauf mit einer Tüte und einer Papierserviette in der Hand. Er breitete die Serviette auf dem Nachttisch aus und legte zwei samtrote Pfirsiche darauf.

»Die gab es unten in der Cafeteria«, sagte er und faltete die Tüte sorgfältig zusammen, bevor er sie in den Abfalleimer warf. Die Früchte sahen so verlockend aus und dufteten so verführerisch, dass Vera mit geschlossenen Augen in das weiche Fruchtfleisch biss. Der Geschmack des Sommers! Der Saft lief ihr über die Finger, die sie genüsslich ableckte. Sie übersah Gregors erschreckten Blick, als sie mit der Zunge versuchte, den Saft auf dem Kinn zu erreichen, bis sie plötzlich ein Stück Stoff auf Mund und Kinn fühlte. Gregors Taschentuch.

Vera konnte sich nicht erinnern, jemals in Gregors Gegenwart ihre Finger abgeleckt zu haben, ebenso wenig, dass er jemals ihr Gesicht abgewischt hätte. Da seine Augen keine Missbilligung verrieten, biss sie gierig noch einmal in den Pfirsich und ging ins Bad, um sich die Hände zu waschen.

Als sie zurückkam, hielt Gregor das Kalenderblatt in der Hand, auf das sie vor ihrer Abreise vier Zeilen des Fontanegedichts geschrieben hatte. Schludrig und mit Filzstift, um Gregor zu ärgern. Er drehte das Blatt um und Vera las überrascht die zwei fehlenden Zeilen in seiner gestochenen Schrift:

Wie's dich auch aufzuhorchen treibt,
Das Dunkel, das Rätsel, die Frage bleibt.

»Woher hast du …?«, stammelte sie.

»Aus dem Internet. Ich wollte wissen, was dich so beeindruckt hat. Zu einem Filzstift konnte ich mich allerdings nicht durchringen.« Sein Gesicht wurde ernst.

»Hast du dich wegen des Tagebuchs entschieden?«

Vera holte den Schlüssel aus ihrer Handtasche und sagte mit fester Stimme: »Nimm ihn und wirf ihn weg. Ich brauche ihn nicht mehr.«

Durch das geöffnete Fenster war argentinische Tangomusik zu hören. Die gleiche Zeit wie gestern, dachte Vera. Wo bleiben die beiden? Noch war niemand zu sehen.

»Und wann bekomme ich endlich mein Geburtstagsgeschenk?«, fragte Gregor lächelnd und strich Vera eine Strähne aus dem Gesicht.

»Wenn du mit mir nochmal einen Tango-Tanzkurs machst«, sagte Vera, zerknüllte das Blatt und zeigte auf das Paar, das jetzt wieder seine Schritte übte. »So gut wie die beiden da draußen tanzen wir mindestens.«

Über die Autorin

Maria Uleer verbrachte ihre Jugend in einem kleinen westfälischen Dorf. Nach dem Studium der Anglistik und Romanistik in Tübingen, München, Lausanne und Bonn folgten Schuldienst, Kinderpause, Promotion und Tätigkeit als Lehrbeauftragte für Spanisch an der Universität Bonn. Maria Uleer ist verheiratet, hat drei erwachsene Söhne und lebt in Sankt Augustin.

Viele ihrer Kurzgeschichten wurden in Anthologien veröffentlicht. Ihr erster Roman *Fremde im Dorf* spiegelt die 50er Jahre in ihrem Heimatort. Im folgenden Kurzgeschichtenband *Die Turbulenzen des Herrn Rogalla* bringen die sonderbarsten Situationen den Alltag eines erfolglosen Schriftstellers durcheinander.